Tanks and Guns

铁家伙

韩辰辰★著

作家出版社

目　录

第一章　大难不死

在松江城往北约五十里，穿过一条东西蜿蜒走向的河水，有一条坑坑洼洼的官路。官路一侧是一片茂密的树林，此时月光正盛，清辉洒下，斑驳的树影稀稀拉拉地分散在空地上，如同一汪浅浅的灰蒙蒙的水在流动着。

夜渐深，树林像一头匍匐卧底酣睡着的野兽，除了偶尔惊起的鸟发出的翅膀扑棱声，就只听见火堆噼里啪啦作响的声音似有似无地传来。靠着官路不远的地方，在一棵大树下，一堆火柴正熊熊烧着，不时有火苗蹿腾，明暗闪烁间，映照出坐在一旁的老狗怔怔出神的面庞。

老狗当然不真的叫老狗，他本名苟彦武，是国民党19集团军61师7团团长。老狗10岁从军，现在已经从军19年了。他有着超强的执行力、定力跟忍耐力，更有一颗“兵令比天大”的耿耿忠心，像是一台人形武器，只要一声兵令，让他肝脑涂地都在所不惜。兄弟们常说他是“会咬人的狗不叫”，渐渐地“老狗”这个称号就在团里传开了。

老狗这个“前团长”注定只能作为无数历史灰尘中微不足道的一小粒而渐渐为人所遗忘。日子过得飞快，距1937年7月枪声大肆响起的那一天，已经过去三个多月了。从那天起，炮火不停，逶迤的火线从地图的一个角落转移到另一个角落，将河山分割成一片片焦土。直到现在，每到深夜，老狗的耳朵依然会被那些巨大的炮火轰鸣声纠缠着。一闭眼，他好像又看到了身边的战友们正成片地倒下。

一想到这些，老狗就不禁呼吸急促起来，两眼泛红，他又想到了三天前，他生命里最黑暗的一天。那天，天像是被一层灰色的染料反复涂染过，浓郁到即使下一场大雨也无法稀释分毫。天边的云也比往日厚得多，低得多，像是一块无形的墓碑压在心头，使人喘不过气来。老狗走出防空地下室，从军长那里得知的消息，让他头脑眩晕，通体发寒。“日军调集了一支不下两百人的精锐部队，正赶往松江城西门……我现在正式任命你为本次任务的敢死队队长，即刻率队前往松江城西郊，死守石桥，拖延日军进攻……你也了解目前的形势，我抽不出更多的人手，只能给你 20 人……”许久之后，老狗长出一口气，他回头看了一眼营地，然后掉头离开，目光坚定地朝着必然的命运之路走去。这场战斗的结局是显而易见的，具体的细节已经被老狗深深锁在脑海深处，轻易不敢触碰，他只记得满目都是令人睚眦欲裂的几近凝固的深红，像火一样灼热地燃烧着他的神经。老狗怒吼着，冲向敌人，中途一颗炮弹落下，等他再醒来时，已经是两天后了。整个敢死队只剩下他一人，他呆呆地望着天空，下雨了，雨丝落进他空洞的眼窝中，又顺着眼角滑落出来。不知过了多久，老狗稍稍恢复了些力气，他挣扎着从尸堆里爬出来，爬的过程中，手指碰触到战友的尸体，冰冷的触感让他打了个冷战，他迅速把手抽回，而后又颤抖着伸了过去。老狗花了很长时间，才冒着雨找到一块空地，等把战友埋葬好后，他像个泥人一样呆呆地矗立在这座无名坟头前，雨越下越大，可无论雨水怎么冲刷，老狗都觉得自己身上那股血腥味如影随形，深入骨髓。

一阵凉风袭来，老狗忍不住打了个喷嚏，揉了揉鼻子，思绪也从三天前飘荡回来。眼前的火苗还在跳动，老狗却觉得有些冷。他向后靠了靠，身子紧贴着树干。转头的时候，视线落在右后方的一棵树下，那里侧卧着一个人影，背对着老狗，看样子已经陷入沉睡。老狗的眼神变得复杂起来，不知道想到什么，一会儿柔软，一会儿坚硬，不停变换。最后，老狗长叹一口气，神色中透露出一股怜悯。

背对着老狗酣睡的那人叫路子游。说起路子游，也算是松江城不大不小的趣闻。家境殷实，相貌堂堂，又是复旦大学新闻专业的高材生，本以为毕业后要继承家业，谁知整天拿着相机拍来拍去，在旁人眼里，就是个十足的纨绔子弟。路老爷子起这个名字给他，是希望他能像孔子门生子游一样弘扬儒学，将来无论接班经商还是走上仕途都能够有一番作为。然而，事与愿违，“君臣父子”那一套在路子游身上完全不起作用。父亲让他学商学礼，他偏去学新闻，行事离经叛道、冲动莽撞。可路子游从不在乎别人怎么看，他的理想无比坚定，那就是成为一名伟大的战地记者，相机、皮包、自制相册是他的“三宝”，形影不离，他看得比命还重要。他逢人便说，丢了命可以，丢了底片不行。

按说路子游和老狗的人生是不会发生交集的，可命运的神奇之处便在于此，至于说这是命运的戏弄还是眷顾，没有人知道答案，起码路子游和老狗无从得知。路子游第一次见老狗，是在老狗成立敢死队的前几个钟头。路子游对老狗的第一印象便是一张黑灰色的脸，一双瞪得老大显得凶巴巴的眼，一张干裂的嘴唇还有他眉宇之间那挥散不去的焦虑之色。老狗对路子游的第一印象是纨绔子弟，天真，幼稚。因此，当看到路子游拿着相机偷拍战场时，老狗二话没说，直接让跟班儿小栓子拿下了路子游。两人第二次见面，已经是敢死队全军覆没之后的事了。路子游从战场回来后，被路老爷子押回家。路家本计划举家逃亡海外，谁知还没来得及出发，就被攻进城的日本人抓了起来，占了老宅。老狗埋葬好战友，立誓要为他们复仇，于是又悄悄潜回了城内。老狗根据风声来到路家，见鸠占鹊巢的正是那天率军攻打松江城的少佐山岛静夫。新仇加旧恨，老狗大闹路家。这一闹，还真让他逮住机会，救出了路子游。只不过为了保护路子游，路老爷子牺牲了，临死前将路子游托付给了老狗。老狗和山岛静夫冤家碰头，自然狠狠斗了起来，不过最终还是老狗技高一筹，戏弄了山岛静夫一番。

和老狗还有路子游一起从松江城逃出来的，还有一个人。思及此，老狗扭了扭身子，看了看睡在对面的那个人。他穿着一袭青色长衫，戴着一副金边眼镜，显得很是儒雅。因为当时情况紧急，老狗只是匆匆得知，他叫齐大昭，别的就什么也不知道了。老狗眉头紧蹙，他下意识地嗅到了齐大昭身上某种神秘的气息，这种气息让他有些心慌。老狗暗下决心，这事一定要弄清楚。

风吹得火苗摇摇曳曳，老狗的脸也忽明忽暗。从松江城逃出来，摆脱了日本追兵，并顺利逃到此处，老狗全凭着一股子气撑着。这会儿稍稍放松，老狗顿时觉得一阵倦意从脚尖一直游蹿到头顶，老狗再也坚持不住，眼皮轻轻合上，睡了过去。

清晨，夜的黑幕被渐渐拉开，天空中还挂着点点晨星，无声闪烁着。很快，这份静谧被打破，远处传来若隐若无的喧闹声，惊醒了老狗。常年的戒备心让老狗猛地坐直，他眯着眼睛警惕地环视四周，发现火堆早已熄灭，齐大昭和路子游也不见了身影。老狗竖起耳朵听了听，顺着声音寻去。往里走了几十米，发现路子游和齐大昭并排站在一起，不知道在说些什么。老狗心里好奇，又靠近了些。老狗的视线从两人的肩膀穿过，落在两人身后的那个庞然大物上，竟然是一辆日军坦克！老狗立马红了眼，冲到两人身边，一把把两人拉到身后，低声喝道：“你俩干什么！快躲起来！”

齐大昭并不理会，继续往前挪动脚步，经过老狗的时候，被老狗一把拉住。

齐大昭挣开手臂，表示放心：“没关系，据我观察，不会有鬼子。”

老狗却深表不信：“为什么这么肯定？”

齐大昭笑了笑，眼中闪过一丝复杂的情绪，然后胸有成竹地说：“这是一辆日军 89 式中型坦克，外体看似完整，但从上面的弹痕来看，应该参加过战斗。你再看，坦克履带上的树叶已经萎缩腐烂，坦克移动的车辙也被泥土掩盖，说明这辆坦克被丢在这儿有段时间了，所以我猜应该是坦克内部零件损坏，日军带不走，只好就地遗弃。”

听着齐大昭头头是道的分析，老狗眼神有些异样，看向齐大昭的目光也有些变化。一旁的路子游趁着两人说话之际，四下打量着坦克，他越看坦克上的日军国旗涂装，就越恨得牙痒痒，他也甩开老狗的手，冲上前去。

老狗在后面喊：“你干什么！”

路子游撮着牙花：“我要烧了它！”

“要烧我来烧，没有人比我更恨这东西！”

老狗拉住路子游，从地上捡了一根树枝，三下五除二地点着，然后大步走过去，他利落地跳上坦克，打开车顶盖的舱门，将火把扔进去，又快速关闭车顶盖，迅速隐蔽回来。

路子游见老狗动手，也急忙上前，往坦克下面塞树枝枯叶等易燃物，坦克下面烧起一团火。

路子游边烧边哽咽说：“爸，儿子给你烧个坦克！您在天之灵安歇吧！”

坦克内很快冒出黑烟，砰的一声蹿出一条火蛇，接着火焰四起。齐大昭站在两人后面，张张嘴想要阻拦，却最终没有说出口。他站在一旁，脸上掠过一丝不易察觉的神情。

路子游烧出了兴致，乐此不疲地跑来跑去，翻着地上的干树枝，半天凑齐一堆，正准备往火里丢，突然被老狗拦住。

老狗指了指坦克，说：“你听，里面好像有人！”

路子游笑了起来：“有鬼子正好，给我路家报仇！”

齐大昭也觉得不对劲，慢慢靠近坦克，侧着耳朵听了听，突然他脸色一变，转过头急急地说：“有人喊救命！”

“啪”一声，路子游手上的树枝掉在了地上，他和老狗对视一眼，上前和齐大昭一起听，烧柴火噼里啪啦的声响中掺杂着一声声凄惨的叫声。

“救命……救命啊……”

三人当下确信这肯定是个中国人，又开始火急火燎地着手灭火。好在连续的阴雨让土地变得湿乎乎的，三人撸起袖子，用手刨泥，费了好大的劲，将泥土扑到坦克上，火势这才慢慢变小。等火灭的时候，三人累出一身汗，身上也沾满了泥渍。

过了一会儿，一个戴着钢盔的灰头土脸的壮实男人从炮塔内狼狈爬出。老狗上前将他拽下坦克，那壮汉摔在地上，钢盔也掉在一旁。老狗搜他的身，没有发现武器，那人见老狗穿着军服，吓得立即下跪磕头。

壮汉惶恐地说：“各位老总别杀俺，俺是良民！”

齐大昭冷静地打量着眼前这个人，因为已被烟熏火燎，面目看不清楚，但从粗壮发达的四肢和穿着打扮来看，这人显然并非汉奸。

齐大昭率先开口：“我们也是中国人，中国人不杀中国人。”路子游跟着附和：“对，中国人不杀中国人。”

那壮汉这才放下心来，全身一软，瘫在地上，一阵猛咳。

壮汉叫王四六，是个力巴，山东枣庄人。几个月前为了攒点老婆本，跟着一个同乡来上海送货，要回去时，倒霉，赶上打仗，在上海一困就是三个月。老狗问他怎么跑到坦克里去了，他半是埋怨半是心酸地回答着：“俺从上海逃出来，因为身上没有良民证，见了日本人只能躲，半道迷路了就到了这儿。俺两天两夜没合眼了，心说在这坦克里头迷瞪会儿，结果碰上了你们，还差点被你们烧死！”

老狗听了一笑：“你方向搞错了。回你的老家山东，你该往北走，现在跑到南边来了。”

王四六一拍大腿，扯着嗓门说：“临出门那会儿二丫她娘就跟俺说了，日子不吉利，俺没当真，没想到还真是处处不顺，离家越来越远！哎呀，完了完了……”

说着起身跑向坦克迅速爬进去。老狗三人面面相觑，不明所以。等王四六再回来，只见他手里拿着一块烧毁的红布条，怒气冲冲地说：“刚才是谁放的火？谁放的！”

路子游咳了一声，吞吞吐吐地说：“放火……是我的主意。”

王四六凑到路子游跟前，抖落着布条，一边叨叨：“你瞅瞅，这是俺给二丫买的结婚穿的红袄布，现在都烧没了！你赔！你赔俺！”

“我话还没说完呢！放火虽然是我的主意，但不是我自己放的。”路子游急忙撇清关系，指着老狗说，“这位老总他也有份。”

王四六小眼珠一转，知道老狗穿着军装，肯定不好惹。他连看都不敢看老狗一眼，就赖着路子游说：“谁出的主意就谁赔！你赔，就你赔。”

路子游挺了挺身子：“哼！赔就赔！我什么都不多，就钱多。”

说着，路子游开始翻口袋，在王四六直瞪瞪地注视下，从外翻到内，也没掏出一分钱，面露尴尬，讪讪地说：“出来急没带钱，要不……先赊账好吗？”

王四六不认账：“那不行！红袄布花了俺三个月的辛苦钱！”

路子游急于证明自己，指着齐大昭和老狗说：“他们可以作证，我家有的是钱，不差你这点。”

王四六昂着头："不赔你们谁都别想走。"

老狗没理会王四六，起身往坦克方向走去。王四六不敢阻拦老狗，只得眼神求助于齐大昭。齐大昭看着王四六，温和地说："这位四六兄弟，我身上也没钱，要不给你写个欠条？白纸黑字，绝不抵赖。"

王四六头摇得跟拨浪鼓似的："俺不认字！再说，你们合起伙来骗俺咋办？"

"那你说，怎么办？"齐大昭也没辙了。

王四六想了想，说："打这会儿开始，不管你们三个去哪儿都得捎上俺。"

路子游说："谁说我们三个要一起走？我们也是刚遇见没多久。"

王四六摸了摸脑袋，疑惑地说："你们三个不是一伙的？那你们俩咋那么听那位老总的？"

三个人一齐看向林子里的老狗，此刻老狗正呆立在坦克旁，陷入深思。三个人转过头面面相觑，最后齐大昭站出来，示意两人等着自己，然后朝老狗的方向走去。

齐大昭来到老狗身边，看着老狗说："四六兄弟说我们往北走的话，就带他一起。"

一股怨恨之色爬上老狗的脸庞，他愤怒地说："我们？不，这里没有我们，只有我，你，路子游，跟那个力巴，是四个单独的人，不是我们。"

齐大昭觉得奇怪，虽然认识老狗不久，但看得出老狗不是随意发脾气的人，于是关切地问："你怎么了？"

"松江最后一战，鬼子出动坦克，我们却只能用轻武器与之对抗！我的敢死队弟兄全部英勇战死，我作为敢死队队长却苟活于世！我有什么脸面对那些死去的弟兄！"老狗的声音止不住地发抖。

齐大昭劝慰说："你不要这么想，每个人都有属于自己的使命和意义。也许老天不让你死，就要你替你那些兄弟活下去。"

"还有另外一种可能，老天是让我见鬼子杀鬼子，见坦克毁坦克！"

老狗发狠地看着眼前的坦克，这个硕大的家伙，似乎淋满了鲜血、挂满了尸体。老狗胸中一股闷气翻腾，突然他弯身捡起石块，朝坦克砸去。齐大昭见状，拦在他身前，伤感地说："你说的我都能理解。"

老狗情绪已经极度失控，他失声喊叫着："你能理解？你打过仗吗杀过人吗？有弟兄死在你怀里吗？如果没有，废话少说！"

齐大昭耐心地说："我之所以劝你，是因为这坦克是被鬼子弃用的，你烧毁它也好，砸烂它也罢，对敌人来说并没有损失。"

老狗看了一眼齐大昭，说："你到底想说什么？"

齐大昭不紧不慢地说出心中想法：“朱熹文公曾有一名言传世，‘故君子之治人也，即以其人之道，还治其人之身。’我不懂作战，但我懂得以牙还牙，以眼还眼的道理。日本鬼子用坦克杀中国人，咱们中国人也能用他日本鬼子的坦克还击！为何不保存这个坦克的作战力量，用在更有用的地方？”

齐大昭的一席话，令老狗陷入沉默，良久，他走上前拍着坦克车体，喃喃自语：“为我所用？”齐大昭见自己的话起了效果，也不再多说什么，返身朝路子游和王四六走去。“我去找点水喝，你们等我回来。”说完，齐大昭就朝树林另一方深处走去。路子游和王四六躺在地上，东拉西扯，聊得正欢，也没有在意齐大昭的动向。

注意到事情不对劲的还是老狗。老狗被齐大昭一番话说得心思不定，他原本想找齐大昭继续聊聊，结果却不见了人影，问路子游和王四六，两人也一脸迷茫。老狗暗叫一声不好，朝着齐大昭离开的方向跑去。

树林里，齐大昭慌不择路地跑着。他跑到一棵大树前，背过身，仓皇地往后张望。齐大昭刚转过身子，一个人影猛地出现在他身前，那人戴着一顶黑色的帽子，脸色苍白，整个人似游魂野鬼一般。

齐大昭惊恐地说：“你怎么找来的？”

“这你就别管了，跟我走！”

那人说话声变得低沉嘶哑，他伸手抓住齐大昭。齐大昭挣脱不开，只能挣扎着被人拖着往前走。没走几步，突然停了下来，紧接着那人的手松了开来。齐大昭抓住机会，一个箭步冲到一边，抬头一看，只见老狗已经和那人缠斗起来。老狗明显更胜一筹，一拳袭去，那人趔趄几步，等他站稳脚，老狗已经站在齐大昭身旁。

那人恶狠狠地瞪了老狗一眼，警告说：“你少管闲事！”

老狗淡然地说：“这个闲事我管定了。就凭你刚才那两下子，你能把我怎么样？”

那人怒视老狗，老狗眼神中露杀机。僵持半刻后，那人犹豫再三，最终还是不敢上前，转身疾步跑出树林。

齐大昭松了一口气，转身看向老狗，刚想道谢，却看见老狗冷冷的表情。齐大昭陷入沉默。四下寂静，两人之间只有脚踩在干枯的树叶上发出的嘎吱声。还是老狗出声打破沉默：“那人是谁？好吧，看你的样子似乎并不想提起，不说也没关系，那你总能告诉我，你到底是谁吧？”

齐大昭眼神中闪过一丝慌乱，搪塞说：“我不明白你什么意思，我叫齐大昭，你们不是都知道么。”

老狗不为所动，凌厉的眼神直视着齐大昭：“我想知道你是做什么的、从哪儿来、为什么会被日本人抓、又为什么被仇人追赶。我看得出来，你非常懂坦克，并且善于观察。逃跑的那一天晚上，你还教路子游利用石灰制作简易爆炸装置去炸日本人。你身上有太多谜团，别指望能够糊弄了事。”

齐大昭眼神闪烁，脑子里迅速转着，想着如何来应对老狗的询问。片刻之后，齐大昭仿佛鼓起极大勇气的样子，开口说：“好，我告诉你我是谁。我是……我是国立交通大学的一名老师，专业是动力工程跟工程热物理，追我的那个人是军统特务，叫万成千。”

老狗皱眉：“军统特务？你惹了什么麻烦？”

“前阵子国民政府需要派遣四名专家前往德国，监管并押运一批新式武器，以充实德械师的装备，因为受到合约的限制，四名专家必须伪装成一般押运人员，但其实国民政府的目的是让专家暗中偷学德国技术。我本来是四名专家之一，但在我知道国民政府的真实目的后……”齐大昭顿了顿，头微微低下去，继续说，“我拒绝了他们，并且发表了一些在他们看来不当的言论，就这样被军统盯上了。”

老狗盯着齐大昭，沉默许久后冷哼了一声：“你们这些知识分子，死脑筋！”

听老狗不满的语气，齐大昭反而暗暗松下一口气，他反问老狗：“难道你的上级向你下达错误的指令，你也会执行？”

老狗干脆而有力量地回答：“当然。军人的天职就是服从，哪怕是错的，也要去做。”

“就是因为这样，你才会死了那么多好兄弟？”

老狗突然激动起来：“齐大昭我警告你，别以为你可以胡说八道！”

齐大昭平静地说：“少安勿躁，我只是在跟你讨论问题。”

“我不跟你讨论！”老狗突然顿住了，似乎在思索着什么，过了一会儿，他抬起头迎向齐大昭的目光，“我问你最后一句，你这么懂坦克，会不会修坦克？”

齐大昭踌躇了一下，最后点了点头。

“那你尽快修，修完我们两个尽快上路。”

“你的意思是不带上路子游和王四六？”

老狗点点头。

齐大昭看着老狗，坚定地摇了摇头：“不带上他俩，我是不会修的。”看老狗想要反驳，齐大昭不紧不慢地说，“我记得你跟我说过，你是川军吧，怕是没碰过几次车，而路家是豪门大户，路子游平时肯定没少开车。至于四六，我刚听他们聊天说起过，他去 200 里外挑 300 斤粮草，往返只需七天而不觉得累。这说明四六不仅有力气，会在长途跋涉中运用和节省力气，而且脚力也好。我想，他也能帮上不少忙。”

老狗沉默了一会儿，说：“只要你能保证这辆坦克能冲锋杀敌，我可以带上他们。”

齐大昭扶了下镜框，露出自信的笑容，迈开步子绕过老狗，往休息的方向走去。齐大昭将四人搭伙上路的计划告诉王四六和路子游后，王四六兴奋异常。王四六看着从林子里走过来的老狗说：“太好了，这样一来，咱们四个人互相照应，路上方便多了。你们都要去哪儿啊？”

“我准备去青岛，”齐大昭说完，又自己补充了一句，“投奔亲戚。”

“青岛就是俺山东的地界啊！顺路顺路！”王四六一听，一脸喜色，又看向路子游，“你呢，路大少爷？”

路子游坚定地说：“哪里有战火我就去哪里，哪里需要我的相机我就去哪里！但是以后请大家不要叫我大少爷，叫我子游吧。”说完，路子游看向老狗，“老狗，你去哪儿？”

三人都看向老狗，老狗不说话继续手里的动作，齐大昭似乎看出几分端倪，试探着将自己的猜测说了出来：“日本人占了上海，很快会向南京发动进攻，如果我没猜错的话，老狗，你想去南京参战。”

“神了。什么事都瞒不过你齐大昭。”老狗看向三人，“听好了，咱们几个都往北走，现在属于临时搭伙，一路上可能会遇上很多麻烦，我不指望你们能够去解决，只求别添乱，我就谢天谢地了！”

这话一出，路子游却不乐意了，嘴里嘀咕着：“说是搭伙，怎么说得跟你带兵似的！”

老狗严厉地说：“有什么不满大声说出来，别在那学蚊子叫！”

路子游大声地说：“我说，我们是一个团队，不是你苟团长带的兵！”

老狗故意鼓掌，清脆的掌声，像是无言的讽刺：“说得好。既然承认这是一个团队，就请个别的人以团队的利益为重，不要因为自己的不恰当行为，让整个团队蒙受损失！”

路子游语气冰冷了下来：“听你的话头好像是在针对我？”

“老子说的就是你！你要拍照我不拦你，但如果因为拍照，耽误了大家赶路，别怪我把你丢在林子里喂狼！”

路子游勃然大怒：“苟彦武！你可以对我有偏见，但你不许侮辱战地记者这份崇高的职业。别以为我不知道你为什么这么憎恨相机，小栓子都告诉我了！”

王四六一脸好奇地问：“咋了咋了，为啥，为啥？”

齐大昭也微笑着说："子游，你说来听听。"

老狗气急败坏地大喊着："这个小栓子，竟然把军事机密告诉你！"

路子游将原本要说的话咽下，话锋一转，有些开玩笑的兴致，带着挑衅地看着老狗，缓缓说："老狗厌恶相机，全都是因为他，长得黑！长得丑！不上相！"

老狗破口大骂："放他娘的狗屁！"

大家哈哈大笑，路子游也笑场了，只有老狗依然阴沉着脸。齐大昭看大家闹也闹够了，就开口说："四六，你先跟我把这些装到坦克上去。子游，你一会儿进坦克来熟悉一下油门和刹车。对了老狗，你还要跟王四六去帮我找一些铁丝铁条，越快越好。"

齐大昭和王四六抱着涂装掩体的杂草去了坦克背面。此时，只剩下路子游和老狗二人。二人对视一眼。路子游也不再嬉笑，而是认真地说："老狗，我希望你明白，如果你们军队中有随军记者或者摄影师，你那些队员英勇杀敌的照片会被保存下来，人们就永远不会忘了他们的样子，更会鼓舞更多人站起来，去反抗，去战斗，这就是战地记者存在的意义！"

老狗逼近路子游，揪起他的领子，咬着牙："即使没有相片我也不会忘了他们！他们刻在我心里！永远！"

路子游叹了一口气，什么也没说。老狗咬着牙把头别向一边，他目光深邃，视线越过远处的坦克，望向天空深处，不知在想些什么，只是眼眸深处那团悲怆更加氤氲弥漫。

第二章　神秘黄桃

深秋的风带着几分清冷，吹在乡间的路上，带起一片片秋叶。虽是深秋，路边的野草却依然丛生，爬满了小路近一大半空间，仿佛时间在这些弱小的生命身上生成了一个封闭的循环，生长，繁荣，枯败，再生长……而世间的那些炮火纷争尽管威力无穷，却都统统无法干涉这种轮回。就在这与世无争的宁静中，一阵轰隆声由远及近传来，伴随着越来越响的吵闹声，地面也隐隐震动起来，给人一种波涛欲来的压抑感。

一声枪声突兀地响起，却莫名地将这种压抑的气氛打破，继而叫嚷声更加清晰起来，草丛窸窣着，晃动的幅度越来越大。就在下一秒，一辆巨大的坦克从草丛里冲了出来，像一匹脱缰的野马，不做任何停留，就又向前冲去。

坦克上，路子游半截身子露出车顶，观察着后方，同时对着里面喊话："后面没人，看样子应该是被我们甩掉了。"

坦克里传出王四六大松一口气的声音，心有余悸地说："老天爷啊，那可是日本人，咱们真就这么成功逃掉了？"

路子游得意地说："那自然，要不是我刚才急中生智，哪能这么顺利甩开那些小鬼子。"

老狗的声音插了进来，不轻不重地说了一句："记你一功，记你一过。功在引开鬼子，过在擅自离队，一功一过，正好抵消。"

路子游嚷嚷着："这么说就不地道了，如果不是我擅自离队，又怎么能引开鬼子？所以在这里过也是功，应该算我两次奖励。"

老狗不以为然地哼了一声，说了句"油腔滑调"，路子游不以为意地笑着。

事情要从两天前说起。老狗得知齐大昭能够修复坦克后，几个人就动手干起来，经过齐大昭的讲解，再加上几个人的埋头苦干，总算是把这个大家伙救回来个七七八八。在把最重要的动力问题解决后，坦克总算是起死回生。但不幸地说，坦克轰鸣的声音，引来了恰巧在附近搜寻的日军小分队。所幸路子游“不务正业”，趁着三人卖苦力时，自己拿上相机采风去了，这也让他最早发现了日军的踪迹。于是路子游将计就计，索性主动将衣服扔在大路上，引着日军小队往相反的方向追去，自己又折回来，催促着老狗开着坦克离开。

说起这日军小分队，就不得不提一个人，山岛静夫。自从那日松江城外一战后，“苟彦武”这个名字就深深刻在他脑海里。苟彦武凭着仅仅二十人，就让自己率领的日军坦克队损失惨重，本来一场胜券在握的大胜，最后变成一次上级眼中的耻辱之战。更让他受挫的是，苟彦武竟敢重返松江城大闹路家，最后还顺利从自己手上逃了出去。想到这儿，山岛静夫就眼冒凶光，恨得咬牙切齿，所以他增派了大量士兵外出巡查。但山岛静夫万万没有想到的是，老狗给他带来的这点影响，才只是噩梦的开端而已。

太阳西斜，天边铺满了红彤彤的云朵，路子游躺在坦克上，感受着深秋的夕阳。之前紧张的情绪一扫而光，王四六打开车盖钻出身子，大声欢呼着。

坦克继续在路上行进，很快就到了张王庄地界。坦克刚爬过一个坡，正要下坡时，老狗踩了一下刹车，坦克却没有反应，老狗眉头一皱，又反复踩了几下，坦克速度不减，紧接着他大叫一声：“不好！刹车失灵了！”

老狗一紧张，路面颠簸，路子游从坦克上摔下来，不由自主地叫了一声。老狗这时也顾不上那么多了，冲身后大喊：“跳车！快！”

“你怎么办？”

“我再想办法，你们快走！”

在老狗的催促下，王四六与齐大昭先后爬出坦克，从坦克上纵身跳下，路子游也从后面赶来，身上沾满泥土。三人追赶着坦克，却只能眼睁睁看着坦克以极快的速度冲下坡，碾压过一个大土堆后，速度稍缓，但还是不停地向前，而在正前方，就是一条湍急的河流。老狗额头冒着粗汗，眼睛瞪得老大，双手握住方向盘来回转动，总算是在坦克落水之前，拐了个弯，向另一个方向冲去，在连续撞倒两棵树后，才停了下来。

老狗晃悠悠地从坦克里爬出来，揉着脑袋，看着齐大昭三人一路疾跑了过来。

齐大昭关切地问：“老狗，你没事吧？”

“我没事，你先看看坦克怎么样，还能不能走？”

路子游和王四六扶着老狗在一边坐下。齐大昭很快就返了回来，说：“我看了，这铁家伙很皮实，发动机没出问题，可以继续走。不过，我刚看了油箱，油不多了，附近又没有大城市，我琢磨去附近找点高浓度酒精先暂时顶着，等以后路过大城市的时候，再想办法囤点油料。天色不早了，你需要休息，我们也需要囤点物资，不如这样，今晚我们就在这儿凑合一下，我一会儿和子游还有四六去附近的村子里把东西置办齐全。”

老狗想了想，点点头同意了。

天很快暗了下来，老狗在似睡非睡的迷糊状态中又梦见了那些战友，他们躺在自己面前，手捂着伤口，身体不停地抽搐着，满是血的嘴露出一个“救我”的口型。猛地一惊，老狗醒了过来，他摸一下额头，发现手里全是冷汗。

月华迷蒙，照在林子里，颇有一股冷厉之感。老狗见齐大昭三人还没回来，就起身来回转悠起来。老狗刚走没两步，就听见远处传来密集的脚步声，在黑夜里，显得格外惊悚。老狗并未在意，可过了一会儿，老狗耳边似乎又传来几声弱弱的声音，似乎是有人在喊救命？老狗立马警惕起来，他小心翼翼地朝着感知的地方走去。老狗走了一段路后，俯下身子趴在地上，耳朵贴着地面听，自言自语着：“奇怪，刚才好像听到有人喊救命，这会儿怎么又没了？大概是听错了？”

老狗咕哝着继续向前。一束月光洒下来，老狗无意间看到了自己手心中粘着的泥土，他觉察到不对劲，于是停下脚步。老狗又仔细看了两眼，确认这是新土，泥土很湿润，还没有干。他当即原地蹲下捻起一把土，却干燥得很。

老狗心里奇怪：“怎么回事？好像只有刚才我听到声音的地方有新土。”老狗一边琢磨着，一边往回走，突然，他脸色一变，想到一种可怕的可能。密密麻麻的脚步声，脚下的新土，以及那若隐若无的呼救声，这些联系起来，无不指向一个结果——冥婚！

老狗加快速度，没一会儿就又回到那片摸到新土的地方。刚才走得急没有发现，此时借助月光，老狗发现就在不远处，竖着一块墓碑，只见墓碑上书：“张老财之子　张万发之墓。”

老狗趴下再听，此时已是什么都听不见，四周一片死寂。老狗空手将墓碑挪走，奋力挖坟，直到一副崭新的棺材呈现在眼前。

老狗将棺木盖子移开，看见一个面容姣好、脸色却无比苍白的清秀姑娘躺在棺材里。

“姑娘，姑娘！”

那姑娘努力将眼睛睁开一条缝，映入眼帘的是一轮圆月挂在天上。再看老狗时，视线已经模糊。

“姑娘，你醒醒！姑娘？”

“带……带我走……”

说罢，那姑娘昏了过去。

坦克旁边，老狗点起了一团篝火。那昏迷过去的姑娘此时已经醒了过来，坐在老狗对面。老狗看着火光映照的那张面庞，一时竟有些语塞，不知道说什么好，只好低着头。

老狗没有注意到，对面那姑娘始终在偷偷观察着他。见老狗始终不抬头，那姑娘突然咳嗽起来，同时身体开始瑟瑟发抖。老狗这才意识到自己的不对，急忙上前把外套脱下来披在了姑娘身上。那姑娘感激地看了一眼老狗，团着身体往火堆前挪了挪，脸上掉起眼泪。

“恩人，我该怎么称呼你？”

“本人苟彦武，叫我老狗就行。姑娘，你怎么会被人关在棺材里？”

“我叫黄桃，家在东北。我爹是个唱戏的，唱了一辈子的西楚霸王。但他有骨气，任日本人威逼利诱，坚决不给日本人唱。后来，日本人拿他示众，将他凌迟处死！”

黄桃痛不欲生地叙说，同时暗中留意着老狗的反应。

老狗听到此处，拳头紧紧攥着，已经是恨得咬牙切齿。

看到老狗的反应，黄桃决定继续说下去。

“当时围观的人里面有我和我娘。我娘亲眼看见我爹被鬼子拿着刀，一片一片地将他的眼皮割下来，脸上身上，从鲜血淋淋到露了白骨……我娘当天就一病不起！娘临终前，叫我拿着家里唯一值钱的东西，南下投靠我唯一的亲戚、我的表哥马三金。没想到，我却被我贪财的表哥卖给张老财家。我表哥骗我说，张家是财主，送我是来当少奶奶过好日子，这是对我娘最好的安慰，没承想是冥婚，活陪葬！要不是你救了我，我已经做了这异乡的冤死鬼，死了也没人把我埋在父母身边……”

老狗看着黄桃痛哭流涕的样子，顿时手足无措。扛枪打仗，老狗行！可哄女人，老狗还没有这个功力。

“姑娘，现在是最黑暗的世道，唉。往后的日子，你什么打算？”

“我一个姑娘家，身处异乡又无依无靠，即便是逃离了这个地方，又能去哪呢？英雄啊，你刚才就应该狠狠心，把我扔在那儿，别救我出来，反正我也没有活路了！”

老狗一听这话，急忙安慰：“别这么说！黄桃姑娘，我老狗已经有了三个累赘，多你一个也无妨！”

“我知道，我是累赘，我不能拖累你……”说着，黄桃的眼泪又要落下来。

“不是不是！我一时着急说错了话！你不是累赘！不是累赘！”

黄桃还是趴在地上，声声泣血："土地公在上，可不能再让我受骗，我已经被最亲的表哥骗了，不能再被你苟彦武骗……"

老狗二话不说当即跪在地上，竖着手指发誓："我苟彦武今日在土地公面前磕头发誓，绝没有骗黄桃姑娘，我一定会照顾她……最起码把她送到安全的地方！"

说完，老狗二话不说磕起头来。黄桃冷静地看着身边正在磕头的老狗，脸上露出不易察觉的神情。

清晨的阳光温暖中带着些冷冽，伴随着一阵轰鸣，坦克又重新行驶在路上了。只不过，坦克里比昨日多了一个人，正是黄桃。昨晚，齐大昭、路子游和王四六回来时，一脸疑惑地看着多出来的黄桃。当老狗解释清楚后，几个人又顿时唏嘘不已，对黄桃充满了同情。黄桃伶牙俐齿，见人说话，没多久就和路子游、王四六打成一片，说笑不停。只不过，齐大昭始终保持着疏离，他总觉得黄桃这个人出现得莫名其妙，似乎别有所图。对于他的猜疑，老狗嗤之以鼻，一群身无分文的人，人家能图个什么呢？齐大昭无言以对。

就这样，黄桃总算是留了下来。而黄桃的留下，给这支队伍带来了不少的变化。首先，黄桃烧得一手好菜，就算是一些简单的白粥野菜，在她手里也能变出新花样。其次，黄桃这一张嘴巴可真是不饶人，即便是齐大昭也不得不心生佩服。现在但凡路子游和老狗两人吵起来，王四六就会麻溜地把黄桃请过来，她总是有办法让两人各退一步。这第三嘛，恐怕也只有齐大昭看了出来，黄桃似乎对老狗表现出不一样的关心，而老狗也总是无意间流露出从未见过的温柔。所以，即使齐大昭依然没有放松警惕，他也不得不感慨，这黄桃姑娘非同一般。

这天，大家把坦克停在河边休息，黄桃不由分说地拉着路子游要去附近的镇子。老狗等人不明所以，没多久，黄桃两人回来了，手里拎着大包小包的包袱。王四六上前去接，帮着将东西散放在坦克上。

老狗略有不满地问黄桃："怎么买了这么多东西？"

王四六也觉得迷糊："子游，你不是说你没钱吗？"

路子游回答说："这全都是黄桃当了自己的首饰买的。"

黄桃走到王四六面前，将一包鸡递过去。

"四六，这是给你买的荷叶鸡。"

王四六乐滋滋地接过来，看着手里的鸡直咽口水。

黄桃看向齐大昭，递过一根手杖。

"齐先生，我这几天注意到，你似乎腿脚不是特别方便，尤其是在上下坦克的时候。这是给你买的手杖，用起来更方便顺手些。"

齐大昭推辞："这怎么好意思。"

"拿着吧。"

"谢谢啊，让你破费了。"

黄桃莞尔一笑，随后拿出一双皮靴，转头递给老狗。

老狗倔强地说："我不用。"

黄桃直接蹲在地上，将皮靴放在老狗脚边，老狗不解风情，不明白黄桃要做什么。黄桃抬起头，对他说："伸脚啊？"

老狗不好拒绝，黄桃将皮靴给老狗穿上，摸了摸脚尖处，问老狗："合脚吗？"老狗假意咳嗽化解尴尬，点点头。

黄桃起身，将剩下的衣服摊开让大家换上。

老狗、齐大昭、王四六、路子游遵从指示，跑到树林里换衣服。没一会儿，大家穿着崭新的衣服出现在黄桃面前，互相指着，笑着。

黄桃打量了一番，满意地点点头。

"看来我的眼光不错！穿了新衣服，都挺精神。"

老狗抻了抻衣服，说："现在该说做什么了吧？"

黄桃看着路子游说："子游，准备好相机，咱们照张合影！"

路子游一脸不情愿地说："我又不是影楼的，让我照就照啊？再说，这一张胶卷很贵的。"

黄桃双眉一竖："你照不照？不照，把新衣服还给我！"

"好好好，就照一张。都先一字排开站好。"

众人在坦克前站好队，黄桃挨着老狗，特意帮老狗整了下衣领。

齐大昭推脱："脸没洗，样子不清爽，要不我改天再参加吧？"

老狗这次倒十分爽快："我都照了，你怕什么？照！我倒要看看拍照片有啥子魔法，让这小子照个没完。"

此时，路子游将相机调试好，转身跑回来。

"准备好！我数五下！五——四——"

照完相后，老狗几人聚在一起开始研究行进的线路。不远处，黄桃正蹲在小溪旁洗衣服。老狗将地图铺开在坦克上，上面密密麻麻做着标记。

老狗看了一眼，见没路子游，就问："那浑小子呢？"

这时，坦克内传来路子游的声音："有什么话你就说，我听得见。"

老狗用手指着地图，开始部署：

"我来说说咱们下一步要走的路线。现在往北的大路有一条，小路有三条。大路是鬼子的运输管道，时常会有车来车往，这一点我之前就说过，所以不能走大路。”

王四六指着地图说：“这不是还有小路吗？”

“没错，但这三条小路之中有两条会经过镇子，附近都有鬼子炮楼。唯一能够安全通行的只有西北这条路，走的人少，意味着碰到鬼子的几率不大，但同时也意味着路难走，要做好克服路况跟天气困难的准备。你们觉得呢？”

齐大昭点点头，说：“车到山前必有路，路难走我们可以想办法，大不了倒回来，如果真碰上鬼子，不是说逃就能逃的。我同意你走西北这条路。”

王四六举起双手：“俺随大流，没意见。”

老狗转过头，冲坦克喊了一声：“路子游，你是驾驶员，我现在征询你的意见，你觉得走西北这条路可行吗？”

坦克内迟迟没有动静，老狗看一眼齐大昭，再次发问。

又过去两秒，坦克车盖突然打开，路子游露出半截身子，一脸无所谓的样子。

“我没问题！但有一条，休息时间归我安排。”

“好。既然大家没有异议，那我们尽快启程。”

路子游从坦克上跳下，王四六凑过来。

“你小子在里头鬼鬼祟祟干啥呢？”

“坦克里面密闭性好，正合适做暗房，你看，这是前两天拍的照片，还有咱们的合影。”

路子游从身后亮出几张照片，摊开来放在车体上，王四六拿起那张五人合影，王四六看着照片上的自己，一脸的不满意。路子游嫌弃地看了看王四六，说：“相机可不骗人！照成这样，只能说明你本身就长得很难看！”

两人很快打闹起来。齐大昭仔细看着坦克上的其他照片，目光落在最后一张上。照片上，黄桃拿着一块玉递给路边卖身的母女。齐大昭将照片拿起，凑近了看。

齐大昭问路子游：“这是什么时候拍的？”

路子游看了看，说：“就前天，我跟黄桃在镇子上买东西的时候拍的，当时这个母亲病了要把自己女儿卖掉，黄桃好心，把身上的玉给了她们。怎么了？”

“哦，没什么。”

齐大昭趁路子游没注意，将这张照片藏进自己兜里，转身面向小溪旁，他看着黄桃的身影，眉头紧皱起来。

在众人收拾准备启程的时候，齐大昭拉着老狗进入树林，他不时回头望着小溪旁空地，一脸神秘。

“什么事这么神秘？”

“你看。”

齐大昭将黄桃拿着玉的照片拿出来，老狗一怔。

“你怎么拿了那小子的照片？”

“先不说这个，你看照片上面有什么问题？”

老狗接过照片，仔细端看，看了半天也没看出个所以然。

“黄桃手里那块玉，仔细看，玉上刻着什么字？”

老狗定睛细瞧，这才发现玉上刻着一个“张”字。

“你不觉得奇怪吗？这样一块玉可不像是黄桃戴的，而且上面的字也跟她没有关系。如果是她的，应该刻‘黄’字，不是吗？”

“你是什么意思？”

“你还记得昨天晚上咱们喝酒的时候，我不是套过黄桃的话嘛，她说小时候做过一些偷鸡摸狗的勾当，但成年之后没再偷过骗过吗？我怀疑她没有讲实话。这块玉不是她的，是她偷张老财的。她跟着我们，肯定另有所图。”

老狗不乐意：“齐大昭，我知道你对黄桃有看法，可单凭一块玉就能定一个人的罪吗？就算你推测她图我们的坦克，但我在救她之前，她不知道我们有坦克啊。”

“或许是见到了坦克之后，动了鬼心思呢，又或是，她是冲着我和你还有子游的人头来的，你应该知道，现在松江城贴满了我们三人的通缉像。”

“不，不，这不可能……”对于齐大昭的推测，老狗还是感到难以置信。

齐大昭严肃地看着老狗：“听着，这对你来说一时难以接受，我能理解，我也希望我的推断是错的，可如果我猜对了呢？你敢冒这个险吗？”

老狗来回踱步，忧心忡忡。最后，老狗和齐大昭回到坦克，并将猜测告诉了路子游和王四六两人。

“你说什么？你推断黄桃是……”

路子游大叫一声，惊讶地站起身却碰到车顶，路子游捂着脑袋说完下半句。

“是骗子？”

齐大昭点点头：“现在还不能百分之百肯定，在事情弄清楚之前，不排除这种可能。”

“我才不信！”

王四六跟着附和：“俺也不信！咱们要钱没钱，要啥没啥，人家大姑娘图啥？”

齐大昭说：“就图这辆坦克，以及咱们四颗人头。”

路子游看向老狗，心烦意乱地问：“老狗，你倒是说话啊，人是你带回来的，现在怎么办？”

老狗却置若罔闻，低头不语。老狗在回忆这短短几天，他和黄桃所经历的一切。从棺材里救出黄桃，再到坦克旁黄桃哭诉身世，还有这几天来吃下的每顿饭，脚上穿的鞋，身上穿的衣服，老狗挠了挠头，沉一口气，起身打开车盖，爬出坦克。

黄桃正在小溪旁洗衣服，老狗快步走来，其他人紧跟其后，老狗在黄桃身后站定，阴沉着脸瞪着她。黄桃放下手里的衣服，一脸茫然。

“怎么都这么看着我？是不是饿了？是我该去做饭了吧？”

黄桃将衣服拧了一把，小心翼翼走回岸边。黄桃想要往前走，却被老狗挡住。

老狗沉声质问：“说，你到底是谁？”

“老狗哥，你怎么突然这么说话？”

黄桃笑着看向老狗，老狗的脸上没有一丝笑意，其他人也都面无表情地看着黄桃。

黄桃脸上的笑意一点点凝固：“你们这都是怎么了？”

老狗直勾勾着看着黄桃：“回答我。”

“我是黄桃，我还能是谁？”

老狗拿出那张照片，丢给黄桃：“照片上的玉怎么解释，是不是你偷的？”

“你听我解释！这块玉是我偷的又怎么样？你至于发那么大火吗？”

“为了这么一块玉你都可以骗人，我怎么知道你背后还有多少见不得人的事情？你走吧，我们这间小庙，容不下你这尊大佛！”

黄桃眼睛泛红，声音发抖：“难道你忘了在土地公面前许下的承诺了吗？”

“我记得我说过的话，但前提是我以为你值得我那么做。现在看来，我错了！所有人，把她买的新衣服脱了！我们不穿脏钱买来的衣服！”

老狗率先将军靴跟衣服全都脱下，丢在地上，其他三人也跟着脱下外衣，王四六冻得直搓胳膊。

黄桃咬着嘴唇满眼泪水，委屈地盯着老狗，老狗面无表情看向别处，黄桃掩面跑着离开。

坦克在一条平坦的小路上缓慢行进，坦克上晾着四人之前的旧衣服。坦克内气氛僵持，王四六看着其他人，想说什么又咽了回去。路子游突然踩刹车，坦克轰隆停下。

路子游翻着自己的相机包，从里面拿出好多相片，从中挑选着一张。

老狗怒吼一声：“你在做什么？”

“把你那张照片给我。”

路子游伸出手，老狗掏出照片，递给路子游。路子游借着观望窗的光线，认真比对着两张照片。

“这张照片上确实能看到玉上有个张字，可你们再看这张。”

路子游将另外一张照片递给老狗，照片上是路子游从另外一侧拍摄的黄桃，正好拍到了玉的另外一侧，老狗仔细一看，发现玉上写着“凤勤”两个字。

老狗将照片传给齐大昭，王四六凑过脑袋，眯缝着眼看了一会儿，突然声调一下子拔高：“合着咱们误会黄桃姑娘了？”

坦克舱内一阵短暂的沉寂。

老狗烦躁地说：“这照片你怎么不早拿出来？黄桃也是，当时问她的时候，她怎么不解释呢？”

王四六撇着嘴说：“老狗啊老狗，你是不知道你黑着脸的时候有多吓人，谁还敢说话？”

路子游又添了一句：“而且你已经把帽子扣她头上了，再怎么解释，你听得进去吗？”

齐大昭一脸歉意地看着老狗，老狗急得一拳打在车体上。

“我本应该相信她的。子游，发动坦克，掉头回去！”

黄桃沿着小路往回走，听到坦克的动静，也不回头，继续往前快步走，老狗打开车盖，支着身子看向黄桃。

“谁是张凤勤？”

黄桃不说话。

老狗又问：“张凤勤是谁？”

黄桃面无表情地回了一句：“是我妈！”

“那玉既然是你妈的，你为什么还承认是偷来的？”

“那块玉是我妈的遗物，家里欠了债，被债主拿去当了，我不甘心，就去当铺偷了回来。那天在镇子上看到那个小女孩，我想起小时候的自己，就把那块玉送给她，希望能够帮她，结果却成了你们诬陷我的证据。”

老狗柔声说：“是我误会你了。”

“现在后悔？晚了！”

坦克走着走着突然停下，路子游使劲挂挡，坦克就是不走了。

见黄桃越走越远，老狗干脆跳下坦克。

“黄桃！”

老狗一声大喊，黄桃停下脚步，但依然背对着老狗。

“我打了半辈子仗，从没遭遇过比松江城更惨烈的交战，那一天对我来说，是红色的，身边的战友、对面的鬼子，目光所及，天地山河全都变成一团血红。直到昨天晚上，那团血红才慢慢消失，这都是因为你，因为你们大家，让我重新感受到活着的意义。所以，请你别走，我真诚地为之前所说的话向你道歉，留下来吧……”

路子游、王四六从车内挤着露出脑袋，说：“黄桃，留下吧！”

“黄桃，别走了！没了你，谁给我们做饭洗衣裳啊？”

黄桃慢慢转过身来，眼中含泪。

“我委屈，憋屈！”

老狗走上前，手足无措地说：“你说，怎么样你才能出口气。”

“你过来！你过来让我打。打满意了我才高兴！”

老狗咬着嘴唇挠头。大家在身后起哄。老狗咬咬牙，挺直了身子站在黄桃前面。

黄桃抬起手，本想要狠狠打一下，手到半空，成了轻轻地一拍，拍在老狗肩膀上。

黄桃忽地笑了，老狗和大家也笑了，老狗的眼中透着暖暖浓情。

老狗扶着黄桃进入坦克，齐大昭一脸愧疚。

“黄桃姑娘，对不起，这次的误会因我而起，原因也正如之前所说，在我眼里，我们四个人是个整体，你是被排除在外的，但从现在开始，我保证这个整体是五个人，少了谁都不行。”

“齐先生，我接受你的道歉。”

黄桃莞尔一笑，与齐大昭大大方方地握了握手。老狗看一眼黄桃，黄桃故意扮鬼脸坐下，老狗拍拍车体，豪气万丈地发号施令：“人都齐了，出发！”

第三章　奇兵聚首

老狗等人顺风顺水地行进着，虽然内部起过纷争，但这些纷争更像是黏合剂，把这五个人紧紧地黏在一起。而他们不知道的是，就在他们身后，他们刚刚离开的河边，站着两个他们怎么也想不到的人，山岛静夫和马三金。

因为战场失利，再加上又被老狗等人闹了个灰头土脸，山岛静夫最近的日子并不好过。这么久没有抓到通缉犯，也让山岛静夫的名誉受到影响。终于，在山岛静夫政敌的暗中发力下，他被革了职，留营观察。这样一来，对于老狗带给他的耻辱和挫败，山岛静夫更是耿耿于怀，最后他带上几个兵，逃了出来，他要证明自己的武士刀绝不饶过任何一个仇人。就这样，还真被他追到了张王庄，并径直找到了当地最大的财主张老财。

说来也巧，黄桃逃跑的事情很快就被人发现了，张老财气急败坏，直接派人将马三金抓了起来，认定他和黄桃串通骗钱，于是将其痛打一顿。这时，山岛静夫来了。他看到了新坟，也看到了坟不远处的坦克辙印的痕迹，自然将老狗救人的事推测出个八九不离十。这样一来，张老财、马三金和山岛静夫也算有了共同的敌人。于是，张老财出钱出马，山岛静夫和马三金一路沿着痕迹追了过来。

此刻，马三金正对着山岛静夫兜售着黄桃的老底："我这个师妹心机多得很。老狗这四个人先前就认识，黄桃加入以后算是新人。黄桃为了能让她自己的地位稳固，一定会制造误会让其他人怀疑自己，然后再通过自己留下的线索，将自己洗白。这样一来，别人就会对她深信不疑，而她的目的也就达到了。"

山岛静夫点点头："走吧，看样子，他们没走远，这次我一定不会再让他们逃掉！"

如山岛静夫所料的那样，老狗一行人并未走太远。漫漫黄土地，一轮橙红色的落日挂在天边，放射出耀眼柔和的光芒。云霞像波浪层层叠叠，铺天盖地，山坡上的杂草随风飘动。

坦克停在一处荒芜的草地上。坦克背后，老狗燃起篝火。几人躺在残阳铺就的草丛中，享受难得的静谧和开阔。

齐大昭枕着脑袋，无比深情地说：“真想就这样不动声色地享受夕阳，躺在夕阳的余温中，好像一切喧嚣都会被隐去。”

王四六换了个舒服的姿势躺着，突然说：“看着这轮日头，看得俺直想回家，想二丫。”

齐大昭闭上眼睛，不再说话。微风吹拂他的头发，斑驳光影在他脸上流转，草间传来轻微的窸窸窣窣的声音。

“黄桃，你直愣愣地看着云彩，想什么呢？”老狗侧过脑袋，见黄桃看着直盯着天边，脸色前所未有的郑重。

“我想给大家讲一个故事，一个真实的故事。”

路子游、王四六、齐大昭三人都转过头，充满好奇地期待着。黄桃看了一眼老狗，老狗点头，流露出安慰的神情。

“有个小姑娘，三岁上就没了父母，开始行走江湖混饭吃……当别人家的女娃学针线刺绣，她却对江湖骗术情有独钟。在别人还不记事的年纪，她已经强烈地知道要找到靠山才能活下去。她深深地记得挨饿与挨冻的滋味，哪怕被人打骂也不要紧，她相信只要吃饱穿暖，她就能爬起来，换个地方活下去。

“那是一个冬天，她身上裹着厚厚的破旧棉袄，独自一人在墙角蜷缩着。她又冷又饿，远远看见走来一有钱人，穿着长袍，腰带挂着玉坠子。她向他乞讨，那人不给，她抓着有钱人的长袍一角，那人狠心将她踹倒。她没有哭，不动声色地看着那人扬长而去。背影走远，她低下头，摊开手，一枚玉坠子赫然躺在手心。有了第一次，聪明如她，自然就知道下一次该怎么做了。

“行走江湖十八年来，从装可怜要饭，到打莲花落编段子讲故事，吃大户，下蒙汗药骗钱，扮尼姑化缘骗人，到杂要卖艺，武术杂技，登台献演，设局行骗，那个小姑娘，已经成为老江湖，无所不能。随着世道变坏，她跟自己的师哥结成联盟，专以骗婚为生。

“直到有一天，他们来到一个叫张王庄的地方，准备骗最后一次婚，然后金盆洗手回东北老家，可是她被卖了，被配了冥婚，要不是有一个好心的大英雄来救，她现在就不能站在你们面前了。”

说到这儿，黄桃深吸了一口气，止住了自己发抖的声音。不知不觉，太阳已经落山了，夜色泛了上来，空气里也冷了几分。大家围坐在黄桃身旁，都听得入神。

几人都往篝火边上凑了凑，黄桃看着跳跃的火光中那一张张真诚的面庞，心里一股感动决堤汹涌。有些话不吐不快，于是她就开口了。

“我向大家道歉。以前的那个黄桃，浑浑噩噩二十年，不知人与人之间可以掏心窝说真话，坑蒙拐骗偷混日子。自从我上了这坦克，认识了老狗、子游、四六和齐先生，是你们感染了我，我才知道自己过往的日子是活错了！往后，我也想做一个像你们这样的好人，不说谎不骗人，真心对人好的好人！”

老狗突然想到什么，看着黄桃说：“你曾说，你亲眼看见你父亲被日本人凌迟，你受母亲临终之托来南方找表哥，这又是怎么回事？”

“这也是假的。我家里穷，很小的时候父亲就把我卖给我师父。我记不得他的样子，只记得他远去的背影……”

黄桃说到痛处有些动容，不禁哽咽，强忍着不让眼泪掉下来。

路子游突然想到什么，连忙问：“那天我们一起去镇子上，你为了一对走投无路的母女流眼泪，还给了她们一块玉佩，这是真的吧？”

“一半真一半假，我确实可怜那对母女的遭遇，但那块玉佩是为了让你拍照，赢得你们信任故意给的。”

王四六懊恼地摸着脑袋，说：“俺这脑子，都算不过来你哪些是真哪些是假了。”

齐大昭温和地说：“既然黄桃已经跟大家交了底，就足以证明她现在是真诚的。没有人能永远不犯错误，有些错误，早犯比晚犯好。黄桃，你不过是为了自我保护，所以才编出故事来让大家同情你，并没有恶意不是吗？”

老狗长叹一声，什么都没有说。

一轮弯月安于天际。四周安静，只剩下柴火燃烧的噼里啪啦的声音。

黄桃在篝火前坐着，托着腮愣神。老狗来到黄桃身边坐下，火焰映在二人脸上。两人就这样沉默着不说话。

许久之后，老狗突然开口说：“别想了。大家都不怪你。我，我也不怪你。”

“你真的不怪我？”

“不怪。”

“那，那晚对土地公公发过的誓，是不是不作数了？”

黄桃假意作出十分失落的样子，眼睛却在偷偷瞄着老狗。

老狗没有发觉，郑重其事地看着黄桃，说：“土地公是真的，我老狗是真的，我对土地公说的话，当然也是真的，怎么不作数！世道这么乱，你除了跟着我，跟着我们，谁还能保护你！”

黄桃低下头，手里摆弄着树枝。

“将来这一路，你们要是没了钱，或者遇上什么困难，你们就把我卖了，我保证不逃婚。”

老狗眉头一皱，脱口而出：“你这说的什么话！是老爷们就不会做那样的事。”

黄桃扑哧一笑，意味深长地看着老狗。

“我以前骗婚嫁了好些人，有的连面都没见着，有的又傻又老，但我从没有真正想过有一天会遇到喜欢的人，也没想过谁会真心讨我当媳妇。狗哥，要不好人做到底，你就把我娶了吧？”

老狗一时愣住，分不清黄桃说的是真话还是假话。

大家忽然从各处围上来，身上裹着毯子头发蓬乱地围在一起，兴致勃勃地看热闹。路子游和王四六更是高声叫喊着“嫂子”，把黄桃的脸喊得通红。

“去去去！胡说什么，都给我睡觉去！”老狗脸紧绷着，像是被人糊了层糨糊。

大家“切”了一声，然后悻悻然四散。

黄桃嗔怪地看着老狗，说：“你觉得我配不上你？”

“不，不是……”

“那为什么不让他们喊我大嫂？”

老狗低头沉默。

“算了，命里有时终须有，命里无时莫强求。”

黄桃故意装着可怜走开，老狗欲言又止，最终话没说出口，摇了摇头。

此刻，天上的月牙弯弯的，像是笑脸。

第二天一大早，天上阴云密布，坦克再一次上路。可还没走出多远，意外就发生了。只听“砰”的一声，坦克被炸，冒出火花。

老狗几人相视一眼，意识到不好，立马跳出坦克。齐大昭疾步走到坦克旁边，蹲下来进行检查。眼前，坦克履带被炸断后已经深深地陷入土坑之中。

老狗走上前询问：“怎么样？”

齐大昭缓缓站起身，转头冲老狗说：“履带断了。从爆炸力度看，应该是有人故意设的埋伏。”

老狗警惕地环顾四周，侧耳听着，风吹过树林，发出簌簌作响的声音，远处间歇传来若隐若现的马鸣声，声音越来越近。老狗急忙招呼几人，迅速躲到坦克之后。

老狗几人刚隐蔽好，山岛静夫便骑着马从不远处的林中疾驰而来。路子游看见是山岛静夫，顿时气炸。

“是他？是杀死我爸的日本鬼子？”

路子游抢先从腰间掏出枪，开枪射击，结果情绪激动，手抖得厉害，子弹全都打光了，也没有一颗打中山岛静夫。

老狗看了大家一眼，语气急促地说：“你们快走。你们在这儿只会分散我的注意力！等解决了他，我会去找你们。”

齐大昭看了看王四六等人，犹豫片刻，然后说：“好吧，咱们走。”

“狗哥，你一定要活着回来。”黄桃恋恋不舍，一步三回头。

齐大昭、黄桃、王四六猫着腰往更后面的山林走去，只有路子游站在原地不动叨咕着：“他是我的杀父仇人……”

王四六火急火燎地催他：“路子游！你倒是走啊！”

“再不走就来不及了！”老狗见路子游还站着不走，心急如焚地劝着路子游。

王四六也说：“这里很危险！听老狗的，你就别添乱了！”

“他是我的杀父仇人！”路子游激动地咆哮。老狗上前狠狠揪住他的衣领：

“我知道他是谁，我也知道他做过什么，我答应你，一定为你的父亲报仇！”

说完，老狗眼神示意王四六，王四六领会，快步上前，利落地将路子游扛上肩头。王四六扛着路子游小步快跑，与齐大昭和黄桃一起走向林子深处。

荒凉冻土，一望无际。冷冽的罡风席卷着天地。几片落叶在小路上盘旋而起，山岛静夫和老狗之间打了个转，然后又飘然落下。

很快，山岛静夫便来到坦克前，狞笑着，和老狗围着坦克绕圈。

“苟彦武，我们又见面了！你知道吗，你把我害得好惨！”

“是吗？”

“松江城一战，如果不是在我扣动扳机那一刻，你突然向坂田中佐走去，我射出的子弹也不会击中他！坂田不死，我不会沦为帝国的笑柄！这一切都是拜你所赐。”山岛静夫越说越激动，最后不由得咆哮起来。

老狗淡然说道：“一切都是你罪有应得。”

“今天我要杀了你，只有提回你的人头，我才能重新赢得昔日的尊严！”

“谁取谁的人头还不一定！”

老狗举枪对准山岛静夫，谁知山岛静夫突然大笑起来。

“枪是懦夫使用的武器！”

说着，山岛静夫将他自己的枪拔出，扬手丢出去很远，随即翻身下马拔出武士刀。

山岛静夫挑衅地看向老狗："我们的决斗，应该是勇士之间的较量！"

老狗淡然一笑，也将枪收起，抄起马掌刀看着对面的山岛静夫："那还等什么！"

老狗手持马掌刀，竭力应付着山岛静夫的武士刀。武士刀长而且险，每每挥来只距离老狗几毫米。老狗灵活地躲闪，却只有防御之力，难以进攻。

山岛静夫招招致命，杀得满眼通红，老狗处于劣势。山岛静夫扬刀劈下，老狗举刀来挡，山岛静夫将老狗压在坦克上，面露狰狞。

老狗找准时机，一掀车顶盖，跳进去反手将车盖拉紧。

"你给我出来！"

老狗在坦克里没了动静，山岛静夫看见瞭望镜，将武士刀直接捅进去，只听坦克内传来老狗疼痛的喊声。

山岛静夫讪笑着，想要拔出武士刀，却怎么也拔不动。

坦克内，老狗将山岛静夫的武士刀卡住，而他并没有真正受伤。

"既然这辆坦克对你来说这么重要，那你们就一起上天吧！"

山岛静夫气急败坏，拿出一颗手雷。老狗打开车盖，上前攥住山岛静夫的手，山岛静夫没办法拔掉保险栓。

两人用力僵持，山岛静夫趁机用脚踢打攻击老狗。老狗痛得无力回击，渐渐地，手上也没了力气。

山岛静夫掰开老狗的手，拔掉了保险栓，老狗见势不好，大吼着冲向山岛静夫，山岛静夫手一松，手雷被抛到天上，在半空中爆炸，山岛静夫与老狗同时被炸飞，重重摔在地上，昏死过去。

也不知过了多久，老狗与山岛静夫二人几乎同时醒来。老狗咬着牙想站起来，山岛静夫却先一步起身。老狗眼睁睁看着山岛静夫拔出卡住的武士刀，然后慢慢走到自己跟前。

山岛静夫举起武士刀，狞笑着说："苟彦武，最后的胜利属于我，属于真正的武士！永别了！"

老狗嘴角一斜，露出笑意。山岛静夫这才发现老狗已将马绳缠在了自己的脚上，一时间慌了神。

"你真的以为自己赢了吗？"

老狗一拽绳子，大马一惊，扬蹄嘶鸣，狂奔了出去。山岛静夫无法挣脱，被快马拖行。

老狗挣扎着坐起身，看着山岛静夫嘶吼着任由快马拽进树林，直到消失不见。

突然，身后传来响动。老狗拔枪看去，看见身后站着一个小个子，定睛一看，不就是自己的警卫员小栓子吗？

“团长！”

“小栓子！”

“团长！我找你找了好久！”

老狗抓着小栓子的肩膀，一脸惊喜地上下打量着。

“小栓子，你还好吗？”

小栓子顾不上回答，放声大哭。

“哭什么，傻孩子！”

“团长……”

小栓子用尽全身的力气，紧紧抱住老狗大哭。老狗身上有伤，疼得直咧嘴，但看着许久不见的小栓子，始终纵着鼻子，温暖地笑着。

就在这时，刚才跑向树林的齐大昭、黄桃、王四六和路子游又重新回来，大家看着这一幕，不禁为之动容。

山岛静夫被老狗击败，一时也不会再出现。趁着齐大昭检查坦克的空当儿，老狗几人稍作休息。从几人口中，老狗也得知了齐大昭几人的惊险处境。原来，山岛静夫早派了马三金领着几个日本兵埋伏着，齐大昭等人不幸落入圈套，无奈之下只好临时躲在山洞里，谁知马三金居然放火逼几人出来。要不是小栓子及时出现，驱赶着牛群赶走了马三金和日本兵，后果将不堪设想。现在想想，齐大昭几人还是一脸后怕。

说话间，齐大昭已经检查好了坦克，好在坦克损伤不大，几个人一起搭手，很快坦克就再次上路。

路子游坐在驾驶室，王四六倚在左边看观察镜。老狗和小栓子站在中央。黄桃和齐大昭坐在后面，车里挤得满满当当的。

小栓子一个劲儿地干呕，不住地拍打胸脯，表情难受之极。

老狗关心地问：“怎么样，小栓子，第一次坐坦克不适应吧？”

“团长，我想吐！但我能坚持！”

老狗看向路子游：“子游，挑着平稳的路开！”

“这已经是大路了！本来计划要绕小道，正是担心小栓子晕车才开到这里来！”

小栓子一听路子游的语气，顿时急了：“你咋个跟团长顶嘴！憨包。”

“小鬼头，别以为老狗有了你这个警卫员，我就不敢跟他对着干。我可是驾驶员！”

“谁都不能这么跟团长说话！陆地上，坦克上，团长就是团长，是长官！”

老狗故意岔开话题，问小栓子：“对了，小栓子，你是怎么找到我的？”

“这话说起来就长了。我一直等着你回来，可等到的却是敢死队全军覆没的消息，松江城失守以后，部队被打散了，我留下没走，想着去阵地上找到你的尸体，把团长带回你的四川老家，可怎么找也找不到，还看见了你给兄弟们立的碑，我就知道你一定没死，后来我又听说了你大闹松江城逃了出来。我就出城一路找到了张王庄，给张家的仆人塞了钱，打听到马三金与一个叫山岛静夫的日本人勾结，而山岛静夫一心想要找到团长，我就盘算着暗中跟上他们，只要他们能找到团长，我就能找到团长！”

老狗用手大力地揉着小栓子的脑袋，欣慰地说：“这几年没白教你，臭小子，越来越鬼了！”

听着老狗的赞叹，小栓子开心地笑着。

就这样，有了小栓子，坦克小队里又多出了一名侦察兵。小栓子年纪轻轻，侦察能力却十分出众，得益于他的工作，有好几次都避免了地形对坦克造成的损伤。这一天，因为侦察到前方有河流，坦克难以穿过，老狗和齐大昭商议决定绕路而行。

定下来之后，几人也不拖拉，老狗等人全都钻进坦克，剩下小栓子一人坐在坦克上。小栓子拍拍车体，路子游启动坦克。

衰草遍野，在火红太阳的映衬下，坦克再次出发上路。

第四章　鬼村惊魂

这半个月的路程，走下来是相安无事，颇让老狗等人惊讶。不过有一件事，还是值得一提。在路过虎峭山的时候，因为地势复杂，一时间坦克竟绕迷了路，开进了一个土匪窝。就在王四六哭爹喊娘以为命不久矣的时候，土匪头子竟然主动邀请老狗等人入内做客。原来，这土匪头儿大胡子也有着满腔热血，不知道从哪得到消息，说这几天日军大佐白鸟介率领的日本精英军队旋风军要从这儿路过，大胡子决定伏击他们。老狗带着坦克来得正是时候，有了这辆坦克的加入，成功的几率一定大大增加。一路阴魂不散的山岛静夫也跟了来，并加入了白鸟介的部队，但他显然没有带给白鸟介足够的警醒。果不其然，大胡子有心算无心，一举给白鸟介来了一个沉重的打击。在这一役后，坦克奇兵的名号钻进了白鸟介的心里，让他恨得咬牙切齿，当然，这给坦克奇兵造成的麻烦，在日后还会慢慢发酵。当然，对于当时的老狗几人来说，最让他们兴奋的是，大胡子的土匪寨里有很多桶汽油。为了感谢老狗几人，大胡子把这些油统统送给了他们。

在虎峭山上耽误了几天后，这辆坦克继续上路。

路子游在专心开车。旁边，王四六一脸疲惫在看路。齐大昭、黄桃坐在后面。冷风阵阵吹进来，几人裹了裹身上的衣裳。老狗见状，伸手把车顶盖拉下来关了，站在齐大昭身边。

老狗一边看着地图，一边说："我叫小栓子去侦察的是这一片区域，如果没有特殊情况，可以到那里休整。"

齐大昭点点头说："小栓子去了有两个时辰了吧。"

"快回来了。"

王四六在一边叫苦不迭："老狗，咱们什么时候停下？俺饿得眼花，前胸贴后背的，眼看就要天黑了。"

老狗用抱歉的眼神看了王四六一眼，说:“趁太阳还没落，再走几里地，争取赶到曲家村去。”

路子游插话说:“也真是奇怪，开了这么久没见着一户人家。老狗，你说的那个曲家村还有多远？”

齐大昭和老狗又看了看地图。

齐大昭说:“从地图上看，应该是不远了。”

路子游通过观察镜看远方。镜中，天边的黑暗模糊掉棱角，远远看去，好似血肉模糊的脸孔。

黄桃坐在最后面，从小栓子走之后，她就心神不宁，随着小栓子侦察时间的变长，更是说不出来的烦躁，说:“我总觉得越走越不对劲。”

老狗说:“哪里不……”

话没说完，就听见路子游大喊:“不好！有人拦车！”

紧接着王四六也发出“啊”的一声惨叫。

齐大昭忙问:“怎么了？”

路子游直愣愣看着前方，没有回话，只是急促地呼吸着。王四六慢慢回过头看向老狗，他的脸色已被吓得惨白。

老狗见势不妙，果断拔出枪，火速下车，只见一个瞎男人血肉模糊，紧贴在坦克前面，距离坦克不到一米。

老狗大声喝道:“什么人！”

瞎男人的惨叫声如鬼哭狼嚎，配合着周边荒芜的原野，不禁令人毛骨悚然。

此时，路子游几人也陆续从车上下来，看着这个瞎子，小心翼翼地保持着距离。

瞎男人嘴里不停地嚷嚷着:“有鬼！鬼要吃我！”

老狗问:“哪里有鬼？”

齐大昭又追问了一句:“你从哪里来？”

“曲家村！”

王四六躲在路子游身后，战战兢兢地说:“他的眼珠没了，脸上身上血淋淋的，俺看肯定是碰上吃人的饿鬼了！”

路子游皱着眉头，说:“可是我们正要去曲家村。”

“你们千万不要去！那是鬼村！饿死鬼、食人鬼、食血鬼、大力神通鬼、旷野鬼……什么鬼都有！”

几人面面相觑，显然不太相信瞎男人的话。

瞎男人见状，直接将双手摊在大家面前，一只完整的眼球赫然出现，黑白分明，滴着鲜血。王四六吓得直接往后一蹿，撞到黄桃身上。齐大昭虽然震惊，但还保持着一丝冷静，在低头的时候，发现瞎子嘴边有一颗明显的黑痣。

老狗还想说什么，不料那个瞎男人跌跌撞撞疯狂地叫喊着，跑远了。

路子游在身后大喊："老乡！老乡！"

那人的背影渐渐消失了，路子游无奈地耸了耸肩。

大家再看天色，已经是漆黑一片。几人陆续回到坦克中，经此一闹，坦克内的气氛变得惴惴不安。

路子游懊悔地说："那位老乡眼珠没了又流了那么多血，我们应该送他去找个医生的！你们说，他能跑去哪呢？我真后悔没去追他。"

老狗说："他跑得太快，似乎也不是在向我们寻求帮助。可能是被吓坏了。"

黄桃看了大家一眼，说："他说曲家村有鬼，你们说，这世上真的有鬼吗？"

老狗说："黄桃，我先问你，你觉得有吗？"

黄桃大大咧咧地说："当然没有，什么鬼神把戏，全是唬人的。"

王四六面色一变，说："有，真的有！俺见过！"

齐大昭不相信地说："四六，你说说看，我倒很感兴趣。"

"俺小时候被鬼抓走过！那鬼抓了五六个跟俺一样一般年纪的孩子往山上去，全村人打着火把找俺，好容易才把俺救回来，说起来真是噩梦！总之这世上真的有鬼，是真的！"

路子游一脸不信的样子，说："你一准是在编故事逗趣儿呢。"

"你别不信……"

此时坦克车顶盖被打开，小栓子跳下来。

老狗笑着说："是咱们的侦察兵回来了。"

"我带回来一个好消息和一个坏消息，先听哪一个？"

老狗想也没想，说："坏的。"

"坏消息是，前方的曲家村是我们可选择的最近的宿营地，但它是方圆几十里出了名的鬼村，一个老乡跟我说，晚上千万不要从那走，小心被厉鬼抓走吃掉！"

黄桃说："小栓子也说曲家村是鬼村。"

小栓子说："怎么，你们也听说了？"

老狗说："嗯，也是一个老乡告诉我们的。那么好消息呢？"

"好消息就是站在你眼前的我啊！团长你看，小栓子完完整整地回来了，并没有被厉鬼吃掉，是不是好消息？"

小栓子笑起来，他以为大家也会被逗笑，然而整个坦克内只回荡着他一人的笑声，慢慢地，小栓子也停下来。

小栓子好奇地看向大家，说："你们都怎么了？不好笑？"

王四六惶惶不安地说："咱们还是别去什么曲家村了，你们不害怕吗？反正俺害怕！俺不想再被鬼抓走，俺还要留一双眼睛回去娶媳妇哪！"

齐大昭沉吟片刻，也说："我也建议等明天天亮了再动，倒不是我相信有鬼，只是觉得那个曲家村不太对。"

老狗不以为然，说："天下哪来的鬼，除非人心里有鬼！"

小栓子嘻嘻一笑，立刻附和起老狗来："团长说得对！咱们鬼子都不怕，还怕鬼吗！再说了，我们有枪，鬼还怕我们呢！"

"子游，开车，继续往前走。"

路子游开车看向前方，远处的树林是黑色的，云是黑色的，万事万物都是黑色的。不知过了多久，观察镜中出现了红色的光，红色的火。

路子游回头对大家说："到了。"

曲家村是典型的南方小镇，古朴幽静。大家走在通往村中的小拱桥上，眺望整个村落，漆黑一片，空无一人，四周一片死寂。

古老的石碑立在桥边，斑驳，有岁月的痕迹，上书三个字：曲家村。

老狗冲大家说："大家分头去四处看看，五分钟后回到这里集合。"

王四六躲在黄桃身后，缩头缩脑地说："俺，俺不敢。"

老狗想了想，然后说："这样，黄桃、王四六和我一队往西侦察，小栓子往村东，齐大昭村南，路子游村北。动作要快，不要惊动了人。"

小栓子走到村东，看见从外面上锁的宅门，回身看去，四周有鬼火攒动。齐大昭来到村南，看见从外面上锁的宅门，雾气弥漫，四周有恐怖的响声。路子游逛到村北，看见从外面上锁的宅门，往四周看去，墙上的血迹是带血的手掌印。老狗、黄桃和王四六站在一处上锁的宅门前，看见几株枝干惨白的枯树、空茫的窗眼、萧瑟的垣墙，一片诡异气氛。大家很快从各处跑到桥边集合。

齐大昭说："我发现一个奇怪的现象，这曲家村每间院子都是从外面上锁，但房屋没有被破坏的痕迹。"

黄桃说："整个村子像是空了，但又不像是经过打劫，也不像是逃难走的，因为我注意到有些人家院中还晾晒着腌制的食物。"

路子游说："我也注意到了，并且，我看见村中路边的墙上有血迹，血的手掌印。"

小栓子补充道："不仅如此，树上、房上也有响声，半空中飘着鬼火。团长，我们真的要在这里过夜吗？"

王四六声音颤抖着说：“那个瞎子都说了叫俺们不要来，不要来，你们偏要来！完了，俺们肯定完了，俺回不了家了！”

王四六话音未落，一个白色的东西一闪，闪在高大的树木之间，在前方的半空中迅速飘过去！

老狗快速拔枪准备射击，白影已经飘去拐弯处，像是在故意引诱他们。老狗紧追上前，几个人紧跟在老狗后面。

王四六紧紧捂住双眼，吓得全身发抖，黄桃硬将他拽着跟上去。

四周雾气弥漫，看不太清楚。大家绕了一圈，又回到了拱桥附近。

黄桃看见不远处的斑驳石碑，走近石碑看到“曲家村”三个字，惊呼：“这不是咱们刚进村时经过的地方吗？我们又回到原地了。”

正在大家疑惑之时，女鬼再次出现，比上一次更近。她飘过桥去，没有人看到她的正面，大家只看到她的背影，长长的白发垂下，一身白袍，没有脚。

人人都背冒凉气，汗毛直竖。

小栓子看向老狗：“团长！女鬼飘过桥去了，要不要追？”

老狗想了想，收起了枪。

“不必再追。她好像在引诱我们，不能中计。在曲家村住一晚上再说。”

大家惊惧地互相望着，都不说话，脚下也不动弹。

老狗思虑片刻，然后说：“我建议住在村头的大宅里，那里四周有树，前方有水有桥，我们的坦克也隐蔽在附近山林，夜里万一有什么意外，大祠堂的地势有利于我们作战和撤退。”

齐大昭也点头同意：“那里是整个村子里唯一没有落锁的宅院，应该是空了很久了，对我们来说会比较安全。”

黄桃催促着：“好，那快走吧！”

几人跟随老狗离开小桥的背影，渐渐没入白色的雾气中。就在大家离开不久，一抹白色的身影在树上一闪而过。

老狗带头很快来到祠堂。这所废弃的祠堂是一座阴森的古宅，破败凋零，看起来已经荒废许久。院中枯树残枝、灰墙暗壁。岁月在这里留下的痕迹十分显著。表层覆盖了一层鲜红色的苔藓，在惨白的月光之下，显得尤为血腥。房子外表上大面积的破败，木质结构，由于常年不通风，那些木质结构表面上完好无损，实则早已腐朽了，整个结构有着摇摇欲坠的迹象。

老狗几人走进这座古宅内，黑色的帷幔垂悬四壁，室内家具多而古雅，但破旧且不舒适，每个房间都弥漫着一种凛然、钝重、驱不散的阴郁。

老狗扫视一眼，然后分配：“今晚先在这里过夜。黄桃，你住左边这间，王四六和路子游住右侧这间，齐先生和我就在这厅堂守夜，顺便商议下一步路线，小栓子，你负责观察院子内外的动向。”

小栓子应声说道：“是，团长。”

此时，头顶的横梁上传来异常响动。

老狗再次拔枪。大家屏住呼吸。

突然，一只黄鼠上下窜动，跑到黄桃脚边时，黄桃大声尖叫地跳到老狗身边。

“啪”，小栓子眼疾手快挥了一鞭子甩过去，将这只黄鼠抽死在地上。小栓子拎起老鼠尾巴，晃着给大家看。

“不过是只小耗子嘛！我当是鬼呢！”

黄鼠晃到黄桃眼前时，黄桃头感到一阵眩晕，几乎晕厥之时被老狗及时扶住。齐大昭按住人中，路子游端来水帮她醒来，不多时，黄桃清醒。

黄桃拍着胸脯，大口呼吸。

黄桃心有余悸地说：“我活了这二十几年，从来就不怕什么天地鬼神，唯独怕这个！每次见了我都要晕倒，真是要了命。”

路子游安慰黄桃说：“现在没事了，被小栓子的一鞭子打死了。”

小栓子人小鬼大的样子：“我一打一个准儿，别怕！”

老狗说：“好了，时间不早了，大家分头休息，明天天亮还要赶路。夜里有情况及时通报，注意安全。”

王四六吞吞吐吐：“可是俺……俺……”

“你怎么了？”

“俺想撒尿，不敢一个人去。子游你跟俺一起去，好不？”

路子游本来已经将相机背在胸前，正要动身去侧面房间，被王四六这么一叫，停住脚步。

“白长了五大三粗的样子，胆子比耗子还小。我陪你，走吧！”

王四六忙说：“把相机带上！不是说一拍照魂魄就散吗，带上！”

路子游无奈，把相机拿在手里，王四六跟在路子游身后出了宅门。

厅堂内，小栓子将蜡烛点亮，放在老狗、齐大昭面前的桌上，照亮地图。

高处，是一张神桌，祖先牌位整齐地排列着。

老狗指着地图说：“你看，现在曲家村是在这个位置。”

齐大昭说：“我们已经到达皖南，附近最大的交通要塞在这里——”

老狗接过话来：“对，白沙城。”

小栓子说：“这个白沙城距离我们现在所在的曲家村，看起来也不过几十里路的样子。”

老狗说："所以我们要绕开白沙城，越远越好。那是交通要塞，日本人一定会驻扎精锐重兵。"

路子游和王四六二人一前一后，摸着黑走到一处有大树遮蔽的墙角。

王四六刚刚隐入伸手不见五指的黑暗中，突然，一个白色的东西"嗖"地上了树。

王四六裤子还没解，抬头一看，白色的长头发就垂在自己眼前！他差点尿了裤裆，手足无措地大喊起来："娘啊！救命！"

路子游赶忙拿起相机拍照，但白色的东西一闪，消失不见了。

齐大昭和老狗正在商议行进路线，却看见王四六和路子游二人吓得屁滚尿流地跑回来。

路子游声音里透着一股子慌乱："老狗，快叫大家赶紧收拾东西，我们得连夜离开此地！"

老狗奇怪地说："你俩这是怎么了，慌里慌张的？"

王四六喘得上气不接下气："俺们又看见了她，就在外面树上，她要来吃俺们了！俺还差点碰到她的头发，就垂在俺的眼前啊，是白色的头发，很长很长！"

黄桃闻声走出来，面色凝重地说："我刚才去后院看了一下。"

齐大昭问："有什么发现？"

"有鬼火。"

王四六开始浑身打哆嗦："这曲家村，肯定是鬼魂出没的荒郊坟地，俺的老天爷……"

路子游也吓得六神无主，在祠堂内来回踱步，突然他停下脚步，说："我看过一些小说，据说人会走到鬼制造的幻境中去。我想曲家村也许就是这样的一个地方，联想起今晚看见的一切，大家不觉得太诡异了吗？"

话音未落，蜡烛被一阵阴风熄灭，四周陷入一片黑暗；高处，祠堂神桌上的牌位纷纷掉落下来。院内狂风大作，风声呼啸，那奇怪的腔调，好似夹杂着冤鬼喊冤的声音，有哭有笑，有骂有喊。祠堂的门被狂风扇动，发出吱吱嘎嘎的怪异响声。

老狗警惕起来，观察院内四周。紧接着，老狗打手势，示意大家跟着他往外走。大家小心翼翼地走到院子里，站在黑暗中，果不其然看见有个女鬼！

女鬼披头散发，站在院墙外树边的空气里，两脚悬空，身体飘来飘去。头发是白色的，看不清楚鼻子和眼睛，只能看到双唇血红，嘴边尚在滴血。鲜红的血沾染上她白色的袍子，画面十分阴森可怖。

老狗拔枪瞄准。

女鬼开口了，出口却是男声。

“来者是谁？死到临头，报上名来！”

王四六腿一软，就差跪在地上求饶：“俺们是好人，俺们还打日本鬼子呢！求求你别吃俺们，求求你了！”

路子游定睛一看，突然大声说：“就是她，刚才一路跟着我们，后来又过了河的那只鬼。”

黄桃冷眼看着那女鬼，说：“你既然一路跟着我们，到底是想要什么？冤有头债有主，你若是冤死的想索命，也不该找到我们头上！”

老狗心一横，恶狠狠地说：“老子杀鬼子都不怕，还怕了你不成。说，你有什么居心？不说我就开枪了！”

女鬼哈哈大笑，树枝狂烈抖动着。

黄桃注意看树枝的抖动，是一种自下而上发出的力量，明显不是风吹使然，更像是有人藏在下面故意抖动树枝。

黄桃冲身边的齐大昭打了个手势，示意二人溜到院墙之外一探究竟。齐大昭会意，二人沿着墙边悄悄来到王四六撒尿的那个墙角附近，暗中观察。

果不其然，他们看到大树下齐腰高的树丛里，两个村民正使出吃奶的劲儿配合女鬼演着双簧，他们拽着几根手指粗的绳子，绳子拴着树的枝干狂烈摇晃着。顺着往上看去，一根最粗的绳子拴在女鬼的腰间，女鬼穿着黑色裤子坐在树杈上，将白色袍子的下半截垂放在身前，导致外人才看起来像是没有腿的鬼飘在半空中。

黄桃和齐大昭相视一笑，这时，稍远处也传来窸窸窣窣的声音，二人循声望去，只见三五个村民正在向祠堂方向包围过来，伺机而动。他们手里拿着铁锹、铁耙、石块等农作器具，面露凶狠。

墙边暗影中，黄桃和齐大昭立刻明白了一切。

黄桃问：“现在怎么办？”

“上！”

黄桃会意，与齐大昭快步走上前，二人共同挟制住了拉绳子的两个村民。村民猛然遭到袭击，大吃一惊，想要挣扎，却为时已晚。

黄桃小声地威胁：“别叫，叫就杀了你！”

齐大昭顺势夺下那根牵女鬼的绳子，黄桃故意将手一松，绳子掉下去，女鬼不自觉地“啊”了一声，当即露了馅。

院内，老狗、王四六、路子游、小栓子看着女鬼掉下树，也立即恍然，这里面肯定有诈。

老狗喊了一声："去外面看看！"

祠堂内外点起火把，火光通明。

小栓子、路子游、王四六等人押着演双簧的两个村民，黄桃押着女鬼，纷纷带到老狗面前。他们身后，是拿着农具的村民们。

村民们齐声大喊："放了他们！放了他们！"

黄桃声音一寒："你们谁也别过来！过来我就勒死这个女鬼！"

小栓子看向老狗："团长，就是他们在装神弄鬼地吓唬我们！怎么处置？"

一位头发花白的古稀老人拨开人群，站到了最前面。

老人颤颤巍巍地说："不关他们的事，我是这个村的村长，都是我让他们这么做的！要杀要剐，尽管冲着我来！"

路子游问："你又是谁？"

王四六气愤地质问："你们装神弄鬼的到底要干什么？真是要命，吓死俺了！"

老狗摆了摆手，换了平和的语气，走上前。

"我们长途跋涉，只是想借住在这破旧的老宅一晚，无心冒犯。"

黄桃却没那么客气，泼辣地问道："老头，我们跟你无冤无仇，你为什么叫他们扮鬼吓我们？"

"唉。说来话长……"

老村长开口，却是哽咽和哀求的声调，这令老狗和黄桃等人实在有些诧异。更让他们诧异的是，老村长竟突然跪下来，身后的村民也跟着老村长跪下来。老狗赶忙上前搀扶。

"使不得！老人家您请起，这究竟是怎么回事，您让我们看不明白了！"

老村长执意跪在地上不起。

老村长恳求说："我刚才在后面听见，你们是打鬼子杀鬼子的英雄，我要是早点知道你们的身份，一定不会叫他们扮鬼吓人！现在，我只求你们快点离开，离开曲家村！求你们帮帮忙，保守这个鬼村装神弄鬼的秘密，我老朽给英雄们磕头了！"

黄桃见状赶忙上前，柔声细语地搀扶起老村长。

"大伯，刚才是我不对，我不该对您那么凶。我们也是一时被吓住了，请您千万别放在心上！您让他们扮鬼吓我们，一不盗抢二不杀人，到底是为什么啊？你们是不是有什么苦衷，说出来，咱们大家一起想办法！"

"事已至此，还请英雄们到我家一叙！请。"

老村长带路，老狗等人走在村间小路上。此时的曲家村显得极为平静温暖，最初的阴森可怖之感已经烟消云散。

老狗观察到，人群中有人打着特制的会滚动的灯笼。

老狗好奇地问："这灯笼怎么跟平时见到的不太一样？"

村民快速跑动着演示，仿佛只有一个鬼火在空气中。

黄桃及时反应过来，说："这是你们特别制作的灯笼，这样看起来就像是鬼火。"

老村长冲黄桃笑了笑，说："姑娘聪明，是这样。"

王四六恍然大悟。

人群中有人端着盆，盆中是血红的水。齐大昭问："这盆中是血？"

老村长摇摇头说："不是真的血，用来吓人的把戏。"

老村长在一处院子前停下，女鬼上前开门。小栓子与路子游对视，小栓子上前一把拽住女鬼的头发，想要拽下来，只见女鬼疼得"哎哟"一声。

路子游惊讶地说："这头发竟然是真的。"

小栓子急忙道歉："对不起啊！你的白头发看着怪吓人的，我们以为你这头发也是唬人的呢！对不起。"

王四六奇怪地问："姑娘你的头发怎么全白了，你还那么年轻，咋回事啊？"

女鬼低下头，没有说话，上前推开门。

老村长说："我家就是这里了。英雄们，请进！"

虽然是村长，但家里依然是家徒四壁。屋子里就一个土炕，一张桌子，几把椅子。老村长让座，老狗等人顺势坐下。

女鬼快速将头发盘在脑后，将带"血"的白袍子脱下挂在一边，老村长叫住她。

"翠霜，快去给英雄们烧饭。"

老狗连忙摆手："不用了。"

王四六却毫不客气地说："不！不能让他们白吓唬俺们，反正俺要吃饭，俺饿了。子游，你呢？"

路子游不好意思地摸了摸肚子："我也有点饿了。"

小栓子举着手："我也很饿。"

老狗无奈说道："那就，麻烦你们了。"

"哪里话，这都是应该的！翠霜，多弄点好菜来，我要给英雄们赔不是。"

翠霜转身出门，黄桃跟上去。

"要不要我跟你一起去？"

翠霜摇摇手，露出充满歉意的笑容。

此时黄桃看见，翠霜的头发从头发根部开始发白，一白到底。但她的脸上没有皱纹，看起来年纪跟自己相仿，样貌也很清秀。

翠霜出去，黄桃好奇地走近老村长，小声地问："翠霜她……怎么年纪轻轻头发就全白了？看上去不过二十岁的样子。"

老村长正要开口时，一个壮汉拎着已经沏好的一壶茶从后面出来，给大家倒热茶。走到齐大昭面前时，齐大昭无意间看见他嘴边的一颗痣。齐大昭突然想起在荒郊里那个双手捧着眼珠的瞎男人，嘴角恰好也有一颗痣。

齐大昭盯着壮汉看。壮汉眼神明亮，见齐大昭正在看自己，赶紧闪躲开去，给下一位倒茶去了。齐大昭见状，确凿地笑了。

老狗问："怎么笑了，齐先生。"

齐大昭饶有趣味地说："你们看，这位倒茶的老兄是不是有些眼熟？"

王四六摇头："没见过。"

路子游不确定地说："好像是没见过。"

黄桃走近了端详，壮汉不好意思地低下头去。

黄桃笑着说："哟，你的眼睛，又装上了？"

王四六一拍脑袋，这才想起来，大声嚷着："原来你就是荒郊里那个瞎子！手里拿着两颗眼珠子，跟真的似的！子游一路嘟囔个不停，怪自己没送你去找大夫看眼睛，原来你的眼睛就在你的脸上好好的！"

那个壮汉，也就是那个瞎男人，挤出一丝尴尬的笑。

路子游问："真的是你？"

壮汉歉意地说："但我不是故意要骗各位英雄，我，我给大家赔不是了！"

老村长插话："不怪他，是我让他这么做的。昨天有人来报，一辆坦克冲着曲家村的方向来了，我就让他去路上吓唬你们，故意说曲家村有鬼，意在赶你们走，没想到你们还是来了。"

壮汉叹息一声，说："英雄们有所不知，这位就是我们曲家村老村长，我们都叫他白叔。扮鬼的姑娘叫翠霜，是我们村长的女儿。老村长知道你们还是来到了曲家村，就安排我们大家合力装鬼吓唬你们，谁知道你们勇敢，没上当。对了，你们在桥头看见的那只鬼也是翠霜，曲家村没有真的鬼。"

小栓子顿时豁然开朗，说："我明白了，所以白叔让翠霜在桥头出现，第二次引我们出村，意在不让我们住进村里，我猜得没错吧。"

老村长点点头。

老狗看向老村长，问道："白叔，您给我们讲讲吧，曲家村到底是怎么回事，为什么您会这么防范外人进来？"

老村长呷了口茶，然后缓缓开口，声音沉重而悲痛："故事要从我们翠霜的一头白发说起了。翠霜这孩子，原本是一头黑发，与普通姑娘无异，从去年春天开始有了白头发，一年之后已经变成满头白发！我们找了很多人问这怪病，谁都不知道是怎么了！直到最近几个月，村子里陆续有人患上怪病，甚至有人在一夜之间凭空就消失了！这件事传开之后，外村人在背后都说我们曲家村是遭了天谴，所以不停地有人得怪病有人死有人失踪！”

黄桃问村长：“是什么样的怪病？像翠霜那样白了头发？”

“不，白了头发的只有翠霜一个人，所以才蹊跷。至于其他染病的人，有的像是得了严重的风寒症，有的长了很粗的粗脖子，有的长了粗的腿，肿得特别粗，像是怪物，样貌非常骇人！”

壮汉补充说：“还有的咯血，有的难呼吸，有的身上发紫。更严重的，身体各处都出血，没几个时辰就惨死了！这怪病因人而异，人人不同，所以，只有遭了天谴这一种解释可以说得通！”

小栓子不信邪，说：“你们这里也太迷信了，什么天谴不天谴的，你们是有谁做了错事要遭到这样的报应吗？”

老村长神色中却透露出无限的悔恨。

“翠霜的娘，也就是我家老婆子。他们说翠霜娘是阎王爷派来的勾魂鬼丧门星，所以曲家村才受了诅咒。外村人生怕这诅咒蔓延到自己村里，多次来找我们曲家村的麻烦，他们非要让翠霜娘死。有一天，外村人联合我们村的一些人，把她绑了，活活用火烧死了……”

大家听完老村长的故事，一股不寒而栗的感觉油然而生。

老村长眼里泛着泪光：“他们说只要火烧了这个妖魔，一切就会好了。”

老狗痛心疾首地说：“白叔，你糊涂啊！怎么能狠心烧死自己的妻子！”

大家一阵唏嘘惋惜，壮汉却摇摇手。

“后来那火越烧越旺，翠霜娘越喊越凶。老村长不忍心看着翠霜娘活活被烧死，于是叫人赶紧灭了火，把她救了下来。”

黄桃等人长舒了一口气。

壮汉又接着说：“可是谁也没想到，翠霜娘回到家的当天，那天夜里……翠霜娘回到房间后，踩上高凳，将白绫搭在房梁上，上吊自尽了。翠霜去敲门，见没人应答，推门进来，却看见母亲已经吊死在自己眼前。翠霜大喊着叫人，没想到刚喊了两声，翠霜就发现自己失了声，再也喊不出声音来！”

说到这儿，壮汉停了下来。老村长继续跟大家叙说着——

“翠霜娘这一死，喊着要烧死她的那些本村的，连夜逃走了，一是怕遭冤魂索命，二是怕外面人再来闹，还会挑出第二个扫把星。剩下的人和我为了保护自己，保护曲家村，想出一个办法——既然大家都怕鬼，索性真的扮鬼，吓走那些闹事的人。所以白了头发的翠霜就成了扮演女鬼的人。”

大家把故事听完，不由得长吁短叹，唏嘘不已。

此时，翠霜端来饭菜。

老村长招呼大家：“英雄们，赶路辛苦，快吃点东西吧！”

黄桃拉起翠霜的手，同情地看着眼前这个姑娘。

“翠霜，你的嗓子现在好些了吗？”

翠霜努力张着嘴，但依旧发不出声音。

老村长叹息一声：“这不是诅咒还能是什么呢！吃吧，菜冷了。”

翠霜对黄桃友好地笑笑，将茶盘端出去。黄桃站在屋子中央看着她的背影，陷入沉思。

东方泛白，新的一天开始了。

小栓子问老狗：“团长，我们今天的任务是什么？”

路子游说：“按照计划，咱们现在该启程了。”

老狗沉思。

黄桃看向老狗，说：“我看老狗已经改了主意。老狗，你有什么想法？”

“你们知道，我从不信什么妖魔邪说，老村长所说的诅咒，在我看来都是封建迷信。但是……”

齐大昭接过话：“如果我没猜错的话，你现在更关心的是村中的怪病是怎么回事，没错吧？”

老狗拍拍齐大昭的肩膀，向每个人投以坚定的眼神。

“所以我决定先留下来查个清楚，还曲家村一个清白，还死去的翠霜娘一个清白。”

王四六声音猛地拔高说：“就是说，咱们今天不走了？”

“暂时不走了，等查清楚再走。”

齐大昭点头说：“我同意。我们得帮他们查清楚，以免曲家村今后再受到其他村民的攻击。”

黄桃说：“也免得再有更多的翠霜娘和翠霜出现。”

路子游说：“我也同意，他们真的太惨了。”

小栓子也点头。

王四六说："好吧，既然这里没有鬼，俺也不怕什么了，大家还是快点查清楚好了。"

老狗不再理会王四六，冲大家说："我现在问大家，你们从老村长的故事中分析出什么没有？"

齐大昭扶了扶眼镜，眼中闪过一道睿智的光："最大的疑点就是怪病，况且每个人得病的症状都不一样。我在想，他们是真病还是假病，什么病，起因是什么，怎么根治，这些问题现在都没有头绪，需要调查。"

路子游同意齐大昭的看法："对，我们应该去请老村长把村民们召集起来，详细问清楚那些患病者的情况。既然他们症状不一样，那我们更要看看他们有没有什么共同点，你们说呢？"

"我现在就去请老村长过来。"说着，黄桃作势要出去，被齐大昭叫住。

齐大昭说："不，我们分头出去，私下问，这样能够避免他们事先统一口径，或者不敢说实情。"

大家点头表示同意。

老狗立刻分派任务："现在分头行动，我、黄桃一组，齐大昭和小栓子一组，路子游和王四六一组。注意问话方式和语气，日落之前回到这里集合！"

夕阳西下时，老狗和黄桃率先回到祠堂，等着其他人陆陆续续到齐时，老狗开口询问各自的收获。大家七嘴八舌地说起来，老狗听了半天，最后总结起来，翠霜的病只是个例。

老狗沉思片刻，然后抬起头问："你们还问到什么有价值的线索？"

齐大昭说："经过今天一系列的调查，我们得出一个结论，得怪病的人多集中在村东这片区域，而通过了解村民，村民告诉我他们家中的病人的日常行为，发现病人们的最大共同点就是喝了同一处的水，除此之外，再没有别的收获。"

刚说完，门就被推开，小栓子跑了进来，左右手各拎着两桶水。

"团长！你们看！"

大家围上前去看，左边水桶中的水稍显浑浊，右边则清澈见底。

老狗问："这桶浑浊些的水是从哪来的？"

小栓子回答说："村东井里打来的。"

路子游指了指右边那桶清水，问："这个呢？"

黄桃掬起一把水尝了一口，然后说："这是咱们坦克上带的水，我担心大家路上口渴，所以之前灌了很多备用。"

"这两种水看起来有区别，可是我们这两天在曲家村就是喝村东井里的水，谁的身体有异常的感觉吗？"

说完，齐大昭看了大家一圈，大家四目相望，表示没有感觉，只有王四六时不时挠挠身子。

王四六“啪”一声拍死一只跳蚤，看着大家说：“没有啥不一样，喝着都是一个味，就是身上有点痒。”

老狗也没有办法，只能让大家再尝尝这两桶水，看看有什么区别。大家尝完后，纷纷摇头。等几人尝完后，黄桃最后上前，她在嘴中仔细咂了两下，不禁皱起眉头。

黄桃说：“仔细品尝可以发现浑浊的这桶水有药粉味。很淡，但我能尝得出来！”

齐大昭奇怪地说：“黄桃，大家都尝不出，你怎么尝得出？别是心理作用吧。”

“我不仅尝得出，而且我知道也闻得出哪一种药可致人昏，哪一种药可致人发情，哪一种药可解毒免人一死，哪一种药又可使人假死。别忘了，我从前是行骗走江湖的。”

此时敲门声响起，小栓子看了老狗一眼，老狗点点头，小栓子跑去开门，是翠霜站在门外。

“是翠霜，来，进来。”

黄桃热情地将翠霜迎进来，翠霜一边张嘴一边比划，但大家都不清楚她要表达的是什么。

王四六看得迷迷糊糊：“她是要告诉俺们啥？”

翠霜卖力地比划，见众人不明白，她更着急了。

黄桃问：“翠霜，你会写字吗？”

翠霜摇了摇头。

老狗扭头对小栓子说：“小栓子快给翠霜找一根木棍来，让她在地上画！”

“对了，我有笔！”

路子游突然想起来，从随身的相机包里拿出一支笔，伸出手平摊在翠霜面前。

“你想说什么，就用笔画出来，画在我手上，没关系的！”

翠霜努力点头，拿起笔，画下一幅极其简单的简笔画。老狗几人凑上来，一起看着路子游掌心里的这幅画。

路子游有点摸不着头脑：“她画了一所房子，上面有加号，人在房子前面走。什么意思？”

齐大昭笃定地说：“是诊所！”

“诊所？”

“加号是红十字符号，代表医院或诊所。翠霜，你的意思是，你们村的人去了一家诊所，对吗？”

齐大昭说完，翠霜竖起大拇指同时使劲点头表示认可。

黄桃高兴地说：“太好了，翠霜，你还想告诉我们什么吗？”

翠霜又让路子游伸手，在他胳膊上面继续画。

路子游边看边说：“她由远到近画了一些人，还有箭头。这表示，人们去了，但没有出来？”

翠霜点头。

老狗试探性地问：“你的意思是，他们去了诊所就再也没回过曲家村？失踪了？”

翠霜使劲点头，眼里含着激动的泪水。

小栓子追问：“你说的这个诊所在哪里？”

翠霜想画，画不出来，一个劲儿地摇头，她不知道怎么画了。她环顾四周，忽然指着齐大昭身上的衬衣，又跑出去捧回来墙角的沙土。

“衬衣？白色？土？沙土？沙子？”

黄桃挨个猜，说到沙子时，大家猛然反应过来，对视一眼后，异口同声地说：“白沙城！”

老狗几人走到村口拱桥上，还在商量着。

老狗说：“按照我们的判断，白沙城的这家诊所一定有问题，只是现在我们摸不清他们是谁，他们背后的真正目的是什么。绕来绕去，这个白沙城还是没有绕开。慎重起见，我决定带着黄桃先去白沙城探个虚实，由黄桃假扮病人，我假扮送她去看病的人，争取在天黑之前赶回来。”

齐大昭自告奋勇：“我跟你们一起去，不用装，就是个腿伤没痊愈的病人，咱们三个互相照应，还能有个通风报信的。”

老狗点点头说：“好吧。白沙城驻扎着鬼子联队，这次行动不能带枪，进城之后一定要听我指挥。”

黄桃点头。

老狗又转头对路子游和王四六说：“子游，你去安置和隐蔽坦克，四六，你负责配合子游。”

路子游与王四六点了点头。

小栓子一看没自己的事，顿时着急了：“那我呢，团长？”

“小栓子，我不在的时候，你负责保护好翠霜和村长，她告诉我们很多有用的线索，我担心有人会使坏，不要让他们受伤害，明白吗？”

老狗一招手，小栓子凑近老狗，老狗小声叮嘱。

“特别看住路子游跟王四六，别让他们俩乱跑，听到没有？”

小栓子一笑说：“团长，你就放心吧。”

此时，身后传来马车的声音，老村长和壮汉急匆匆赶着一辆平板的四轮马车前来。

老村长大喊着：“英雄留步！翠霜告诉我你们要去白沙城的诊所，我一把老骨头也帮不上什么忙，这有一辆马车，你们路上用吧！”

老狗心生感动，接过壮汉递上的马鞭，坐在车辕上。

“老齐，黄桃，上马车！”

老村长叮嘱说：“英雄，快去快回！”

齐大昭和黄桃坐上马车，老狗挥鞭。

“驾！”

在曲家村与白沙城的宽阔官道之上，马车飞驰远去，扬起了阵阵灰尘。

桥上，老村长等人肃然伫立。

远处的城门上，可以看到三个大字渐渐变得清晰：“白沙城”。

老狗赶着马车看见，于是放慢了行进速度，悄声对身后的黄桃和齐大昭说话。

“前面就是白沙城，城门口设了卡，有日本兵看守。”

两个日本兵在城门口，打量着进出城门的人。人们唯唯诺诺地掏出良民证给他们看，谨小慎微地向日本兵鞠躬。

城门外，一根电线杆吊着一长串人的耳朵，就是用麻绳把一只只耳朵叠穿起来，从电线杆的顶端一直挂到离地有一人高处。

黄桃看见，眼泪霎时间夺眶而出，恨声说：“日军杀害了我们多少同胞呀！”

齐大昭皱着眉头说：“眼下，我们得想想怎么顺利进城。看来有良民证才放行，我们什么都没有。”

黄桃慢慢平复下情绪，看向齐大昭，淡定地说：“我有办法。齐先生，你们还记得老村长说过的曲家村最严重的病人症状吗？”

老狗恍然大悟：“黄桃，我明白你的意思了。”

黄桃说：“把你的马掌刀借给我。”

老狗不明所以，还是将马掌刀从腰间拔出，递给黄桃，赶着马车疾驰而来，丝毫没有减速的意思。两个日本兵看见，立刻上前阻挠。

老狗停下车，然后恭敬地说：“太君，我们是曲家村来的，病得急病得重，得马上看医生！”

“不行，那也得停下检查！后面什么人？”

老狗急切地说：“后面这两位已经病得快死了！”

老狗紧张地回头看着后面，黄桃和齐大昭蜷缩在被子内，已经奄奄一息。

齐大昭将受伤的腿露在马车外面，日本兵掀开被子看见肿大、发紫的伤口，嗤之以鼻。

日本兵又掀开黄桃的被子，只见黄桃要命地咳着。日本兵凑近黄桃的脸看，此时，黄桃从口中吐出一口鲜血，喷溅在日本兵脸上。两个日本兵互相对视，立即捂住口鼻，站得老远。

“快走，快点走！”

老狗驾车迅速通过城门，又多走了一段距离，在一处路边停下。老狗着急地下车，拉起黄桃来前后查看。

“黄桃，你刚才的血是哪来的？”

黄桃狡黠一笑，故做神秘状，反问老狗：“怎么，心疼我了？”

说完掀开袖口，露出白嫩的胳膊，胳膊一转，一道新伤口出现在老狗眼前。

“你怎么……你拿我的马掌刀，就是为了割伤自己？”

“不然我怎么演口吐鲜血，怎么演病入膏肓？日本兵又怎么这么快让我们进城呢？现在把马掌刀还你，（故意地气老狗）真是小气。”

老狗情绪激动地说：“我，我不是生气你乱用马掌刀！我，我是……要伤也是伤我，我皮糙肉厚，不差破这点皮！你吞一口我的血含在嘴里，是不是一样可以演口吐鲜血，一样可以演病入膏肓！你非要弄伤自己，你也真下得去手！”

“好了，我哪敢去割伤你呢，再说，我也不舍得呀。”

黄桃半开着玩笑，宽慰老狗。可越是宽慰，老狗越觉得心疼。

齐大昭打趣说道：“你们真是一个更为一个想，堪称楷模！书里都没你们这么感人的。”

“好了，我去问问路边的老乡，看看他们知不知道诊所的事。”

说着，黄桃往路边几个做买卖的老乡身边走去，齐大昭和老狗看着她瘦弱的背影，连连摇头。

老狗懊悔不已：“她借我的刀是要割她自己，你说我怎么就没想到！我以为她要防身才给了她，我真不应该给她！大不了再想别的法子进城，非要这样，黄桃真是个笨蛋！”

齐大昭看着远处忙着跟乡亲问话的黄桃，又看看身边老狗，齐大昭舒心地笑了。这笑容中，夹杂了些许羡慕，些许祝福，还有些许失落。

黄桃向乡亲拱手称谢，然后转身走来，黄桃更有底气、有信心的样子。

老狗问：“怎么样？”

“打听到了。白沙城只有一家诊所，说是免费帮乡亲们治病的，所以周围的几个村子有疑难杂症的都会来这里看病，就在前面那条街。”

“走，去看看。”

说起这家诊所，白沙城没有人不知道。也不知道什么时候，这间诊所悄然开张，起初没有什么人，直到后来打出免费治病的口号后，来看病的人络绎不绝。但对于这里的医生是什么来历，没人知道。

诊所内间，在给一个病人注射一种针剂。病人口被塞住，全身被绑在担架床上，苦苦挣扎。星野太郎阴笑，用力将病人的手腕按下，病人拼命反抗。

此时，美惠子撩开白色的帘子走进来，双手帮助星野太郎按住病人的手腕。

粗大的针头刺进动脉，病人奋力挣扎了几下，很快没了呼吸。

“把本子拿来。”

美惠子打开抽屉，取出一本厚厚的笔记本，将其摊开在星野太郎面前，本子上密密麻麻地写着编号、姓氏、性别、村庄。

星野太郎一笔一画地在空白处记录病人的信息，同时以一种平静的口吻念出来。

“第 9 号，刘。男，曲家村，死亡。”

接着，星野太郎另起一行，写了“10 号”，随后重重地合上本子。

“距离完成我们的任务，只差一个。”

第五章　人体实验

诊所外间门口，摆放着接待的座椅，正对门是一个接待台，后面是一个隐蔽的里间，而一侧空间摆放着两张病床，拉着布帘。

美惠子站在台子后面，眼神放空，眉头紧锁，机械地清理托盘里的药品。

星野太郎从里间走出，发现美惠子不小心将一块带血的药棉遗落在地上，上前捡起。

“我说过什么？不能留下证据！”

“可是……”

美惠子情急之下，竟然说出一句日语。话刚出口，被星野太郎厉色制止，星野太郎看一眼屋外，神情严峻。

“你一点没把我的话放在心上，在这里，要说中国话！”

美惠子眼泪在眼眶中打转，星野太郎面色一改，语气也变得柔和。

“对不起，我语气重了。但你要理解，我们的每一步都不能出现纰漏。”

美惠子带着哭腔说：“我不明白。我来中国，我的职责是救人，不是害人！在你眼里，我们还是医生吗？我不想再这样下去了。”

“美惠子，你怎么这么固执？你要我说多少遍，我们现在做的事情远比医生治病重要得多。”

突然响起一阵敲门声，星野太郎急忙打住，朝门口看去，只见齐大昭正站在门口，往屋内张望。

齐大昭问：“我听说这里看病是免费的，请问是真的吗？”

星野太郎跟美惠子使着眼色，美惠子转过脸，悄悄擦掉眼泪。

星野太郎上前招待：“老乡，你说的没错，我们是红十字会的，检查跟医治都不要钱，进来吧，哪里不舒服？”

"我的腿受伤了……"

齐大昭边说着话，边一瘸一拐迈步进屋。

美惠子正过脸，与齐大昭四目交会，齐大昭突然怔住了，他久久盯着美惠子，嘴里呢喃着一个名字。

"王蔓？"

愣神间，星野太郎已经关好门，然后领着齐大昭进入里间，齐大昭一瘸一拐跟在身后，美惠子不忍，上前搀扶。

"我来帮你。"

齐大昭歉然说道："刚才实在不好意思，我以为你是我的一位故人。"

"没关系，认错人是常有的事。"

星野太郎悄悄打量着齐大昭，随手指着墙角的床铺。

"请先躺下。"

齐大昭坐在床沿，刚一侧身，怀中掉出一块怀表摔在地上，美惠子与齐大昭同时弯身去捡，两人距离很近，一瞬间都停下了动作——

怀表盖弹开，盖子里嵌着一幅照片，是齐大昭与一个女人的合影，照片上的女人除了发型之外，竟与美惠子长得几乎一模一样！

美惠子大吃一惊，将怀表捡起，抬头问齐大昭："她怎么长得跟我那么像！"

齐大昭沉默，他看着眼前的美惠子，思绪如蔓草般生长，曾经的种种在一瞬间闪过，最后又都定格在怀表上的那个数字——9点15分。

美惠子看见后，眉头一皱，说："你的表摔坏了。"

"不，它早就坏了。"

"坏了为什么不拿去修？"

齐大昭接过怀表，没有回答，美惠子也不便再追问。

齐大昭躺在床上，星野太郎上前检查，美惠子退在后面。

"你这伤是怎么弄的？"

"上山砍柴，被什么东西给咬的。"

"不对吧，从伤口看，更像是……枪伤？"

星野太郎拉下脸，瞪向齐大昭，齐大昭一怔，紧张地扶了下眼镜，正在犹豫如何措辞时，星野太郎突然忍不住笑起来。

"看把你紧张的，我跟你开玩笑呢。"

齐大昭哦了一声，赔着干笑，星野太郎扭头看向美惠子，朝她使着眼色。

"去，拿点清洗的药水过来。"

美惠子来到药橱前，熟练地拿开右上角一瓶药，在这瓶药的后面，藏着一个没有字样的盒子，美惠子从盒子里拿出最后一小瓶药剂，放在托盘上。

星野太郎检查着齐大昭的腿伤，绕着伤口四处摁着。

“疼吗？”

“不疼。”

“这里呢？”

齐大昭摇了摇头，星野太郎脱掉手套，起身走到桌前。

“老乡，放心吧，你这伤没什么大事，过些日子就好了，注意不要过多走动。”

齐大昭翻身想坐起来，星野太郎朝他摆摆手。

“不急，我得给你上点药。”

星野太郎随手拿起桌上厚厚的笔记本，顺着之前的编号，写下“10”。

“老乡，你姓什么？哪里人？我做个记录。”

“我姓齐，曲家村的。大夫，你刚才的玩笑可把我吓坏了，到现在我这心还怦怦跳呢。”

星野太郎在本子上记录齐大昭的信息，“10号，齐，男，曲家村”。

“等会儿我一针下去，保证你心脏就不会乱跳了。”

星野太郎露出不易察觉的讥笑，自顾自说着话，在最后一行写下“死亡”两个字。

“大夫，你说什么？”

星野太郎回过神，合上笔记本，此时美惠子端着药品托盘进来，星野太郎上前将药瓶里的药液抽进针管里。

“老乡，把袖子挽起来。”

星野太郎拿着药棉擦完针管站在齐大昭身旁，齐大昭慢慢挽起袖子，突然停下。

“大夫，这是什么药？”

“你体内有炎症，这是给你消炎用的。”

“不用打抗毒血清吗？”

“抗毒血清难找，我们这里没有。”说完，星野太郎一怔，“你怎么会知道抗毒血清这种东西？”

齐大昭冷笑一声，说：“我不光知道抗毒血清，我还知道针管里装的根本不是消炎药！”

星野太郎声音一寒：“你不是来治病的！”

“你也不是大夫，至少不是真正意义上的大夫，你们是日本人！”

“你胡说什么？”

星野太郎装作听不懂的样子，但眼中还是闪过一丝慌乱。

齐大昭接着说："你们装得是很像，但你们固有的生活习惯出卖了你们。她走路时步伐细碎，靠脚前掌支撑走路，以至于鞋底前后的摩擦程度有着明显的区别，这是因为她从小到大穿木屐。"

美惠子脸色一变，慌乱地低下头。

齐大昭顿了顿，接着说："而你可能自己都不知道，在你做记录的时候，嘴里默念着写的内容，但从口型来看，你说的不是中国话，而是日语！"

说完，齐大昭翻身坐起，眼神笃定地看着星野太郎。

"所以我说，你们两个不是中国人，而是打着治病救人幌子的日本人！说，你们把曲家村的村民弄到哪里去了！"

星野太郎见事情败露，气急败坏举起针管扎向齐大昭，齐大昭一把抓住星野太郎的手腕，两人较劲僵持起来。星野太郎加大力气，一手胡乱挥舞着针管，齐大昭一边躲闪，一边寻找机会还击。

星野太郎嘴里急急地催促说："美惠子，还傻站着干什么？快来帮忙！"

美惠子哀求着："放他走吧！"

"那我们的事就暴露了！"

美惠子手足无措，踟蹰着向前，结果被躲闪的齐大昭撞倒在地，美惠子捂着肚子，脸上露出痛意，齐大昭一个愣神，被星野太郎抓到机会，星野太郎反手箍住齐大昭。

此时，外面传来老狗捶门的声音。老狗在外面等得心急，实在等不下去了。

"老……"

齐大昭刚喊了一声，被星野太郎一把捂住嘴，齐大昭发出呜呜声，星野太郎猛一用力，将针头扎进齐大昭的脖颈中。

老狗一脚将门踹开，快步进入外间，警惕地观察四周的情况。

美惠子从里间跑出，她快速地整理了一下头发，故作镇静地说："对不起，先生，我们已经关门了。"

"少废话，老齐呢！"

"什么老齐？这里除了我，没有别人了。"

"你们把老齐怎么了？"

老狗逼近美惠子，美惠子吓得后退，不敢直视老狗咄咄的目光。

"先生，请你立刻离开，不然我可报官了。"

里间，星野太郎慢慢推着针管，齐大昭起初还在努力反抗，随着药液进入体内，他渐渐失去力气，眼皮松散，渐渐合上眼。

齐大昭的手无力垂下，正好碰到放在桌边的托盘，托盘应声摔落，咣当一声。

听见里间传来的声响，老狗一瞪眼，从身后抽出马掌刀，美惠子张开手，挡在老狗身前。

老狗一把推开美惠子，硬要往里闯，刚走出去两步，突然老狗头部剧痛，当即晕倒在地，只见美惠子手举一根木棍，双手不住颤抖。

这时，齐大昭也彻底失去了意识，星野太郎一把将他丢在地上，拍了拍手，迈步走出里间。

星野太郎走出里间，寻找美惠子的身影，美惠子坐在第一张病床边，似乎什么事情都没发生一样，正在喝水。

星野太郎面露质疑，美惠子挤出一丝笑容。

“你今天不是要去交差吗？天快黑了，快处理屋里那个人吧。”

“要不要跟我一起去？”

“你从不让我跟着你，为什么今天变了？我今天累了，想先回去休息。”

星野太郎点点头，转身离开。美惠子看着星野太郎的背影，犹豫再三，最终还是出言喊住星野太郎。

“你觉得他是什么人？他怎么能识破我们的身份？”

“不管他是谁，他所发现的，都不能传出去。美惠子，我的良苦用心，终有一天你会明白的。”

星野太郎重新走入里间，美惠子长嘘口气，此刻她身后的布帘耸动，被美惠子藏在后面的老狗身子倾斜，瘫倒在地上。

诊所外，黄桃急得走来走去，此刻街上的摊位都在急匆匆收拾，一个摊贩推着小车经过黄桃身旁。

“姑娘，快宵禁了，还不快走？”

“宵禁？”

“姑娘，你不知道吧？白沙城新来了一位日本长官，下令五点以后就不许上街，快走吧，日本人的巡逻队快来了。”

说完，摊贩推着小车离开，黄桃显得越发着急。

突然，诊所门打开，黄桃瞅见美惠子架着老狗走了出来，只见她吃力地将老狗放下，让他倚靠着墙壁，拐弯走进一侧小巷。黄桃心急如焚，立马跟了上去。

“对不起，我只能帮你到这里了。”说完，美惠子转身要走，黄桃已经堵在她的身前，黄桃面带笑意，美惠子却透着慌张。

美惠子沉口气，想要走过去，黄桃伸左手挡住，同时将右手藏在衣服兜里，装成持枪的样子指着美惠子。美惠子吓得举起双手，黄桃看一眼身后，马车正横在巷子口。

“想走？你觉得你走得了吗？”

“请不要伤害我！”

“这会儿知道怕了？你害人的时候，怎么没想到会有今天？”

美惠子辩解：“我没有害他，我救了他！”

黄桃冷笑一声：“撒起谎来面不改色，理直气壮，你以为能骗得了我？”

巷子外突然传来日本兵的呼喊声，黄桃退后一步，悄悄观察，日兵巡逻队正在驱赶街上的百姓。

黄桃转头急声说：“把人抬到车上。快！”

美惠子不得已又将老狗抬起，拖着他走向马车，将他放上去。

此时，巡逻队中一名日本兵发现巷口的异样，眯起眼睛观察。

“你也上去！把自己捆上！”

黄桃发现日本兵正看向这边，催促美惠子上马车，随手丢给美惠子一根绳子，美惠子坐上马车，无奈地用绳子绑住自己。

“喂，你怎么还不走？不知道要宵禁了吗？”

日本兵朝黄桃这边走来，黄桃急忙笑着朝日本兵摆摆手。

“走了，走了。”

美惠子惊讶地发现黄桃挥舞的这只手正是“拿枪”的那只手，黄桃朝她诡秘一笑，挥舞鞭子，催马前行。

一家老旧客栈，房间的摆设也很简单。老狗躺在床上，渐渐睁开眼睛，黄桃坐在床边，见老狗醒了，转忧为喜。

“醒了？”

老狗迷迷糊糊看着周遭，问：“这是哪儿？”

“一家客栈。放心，我四周看过了，这里很安全。”

“老齐！”

老狗突然想起什么，想要坐起身，却一身眩晕，用手使劲撑住床板。

黄桃急忙扶助老狗，说：“你先别急！”

“我怎么能不急！老齐有危险，我得去救他！”

“你现在这个样子，怎么去救人？再说了，你以为老齐还会在诊所吗？”

老狗突然又想起什么，疑惑地看向黄桃。

“你救了我？”

黄桃得意一笑：“本姑娘不光救了你，还带回来一个筹码。她应该知道老齐在什么地方。”

黄桃看一眼身后，老狗越过黄桃看见美惠子被绑在椅子上，嘴里塞着布条。老狗艰难起身，朝美惠子走去。黄桃摆摆手，让老狗先停下，她迅速跑到门口，将门打开一条缝，探出头来观察客栈院内，四周寂静，只有院外传来狗吠声。黄桃没有发现任何异样，退回身子，将门关紧。

老狗这才拉过椅子，坐在美惠子对面，美惠子呼吸变得急促，紧张地抠着衣角。

“你不出声，我就不会伤害你，明白吗？”

美惠子点点头，老狗将她嘴里的布条摘下，美惠子忍不住咳嗽。

“老齐现在人在哪儿？”

美惠子低头不语，面露胆怯。

“听着，我从不杀女人，但是为了朋友，我可以破例！老齐人在哪儿！”

美惠子勉强开口：“谁是老齐？”

“还装蒜！”

老狗气得掏出马掌刀，一把拍在桌上，美惠子吓得缩着脖子，本能地说着日语为自己求情。

“鬼子！”

黄桃一惊，看向老狗，老狗却突然一声冷笑。

“我早该想到这里头跟日本人有关！”

“我真的不知道他在什么地方，我发誓，知道的我一定告诉你们。”

美惠子苦苦哀求着，语气中透着无助。

黄桃催促着：“那你还不快说，你都知道什么？”

“我知道他被送去了一个地方，而且，他应该还活着。”

老狗与黄桃交换下眼神，油灯摇曳下，美惠子泪眼中透着悔意。老狗拿起马掌刀，手起刀落，将绑着美惠子的绳子砍断，美惠子活动着手腕。

美惠子轻声说：“谢谢。”

“你先别急着道谢，曲家村村民中毒，免费诊所暗藏杀机以及你的真实身份，这些我全都要知道！”

“那要说很久。”

“我们有的是时间。”

老狗将水杯推给美惠子，美惠子端起水杯，喝一口，长嘘口气。

“我叫美惠子，毕业于东京医科大学护士专业，几个月前我来到中国，加入了红十字会的救护组织。救死扶伤是我一生的信仰，我愿意用我的生命去捍卫，但随着战事愈发激烈，一切都在那一天发生了改变……两个月前星野太郎叫我来到白沙城，这里医疗水平落后，我们一手办起了红十字诊所，我本以为可以帮助这里的百姓摆脱疾病的痛苦，没想到星野君背地里跟日本军队合作签了秘密协议。曲家村成为这个协议的实施目标，而那里的人也由此成为协议的牺牲品……”

美惠子边说边擦眼泪，黄桃一脸疑惑，挨着老狗坐了下来。

黄桃问：“秘密协议？内容是什么？”

美惠子啜泣着说：“星野君从没告诉过我，不过有一次他喝多了，好像提到跟某项实验有关。”

黄桃听不明白：“实验？”

老狗却突然说：“如果我没猜错的话，应该是人体试验！”

黄桃听了一惊，老狗忧心忡忡，站起身来来回踱步，黄桃想了想，摇了摇头。

“不对啊，如果鬼子想做人体试验，为什么放着大批军队不用？他们明明可以直接上街抓人，不用那么麻烦啊？”

老狗说：“人体试验是反人类的行为，在全世界都是禁止的，那样做太大张旗鼓了，更何况日军来白沙城时间并不长，他们想要长期统治，既需要高压，也需要怀柔。说白了，他们利用的是红十字这个幌子，来完成他们不可告人的目的。”

美惠子说：“来诊所的每个人，都会进行记录，如果有人查下来，至少报告上是没有问题的。”

黄桃看着美惠子问：“出了这么大的事，难道曲家村的人没来找过你们？”

美惠子点点头：“来过，但星野太郎都会告诉他们，患者得了很严重的传染病，已经安排去了外地的大医院。很多人刚开始闹得很凶，但一听是传染病，就都不了了之了。”

老狗补充道：“另外，他们把试验目标定为曲家村也是别有用意，借助曲家村鬼村的名声，更会让整件事看起来天衣无缝。”

黄桃指着美惠子，气得有些说不出话来。

“你们，你们这么做，有悖于红十字会的宗旨，更有悖于医护人员的天职！你们简直不是人！”

“对不起，我也不想这么做！”

黄桃疾声厉色：“不要再找借口了！即使你不是主凶，也是从犯，一样是犯罪！”

美惠子低下头，声音微弱地说："真的对不起，我也不知道来到中国会是这样！"

黄桃脸色铁青，肩膀剧烈地颤抖着。老狗拍了拍黄桃，眼神示意黄桃别再训斥。

老狗看向美惠子："美惠子，我问你，试验的地址应该就是齐大昭目前的去处，对吗？"

"是。"

"目前来看，那个地方只有星野太郎一个人知道？"

美惠子点点头，老狗重新坐下，眼神真切看着她。

"你想不想赎罪？"

"我不明白你的意思。"

"我听得出来，你很后悔参与了这些事。从现在开始，你帮我们找到实验的地点，救出我们的朋友。你帮我们，也就是帮你自己。怎么样？"

美惠子还没表态，一旁的黄桃先急了。

"什么？要她帮忙？那怎么行？"

老狗拉着黄桃站起，走到墙角，小声说："这是我们最好的办法！"

"要我说，好办法多的是，把刀架在她脖子上，威胁那个什么星野太郎说出试验地点，然后把这两个鬼子全都杀了，神不知鬼不觉，这不比你的办法好？"

"胡来，那样做成功的几率很小，如果再惊动了城里的军队，后果更是不堪设想。"

"那也不能把希望全都放在一个鬼子身上！不行不行……"

黄桃与老狗正商议着，突然听见身后传来美惠子的声音。

"我愿意！"

黄桃猛地回过头，看见美惠子昂起头，目光笃定地看向自己，心里不由得一阵烦躁："你愿意，我还不愿意呢！"

美惠子站起身，往前走了两步，突然扑通跪在地上，老狗与黄桃面露惊讶。

"我知道这么做，不会洗刷我的全部罪过，但我愿意从帮你们开始，一点一点偿还。如果你们不相信我，可以在我身上注射一种镇静催眠药，诊所里就有，那种药会让人在一两天内慢性死亡，我知道线索就在星野君身上，他有一张通行证，应该就是做实验的地方用的，一两天的时间足够我偷到手，如果这样你们还不满意，还可以……"

老狗打断美惠子，看向黄桃，黄桃被美惠子这番话说动，不情愿地点了点头，老狗走过去，将美惠子扶起来。

美惠子一脸感激，握住老狗的手。看见黄桃在身后瞪她，美惠子又急忙放开手，日本式礼貌地点头致歉。

老狗没有注意到这些细节，只是盯着美惠子问："你说星野他有一张通行证？什么样的通行证？"

"他没让我看过，说我知道的越少越好。"说完，美惠子突然想起什么，"坏了，请问现在几点了？"

渐入深夜，胡同内寂寂寥寥，一个人影摇摇晃晃地出现在胡同内，踉跄着前行，最后在一处房子前停下，推开门，走了进去。

星野太郎在客厅脱下外衣，在就近的椅子上坐下，解开领口的纽扣，吐着酒气。

"美惠子？美惠子？"

星野太郎喊了几声，没人回应，他起身，已经走不成直线，东倒西歪地来到美惠子房间前，不耐烦地敲起门。

"美惠子！你没事吧？我进来了啊……"

星野太郎直接推开门，只见美惠子正背对着门口穿衣服，星野太郎急忙背过身去。

美惠子抱怨说："刚睡下，又被你吵醒了。"

美惠子换好衣服，星野太郎正过来，看见对面开着窗。

"这么冷为什么开窗？"

美惠子一怔，急忙将窗户关上，顺势将窗台上脚印擦掉，然后若无其事地说："还不是因为你喝酒了？怕你弄我一屋子酒气！"

星野太郎想要进屋，美惠子急忙走过去挡住，星野太郎打嗝，美惠子拿手扇着风。

"好臭！快去客厅等着，我给你做宵夜，你叫我不就是为了这个吗？"

"还是美惠子懂我。"

星野太郎轻拍美惠子的头，笑了笑，又踉跄着离开。

美惠子等他走远，警惕地将门拉开，只见老狗与黄桃躲在门后，美惠子长嘘口气："现在怎么办？"

老狗沉声说："拖住他，我们去找通行证！"

星野太郎半躺在椅子上，正哼着日本歌曲，美惠子端着一碗汤面进来，放在星野太郎面前，星野太郎迫不及待拿起筷子，狼吞虎咽吃起来。

此时，老狗与黄桃出现在门外，美惠子朝他们使着眼色，两人快步朝星野太郎房间走去。

老狗低声说："分头行动，注意所有东西复归原位。"

黄桃点点头，两人摸黑寻找通行证。老狗拉抽屉看桌子，均没有发现，忽然身后传来黄桃的声音："狗哥？"

老狗走到黄桃身边，黄桃拿着一张照片，一脸惊讶。这是一张家庭合影，两位老人坐在前面，身后站着美惠子与星野太郎，照片下面写着日文。

老狗看了照片，又吃惊地看向黄桃："他们……竟然是兄妹？"

星野太郎吃完面，放下筷子一抹嘴，打了一个饱嗝，心满意足地说："不得不说，美惠子，你的手艺真是得到了妈妈的真传。"

美惠子没有反应，星野太郎见美惠子心不在焉的样子，不禁眉头一皱。

"喂，哥哥在跟你说话呢。"

美惠子回过神来，将碗筷拿在手里，站起身要离开，被星野太郎一把抓住。

"怎么这么没有礼貌？坐下来，聊聊天。"

美惠子无奈只能坐下，坐好之后，美惠子看向星野太郎问："家乡来信了吗？"

星野太郎不满地说："美惠子，不要老惦记着家乡，你越是这样，越是难以适应现在的生活。你要把这里当成自己的家。"

"这里是中国，怎么会是家呢？"

"等我们的军队彻底征服了这片土地，中国就变成了日本，自然就是我们的家。"

"这么说你不想回日本了？"

星野太郎反问："为什么要回去？我们在这里建立一个新的日本国，不是更好吗？"

美惠子沉一口气，脸上透着压抑不住的火气，看向星野太郎。

"哥哥，我要跟你说件事……"

另一边，在星野太郎的房间里，黄桃一脸焦急，敲着桌子朝老狗示威，老狗拦下她，警惕地望向门口。

黄桃急声说："我早说不要信那个女人，你非不听！她故意在隐瞒她和星野的关系，就是为了取得我们的信任！"

"不，我想她不是刻意要隐瞒跟星野太郎的关系，先不要下定论！"

"你都自投罗网了，还傻乎乎帮人家说话？醒醒吧，我的苟大团长，我比你了解女人！再说了，人家是亲兄妹，怎么可能真的帮你？"

话音未落，门外传来脚步声，黄桃一惊。

“她肯定叫来了日本兵，还不快走！”

老狗示意安静，将黄桃护在身后，躲在门口高举马掌刀。

门一打开，老狗猛地挥刀，突然一声尖叫传来，老狗急忙停下动作，只见是美惠子，身后并没有日本兵，黄桃与老狗面面相觑。

客厅，老狗、黄桃、美惠子站在桌前，星野太郎脸朝下，趴在桌子上。

老狗疑惑地问：“怎么回事？”

“他说不想回日本了，我就替妈妈教训了他，没想到他这么不堪一击。”

黄桃插嘴说：“你之前为什么不说你们是兄妹？”

“你们已经知道了？我之前提到过我不想参与这件事，但是没有办法，就是因为他是我的哥哥，我唯一的哥哥，我不想他成为杀人的工具，也想让你们尽快相信我。”

老狗看向美惠子说：“我们没有找到通行证。”

“我正想跟你说，通行证我找到了，他随身带着呢。”

美惠子将手里的通行证亮出来，老狗拿在手里，上面写着“通行证”三个字。

黄桃催促老狗：“东西拿到了，快走吧。”

老狗摇摇头说：“不行，星野太郎发现通行证不见了，会怀疑美惠子的，通行证还要放回去。”

黄桃着急地说：“需要通行证的地方，一定设有关卡，没了它，我们怎么进去救人？”

“管不了那么多了，先从通行证上查找线索，找到实验地点吧。”

老狗翻看着通行证，突然他眼前一亮，面露笑意。

“你们看。”老狗指向通行证下方的印章，印章有些模糊，但依稀能辨认出上面的字：“大发化肥厂”。

马路的尽头，坐落着一家工厂，工厂四面高墙，大门口挂着牌子：“大发化肥厂”。旁有一片树林，老狗、黄桃、美惠子躲在树后观察工厂的情况。

黄桃看着大门口持枪守卫的日本兵，摇摇头，笑着说：“难不成这里产的是金子化肥？还需要重兵把守？一定有问题！”

老狗轻轻点了点头说：“这里地处偏僻，少有人来，是做秘密实验的绝佳场所。我们目前的困难是没有通行证，怎么进去。”

“这么大的工厂，一定有守卫松散的地方，咱们可以翻墙。”

“不行，即使翻墙没被发现，出来的时候呢？风险太大，何况我们还要带着老齐。”

美惠子忽然开口说："我是日本人，我可以编个理由带你们进去。"

黄桃警惕地看着美惠子："我警告你，别想着把我们卖了，小心你的命。"

"我不会那么做的。"

"你是鬼子，谁知道你是怎么想的。"

美惠子急忙辩解说："我解释过了……"

黄桃径直打断她："哼，日本人的话能信多少？"

黄桃话里针对美惠子，美惠子不免委屈。

老狗拉住黄桃，先是略带歉意地朝美惠子点点头，然后对黄桃说："黄桃！想要进入工厂，我们需要她的帮助，但不能随口编一个理由，那样很容易被识破，我们需要一个有把握的理由。"

黄桃与美惠子面露不解，老狗头朝那边点了点。

距离工厂一侧墙壁不远，竖着一根电线杆，老狗三人观察着四周，来到电线杆下。

老狗说："我们把电话线剪断，一来可以切断工厂对外的联系，二来也给了我们一个正当的理由。"

黄桃接着老狗的话说："你想假扮修电话的？这个办法好。"

老狗笑了笑。一旁的美惠子忽然捏起鼻子，皱着眉头，说："这是什么地方？怎么这么臭？"

老狗看了一眼，然后说："那边是下水道，里面的污水都要从那边排出去。"

"可惜呀，化肥就这么流走了。"

黄桃被自己的笑话逗乐，见没人有反应，气得一把拿掉美惠子捏鼻子的手。

老狗掏出马掌刀，用嘴咬住，双手抱住电线杆，脚一蹬，往上爬去。

大发化肥厂门口，两个守卫一左一右直直地站在门口，左边的守卫年纪大些，右边的明显更年轻。

美惠子在前，老狗与黄桃跟在身后，三个人面戴口罩，老狗手里提着一个工具箱。三人来到工厂门口前，年纪大的守卫举手将他们拦下。

守卫用日语问着："什么人？"

美惠子摘下口罩，面带笑容，用日语回答："你好，司令部给你们打电话一直接不通，所以派我们来检修电话线路。"

"在这里等着！"

守卫看一眼右边年轻的守卫，那人点点头，然后从小门进入工厂内。

化肥厂门口，留下的那个守卫走到黄桃身边，绕着她打量着，黄桃低着头，老狗暗中攥紧拳头。

“为什么戴口罩？”

黄桃听不懂日语，只好站着不动，美惠子上前解围。

“她感冒了，戴口罩是不想传染给别人。”

“她感冒了，那么他呢？”

守卫甲将注意力转移到老狗身上，他隐隐察觉出情况有些不对劲。

“你们全都感冒了？不会这么巧吧？把口罩摘下来！”

美惠子示意老狗，老狗将口罩摘下，咳嗽几声。

“你的样子看起来不像是日本人！”

美惠子急忙说：“他是……”

守卫甲朝美惠子一摆手，面露凶相。

“你不要插嘴。我问你，你是哪里人？”

守卫甲靠近老狗，老狗淡定地朝守卫甲笑了笑，美惠子与黄桃都面露紧张，守卫甲将手悄悄放在枪上，老狗慢慢张口。

“我是，大阪人。”

老狗不慌不忙用日语回答，守卫甲不由得一怔，此时他又将视线落在老狗手里的箱子上。

“箱子里装的是什么？打开！”

老狗将皮箱抱起，缓缓打开一条缝，刚刚露出马掌刀的刀把，守卫甲探过头来看，老狗已经准备好抽刀动手，突然，美惠子一把将皮箱合上，朝守卫甲发起火来。

“现在司令部有紧急指示，电话却接不通，你还在这里挡着不让进去检修，如果因此耽误了大事，你能负得起这个责任吗？”

美惠子假装生气，跟守卫对峙，此时，进门查看的守卫从小门出来，在年纪大的守卫身旁耳语几句，然后年纪大的守卫不情愿地点了点头。

年轻守卫转向美惠子三人，说：“你们跟我来吧。”

美惠子三人跟着守卫乙往前，老狗迈进工厂门的那一刻，回头看一眼年纪大的守卫，那个守卫依然盯着老狗，面露疑色。

年轻守卫在前引路，美惠子三人跟在后面。

黄桃惊魂未定，低声说：“刚才吓死我了，差点就露馅了。”

“多亏了美惠子，事先教了我们两句日语，还在关键时刻数落了看门的鬼子。”

美惠子用手挡着嘴，悄悄说：“其实我比你们都要害怕。”

老狗夸赞说："你表现得很好。"

守卫乙听到声音，回头看去，三人假装什么都没发生，不再言语。

工厂内少有人走动，很多车间门都开着，唯独一间车间大门紧闭，老狗悄悄观察，暗记在心。

很快，美惠子三人被带到办公室。美惠子三人站在屋内，日本官员朝守卫摆摆手，守卫离开。

日本官员站起来，问美惠子："修好需要多长时间？"

美惠子低下头，说："不好说，要看问题出在哪里。"

老狗拿着皮箱，故意用力放在桌上。

美惠子瞪了老狗一眼："轻一点！"

美惠子看着日本官员，堆起笑脸，日本官员正拿着暖壶，准备倒水。

"实在对不起，我们工作起来会很吵，可能会打扰到您，要不您先到其他的房间等一下？"

日本官员晃晃暖壶，里面没水了。

"正好我要去打水，希望我回来，你们已经修好了。"

日本官员拿着暖壶离开，美惠子目送他离开，老狗急忙将门关上，与黄桃、美惠子商议。

老狗缓缓说出他的猜测："进来的时候，我看到很多车间门都开着，唯独有一个车间，大门紧闭，情况很可疑，我想我们要找的人就在那里。"

黄桃催促老狗："事不宜迟，快行动吧。"

老狗一口否决："如果刚才那个日本人发现咱们都不见了，会有所怀疑的，你留在这里。"

黄桃不悦地瞟了美惠子一眼，冲老狗说："为什么不让她留下？你是不是嫌我累赘？"

没等老狗开口，美惠子却先说了："他不是嫌你累赘，他带上我是因为我是日本人，危急时刻他可以拿我做人质。"

黄桃一怔，老狗并没反驳，将皮箱一把塞给黄桃。

"万一那个日本人识破你了，这里面有刀。二十分钟之内我们还没回来，你什么都不要管，自己走！"

黄桃倔强地摇头："不，我会等你回来的！"

"听命令！我们不能全都死在这里！"

老狗一脸严厉，但黄桃却感受到老狗的关心，只能轻轻点了点头。

老狗与美惠子走出房间，黄桃望着他们的背影，忧心忡忡。

一路没有碰到日本人，老狗和美惠子顺利地来到关着大门的车间前。老狗一扒车间门，门没开。

美惠子看着四周，生怕出现日本人，不由得心急如焚。老狗面色冷静，脑中极快反应，突然低声对美惠子说："我们可以这样。"

美惠子敲了两下门，片刻后，车间门打开，只见一个日本人穿着白大褂出现。

日本人看向美惠子，美惠子戴着口罩，肩膀上架着老狗，老狗双目紧闭，假装昏过去。

"抓了一个在附近打猎的，他们让我送进来。"

"人够做试验的了……不过多一个也无所谓。进来吧。"

日本人想了想，点点头同意。日本人在前领路，美惠子架着老狗进入车间，老狗眯缝着眼，悄悄跟美惠子交换眼神。

车间内的很大区域都堆放着木箱，日本人往前一拐，走下台阶。

美惠子架着老狗跟着往下，很快进入地下一层，这里别有洞天豁然开朗，四处密闭且灯光通明，角落装有排风扇。

操作台上摆放着各种器皿、药液，笼子里一只老鼠吱吱地跑来跑去，很多穿着白大褂的日本人在研究药剂，这里分明就是一个实验基地。

突然间，从一侧传来中国男人的呼救声。

"放开我！放开我！救命！救命！"

不远处一个透明隔间，一个日本人全副武装戴着防毒面具，手里拿着针管，其余几个人将一个中国男人强行按在病床上，男人蓬头垢面失声大叫，不住挣扎扭摆，日本人无法将针头扎进男人皮肤内。

日本人嘟囔着："真是麻烦……我得去帮忙，你把人丢进笼子以后，立刻离开，记得上锁。"

日本人掏出钥匙，递给美惠子，美惠子被眼前的景象吓到，老狗暗中捅她一下，美惠子回过神，接过钥匙。

日本人转身走去透明隔间，老狗恢复正常，观察四周。

"被我们说中了，他们果然在进行人体试验！快走吧，我们时间不多！"

老狗迈步往前，美惠子却伫立不动，望着透明隔间被试验的男人，眼泛泪光。

"我认识他，是我害他变成现在这样……"

"听着！现在不是忏悔的时候，懂吗？"

美惠子擦擦眼泪，使劲点了点头。

老狗与美惠子轻步寻找，发现角落有一个铁笼，铁笼外面罩着大黑布，老狗与美惠子走过去，掀开一角，里面坐着十几个人，每个人胸前都贴着标签，因为有光进来，一些人很不适应地用手挡着。

“老齐！”

老狗一声轻唤，人群中的齐大昭抬起眼，一脸惊讶，强撑着身子，来到铁笼边。

“老狗？”

老狗一把抓住齐大昭的手，齐大昭激动地回应，看到美惠子，更加意外。

齐大昭忙说：“老狗，你不会也被他们……”

“不，你放心，现在美惠子是我们的人。你怎么样？”

“熬得住。”

“我现在就救你出去！”

老狗看向美惠子，从她手里接过钥匙，准备打开铁笼上的锁，被齐大昭摁住。

“不行！这么做太危险了，你不应该管我！”

老狗着急：“你干什么？快放手！”

“你救得了我一个，但救不走我们所有人！乡亲们不走，我也不会走的！”

老狗一怔，看向齐大昭身后，这些人面容枯槁，眼神中透着绝望，老狗咬着牙，面露悲怆。

“老齐！”

齐大昭摇头，面色沉痛地说：“你听我说，日本人在做人体试验，他们把假药跟鼠疫装进写有抗生素名字的药瓶里，据我判断，他们是想通过某种渠道卖给中国军队，这样一来，中国军队战斗力遭到削弱，将会不堪一击。你必须活着，把这个消息传送出去！这关系着中国军队成千上万战士的生死，比我们任何人的性命都要重要，听清楚了吗！”

老狗苦苦劝着老齐：“老齐，咱们出去以后可以一起想办法，再回来救这些老乡。”

齐大昭歉意地看着老狗说：“如果要救，就把我们全部救走，对不起，老狗，我知道这让你很为难。他们不走，我不走！”

“老齐……”

“趁着日本人还没发现你们，快离开这里吧！”说完，齐大昭退后，跟乡亲们坐在一起。

美惠子被齐大昭的决定深深撼动，她望着齐大昭，齐大昭朝她微微一笑，那种大义凛然的气概，令美惠子很是动容。

老狗紧紧抓着铁笼，望着里面每一个人，目光决绝。

“乡亲们，我叫苟彦武，请你们相信我，我一定会把你们救出去的，在这之前，你们不要跟日本人发生任何正面冲突，我会在最短的时间内，带你们离开这个人间地狱，我以我的人格发誓！”

老狗带着美惠子急忙离开。一旁做实验的日本人听到什么响动，眉头紧皱，快步来到关押齐大昭等人的铁笼前，只见黑布完好无损地罩着铁笼。日本人望向地面，那把钥匙丢在角落，日本人摇摇头，将钥匙捡起，齐大昭透过黑布的缝隙望向外面，眼神中升腾起一丝希望。

黄桃在办公室里透过窗户观察外面，焦急地等待，没等到老狗他们，却把打完水回来的日本官员等来了。黄桃急忙背过身，假装修理电话。日本官员环视四周，不见老狗与美惠子的身影，有些纳闷：“怎么就你一个人？那两个人呢？”说着走近黄桃，黄桃悄悄打开皮箱，攥紧马掌刀。

“你聋了吗？没听见我在跟你讲话？”

日本官员站到黄桃身后，拍了黄桃肩膀一下，黄桃刚要抽刀，突然门口传来美惠子的声音：“检查过了，不是这里的问题，是外面的电话线断了。我们可以走了。”

黄桃暗舒口气，将刀放回去，合上皮箱，转身走到老狗身旁，美惠子笑容可掬，向日本官员微微鞠躬。

“对不起，耽误您宝贵的时间了。”

日本官员皱着眉说：“你的手下怎么回事？我跟她讲话，她理都不理的样子！”

美惠子身子鞠得更低了些：“请不要介意，她总是这样，连我这个上司的话都不爱听，不瞒您说，我都要准备开除她了。”

美惠子三人赔着笑，向日本官员告别。

老狗他们离开大发化肥厂后，未作停留，便立刻前往之前住的客栈。一进客栈，黄桃反手关上门，恶狠狠地盯着美惠子，步步紧逼，美惠子步步后退，直至靠在墙角。

“这就是你们日本人，拿活人做实验！天晓得你们还能做出什么更过分的事来！”

“黄桃！这也不能怪美惠子，她也是被人利用了。”老狗上前拉开黄桃。

黄桃一把甩开老狗，继续抱怨：“就算把那些乡亲们都救出来，你犯下的错也不会被原谅！还有那个齐大昭，逞英雄也不分个时候，他知道咱们混进工厂有多难吗？等他回来了，我要当面好好教训他！”

美惠子一听黄桃埋怨齐大昭，登时说：“你不要那样做，齐先生是个了不起的男人，他的大无畏精神很让人感动。”

“你还替他说上好话了？你可以啊，迅速拉拢人心什么目的？”

老狗瞪一眼黄桃，黄桃气鼓鼓地走到桌前坐下。

老狗看着美惠子，诚挚地说：“美惠子，今天的事要谢谢你，你先回去吧，我会再联系你的。”说完，送美惠子到门口，美惠子欲言又止。

老狗注意到，问：“怎么了？”

美惠子愧疚地说：“我想说真的很抱歉，我不知道原来战争会把人变成这样，对不起。”

“等救出那些乡亲，去跟他们说吧！”

美惠子点点头，走了出去。

黄桃问老狗：“你打算怎么办？”

“说实话，我也不知道。我唯一知道的是人必须要救，而且要快。”

“工厂里多少人多少枪咱们都没数，要不咱们回曲家村搬救兵吧？”

“越多人参与，越会走漏风声，一旦化肥厂的鬼子有了防范，我们面对的就将是铜墙铁壁，再好的刀枪，都刺不进去。更何况他们只是手无寸铁的百姓，这种事他们做不来。”

“没有救兵，单凭咱们两个，明摆着就是拿鸡蛋碰石头嘛！”

黄桃话语中透着沮丧，老狗眉头紧锁，脸上露出深深的忧虑。

美惠子回到诊所刚推开门，星野太郎就迎面上来，厉声说：“我知道你去哪儿了！”

美惠子一怔，星野太郎板着脸瞪着她。

“你是在躲我，不敢见我，对不对？”

星野太郎指着自己的脸，面颊有些淤青，美惠子这才意识到他指的并非化肥厂一事，暗中长出一口气，推开星野太郎，走到前台，拿起抹布擦桌子。

“难道你不应该道歉吗？”

“道歉可以，那以后的宵夜你请别人做好了。”

星野太郎被噎得无话可说，只好悻悻地说：“你……算了，大人不记小人过，我原谅你了。不过美惠子，别怪我没提醒你，以后不要再出去乱跑，中国人都很坏，他们可不像我对你这么好！”说完，转身进入里间。

美惠子擦着桌子，慢慢停下，目光倏忽变得柔软。美惠子想起铁笼内的齐大昭，他脸上透着坚定与果敢，一时间让美惠子心旌摇曳。

美惠子喃喃：“这里的中国人一点都不坏。”

说着，美惠子面露羞涩，眼神中也流露出一分敬意。

大发化肥厂车间内，日本人穿着白大褂正做着实验，男人全身溃烂惨不忍睹，齐大昭透过黑布缝隙望向外面，不忍直视，面露焦急，笼子里其他人正窃窃私语。

“你们说，那个人真的会来救我们吗？”

“这年头自己能活着就不错了，谁还顾得上旁人！”

“他可是发了誓的。”

“万一是说瞎话骗你呢！”

齐大昭忽然开口：“他没有骗人，他一定会来的！”

说完，齐大昭深吸口气，望着一个方向呢喃着：“老狗一定会来。”

第六章　大闹白沙

一大早，白沙城内，黄桃坐在路边面摊吃面，老狗低头走来，挨着黄桃坐下，随手往桌上丢了一份报纸。

黄桃瞅一眼报纸，登时一愣，报纸上大篇幅的文字报道，旁边还附着一张白鸟介的军官照。

黄桃惊讶地说：“旋风军大佐白鸟介？这不是咱们在虎峭山遇上的那个老鬼子吗？”

“没错，就是他。报纸上说他今天要举办新闻发布会。”

黄桃不解地说：“虎峭山那一仗到现在都过去这么多天了，他怎么比咱们还慢？”

“我打听过了，白鸟介其实早就到白沙城了，只不过一直没有对外公布，他一来就颁布了新的宵禁令和粮油令，还杀了一批闹事的百姓。据我判断，人体试验应该也跟他有关。”

黄桃又瞄了一眼白鸟介的照片，哼了一声。

“白眼仁，高颧骨，薄嘴唇，这面相一看就是个害人精！”

老狗突然想起什么：“对了，你那边情况怎么样？”

“你让我观察化肥厂周边，我足足走了一上午，发现只有一条马路通向工厂，旁边不是树林就是山沟。”

老狗听后，皱着眉头，缓缓说：“这是个好消息，也是个坏消息。”

“咋的呢？”

“树林跟山沟利于隐蔽，鬼子搜捕难度大，但出入工厂只有一条马路，他们势必会封路，留给我们的选择只能是徒步逃命。你没看见那些乡亲，他们已经被折腾得不成样子，就算鬼子没追上来，他们也走不回曲家村。”

面摊儿老板端着面经过，黄桃等他先过去，然后低声询问。

“你那边的情况呢？”

“工厂门口的守卫由三组人轮流更替，工厂内还有巡逻，每半小时一次，人数虽然不多，但警惕性极高。最为麻烦的是从实验室到大门口将近一千米，这段距离几乎没有遮挡物，被关的乡亲有十余人，一旦被发现，无处藏身，难有回旋的余地。所以想要从大门口逃走，几乎没有可能。”

黄桃长叹一口气，愁容满面，也没心情吃饭。又扒拉了两三口，就结账和老狗离开面摊。

两人走在路上，正巧经过一处变戏法的摊子，周遭围着一群孩子，不时爆发出欢呼声与掌声。黄桃好奇地逗留观看。

地上依次摆放着三个空碗，变戏法的人手里拿着一颗小球，随便放进一个碗中，让小孩指认球在哪个碗里。

黄桃却不屑一顾地说：“这点鬼把戏，也就哄哄三岁小孩。”

“你见过这戏法？”

“别说见过，我还变过呢。那颗球在他把碗扣过来的时候就悄悄拿走了，旁人看着称奇，只不过是眼睛欺骗了自己，以为球还在碗里。”

黄桃说完，踮着脚接着看下一个戏法，老狗猛然拉起黄桃就走。

黄桃不知发生什么事，跟着老狗的脚步往前，低头看着老狗紧紧拉着自己的手，脸上露出几分羞涩甜蜜。

黄桃声如细蚊：“狗哥，大街上这么多人呢，你咋那啥……”

老狗这才意识到不妥，急忙将手放开，肃然地对黄桃说：“我替老齐谢谢你！”

黄桃茫然地看着老狗：“谢我？谢我什么？”

“你一句话点醒梦中人。我想到救他们的办法了。”

星野太郎兴冲冲地推开诊所的门，手里扬着一份委任书，激动地大喊：“美惠子，我有好消息告诉你！美惠子？”

星野太郎进入里间，映入眼帘的是美惠子背影。

“没听见我在叫你吗？你看，这是大佐颁给我的委任书。我早说过我们可以大展宏图……美惠子？”

美惠子坐着不动，星野太郎赶忙过去，一见美惠子正脸，星野太郎顿时怔住。只见美惠子手被绑在床上，嘴里塞着布条，一脸痛苦的样子。星野太郎急忙上前试图解开绳子。

“怎么回事？是谁干的？”

老狗从角落里慢慢走出，星野太郎浑然不知，被老狗一掌击晕。

星野太郎很快就被老狗五花大绑起来，老狗又紧了紧绳子，看了一眼黄桃。黄桃拿着溴盐放在星野太郎鼻下，星野太郎顿时清醒过来，大口呼吸几下，环视四周，美惠子正无助地望着他。星野太郎使劲挣脱，却无济于事。于是面露凶色地问道："你们是什么人？"

"你不用管我们是谁，我们知道你们是谁就好了。美惠子？星野太郎？"

星野太郎立即装做无辜的样子，"什么星野太郎，我叫刘善昌，你们弄错了。"

黄桃讥讽一笑："你刚进门喊什么来着？美惠子的美惠子的，这么快不会就忘了吧？"说着将写有死亡名单的笔记本丢在星野太郎面前。

星野太郎沉了一口气，说："我从没见过这个本子，你们想干什么？陷害？"

"别演了，这可是在你诊所里找到的。"

星野太郎见势不妙，放声大喊，老狗与黄桃互视一眼，并不在意。

大街上人来人往，声音嘈杂，诊所门上挂着"休息"的牌子，没人靠近，也听不见诊所内传来的喊声。

老狗慢慢靠近星野太郎，星野太郎往后闪身。

老狗眯着眼睛说："你忘了之所以选这间屋子害人，就是看中了这里隔音好？"

星野太郎仍然："胡说什么，谁害人？"

"死不承认？星野太郎，你干的那些坏事我们一清二楚，在曲家村下毒，利用免费诊所将病人转移到大发化肥厂，秘密进行人体试验，制造假药企图卖给中国军队，我有哪里说得不对吗？"

星野太郎听得心惊胆战，额头渗汗："你们到底是什么人！"

星野太郎不知道老狗为什么会知道这么多，语气中带着一丝慌乱。

"这不重要，重要的是今天你必须配合我们做一件事。"

"什么事？"

"去化肥厂，把里面的中国人全部救出来！"

星野太郎的眼睛贼溜溜转了一下，脸上露出犹豫不定的神色说："如果我不呢？"

话音未落，黄桃从老狗腰间抽出马掌刀，架在美惠子脖子上，美惠子吓得花容失色。

黄桃寒声说："如果你不配合，就再也见不到你的妹妹美惠子了。"

黄桃一用力，刀刃割着美惠子的皮肤，露出血色，美惠子一脸痛苦。

"哥哥！答应吧！"

星野太郎急忙说："住手！你们竟然……不，不要这样！只要不伤害我妹妹，你们叫我做什么我都答应！"

黄桃将刀抽回，走到老狗身边，两人眼神示意，一切都正按照他们的计划发展着。

老狗让黄桃留在原地，而他押着星野太郎前往诊所的仓库。两人来到仓库前，星野太郎拉开仓库门，一辆卡车赫然出现在老狗面前。

老狗走到卡车前，拉开主驾驶的门，把星野太郎往上一推："你来开车，快。"

诊所内，黄桃解开美惠子身上的绳子，美惠子紧张地问：

"你们……你们不会说话不算话，杀掉我哥哥吧？"

"只要星野识相，能一切都照着老狗说的做，我们就能保证留他一条命。"

黄桃伸出手来表示和解，美惠子领会这是黄桃和解的信号，随即抓住黄桃的手，黄桃拉她一把，美惠子站起身。

"他们应该已经在路上了，我们得赶紧走了，还有很多东西要准备。别担心，我们是说话算话的。"

美惠子重重点了点头："我相信。"

卡车行驶在路上，星野太郎偷看一眼坐在副驾驶上的老狗，马掌刀放在老狗的腿上，刀尖正对着星野太郎。

星野太郎紧张地咽了口唾沫，对老狗说："一会儿到了化肥厂，我该怎么说？"

"怎么说是你的事，你只要记住美惠子的命还攥在我们手上，我相信你可以说得很好。但有一点我要提醒你，不要试图用日语偷偷说些不该说的话。"

星野太郎点点头，继续开车。

"整个计划不可能是你一个人的主意，是不是新来的大佐白鸟介在背后指使？"

星野太郎沉默不语，窗外风景一闪而过。

"你不回答，我就当你默认了。"

"听着，把人救走以后，你们最好远远离开白沙城，不然会落得跟河蚌一样的下场。"

"河蚌？"

"大佐说了，你们中国人就是躺在岸上晒太阳的河蚌，而我们是老鹰，你们躲不过我们的捕猎。"

说起白鸟介，星野太郎脸上闪现出狂热的崇拜之情。

老狗冷笑一声："这是白鸟介说的？真是个自以为是的老头，可惜啊，只说对了一半。他忘了河蚌有硬硬的壳，蚌壳一合，就会紧紧夹住老鹰的嘴，到时候谁生谁死，还不一定呢。”

卡车很快开至化肥厂门口，依旧是那天那个年纪大的守卫在值班。他一摆手，卡车慢慢停下。

老狗暗暗打着手势，示意星野太郎不要轻举妄动。星野太郎点点头，从驾驶室伸出手，亮出通行证。

守卫接过通行证，例行检查，随后将通行证交还给星野太郎，守卫望向车内，老狗竖着衣领，挡着自己半边脸。

守卫面露质疑，星野太郎见势不好，急忙催促。

“证件有问题吗？”

“没有问题。”

“既然没有问题，为什么不开门！”

守卫回过神，朝年轻守卫挥挥手，年轻守卫将大门打开。

星野太郎对守卫说：“把门留着，我马上走。”

星野太郎重新开动卡车，卡车驶入工厂内，守卫挠着脑袋，眉头紧皱。

卡车停在实验室所在车间前，老狗与星野太郎相继下车。老狗环视四周，将刀藏在衣服内，挟持着星野太郎来到门前。

老狗使劲敲门，很快，有人将门打开，见到星野太郎，一脸疑惑。

“你怎么来了？”

“我为什么不能来！让所有人都停下工作，我有大事宣布。”

星野太郎不由分说进入车间，老狗跟在身后，将车间门关闭。

星野太郎见人到齐后，从兜里掏出委任书，用日语大声诵读起来。

“现特别委任星野太郎全权处理实验室生产事宜，保证药品如期交货。”

星野太郎念完，将委任书合上收起，实验人员交头接耳议论纷纷，星野太郎往后靠，悄声问老狗。

“下一步怎么办？”

“让他们把铁笼门打开！”

星野太郎清清嗓子，拍两下巴掌，议论声渐渐平息。

“把铁笼打开！”

日本人犹豫着：“可是……”

“你知不知道违抗我的命令，就是违抗大佐！”

星野太郎脸一拉，面色阴沉地看着那个负责人。那人见星野太郎发火，急忙掏出钥匙，将铁笼门打开，齐大昭等人从里面走出，齐大昭看到老狗，眼中露出欣喜，有老乡认出老狗，想说什么，被齐大昭悄悄按住。

见此情形，实验人员面露诧异，将目光望向星野太郎，星野太郎有些心虚，再次悄声问老狗："现在呢？"

老狗在背后环视大局，诡秘一笑。

化肥厂门口，年轻守卫裹紧衣服，吐着哈气，扭头发现老守卫一副发呆的样子。年轻守卫喊老守卫一声，老守卫似乎没有听见，眼睛怔怔地望向前方。

老守卫总觉得刚才车里那人有些眼熟，可就是想不起来在哪里见过。他绞尽脑汁，左思右想，正打算放弃时，突然看见远处的电线杆。渐渐地，那个电话维修员的脸和刚才车里那人的脸重叠在一起，他缓过神来，猛然回头望向工厂内。

"八嘎！"

老守卫也顾不上说话，慌里慌张地跑进工厂内，迎面撞上日本官员，老守卫急忙汇报。

"长官，出事了。"

"怎么了？"

星野太郎走出车间，在他身后跟着穿着破烂衣服的中国人，在星野太郎的指挥下，中国人耷拉着脑袋，依次登上卡车。

老守卫突然指向星野太郎，急得说不清话，日本官员一头雾水。

"他有问题！他要带走中国人！"

此时星野太郎坐上驾驶室，发动汽车，老守卫跑过去，拦住卡车的去路。

星野太郎并不减速，反而加大油门，老守卫不得不跳向一旁，日本官员扶住站立未稳的老守卫，同时向门口的年轻守卫大喊："关门！关门！"

工厂大门敞着，年轻守卫急忙关门，但为时已晚，星野太郎开车硬闯出去，卡车撞到大门，将年轻守卫弹开，当即晕倒在地。

星野太郎的行为惊动了工厂内的巡逻队，日本官员挥手下令。

"留几个人看守，其他人跟我追！"

车内，星野太郎紧抓方向盘，面露紧张。他瞄一眼后视镜，几辆汽车正卷着烟尘快速追来。星野太郎一咬牙，将油门踩到底。

"停车！再不停车，我们开枪了！"

日本官员在卡车后大喊，星野太郎并没有减速的意思，日本官员一摆手，身后的日本兵探出身子，朝卡车开枪。

子弹袭来，打在车体上，星野太郎吓得压低身子，从窗户探出头朝身后大喊。

"不要开枪！不要开枪！"

"快停车！"

“不能停！我是为了救我妹妹！”

卡车与汽车快速追逐，前方路中放着一块大石头，星野太郎发现之后，急打方向，卡车失控，一头撞向路边的大树上，引擎盖弹起，冒着白烟。

几辆汽车快速驶来，在卡车后急刹停，日本兵一拥上前，将星野太郎拉下驾驶室。

老守卫快步登上后车厢，顿时瞪大双眼，回身喊日本官员。

日本官员来到后车厢，一脸错愕，发现后车厢竟是穿着中国人破烂衣服的日本实验人员。

原来，当时在车间内，实验人员与齐大昭等人共处一块区域，星野太郎询问老狗如何办时，老狗突然拔出马掌刀，招呼乡亲们将他们团团围住，逼迫他们将衣服脱下，与乡亲们互换衣服。

随后，在车间外，那些早已换上中国人衣服的日本实验人员，被星野太郎推上卡车。为了救美惠子，星野太郎可谓尽心尽力，不敢有丝毫差池。

日本官员快步走去，恼火地一把揪住星野太郎，大声吼：“那些中国人在哪儿？”

就在日本官员领着巡逻队追击卡车时，车间门悄悄露出一条缝隙，老狗暗暗打量着外面的情况。齐大昭等人跟在老狗身后，全都换上了日本实验人员的衣服，老狗指着不远处一个地方。

“看到那个厕所了吗？厕所的下水道是除了大门之外唯一能通往外面的地方，我们必须赶在鬼子回来之前逃出去。乡亲们，现在工厂里没了巡逻队，但还有一些留守的日本兵，大家注意，等一下跟紧我，不要乱跑……”

老狗话没说完，一个老乡已经忍不住先跑出去，老狗刚要追上，突然发现一个日本兵出现在不远处，已经举枪瞄准老乡。

老狗大呼一声：“不好！”

日本兵扣动扳机，老乡身体中弹，倒了下去，枪声在化肥厂回荡。不仅如此，这声枪响还传到了离化肥厂不远的日本官员耳里。日本官员望向化肥厂的方向，大手一挥，所有人又原路返回。

日本兵用脚踢着这个刚刚死去的老乡，老乡的尸体翻过身来，人已经咽了气。

齐大昭一脸焦急地对老狗说：“枪声会把剩下的鬼子都引过来的。”

“现在只有一条路，我去缠鬼子，你带着乡亲快去下水道，外面有黄桃接应。”

话音未落，老狗果断跑出车间，朝着日本兵招手，挑衅一笑：“小鬼子，爷爷在这儿呢！”

齐大昭见日本兵被引开，打开车间门，带领乡亲们朝厕所奔去。

“快！快！”

等乡亲们悉数进入厕所之后，齐大昭清点着人数。

“都齐了。这一次大家千万别急，一个一个跳下去。”

齐大昭指向茅坑，前头的老乡捂着鼻子，极不情愿。

老乡说：“要从茅坑里出去？我看要不翻墙吧？”

齐大昭断然否决：“不行，翻墙容易被鬼子发现，就算侥幸躲过他们的子弹，也会连累外面接应的人。”

“可这也太臭了。”

“都这时候了，你是要脸还是要命？”

齐大昭一声呵斥，老乡不吭声了，后方一个老乡往前站出来。

“人家肯舍命救咱们，咱们不能嫌这嫌那的，我先跳！”

话音未落，就跳下茅坑，随后双手往上，准备接下一个人，乡亲们一个个跳下，最后只剩下最初嫌脏的那个老乡跟齐大昭。

老乡突然问：“外面那位兄弟咋办？”

“他会跟上来的。”

在化肥厂内的老狗跑到拐角，急停躲在墙后，日本兵追来，刚一露头，老狗快速出拳，与其打斗在一起，老狗将日本兵的枪踢飞，此时身后又有两个日本兵追来，朝老狗开枪。

老狗一把抓住面前的日本兵，将他挡在自己身前，拿他当了靶子，子弹全都打在日本兵身上。

两个日本兵越靠越近，老狗将死去的日本兵推开，一个翻滚，将地上遗落的步枪捡起，撑着身子跪在地上，举枪射击，两个日本兵中枪倒地。

化肥厂外，黄桃与美惠子守在下水道口，焦急地等待着。突然，传来动静，第一个老乡从里面爬了出来。

黄桃连忙说：“快接应老乡们！”

美惠子从地上拿起一打可以擦拭身体污泥的布条，分发给相继爬出来的乡亲们。齐大昭最后一个爬出来，黄桃急忙迎上前。

“老齐，你怎么样，还好吧？”

“一切都好，就是身上不好闻。”

齐大昭将外衣脱去，美惠子拿着布条要给齐大昭擦拭秽物，齐大昭抬手拒绝。

“我自己来吧。”

黄桃看着下水道口，心急如焚。

“你们都出来了，老狗呢？”

齐大昭刚想说话，就听见身后传来老狗的声音。

“我在这儿呢。”

话音未落，老狗也从下水道爬出来，手中还拎着两个大桶。黄桃心中一块石头落地，脸上却露出责怪的神情。

“你怎么这么慢？你要再不出来，我就进去找你了！”

黄桃嘴上不饶人，却将准备好的布条丢给老狗，老狗憨笑一声，接过来擦拭着身子，同时把手里的桶递给老齐，说：“这就是我出来晚的原因。刚才绕着鬼子跑的时候，意外发现了汽车旁边鬼子还没来得及用的油桶，咱们坦克用油一直是个问题，我寻思能补充点就是点，这不就顺手拿过来了。”

齐大昭问：“好样的，老狗，那我们现在怎么办？”

老狗没有回答，反而看向黄桃：“黄桃，我叫你准备的东西准备了吗？”

“看，那边！”

黄桃指向不远处，老狗与齐大昭顺着望去，下水道的水流向远处的小河，河面没有结冰，一条木船停在交汇处。

齐大昭忍不住夸赞：“从水上走，鬼子一定想不到，真有你的。”

老狗嘿嘿一笑，说：“快安排乡亲们上船吧，鬼子该追来了。”

在老狗的安排下，老乡们迅速登上木船。黄桃与老狗一前一后拿着船桨准备起航，齐大昭最后一个上船，美惠子在岸边摆手作别。齐大昭突然停下脚步，回身面向岸边的美惠子。

“你是我第一个遇见的会帮助中国人的日本人。谢谢你坚守正义，为我们做了这么多。”

美惠子羞涩一笑，说：“我，我叫美惠子。”

“谢谢你，美惠子，真美的名字。”

齐大昭心中的感动是真的，他思忖良久，从怀里掏出那块怀表递给美惠子。

“这个是我们的一点心意，收下吧。”

美惠子连忙摆手：“不，我不能要。”

“拿着吧。如果还有机会见面，我会把这块表的故事讲给你听。再见。”

齐大昭将怀表硬塞给美惠子，转身上了船。

老狗冲美惠子喊了一声：“美惠子回诊所去吧，回去晚了，星野太郎会发现你骗了他。”

美惠子点点头，摇手作别。

老狗与黄桃摇动船桨，小船随着河流而下。

第七章　插翅难飞

老狗等人逃出了白沙城，他们不知道，此时的白沙城已经乱成了一锅粥。老狗把化工厂闹了个底朝天，日军做人体试验的事也瞒不住了，偏巧赶上白鸟介召开发布会的时候，有人故意捣乱，将日军的丑恶行为写在传单上四处分发。这样一来，新仇旧恨叠加，白鸟介恨老狗恨到了骨子里。这时，山岛静夫凭着他敏锐的嗅觉，第一时间发现美惠子身上藏着秘密。他上了心，被他一查，竟然牵连出星野太郎，接着又使出些可怕的手段，总算是从美惠子的嘴里撬出点东西。曲家村？曲家村？山岛静夫狂喜地将消息上报给白鸟介。一场针对曲家村的危机，渐渐来临……

袅袅炊烟，狗吠鸡鸣，曲家村恢复了以往的样子，所有的“鬼物”都被彻底消除，百姓们又过起正常生活。但谁也没有想到，这种平静的生活将很快再度被打破。

两个村民将一块石板盖在村东井上，老村长、翠霜、老狗、黄桃站在一旁，很多百姓站在对面。

“乡亲们，日本人想害咱们，这次多亏了苟团长把事情调查清楚，还给咱们曲家村一个公道。从今天起，咱们的好日子又回来了！”

老村长一番话，引得百姓们一阵鼓掌。

“让苟团长跟大家说两句。”

老村长带头鼓掌看向老狗，黄桃偷笑着，在背后捅着老狗，老狗看着众人，有些不好意思。

“我还真不知道说点什么……那我就说说昨天我做的那个梦吧。白沙城的一队小鬼子，晚上刚钻被窝，迷迷瞪瞪还没睡实，突然天降神兵，神兵手持板斧，见鬼子就劈，遇反抗就砍，杀得那叫一个痛快！一斧子就让他们逃回了东洋老家，那阵势，威武！吓得小鬼子抱头鼠窜哭爹喊娘，眨眼工夫，十几个鬼子全部报销！”

老狗越说越激动，老乡们随着他的情绪也变得兴奋起来。但老狗说完之后，停顿片刻，又有些怅然若失。

“真希望那梦是真的。”

大家纷纷齐声大喊：“会成的，会成真的！”

老狗与黄桃走在村中，有老乡经过，都客客气气地朝老狗微笑着打招呼。

黄桃嗔怪地说：“你做梦怎么还打打杀杀的？不老实睡觉。”

“日有所思，夜有所梦。”

黄桃突然调皮地挡在老狗身前，老狗停下脚步，面露不解。

“说，你有没有梦到过女人？”

老狗一阵尴尬，连忙摇了摇头。

“没梦到过我？”

老狗挠头，傻笑不语。黄桃冷哼了一声，继续追问。

“那你有没有梦到过美惠子？”

老狗有些着恼：“你把我想成什么人了！自然是没有！”

“实话？”

“当然是实话！”

黄桃却突然说：“我梦见过。”

“啊？你梦见她干什么？梦里还在跟人家找茬吵架？”

“放屁，我是那种人吗！我是梦见她跟老齐在一起了，手牵手往一个什么地方去，两人都高兴，我梦着也高兴！”

“什么乱七八糟的梦。”

黄桃一副你不懂的样子：“你不知道呀？美惠子喜欢老齐！你真是个傻棒槌，除了打打杀杀脑子里就没点儿别的！”

老狗惊讶地说：“美惠子喜欢老齐？”

黄桃没好气地说：“说是你棒槌都算夸你，这都瞧不出个四五六，你之前是怎么带兵的？老齐送给美惠子的那块怀表是什么，那叫定情信物！”

“他们总共才见过两三面，怎么可能私订终身呢？不可能，你肯定想错了。”

“不懂了吧？这就是爱情，让人冲动，让人发疯。”

黄桃一提爱情，面露憧憬，双手还不住比画，老狗则苦着脸，摇头叹气。

“你说的要是真的，我看他们是真发疯了。”

“你怎么这么扫兴？老齐都知道送人东西，也没见你送过我什么。”

老狗一脸愚笨地看着黄桃，不明所以的样子，黄桃忽然发起火来："我就问你一句，你相不相信爱情？"

"我连爱情是圆是扁都不知道，有什么信不信的。"

"我今天就让你知道知道！"

话音未落，黄桃突然踮起脚，在老狗脸颊上亲了一口，老狗顿时怔住。

"爱情，是甜的！"

黄桃打了胜仗一般，骄傲地转身走开，老狗环视四周，生怕有人发现，脸上的表情极不自然，似有火烧过一般。

曲家村一处民宅处，王四六端着一碗面走到房门前，敲了敲门，将碗放在门口。

"老齐，开饭了。"

王四六往后退，一屁股坐到磨台上，抓着上面的豆子吃。

门打开，齐大昭朝着王四六示意一下，拿起碗问："四六，吃过了吗？"

"吃了。你还要隔离多久？"

"身上没什么问题，咱们就能重新上路了，目前我感觉还好，应该没有感染病毒。怎么，着急了？"

王四六有些发愁地说："俺算了算日子，这些天咱才走了不到一半的路，俺怕年前赶不回去。"

说话间，黄桃与老狗先后进入院内，老狗刻意跟黄桃隔开一段距离。看见老齐，老狗问："老齐，身体怎么样？"

"我倒没什么，你看看四六吧。"

老狗看向王四六："四六，你怎么了？"

"没啥。"

王四六支支吾吾不好意思说，黄桃一眼看穿，直接点破。

"四六惦记着二丫，肯定是想走了对不？"

王四六点点头，黄桃挑着眉毛瞄着老狗，话里有话旁敲侧击。

"真是羡慕二丫，虽然四六大哥不在身边，但是心里一直惦念着她。不像某些人，不懂得珍惜。"

老狗急忙转移话题："子游跟小栓子呢？怎么一早起都没看见他们？"

王四六吸溜了一大口面条，嘴里含混不清地说："指不定去哪玩了，还是快商量一下什么时候出发才是正事。"

路子游和小栓子两人正在坦克旁"耍威风"。路子游打赌输给了小栓子，正心不甘情不愿地给他当着手下，满足小栓子过"官瘾"的心愿。两人打闹着，突然小栓子顿住，皱了皱眉头，喊了一声：“别闹了，别闹了。”

路子游还不停手，小栓子猛地跳下坦克，直接趴在地上：“有动静。”

路子游不以为意：“什么动静？疑神疑鬼的。”

小栓子二话不说，直奔不远处一棵树前，三下两下爬了上去。

路子游不解地走过来，站在树下看着小栓子。小栓子眯缝着眼，望向远方，只见远处烟尘滚滚，坦克跟卡车慢慢现形。

小栓子嗖地从树下滑下，慌张地说：“鬼子来了！”

“鬼子？有多少？”

“一辆坦克，一辆卡车，看样子是冲着咱们来的。”

说着，两人跳进坦克，路子游急忙点火，可推杆却怎么也推不动了，小栓子急得不住催促。

“你干啥呢？快开啊？”

“我正开着呢，别吵。”

“怎么不动？你到底会不会开？”

路子游急得额头沁汗：“我也不知道怎么就卡住了，平时不这样的！”

小栓子也忍不住跺脚：“憨包啊憨包，关键时刻掉链子！鬼子眼看来了，现在咋个办？”

路子游开不动坦克，索性放弃：“你先回去报信，让老狗有所准备。”

“你呢？”

“我留下，找东西把坦克掩护起来，免得被鬼子发现。”

“不行，太危险了，你回去报信，我留在这儿！”

“小栓子，你不是车长了，现在你是我的弟弟，当弟弟的就要听哥哥的话，快走！”

路子游直直地看着小栓子，不肯退让，小栓子沉默片刻，最后重重地点点头。两人急忙出了坦克，小栓子也不再犹豫，朝路子游点头示意后，转身往曲家村跑。

路子游环视四周，找来一堆柴草，盖在坦克上进行伪装。路子游不时望向来路的方向，慌乱间树枝扎到他的手指，流出血来。路子游顾不上止血，继续往坦克上堆集着树枝跟杂草。

翠霜担了一担水进入院内，老狗正从屋里出来，快步上前帮翠霜卸下担子，提起水桶，将水倒进水缸。翠霜一脸笑意，表示感谢。

黄桃倚靠着门看老狗干活儿，突然迈步过来，从老狗手里夺下水桶。

“翠霜妹妹，听姐姐唠叨一句，这男人啊，没一个靠得住，他今天能帮你提水，明天就能把你当水泼出去。咱们女人家，天生命就这么苦。”

黄桃长吁短叹听得翠霜有些纳闷，老狗沉口气，将黄桃拉到一边。

“你干什么？”

“跟翠霜分享一点人生感想，不行啊？”

黄桃闪身过去，拉起翠霜的手跟翠霜说着悄悄话，还不时白老狗一眼。

老狗摇了摇头，刚要回屋，此时小栓子上气不接下气地跑进院内。

听了小栓子报信，老狗急忙跑去敲钟，小栓子也跟过去，大声喊：

“乡亲们！乡亲们！”

声音传遍曲家村，很快，老乡们朝空地聚拢过来。

老村长问：“苟团长，你这是干啥？”

“村长，鬼子朝曲家村来了，他们应该是知道了救人的事，快让乡亲们跑吧。”

此话一出，老乡们一片哗然。翠霜站在一旁，抓住老村长的胳膊，老村长望着老乡们，愁眉不展。

“跑？往哪儿跑？”

“不管往哪儿跑，先离开这里再说！”

曲家村一间民房内，王四六正躺在屋子里呼呼大睡，黄桃挎着五把枪推门进来，王四六猛然惊醒坐起身。

黄桃着急地说：“外面敲钟敲得那么大声，你咋还睡得着？”

王四六揉着眼，不满地说：“咋了？啥事不能睡醒了再说？”

“还问咋了，鬼子来了！”

王四六脸色一变：“鬼子？”

此时，齐大昭也出现在门口，问黄桃：“鬼子多久到？”

“眨眼工夫就到，很近了。”

“老狗怎么说？”

“枪都拿来了，自然是要打个你死我活！”

黄桃扭头一看王四六还没起床，直接撩开他的被子。

“别磨蹭，快起来！”

路子游躲进坦克内，坐在驾驶位上，他扭头发现虎峭山捞来的炮弹，起身将炮弹拿出，研究着将炮弹装填上。路子游坐在齐大昭的位置，透过瞄准镜望向外面，自言自语：“小鬼子，你要能发现本少爷，就吃我一炮！”

此时，日军坦克轰隆开来，随后驶来的是山岛静夫所在的卡车。路子游屏住呼吸，观察着路面上日军的一举一动。

因为角度问题，路子游看不见日军的情况，于是轻轻转动转塔，炮口随之微微移动，这一举措被车厢内一个日本兵捕捉到，他叫嚷着，使劲拍打车体，卡车急刹停下。

日本兵跳下车厢，眯着眼使劲看着坦克的方向。此时，山岛静夫来到后车厢。

山岛静夫面色阴沉，问："怎么回事？"

"少佐，我觉得那里好像有人。"

日本兵指向野地，山岛静夫远远望去，发现野地上隆起一个草垛。

坦克内，路子游再次紧张起来，他死死抓着发射拉栓。

山岛静夫板着脸，摇了摇头："只是一个草垛而已。快点上车，我们马上就要到曲家村了。"

路子游望着他们离开，长嘘口气，松开发射拉栓，这才发现手心全是汗。

曲家村的乡亲们乱糟糟各说各的，老村长一时慌了神，老狗也替他着急。

"村长，没时间犹豫了，再不走就来不及了。"

老村长点点头，面朝老乡们喊话：

"乡亲们，大家什么都别拿，先往村后跑，去山里躲起来。快！"

老乡们四下跑走，纷纷散去。

黄桃、王四六、齐大昭每人扛着一杆枪，逆着人流跑来，黄桃将剩下的两把枪交给老狗与小栓子。

老村长看着眼前的情形，问老狗："苟团长，你们这是……"

"我们有家伙，能顶一阵，这样乡亲们就有充足的时间躲起来。"

老村长焦急地说："不行，不行，苟团长，这事不能这么办，鬼子就是冲你们来的，你们也得赶紧走！小鬼子见你们走了，也就不会在这儿多待了。"

王四六同意老村长的说法，于是看向老狗："老狗，村长说得在理。俺听黄桃说鬼子开着坦克和卡车，咱们也往山里一钻，他们肯定不会追上来的。"

"小鬼子要真是见着你们，遭殃的可就是乡亲们这些房子了。"

老村长这么一说，老狗面露为难。

黄桃问："到底打还是不打？"

老村长连忙说："不能打，不能打。翠霜，快带着苟团长他们走。"

老狗没有动，反而看向老村长："村长，你怎么办？"

"从化肥厂回来的那几个人还隔离着呢，我去叫他们。"

“我去吧。”

“别争了，村里的路我比你熟。”

翠霜依依不舍，老村长往外推着她：“听爹的话，快走，一会儿爹就去找你们。”

齐大昭环视四周，突然想到什么。

“怎么没看见子游？”

小栓子说：“坦克坏在村外，他正守着。”

“不好。小栓子，快带我去找他！”

曲家村一家民宅内，从实验室救回的几个老乡聚在一个房间，每个人的脸色都不太好，时不时有人咳嗽。

老村长推开门，屋内稍微亮堂了些，老村长看着几位，面露焦急。

有人问：“村长，出啥事了？”

“小鬼子来了，咱们避避风头。”

几个老乡面面相觑，行动迟缓，最老的乡亲哆哆嗦嗦，硬是没站起来，村长连忙上前搀扶。

“快，快，小鬼子马上进村了！”

老村长带头引领着几位老乡走在村内，有两位老乡体力不支，扶着墙顺势瘫坐在地上，他们不想拖累大家，让老村长赶紧走。

村外，坦克内，路子游透过观察窗看着外面，视线所及，没有人影出现。

突然，头顶上的车盖被打开，路子游一惊。

“别怕，是我！”

路子游一见是老狗，顿时松了口气，爬出坦克，老狗、齐大昭、黄桃、小栓子、王四六、翠霜正站在坦克外。

路子游问：“我看见鬼子过去了，没撞见吧？”

老狗说：“我们绕道过来的。小栓子说坦克坏了，怎么回事？”

路子游摇摇头说：“我也不清楚，点火以后操纵杆打不了方向。”

齐大昭钻进坦克，一旁翠霜拉起黄桃的手，焦急地用手比画着。

黄桃问：“翠霜妹妹，你是不是担心你爹？放心吧，村长说了，他会追上来的。”

王四六也跟着安慰翠霜：“是啊，兴许村长现在已经躲进后山了。”

话音未落，曲家村的方向传来一声枪响，老狗等人惊讶地回头望着，突然间枪声四起。

小栓子面露不解：“人不都跑出来了吗？鬼子咋还开枪？”

老狗惊呼：“是村长！”

翠霜突然往回跑，黄桃紧追两步，一把将翠霜拉住，翠霜使劲甩着胳膊，说不出话来不住嘶喊。

“你不能回去，要回去也是我们！老狗，快拿主意！”

“团长，下命令吧！”

所有人都看向老狗，老狗眉头紧皱，使劲敲着坦克车体。

老狗朝坦克内喊着：“老齐，鬼子开火了，我们得赶回去！怎么样，坦克能修好吗？”

坦克内，齐大昭点火之后试图推挡杆，却怎么也推不动。

齐大昭一急，拿胳膊肘使劲一顶，挡杆活动，坦克恢复正常。

坦克轰隆驶动，路子游重新钻进坦克，齐大昭让开驾驶位，交给路子游。

王四六、小栓子相继钻进坦克，老狗留在最后，让黄桃留下来看着翠霜。

黄桃不肯，要一起去。

老狗突然一笑，说：“你不是怪我没送你礼物吗？这就是我的礼物，我要你安全！”

话音未落，老狗登上坦克，路子游调转方向，朝曲家村驶去。

坦克行进到村外，却不见日军身影。这时，小栓子发现地上的血迹，一直绵延至村内。老狗预感到大事不好，可能遭到鬼子伏击，命令子游，把坦克开进村里。

翠霜眼中泛着泪光，怔怔地看着村子的方向，突然她挣脱开黄桃，拔腿往曲家村跑去。黄桃一边喊，一边急忙去追。

坦克沿着血迹，开进曲家村，路子游发现前方的情况，突然急刹车停下。

王四六坐在后面，看不到发生了什么。

路子游一副震惊的样子，从坦克爬出，随后其他人也都钻出坦克。当看到眼前的场景时，每个人都呆立当场。

坦克前的空地上，是那些老乡的尸体，他们的身上血肉模糊，现场惨烈至极。老村长的尸体横亘其中，只见他一脸愤怒双目圆瞪，身下的鲜血已经浸染了大地。

老狗一脸悲怆，缓步来到老村长跟前，蹲下身子，用手轻轻将他的眼睛合上。此刻老狗指尖感触的是丝丝痛惜，心头掠过的是阵阵苍凉，在场的人无一不是如此。

就在这时，翠霜跑了回来，看到地上的尸体，一头扑在老村长身上。翠霜悲痛至极，摇晃着老村长，他却再也醒不过来了，翠霜泪流满面，用尽全身的力气，朝天嘶吼。

“爹……”

在翠霜身后，黄桃用手捂住嘴，不觉间珠泪沾襟，在场所有人，都怔住不动，极度悲怆。

齐大昭突然眉头一皱，回头望着地上的血迹。

“老狗，我觉得事情不对。”

“怎么了？”

“从地上的血迹来看，村长他们不可能是中枪之后走回来的，一定是有人把他们拖回来的。”

话音未落，一颗子弹射来，正中翠霜太阳穴，翠霜应声倒地，趴在老村长尸体上咽了气。

“翠霜妹妹！”黄桃目眦欲裂，想要冲过去查看，被老狗一把拉到坦克后头。

“快躲起来！”

王四六、齐大昭、小栓子、路子游四下分散，或躲在树后或躲在墙后。

曲家村外，日军摆开阵形，重新包围了曲家村。山岛静夫冷笑着，露出一副胜券在握的样子。

“传令下去，将曲家村彻底包围，一个蚊子都不能放走！苟彦武，我要跟你玩个瓮中捉鳖的游戏！”

第八章　天降神兵

听到外面密集的脚步声，小栓子满脸怒气，低吼一声，想要从树后冲出去。齐大昭眼疾手快，一把拦住他。

齐大昭急声说道：“小栓子，回来！现在出去等于送死！”

“死也比在这当缩头乌龟强！”

“我不是说不打，大敌当前，不能胡打乱打，总得有个章法！”

路子游与王四六躲在不远处的墙后，路子游眼尖，发现一侧有日本兵跑过，路子游看向老狗。

“老狗，我们已经被鬼子包围了，怎么打就等你发话了！”

小栓子急急地跟了一句，“团长，快下命令吧！”几乎同时，黄桃的声音也响了起来，“是啊，狗哥，你快说句话呀！”

所有人都将目光看向老狗，老狗眼睛通红，怒火在胸中翻腾。老村长与翠霜尸骨未寒，而山岛静夫就嚣张地站在村外。

老狗怒声说：“抄家伙，给村长和翠霜他们报仇！”

曲家村外，一个日本兵跑向山岛静夫，进行汇报。

山岛静夫发号施令：“东南西北四个方向同时进攻，向曲家村中心逼近，叫他们无处可躲。”说完，山岛静夫跳上坦克，钻进炮塔，露出半截身子，“苟彦武，今天就让你我来个了断！”山岛静夫狞笑着，抽出武士刀，“全速进攻！”

一声令下，坦克开动，日军朝曲家村发起进攻。

坦克开进村内，日本兵躲在坦克后，四处张望，寻找老狗等人的身影。

突然，一颗炮弹袭来，在日军坦克周边落地开花，几个日本兵被炸飞，坦克停下。

山岛静夫抬眼望去，没有发现炮弹来自何处，这时，又一发炮弹袭来，险些击中日军坦克。

与此同时，左右两方射来子弹，日本兵立足未稳，悉数中弹，活着的只好胡乱开枪。

“隐蔽！隐蔽！”山岛静夫火冒三丈，挥刀下令，“朝着前方四面开炮，我就不信他们是藏在地底下！”

日军坦克变换角度朝前面发射炮弹，试图用这种办法，将老狗的坦克逼出来。一时间，泥土四溅，一团土雾。

山岛静夫仔细寻觅，愕然发现远处不起眼的墙面上少了几块砖，炮口正隐藏在墙中，老狗的坦克确实躲在墙后。

“东南方 45 度，开炮！”

透过视窗，路子游发现日军正在调整坦克炮筒，惊呼：“鬼子发现我们了。”

齐大昭镇定地说：“别慌，照计划进行。”

随着路子游双手熟练的动作，坦克迅速地后退，此时日军炮弹袭来，击中墙面，砖头石块打在坦克上，嘣嘣作响。

王四六撑着铁板，面露紧张，前排的黄桃不住催着路子游。

“开快点，别让鬼子打着了！”

“催也没用，现在是最快速度，只能这么快！”

两侧对日军的攻击依然还在，老狗与小栓子一左一右躲闪着开枪，双方激烈交火。

从村后进攻的日军赶来，在身后分别朝老狗与小栓子射击，老狗与小栓子躲闪着，彼此会意，选择暂时逃走。

拱桥连接着曲家村的内外，山岛静夫心急如焚，下令快速追上去。当坦克开上拱桥那一刻，路子游开着坦克出现在远处对面。

“四六，装填！”

王四六装填炮弹，齐大昭快速调整炮筒高度，将准星对准桥面。

齐大昭冷笑：“喂你们吃了干的，再来点稀的！”

山岛静夫顿时明白对方坦克的用意，快速跳出坦克。齐大昭发射炮弹，击中拱桥，桥面坍塌，日军坦克应声掉进河里。

山岛静夫扒着一侧路边，日本兵急忙上前将他扶起。山岛静夫一擦脸上的泥巴，再望对面，路子游开着坦克回退至其他小路，山岛静夫整个人气得发抖，不禁破口大骂。

那边，一个日本兵紧追小栓子，两人边跑边射击，小栓子子弹打光，无路可走。突然，小栓子停下脚步，将枪一丢，转过身来举起双手。

“我投降！投降！”

日本兵放松警惕，靠近小栓子，就在距离小栓子一步远的时候，小栓子猛地上前夺枪。小栓子虽然年纪小，本事却大，愣是将枪夺下，三下五除二杀了这个日本兵。

此时，一颗子弹擦着小栓子耳朵飞过，小栓子回头一看，七八个日本兵追来，小栓子挎上日本兵的枪，转身跑走。

另一边，十几个日本兵追着老狗，老狗停下打几枪就跑，此时四面八方都有日军拥来，老狗转身进入一家宅院，用木棍将门死死顶住。

老狗寻找着藏身之处，想要翻墙再走，此时日本兵将门打烂，又朝老狗开枪，老狗从墙上摔下，被日本兵团团围住。

一个日本兵举枪瞄准老狗，山岛静夫从后走来，摁下日本兵的枪。

另外一个日本兵将老狗的枪缴了，山岛静夫走近老狗，轻蔑地瞪着他。

“苟彦武，一开始我低估你了，以为你真有以一敌百的本事，不过看你现在的样子，我觉得我又高估你了。怎么样？此时此刻体会到什么叫做插翅难逃了吧？”

“你不是一直想取我性命吗？来呀！”

老狗空手拉开架势，挑衅地挑了挑手。山岛静夫亮出武士刀，两人打在一处，山岛静夫刀刀要命，老狗左躲右闪，老狗猛地抓住山岛静夫的手腕，山岛静夫一松手，用左手抓住刀，刺向老狗，老狗胳膊中刀，连连退后。

山岛静夫面露狞笑，乘胜追击，老狗大吼着顶上，反而将山岛静夫顶倒，日本兵见势不好，朝老狗脚下开枪，老狗只好停住，错失进攻良机。

山岛静夫爬起身，再次朝老狗袭来，老狗血流不止，难以抵挡，山岛静夫发疯一般，老狗渐渐不敌，身上被刺开不少口子。

老狗咬紧牙关，瞅准机会，反手从后勒住山岛静夫脖子，致使日本兵无法开枪，山岛静夫被勒红了脖子，将刀掉头，扎向老狗的腹部。

就在刀尖进入身体那一刻，突然一颗炮弹将宅院墙壁轰塌，日本兵悉数震倒，山岛静夫也被石头打到，摔在地上，只见墙壁上露出一个大窟窿，路子游开着坦克出现在院外。

老狗趁机爬起身，朝另外一个方向逃走。

“给我追！”

几个日本兵站起身，去追老狗，另外一些日本兵朝坦克追去。

坦克往前开着，身后追着很多日本兵，路子游猛地拐弯，却发现进入了一个死胡同。

日本兵们出现在胡同口，其中一个掏出手雷，其他人也跟着掏出手雷，往前冲着准备丢向坦克。

此时，坦克炮塔转动，炮管划着墙壁，冒出火星，炮管对准日本兵。

日本兵准备不及，齐大昭拉响拉栓，炮弹击中日本兵所在区域，加上手雷的威力，顿时一声巨响。

三个日本兵快步追来，发现大树四周空无一人，突然子弹从头顶射下，两个日本兵中枪倒地。

小栓子从树上跳下，与剩下的那个日本兵周旋，最终将其打死。

躺在地上的日本兵突然睁开眼，挣扎着捡起枪，瞄准小栓子后背，将手指放在扳机上。

"小栓子，趴下！"

小栓子一听，赶紧趴下，日本兵子弹打空，从远处跑来的老狗上前，一脚将日本兵踢晕。小栓子起身，看着老狗身上流血不止，将外衣脱下，撕成布条，心疼地给老狗包扎。

这时，身后传来日本兵杂乱的脚步声，老狗拉着小栓子向前跑。

曲家村死胡同内。眼前日本兵横尸遍地，路子游长舒口气，王四六看着弹药箱，已经空了，苦着脸说："没炮弹了。"

齐大昭看着王四六说："鬼子的坦克里一定有，四六，跟我一起去拿。"说着推开车盖，钻出坦克，王四六跟着出来。

齐大昭顺势爬上墙，躲着日本兵，王四六瞧见远处一颗没响的手雷，过去将手雷捡起藏在怀里，挎着枪随着齐大昭上了墙。曲家村的房连着房，齐大昭与王四六弯着腰，走在房顶上。

王四六问："还有多远？"

"嘘！别出声。"

话音刚落，有日本兵经过，齐大昭拽着王四六，两人迅速躺下，躲过日本兵的搜找。

两人来到老村长家，前面房子不连着了，齐大昭先一步跳下房顶，进入院内，刚一开门，正看见两个日本兵，齐大昭急忙关上门。

王四六正往下爬，齐大昭在下面朝他摆手。

"上去，上去！"

王四六又重新上了房顶，齐大昭慌乱间躲进屋内。与此同时，两个日本兵举枪闯了进来。王四六吓得大气不敢出，急忙平躺下来。日本兵发现院内无人，举枪进入屋内。王四六紧张观望着，对面屋子有里外间，透过窗户，王四六看见齐大昭正躲在里间，而日本兵正在外间搜找。王四六观察着日本兵的一举一动，朝着齐大昭打手势，日本兵慢慢朝里间走去，王四六也不敢喊出声，只能挤眉弄眼摆手示意，齐大昭领会后，躲到柜子后头，等日本兵迈进里间，一枪毙命。

另外一个日本兵听到枪声，快步进入里间，此时齐大昭跳窗离开房间，却把枪给挂在了窗户上。

齐大昭顾不上拿，只好往外跑，日本兵又迅速跟出来。

“站住！”

日本兵举枪对着齐大昭，危急时刻王四六也举起枪，瞄准日本兵，一扣扳机，枪却卡壳了。

齐大昭慢慢转过身，面对日本兵，日本兵冷笑一声，正准备开枪，对面房顶上的王四六摸到怀里的手雷，直接丢了出去，手雷正好打在日本兵脑袋上，日本兵一个趔趄，齐大昭趁机上前，夺下枪，将日本兵击毙。

此时王四六从房顶跳下，快步过来，捡起那颗手雷。

王四六歪着脑袋奇怪说道：“咋没响？”

“你没拔掉拉环，当然不会响。”

“看俺，一着急给忘了。”

“幸亏是没响，如果响了，我的命也没了！”

王四六研究着手雷，此时试图拔掉拉环，被齐大昭制止，齐大昭连忙将手雷拿在自己手里。

“这东西还是放在我这比较安全。”

黄桃爬上齐大昭的位置，透过观察窗望向胡同外，一个日本兵跑过，黄桃不禁暗暗祈祷。

“没看见，没看见，没看见……”

黄桃正嘀咕着，日本兵又慢慢后退回来，盯着坦克，招呼其他日本兵。

“坦克在这里！坦克在这里！”

黄桃怒骂一声：“奶奶个腿的！路子游，快离开这儿！”

路子游连忙挂倒挡，坦克快速往外退着，日本兵眼看坦克靠近，只好跳向一侧。

路子游将坦克调转，迎面跑来很多日本兵，日本兵朝着坦克开枪，子弹打在车体上啪啪作响。

路子游大喊着，将油门踩到底冲向日本兵，黄桃坐回路子游旁边，举枪对着外面一通射击。坦克轰隆向前，日本兵大多选择躲闪，一个日本兵来不及避开，被坦克轧断了小腿。

路子游开着坦克横冲直闯，黄桃顾不上瞄准一通开枪。

坦克前面的日本兵快速跑向坦克侧面跟后面，路子游调转不及车头，一个日本兵爬上坦克。

“有鬼子上来了！”

路子游大喊着看向黄桃，黄桃起身，去抓住车盖把手。坦克外，日本兵手拿手雷，试图打开坦克车盖，黄桃却用身体坠着，死命抓住车盖不被打开。

黄桃咬着牙：“我快抓不住了！”

此时，有日本兵从黄桃一侧的观察窗刺进枪杆，朝着坦克内开枪，黄桃躲闪着，险些被打中。

“小鬼子，有本事别打女人！朝这儿打！朝你路大少爷身上打！”

坦克上的日本兵越来越多，车顶盖马上要被打开，只听几声枪响，靠近车盖的日本兵中枪倒地，原来是老狗和小栓子及时赶到。

其余日本兵对老狗跟小栓子展开进攻，路子游也没闲着，调转方向让坦克转起圈来，日本兵随着坦克转动，不小心就将后背留给了老狗。老狗与小栓子左右夹击，将日本兵打得落花流水。老狗打光了子弹，干脆拔出马掌刀，忍痛上前与日本兵肉搏。

一时间，枪声、骂声、打斗声不绝于耳，到处是浓烟与纷乱，整个曲家村笼罩在战火阴云之中。

齐大昭与王四六溜着墙根往外走，来到拱桥前不远处，王四六赫然发现日军坦克正试图爬坡上来。

王四六大惊失色：“娘嘞，这么高，能爬上来？”

话音未落，坦克往前开着，将坡上的泥土碾碎，上岸角度变小，日军坦克加大油门冲上岸来，朝村内驶去。

“坏了，咱们的坦克要成活靶子了！”

齐大昭面露焦急，不经意望到村外停着的日军卡车，拔腿就跑，王四六看下四周，紧跟过去。

王四六边跑边问：“你想干啥！”

“抢了鬼子的卡车！”

老狗与小栓子拿坦克当掩体，与日军展开交火。双方的交战进入白热化。

山岛静夫率领越来越多的日本兵靠近，此刻的他歇斯底里一般，朝着手下不住下令。

“进攻！进攻！”

老狗身上的血已经染红了衣服，他眼前的人影变得模糊，老狗敲打着自己的脑袋，强撑着战斗。

小栓子猛地回头，喊道：“团长，子弹打光了！”

“进坦克！”

老狗掩护着小栓子进入坦克，随后他也想跳上坦克，但弹雨密密麻麻而来，老狗一时间跳不上去。

情急之下，黄桃也顾不上那么多，直接打开车顶盖，朝老狗伸出手来。

“狗哥，我拉你！”

老狗看向四周，无数发子弹射向黄桃，老狗咬牙后退，离开坦克。

“不用管我！你们快走！”

“狗哥！”

“路子游，带着他们冲出去！这是命令！”

老狗心意已决，朝着车内大喊着，坦克内路子游眼含热泪，手紧紧攥着操作杆。

“走啊！”

路子游咬紧牙关踩紧油门，朝前方冲去。

小栓子急得大叫起来：“路子游你个混蛋，不能丢下团长！停车！快停车！你聋了吗！我叫你停车！”

“我没聋，在这坦克上，驾驶员天生要听车长的，车长刚刚下了命令，我只能服从！”

黄桃流着眼泪望向身后，老狗难以抵挡，渐渐被山岛静夫等日军围困。日本兵将老狗手里的刀打掉，几人合力将老狗擒住。

山岛静夫上前一把揪住老狗的衣领，伸手捅进老狗的伤口，老狗疼得大叫起来，山岛静夫恣意地大笑起来。

坦克走了还没多远，小栓子突然摇着头，直接从后面钻过来要抢路子游的操作杆。

“干什么！”

“我们得回去救团长！”

两人争抢着，坦克一阵往东一阵往西，路子游努力摆正方向。

“你们两个别抢了！”

黄桃再一加入，局面更加混乱，突然坦克内几个按钮开始报警，滴滴声不断，坦克咯噔一声停了下来。

小栓子看向路子游："咋不走了？"

"还不是你帮倒忙！"

"别废话，快让坦克开起来！"

"说得简单，这些符号我也看不懂是什么意思。"

"路子游，你胡整也好乱弄也罢，只要坦克能动弹就行。"

"给我点时间。"

黄桃呆呆地凑在观察窗前，突然说："我们没有时间了！"

路子游与小栓子面露不解，急忙望向外面，只见日军坦克正挡在前方，调整着开炮角度，三人倒吸一口凉气。

日本兵揪着老狗出现在巷子口，山岛静夫掐着老狗的下巴，将他的视线望向前方。

老狗看见他们的坦克正面临遭受一击击毁的危险，想挣脱，却被日本兵死死摁着。

"苟彦武，我要让你亲眼看着他们是怎么死的！我要让你知道，跟你有关系的人，一个都没有好下场！"

山岛静夫凶狠地笑着，老狗面露焦急，但又无能为力。

就在这生死瞬间，曲家村外掀起一阵尘土，同时传来万马奔腾的声音。

只见一匹白马穿过尘烟，快速来到日军坦克前，骑在马上的女人一头短发英姿飒爽，手持一个黑色炸药包，将之扔在坦克履带上。

刹那间，日军坦克履带被毁，坦克一陷，炮管里的炮弹回流，坦克内的日军傻了眼，登时"砰"的一声，日军坦克爆炸，灰飞烟灭。

山岛静夫气得脸部抽搐，大声怒吼着："怎么回事？"

"少佐，他们有援兵！"

"都给我听好了，来一百杀一百，来一万杀一万，总之一个不留，全部杀死！"

山岛静夫一声令下，日本兵持枪上前。

在领头的女人身后，跟着很多骑马的士兵，他们听从女人的指挥，也开始朝着地面上的日本兵发起进攻。

小栓子不解地问："他们是谁？"

黄桃不在乎地说："管他是谁呢，只要是打鬼子的，就是自己人！"

他们并不知道，其实他们早就听说过这个女人，甚至他们当中的一个人还曾经见过她。

路子游透过观察窗，目不转睛望着马背上的短发女子，她眼神坚定，表情冷峻，手持双枪，每次出手，都必有一个鬼子倒地。

短发女子骑着马朝着山岛静夫快速跑来，山岛静夫朝她开枪，短发女子一侧身，扒在白马一侧展开攻击，山岛静夫躲至一旁。

说时迟那时快，短发女子已经赶到老狗跟前，将老狗身旁的日本兵开枪打死，一把将老狗拉上了马。

“抱紧我！”

老狗坐在短发女子身后，短发女子抓着缰绳，掉头跑走。

日本兵朝短发女子开枪，短发女子将一把枪丢给老狗，两人一左一右开始反击，虽说是刚见面，但是两人配合却十分默契。

坦克内，小栓子激动地晃着黄桃的肩膀：“这女人有点本事！”

黄桃不屑一顾：“这就叫有本事？骑马开枪谁不会？”

“你咋个了？刚还说人家是自己人！”

黄桃闷闷不乐，瞧着老狗搂着短发女子的腰，眼中透着醋意。

短发女子率领手下加入战斗，顿时场面扭转。硝烟弥散，马匹扬蹄嘶鸣，短发女子的人迂回攻打，日本兵反被围困，只得狼狈反击。很多日本兵丢了枪支，掉头就跑。

山岛静夫见状，大喊：“你们去哪里！回来！”

“少佐，再不撤退，我们全都会死在这里！”

“你很怕死吗？”

日本兵不敢吱声了。但看着眼前的局势，山岛静夫也唯有恼怒，却回天乏术，他望着马背上的苟彦武，将武士刀慢慢放回刀鞘。

山岛静夫冷哼一声：“苟彦武，算你命大！全部都有，撤！”

日本兵护着山岛静夫回到卡车上，日本兵急忙开车。不少士兵还没登上车厢，只好快步跑着，靠车上的日本兵拉上去。

望着日军仓皇逃窜，士兵们骑着马绕着短发女子转圈，朝天开枪以示胜利。

路子游、黄桃、小栓子从坦克里爬出来，跑了过来。

路子游问：“敢问你们是哪儿的队伍？”

一个和小栓子个头差不多的士兵，骑着马朝路子游的方向走近了些，说：“我们是八路军，这位是我们队长，赵英秀赵队长。”

路子游望着赵英秀，虽然她穿着朴素，但在路子游眼里，她的头发一飘一荡，唇红齿白，眉眼里似乎装着一汪清澈的泉水，好看极了。路子游的心里似乎飘进飞絮，痒得不行。

“赵队长，谢谢你，谢谢你们八路军救了我们。”

赵英秀嫣然一笑，朝路子游点点头。

老狗想要下马，但动作变得迟钝，小栓子上前扶着，老狗站到地面上。

老狗环视一圈，问：“都没受伤吧？”

“团长，我们都没事，倒是你……”

小栓子话没说完，黄桃就已经冲了过来，激动地抱住老狗。一旁的赵英秀一怔，意识到什么，迅速将目光移开。

“太好了，我们都活着。”

黄桃欢呼着，却不小心碰到老狗的伤口，老狗疼得倒吸口气。再看老狗，他嘴唇已经没了血色，后背全是虚汗。

黄桃没有察觉，嘴里还关心地说着什么，但老狗一个字都听不见，老狗晃晃脑袋，依然听不见黄桃的话。老狗用衣袖擦了擦脸上的血，抬头看看挂在空中血红色的太阳，耀得睁不开眼来。眼前越来越近的是黄桃的手吗？老狗眼前越来越迷糊，最后两眼一黑，直接栽倒在地。

“狗哥！狗哥！”

所有人都不知所措，一齐上来围住老狗。

老狗做梦了。距离上一次做梦，不知道过去了多久。这一次，他来到了曲家村。子弹横飞，泥土四溅。枪林弹雨中，老狗仓皇向前跑着，边跑边回头张望，等他再回过头来时，眼前的景象让他猛地刹住脚，一具干尸倒挂在树上，眼睛直勾勾瞪着老狗。老狗努力睁了睁眼，才发现这僵硬的靛青的脸似曾相识。突然间，老狗倒退两步，脸色变得煞白，眼前这僵尸一样的人，不就是老村长吗！老狗觉得刺骨的寒意从脚底板升起，顺着血管，迅速游蹿到心脏处，老狗觉得自己的心像是被冻成了一大块冰坨，一开始疼，渐渐地没有了知觉。

老狗捂着心口，一个趔趄，坐在了地上，突然身子一紧，再看身上，不知何时自己被绑在椅子上，四周站满了日本兵，他们高声欢呼着，冲着老狗发出嘲笑的嘘声。

老狗还没反应过来，就听见一声拍手声，眼前的日本兵闪出一条路，露出了山岛静夫的身影，而在他身边，黄桃双手被绑，跪在地上。

山岛静夫狞笑着看了一眼老狗，随后将子弹上膛，枪口顶住黄桃的太阳穴，黄桃哆哆嗦嗦，面露惊恐。

老狗目眦欲裂，使劲挣脱，却已来不及，山岛静夫冷笑着，扣动扳机，一声枪响。

“不！”

老狗突然睁开眼，眼球快速转动，额头上渗着细密的汗珠，喘着粗气，嘴中还不停地喃喃呓语。

“不，不……”

老狗猛地从梦中惊醒，眼前一个人影晃动，老狗下意识出手将其擒住，对方急忙喊话。

“是我，狗哥，黄桃！”

老狗定睛一看，是黄桃，不顾三七二十一径直将黄桃抱在怀里。黄桃吓了一跳，随即放松下来，心想这榆木疙瘩怎么突然开窍了。黄桃感受着老狗身体的温度，想要伸手抱住老狗的腰，这时老狗却反应过来，收回了手，加上刚才噩梦的影响，脸比猴屁股还红。

老狗想要坐起身，却倍感疼痛，他这才注意到自己的手臂上跟身上都缠着绷带，上面透着血迹。

黄桃轻声问：“伤口还疼吗？”

“有一点。”

老狗再看四周，发现自己置身一间陌生的民宅内，四周的布置极其简陋，正中间放着一个火炉子，上面坐着水壶，氤氲着热气。

“这是哪儿？”

黄桃没回话，而是冲外面大喊了一声：“你们进来吧，狗哥他醒了。”

话音未落，小栓子与路子游一前一后进入屋内。小栓子刚迈进屋，就嚷嚷着：“团长，你可吓死我了。”

路子游打趣说：“你这一晕，小栓子差点没背过气去。不过幸亏你没伤了胳膊断了腿，我还没做好当车长的准备呢。”

“去去去，怎么说话的。”

大家都笑着，老狗的目光越过小栓子，看向门口。

“老齐跟四六呢？”

此话一出，三个人面面相觑，眼神闪躲，不敢回答，老狗眉头一皱，使劲撑着身子往前。

“他们人呢？”

见老狗发火，黄桃上前扶着老狗坐好，嗔怪地看着老狗，但想起老齐跟四六，黄桃又叹了口气，说：“曲家村我们都找遍了，就是没找着老齐跟四六。”

老狗不悦：“既然没找着，为什么不等等？”

路子游急忙解释：“赵队长说鬼子很可能随时搬救兵再回曲家村，她让我们跟着回根据地，说这里安全。我好不容易鼓捣着坦克，就跟着来了。”

黄桃脸上带着忧色：“你没醒之前，我们三个嘀咕老半天，寻思老齐跟四六是不是被鬼子抓走了。”

小栓子说：“如果真是那样，照王四六的胆量，一定吓得尿裤子。”

路子游说：“赵队长说她会让人帮忙打探，一有他俩的消息，咱们立即就能知道。”

小栓子饶有趣味地打量着路子游：“一口一个赵队长，你该不会喜欢人家吧？”

“说啥呢？赵队长……赵队长说这话的时候你不也在场？”像是被人捅破秘密似的，路子游脸一红，故意提高声音，反说小栓子的不是。

老狗想要下床，被黄桃拦住：“你干啥去？”

“赵队长救了咱们，我还没亲口跟人家道声谢呢。走，带我去见见赵队长。”

黄桃不情愿地说：“都这么晚了，明天再去吧。”

老狗却十分坚持，既然醒来了，就一定要亲自前去拜访。众人只好听之任之。小栓子与黄桃一左一右扶着老狗走出房间，路子游快走两步，在前领路。

老狗推开小栓子跟黄桃，怎么也不肯让人扶着。老狗边走边观察着根据地。根据地地处山坳，房屋大多简陋，一侧的马厩里拴着数匹高头大马，旁边还堆放着农用工具。

老狗等人到场的时候，赵英秀正在开总结会议。只见一个个八路军士兵坐在板凳上，坐姿端正，认真听讲。只有那天同他们说话的名叫泥鳅的小个子，不时地开个玩笑。

老狗故意咳嗽一声，泥鳅扭头看向门口，赵英秀也随之望去。

老狗主动打招呼：“忙着？”

“开总结会，这就结束了。”赵英秀冲老狗笑了笑。

士兵们站起身离开会议室，老狗几人进去拉着板凳坐下。

赵英秀关心地问：“伤势怎么样？”

“这点伤不算什么。我是特意来感谢你的，如果没有你们，我们几个可能已经不在了。只不过有件事我不明白。”

“你说。”

“你们怎么知道我们在曲家村的？或者说，你们怎么知道鬼子要打曲家村的？”

“不瞒你说，我早就留意你们了。大发化肥厂的事我们比你们先知道，本来打算等他们出货的时候将鬼子一网打尽，结果让你们半路上截了和，后来我暗中派人关注你们的动向，怕的就是鬼子报复，但没想到他们动作会这么快。”

老狗恍然。

赵英秀大方表示：“你们只管安心住下，我们这里条件虽然艰苦，但是有灶有床，养伤也够清静。”

“谢谢。另外我那两个朋友……”

赵英秀接过话来：“齐大昭，戴着眼镜文文弱弱，王四六，高个子大块头，我已经记下了，一旦有他们的消息，会立刻通知你们。”

黄桃在一旁白眼瞪着赵英秀，路子游则一往情深不时打量着赵英秀，而赵英秀只管看着老狗，像是多年未见的老朋友。一时间，一股潜流在四人之间涌现流转，尽管他们四人谁也没有发现，但是很快，这股潜流就不断酝酿发酵，形成一股暴风雨，把这片小小的根据地折腾得天翻地覆。

最早发源地是黄桃。黄桃从见到赵英秀这个女人的第一眼，就打心眼里不喜欢她。至于究竟是为什么，起初黄桃还不清楚，但没几天之后，黄桃就知道，自己这股醋劲来得并非毫无缘由。赵英秀似乎对老狗十分热情，说话举止间，都似乎一副老朋友的样子。黄桃给老狗熬粥，结果碰上了同样端着一碗粥的赵英秀。黄桃给老狗送药，又碰上了同样来送药的赵英秀。黄桃心想，在姑奶奶这里，没有事不过三这一说，出现两次的事，我要是鼻子再闻不出点东西，这么多年行走江湖，早就被狼吃了。黄桃性格活泼，很快就在根据地里混得风生水起，可令大家奇怪的是，黄桃明里暗里一直挑着赵英秀的刺，赵英秀自然也能感觉出来，两个女人之间，越来越针锋相对。但让黄桃真正恼火的导火线，还是从泥鳅那里意外听来的话。

那天，黄桃正在厨房里烧火做饭，她头上盖着一块手巾，右手拉着风箱，左手捂嘴咳嗽。柴火烧得旺了，掀开锅盖，锅里的汤已近沸腾。黄桃看看四下无人，手脚麻利地扒开一堆杂物，从中拎出一个小桶。看起来桶里全是冰，并没有什么稀奇，黄桃挽了挽袖子，赤手伸进去，竟然捞出一条小鱼来。

“对不起啦小鱼兄弟，我狗哥受了伤要补身子，我也是没办法才把你从那冰窟窿捞来下锅。你知道不，小鱼兄弟，我黄桃要做这世上对他最好的女人。”

黄桃将小鱼放进锅中，哼起东北民间小调，一边哼唱一边咳嗽，一脸喜滋滋。

这时，泥鳅侧身进了门，厨房内烟雾缭绕看不清，只看见一个正在烧火做饭的人影，分辨不出是谁，以为是厨子老邱。柴火呛人，泥鳅很快便转身离开，随手顺了一根黄瓜。

泥鳅靠着墙啃黄瓜，对着厨房内的人说话：“我说老邱，咱们几点开饭？我饿得心慌，你可赶紧着。”泥鳅啃一口黄瓜，大快朵颐，嘴里发出吧唧吧唧的声音。“老邱，我跟你说个秘密，你可不许跟别人说。咱们赵队长跟那个老狗以前就认识，不光认识，还有故事，有啥故事？他们相过亲！”

话音刚落，就听见厨房里传来勺子掉在地上的声音，泥鳅也没在意，摇头晃脑地吃着黄瓜，继续自顾自说着：“要我说，赵队长肯定是没看上那老狗，毕竟国共志向不同。再说了，那姓苟的远看嘛是威武，可不能近看。近处一看，长得太砢碜，活像俺河南鸡公山上的一块大土坷垃！”

“放屁！你说谁呢！”

黄桃猛地出现在门口，吓了泥鳅一跳。

泥鳅头往厨房里面瞅：“咦，你咋在里面，老邱呢？”

“老邱搬菜去了！”

“瞅你那点能耐，净会背地里编故事，吃不饱闲的，是不是？”泥鳅转身要溜，黄桃眼疾手快，把泥鳅拽回来。

“咦，你弄啥，咋说话来。”泥鳅挣了半天没挣脱，急得说话都露出了家乡音。

“那你说说，你刚才跟老邱说什么赵队长跟我狗哥相过亲，咋回事？”

泥鳅猛地住嘴，眼睛滴溜溜转起来：“咋回事……咋回事……”

“少装蒜！再不说我今天把这伙房烧了，把你也点了！”

泥鳅赶紧举手求饶：“别别别发火，大姐，你是真不知道？”

“骗人不打草稿，你说不出来就是骗子王八蛋！”

“我泥鳅从不骗人！不信去问小栓子，当时他在场，他陪着相亲！”

“骗人是王八蛋？”

“骗人是王八蛋！”

黄桃松开泥鳅，没好气将头上的手巾抽下，用手巾恨恨地拍打掉身上的尘土，掉头就走。一路上，黄桃飞快来到老狗房间，小栓子正靠着椅子咂吧着水。黄桃二话不说，直接揪起小栓子的耳朵，把小栓子从屋外拽进屋内。不管小栓子怎么喊疼，黄桃就是不松手。

“哎哟哎哟，轻点轻点，耳朵掉了。”

“泥鳅说有，你说没有，我再问你一遍，到底有没有？”

“有有有！”

黄桃松手，小栓子摸着红肿的耳朵，脑袋飞速运转，琢磨着怎么把这事儿圆过去。

“好啊！真有相亲这回事，你承认了！”

“我承认，我当然承认，我刚找到你们的时候你就问过我嘛，你说，小栓子啊，姐姐问你，你们团长之前有没有过女人哇？”

“没错我是这么问的，你说我们团长没有女人，只相过亲，还没相成！你还说，相亲的那个女的比我好看、比我头发长、比我白、比我嗓门细，还比我有文化！”

小栓子愣住了：“啊黄桃姐，你记得这么清楚啊……”

“怎么着，想抵赖？”

“不不，黄桃姐，相亲确实是有，但是你不能听风就是雨，谁也不能证明我们团长就是跟眼下这个赵队长相过亲，你说对吧？也许另有其人呢？”

黄桃按照小栓子的说法想开去，有点动摇。黄桃将信将疑地说：“你是说，狗哥不是跟赵队长相亲，他们之间没有故事，是刚认识的？”

小栓子拍着胸脯，一副你放心的表情：“这个赵队长跟我们团长确实过去什么都没有，没有过去，没有故事！千万别多想，不然我们团长会怪罪我的。”

话刚说完，赵英秀的声音响起：“谁说没有？”

赵英秀已站在老狗房间门口。小栓子吓得大惊失色。

赵英秀平静地看向黄桃：“有就是有，没有就是没有，没有什么可遮掩避讳的。黄桃，我跟老狗之间有故事，也有过去，跟他相亲的人就是我。”

黄桃眉毛一挑，怒气冲冲地说：“还真是你？好哇小栓子，我更得罚你了！”

小栓子脸色一变：“啊？”

“她比我好看？比我头发长，比我白，比我嗓门细？小栓子，今天你两个姐姐都站在你面前，你睁大眼好好看看，再说一遍？”

黄桃故意用话刺激赵英秀，二人互瞪着对方，谁也不肯示弱。

小栓子在中间尴尬无比，恨不得找个地洞钻进去。

赵英秀咄咄逼人：“小栓子，老狗就是这样带兵、教人扯皮说假话的？”

小栓子讨好地笑着说：“赵队长别生气，那时我年纪小，记不清楚也是正常的，事情过了好几年，我认不出你了嘛！再说你比当年跟我团长相亲那时确实变了，变得、变得……”

“变得怎么样？”

“嘿嘿，黑了许多。”

黄桃噗一声差点笑出声来。赵英秀愤然作色，转过身，头也不回走了。黄桃望着赵英秀的背影，“哼，就是比我瘦点！”

在这片根据地上，畅想着甜蜜爱情的不止黄桃一人，路子游时不时露出的傻笑，显示着他也中招了。和黄桃不同，路子游在见到赵英秀的第一眼，就觉得她的影子好像印到他心底里去了。之后，他茶不思饭不想，总是一个人捧着相机发呆。在他的脑海里，那匹越过烟尘的白马，那个英姿飒爽的短发身影，好像扎了根似的，怎么也挥之不去。想着想着，路子游眼中升腾起一丝爱慕。路子游觉得，这么美好的容颜自己有责任要记录下来，于是他总是瞅准机会，趁着赵英秀不注意，拿相机偷偷拍着照片。

这天，路子游躲在自己房间内，翻看着偷拍赵英秀的照片，每看一张，路子游都情不自禁露出微笑。照片上的赵英秀留着利落的短发，束着腰，腰间别着盒子炮，有种别样的风情。

突然，屋外传来黄桃与小栓子的对话声。

“黄桃姐，你看你拧的，都红了。”

“活该。下次再骗我，就不准再叫我姐姐，我也没你这个弟弟！”

话音未落，两人走进房间，路子游急忙将照片藏进怀里，站起身来，有些不自然。

“回来了？喝点水？”

路子游表现得过度殷勤，拿过两个碗倒水，黄桃异样的眼神打量着路子游：“老狗心里有鬼，你也心里有鬼，怎么来了这地方，你们一个一个都变得鬼鬼祟祟的？”

小栓子撇着嘴说：“照我说，谁都正常，就你不太正常，就算他们俩相过亲又怎么样？不是没成吗？”

路子游好奇地问：“谁俩相过亲？”

黄桃没好气地说：“老狗跟赵英秀。”

黄桃刚要拿碗喝水，又被路子游夺了回去，只见他咕咚咕咚将水喝完，小栓子跟黄桃一脸诧异地看着他。

小栓子说：“黄桃姐，他还真有点不正常。”

路子游咬着牙没有说话，脸上一阵青一阵白，不知道在想些什么。

为相亲风波苦恼的不止黄桃和路子游两人，老狗也深受其害。自从得知赵英秀就是曾经的那个相亲对象后，三人之间的气氛变得十分尴尬。有一次老狗鼓起勇气，去和赵英秀道歉，谁知赵英秀甩下一句“你当时不是骂我臭娘们吗？怎么这会儿不接着骂了？”之后径直离开。老狗自知理亏，只能作出一副任打任罚的姿态。

就这样，匆匆几日过去，老狗的伤很快就没有大碍，可以随意下床走路了。伤好之后，他第一时间去了趟曲家村，没过多久，就脸色阴沉得可怕地回来了，整个人像是一座即将爆发的火山。没人知道，老狗在那里经历了什么，但看着他满身的菜叶鸡蛋皮，大家都陷入了沉默。换了衣服之后，老狗直接找到赵英秀。

老狗开门见山：“我想跟你谈谈！”

赵英秀见老狗一脸严肃，也没有为难，拉过凳子，让老狗坐下，然后看着他。

老狗问赵英秀：“你打过多少场仗？”

“让我想想。队伍自成立到现在，从最早的几个人到现在的一二十人，大大小小的仗打过十几场，牺牲了七名士兵。”

老狗又问：“为什么带兵打仗？”

赵英秀微怒，沉声说：“老狗，你这是对我进行思想审查吗？我们是老百姓的队伍，打鬼子自然是为了老百姓。”

老狗微微一怔，想说什么，但又没说出口。虽然这股情绪一闪而去，但赵英秀依然敏锐地捕捉到了这点变化。

赵英秀问：“怎么？你不同意？”

“不是不同意，而是很少听到这样的说法。我们经常喊的口号是赶走侵略者，复我河山，好像很少真正提到老百姓。”

赵英秀讥笑说：“那是因为你们的队伍，官位高权力重，从不把自己当老百姓。”

老狗不置可否，说：“我今天去了曲家村，被那里的乡亲赶了出来。自我开始带兵打仗，打胜了，迎接我的从来都是喝彩，喝倒彩的今天还是头一次。”

“什么感觉？”

老狗声音沉痛地说：“我们口口声声要打鬼子，却对乡亲们的苦难不闻不问，甚至不惜牺牲他们的家作为代价，即便我们最后赢了，却失了民心，值得吗？”

“老狗你这么想，说明你在进步。”

老狗叹了口气说：“进步没进步我不知道，我知道的是往后再打仗，可不能闷头打，得问问自己为了什么打？为谁打？”

“走，带你去个地方，你一定没见过。”

赵英秀见老狗没动弹，直接将他拉起身。赵英秀带路，两人来到一块开阔地，眼前八路军士兵正在分批训练。几个士兵正在练习骑马搏斗，他们熟练地操控着身下的马，做着各种高难度动作。快马跑过，扬尘落下，角落里竖着木质单杠，一个士兵正在做引体向上，下面站着两个士兵在为他加油。

赵英秀扭过头看着老狗：“怎么样？跟你们的队伍训练有没有什么不同？”

老狗点头称赞：“训练器材很简陋，但训练项目上充满巧思，更重要的是训练气氛.所有人表现得都很积极，让人刮目相看。”

“我们武器极少，很多时候只能自己想办法，也正是因为条件艰苦，逼得我们不得不另辟蹊径。”

单杠旁边，两两一组的战士身穿自己做的皮质铠甲头盔，正在进行刺刀训练。

赵英秀与老狗来到这组人跟前，战士们停下训练，摘下头盔立正稍息。泥鳅站在人群中，跟大家伙使着眼色，有战士憋不住笑出来。

赵英秀面色一沉：“笑什么笑？泥鳅，你是不是又跟大家伙说什么了？”

泥鳅立马换上一副严肃的面孔，忙说：“没有，没有。”

赵英秀指着面前几个人，说：“你们几个一起上，让我看看你们的训练成果。”

泥鳅逗贫说：“队长，我们几个打你一个，有人会心疼的。”

其他队员偷笑。赵英秀抄起训练用的木棍，走到战士中间。

“少废话！你们就把我当成小鬼子，白刀子进红刀子出，动真格的。谁不动真格，晚上没饭吃。”

几个战士将赵英秀围住，赵英秀转圈观察着每个人，泥鳅第一个喊着冲向赵英秀，赵英秀没等泥鳅靠近，支起木棍顶在泥鳅胸膛上，一使劲，泥鳅摔倒在地。战士们一齐冲向赵英秀，只见赵英秀闪转腾挪，操着手里的木棍或进攻或防守。片刻之后，一圈战士不是被打飞了，就是被刺倒了。

赵英秀收势总结说：“白刃格斗，眼到刀到。刀随眼走，你得看着对方的眼睛。过去拼刺刀，只顾看刀尖，那是不对的，敌人很可能使迷魂阵，眼睛瞅着你的胸，刺刀却奔腹部去了。所以，刺杀不光靠技术，也要凭意识，用脑子。”

老狗看着赵英秀，一丝敬佩在心中油然而生，朝赵英秀拱了拱手：“巾帼不让须眉，领教了。”

战士们整齐划一坐在地上休息。老狗跟赵英秀也跟着坐过去，一个小战士主动跑了出来，站在最前，手上拿着一副快板，眉宇之间透着一股子灵气，自告奋勇：“苟团长，俺叫小山东，俺听说你有个伙计是俺山东老乡，今天俺就给大家来段山东快板。”

大家鼓掌，战士小山东打起快板，神采飞扬。

“说老乡，叫老乡，请听俺来讲一讲，东邻有个小东洋，几十年来练兵忙，东亚逞霸强，一心要把中国亡！九一八平地起风浪，一夜里强占我沈阳，杀的杀，抢的抢，老百姓遭了殃，东北四省被灭亡！卢沟桥，二次又动刀和枪，强占了黄河北，又占我扬子江；南京杀人数十万，泱泱大国变屠场，哪个见了不心伤！”

快板越打越快，战士们深受感染，群情激奋。

“同胞们，一条心！不记仇，不分派，齐心协力打敌人；中华同胞四万万，哪能怕它小日本？赶走日本享太平，铁马金戈为家乡！为家乡！”

赵英秀与老狗对视一眼，两人会心一笑，与大家一起鼓掌。掌声雷动，连天上的云似乎都被搅乱了造型。

经过这次训练之后，赵英秀和老狗之间僵化的关系有了一丝松动。黄桃看在眼里，急在心里，眼看就要火烧眉毛的时候，黄桃意外发现了一件事。黄桃在帮路子游整理衣服的时候，不经意间看到了路子游压在枕头下的照片。看着一张张赵英秀的照片，黄桃这才恍然，心想怪不得最近这小子一直不对劲。想到这里，嘴角浮现出一丝得意的笑，立马找上了路子游。黄桃对着路子游一番嘀咕，然后自信满满地离去。

黄桃心想："赵英秀，我看你这次怎么和我斗！"

第二天一大早，天刚蒙蒙亮，战士们已经陆陆续续起床开始训练了。有人去晾衣绳上拿衣服，却惊奇地发现绳上已经挂满了照片，于是大吼了一嗓子，一传三，三传十，渐渐地，战士们呼朋引伴聚集过来，一时间院子里人声鼎沸。

只见挂衣绳上挂着的全是路子游的摄影作品，有英勇杀敌的军人、沿路的贫民、日本人的刺刀，不过最显眼的还是正中间的那张照片。照片上，赵英秀专注地看着远方。

地上，有树枝编织而成的巨大的心形。

很快，泥鳅拉着一头雾水的赵英秀来到这儿。泥鳅拨开人群，将赵英秀推到最里，赵英秀看着眼前这一幕，惊呆在原地。

此时，优美的口琴声响起，曲调柔和。路子游款款走来，站在桃心中央吹奏曲子，宛如破晓月光下的白马骑士。一曲终了，黄桃带头鼓掌，路子游潇洒地收起口琴。

路子游微微躬身："欢迎大家来到我的影展！这些都是我一路拍下的抗日军民，希望能够让大家了解最真实的战争！"

说罢，目光炽热地看向赵英秀，深情款款地说："今天之所以举办这个影展，是因为一个人，她让我找到了我摄影之外的理想，坚定我抗日的信心！她像火一般灼人心扉，我愿为她燃烧，燃烧我余下的生命！"

赵英秀看见自己的照片挂在绳子上，周围还那么多人看着，顿时拉下脸来，上前将照片一把扯下，"这里是八路军游击队，不是你哗众取宠的地方。"

赵英秀语气冰冷转身离开，只留下路子游尴尬地站在人群中央，手里捧着那本准备马上要朗诵的诗集。刚才还在起哄的人群瞬间安静下来。

"我还准备了一首诗！等等！"

赵英秀头也不回，已经消失在人群中。

路子游被泼了一盆冷水，仿佛提前进入了寒冬腊月一般，窝回房间，精神萎靡不振。小栓子调皮地模仿刚才路子游的样子，语气夸张地大声朗诵着："我愿为她燃烧，燃烧我余下的生命！"

路子游心烦气躁地挥着手："去去去，烦着呢。"

黄桃啧啧称奇："还没从见过一个女人对这样的表白不动心，只能说明她赵英秀不是女人。”

路子游埋怨地看着黄桃：“都怪你！”

“哎，别好心当成驴肝肺啊，你怎么能怪我呢？是她赵英秀不识趣，对牛弹琴白费劲。”

路子游说：“我现在算是想明白了！”

黄桃问：“想什么明白？”

“想明白你打的什么歪主意！你嫉妒人家赵英秀跟老狗相过亲，你吃醋，心里不平衡！你利用我喜欢她，鼓动我去追求她，其实是想试探她对老狗的感情！”

“你别胡说！”

路子游气急，夺门而出。

老狗一个人正待在房间刮着脸，赵英秀出现在门口，把手里拿着的药瓶跟纱布递给老狗：“这是你需要的纱布跟药粉。”

老狗急忙擦了擦脸，接过赵英秀手里的东西，赵英秀转身要走。

“这就走了？”

“我可不敢久留，有人会在背后戳我脊梁骨。”

老狗低头笑了笑，没说什么。

赵英秀接着说，“别嫌我多嘴，如果你也喜欢人家，就不要让人家干等你。”

老狗说：“这件事没那么简单。”

“也没那么复杂，喜欢就是喜欢，不喜欢就是不喜欢。我理解你的顾虑，你肩上有担子生怕耽误了人家。但这么不清不楚地拖着，其实更耽误，你说呢？”

“道理不假，但也得学以致用。”

赵英秀疑惑地看向老狗：“什么意思？”

老狗半开玩笑地说：“我听说早起的事了，看来你我不光要面临敌人的围追，还要面对感情上的堵截。”

“别提了。”

赵英秀发现老狗脖子上还沾着一点泡沫，用手指了指，老狗意会，但没擦干净。赵英秀笑了笑，索性上前用手将泡沫擦去，两人距离很近，赵英秀意识到不妥，急忙后退，两人不好意思看对方的眼睛，气氛变得有一丝尴尬。

这一幕刚好被屋外经过的路子游看到，路子游咬紧牙齿，脸色铁青。不知不觉，来到了坦克处，他靠在坦克背面，一脸难过，使劲捶打着车体。

突然，坦克对面传来同样的拍打声，路子游一愣，急忙擦干眼角的眼泪，走了过来，只见黄桃手里拿着两个水壶，站在坦克前。

黄桃招呼路子游坐在坦克上，将手里的一个水壶递给路子游，路子游张口就喝，喝了一口发现味道不对。

“怎么是酒？”

“失恋，没酒不成。”

路子游硬撑着说：“我没失恋！”

“好，你没失恋，我失恋。”

黄桃一饮而尽，然后说：“我承认，我歪心眼，想让你打冲锋探探路，鼓动你去追赵英秀哗众取宠，是我不对，跟你道歉。”

路子游一把摁住水壶，看着黄桃说：“你确实要喝，但不为我。”

“不为你？那为谁？”

路子游定定地说：“为你自己。”

“我听糊涂了。你该不会喝了一口就醉了吧？”

“刚才我路过老狗房间，看见赵英秀也在里面。老狗说，他跟赵英秀不光要面临敌人的围追，还要面对感情上的堵截。说谁呢，你跟我！”

说完，心里还是愤愤不平，一口气灌了一大口酒，黄桃听了，怒气直往上蹿。

“这个老狗，把咱们跟鬼子比在一起了！路子游你听着，咱俩必须做点什么了，不然这一口气堵在我胸口，姑奶奶生气！”

“做什么？”

“你我联合起来，最后各取所需。”

“你是说你我两个人绑在一起出力，我帮你追老狗，你帮我拿下赵英秀？”

“对！你说怎么样？”

“好！”

第九章　鱼游腹中

白沙城内，平民客栈坐落在一个不起眼的角落。老板常年抱怨，如果不是地理位置不好，他这儿的生意绝对能把那劳什子聚福酒楼干下去。又是没有生意的一天，老板靠着柜台嗑瓜子，一副百无聊赖的样子。

没一会儿，听着一阵脚步声从外到里越来越近，老板瓜子不离手，抬眼瞄了一眼，一个戴着眼镜斯斯文文的教书匠和一个膀大腰圆的庄稼汉，老板心里嘀咕，这种组合还真是少见。

这两人不正是老狗等人挂念的齐大昭和王四六吗？原来那天，两人打算偷一辆日本人的车，可没想到还没等两人得手，赵英秀就带人击退了鬼子。两人只好躲在车里，等进了白沙城后，两人趁着鬼子不注意，跳下车逃了出来，找了一家偏僻的客栈落脚。

客栈老板拿出两把钥匙丢在柜台上："一天三块钱，先付五块定金。"

齐大昭说："我们没有钱。"

"没有钱就敢住店？这不是没事找事吗？没钱，快滚！"

客栈老板脸色一臭，站起身嫌弃地挥手赶着两人，齐大昭站着不动，慢慢将手放在桌上，手一侧露出一个黑乎乎的影子，客栈老板细看了一眼，两眼发直，傻傻地呆立在那儿。这……这不是手雷吗？

客栈老板慌张地说："你们别乱来，我店里有的是伙计！"

"我们观察你这家店大半天了，你这里没有住客，也没什么伙计，就你跟你媳妇两个人。"

客栈老板被齐大昭说得语塞，不敢再嚣张，额头渗出一层冷汗，张大嘴巴却紧张得一个字也蹦不出来。

"放心，你要听话，我们就不会伤害你。可你非要报官，小心这颗雷在你睡觉的时候，砰……”

齐大昭靠近客栈老板，猛地喊了一声，客栈老板吓得一哆嗦，连忙挤出一个难看的笑脸，直呼不敢，点头哈腰将齐大昭和王四六迎到一间客房，然后逃也似的溜了。

齐大昭将门锁紧，靠在窗户边悄悄观察着外面。王四六在床上坐了坐，试了试床板的软硬，紧接着四仰八叉躺下。王四六闭着眼睛问齐大昭：“老齐，你一个读书人，咋突然变成了老狗那样彪悍？还敢拿手雷威胁人？”

“非常时期非常手段，要是读一段文章就能抵住宿费，我也不会拿手雷当借口。”

“俺不是说咱先想办法出城吗？你偏偏不同意。”

齐大昭将窗户关好，走到床边，拉椅子坐下：“出了城，然后呢？去哪儿？”

王四六腾地坐直身，说：“回曲家村，去找老狗他们呀。”

齐大昭摇摇头说：“你以为他们还会继续留在曲家村？你又不是没看见那支骑马的队伍，虽然不知道他们什么来路，但我肯定老狗已经跟他们走了。”

王四六“啊”一声地从床上坐起来，一脸难以置信的表情：“跟他们走了？把咱们俩扔下了？”

齐大昭叹息道：“他们也是身不由己。继续留在曲家村，鬼子很有可能再次派兵出击。走，是他们最好的选择。四六，现在就剩你跟我了，我们要做最坏的打算。”

“啥是最坏打算？”

沉默片刻后，齐大昭缓缓说：“我们可能再也见不到老狗他们了。”

王四六傻眼了：“啥？不，不是吧。老齐，你没开玩笑？”

齐大昭的脸上难掩悲伤，王四六也深深叹了口气。

阳光极为强烈，透过简陋的窗帘，依然把屋子照得明堂堂的。在鬼子老窝走了一遭后，两人精神早已十分疲惫，没一会儿，这暖洋洋的阳光就把两人困劲儿勾起来了。齐大昭坐在桌前支着脑袋，闭着双眼似乎已经睡着。一旁，王四六躺在床上背对着齐大昭，呼噜声一高一低地传了过来。

突然，齐大昭睁开了眼，他看了看正在酣睡的王四六，轻轻拉开椅子，蹑手蹑脚走到门口，小心翼翼地打开门。就在要迈出门的时候，身后突然发出响声，齐大昭警觉地回头，发现只是王四六翻了个身，吧唧着嘴，依然睡得起劲。齐大昭松了一口气，迅速关上门离开。

齐大昭刚走，前一秒还在酣睡的王四六，后一秒突然睁开了眼。

美惠子对星野太郎的态度十分无奈。自从事情败露，星野太郎被注射了劣质药物后，身体就变得很虚弱，一直下不来床，可他却死拧着不肯吃药。美惠子叹了口气，没有说什么，像往常一样，把药和水放在桌子上，就带上门离开了。

正要回到房间，似乎听到院子里隐隐传来动静，美惠子有些慌乱，转过身想要喊星野太郎，可想到星野太郎的状况，又放下了要敲门的手，犹豫了一会儿，咬咬牙，小心地向门外走去。

院子里空空荡荡，看起来没有任何异常，美惠子松了口气，正要回屋时，眼睛不经意瞥到墙角的杂物堆后面，地上拉出一道人影，影子被杂物挡住，只剩一小截露在外面。美惠子拿起洗衣用的木槌，一脸警惕地朝杂物堆靠近。美惠子举起木槌，就要砸下去的时候，那道人影向外挪了挪，露出一张熟悉的脸。美惠子举着的木槌"咣当"一声掉在地上。美惠子刚要张嘴大喊，齐大昭赶紧用手捂住美惠子的嘴巴。美惠子瞪大眼睛，看着近在咫尺的齐大昭，心悬在那儿，脸上却发起烧，红得宛如夏天傍晚的晚霞。

时间仿佛在这一秒停顿，齐大昭缓缓放下手，看着近在眼前的这张既熟悉又陌生的脸，不由自主地心潮澎湃起来。四目相对的时分，他们都在彼此光彩熠熠的眼中看到了各自模糊的身影。

齐大昭冷不丁冒出来一句："看见你我才发觉，很多时候我已将自己遗忘。"

美惠子心中澎湃，少顷，却又极其不自信地、小心翼翼地询问："你，是又把我当作王蔓才这样说？"

齐大昭不置可否，此时他的脸上又挂上了那标志性的淡淡的笑容，活脱脱一个极富修养的绅士。

"美惠子，我刚看到你的哥哥躺在床上，对不起，没想到事情会变成这样。"

美惠子连忙摇着头："不，该说对不起的人是我，是我对司令部说出你们藏在曲家村，这两天你们经历了什么，我想都不敢想。"

齐大昭感叹一声："今天下乱，奢天下平，此愿惜之。生逢乱世，你我不择，身不由己。"

"您说什么？"美惠子听不懂齐大昭在说什么，但看着齐大昭脸上一闪而过的悲悯，心里一阵触动。

"没什么。美惠子，实不相瞒，我有件急事得麻烦你。"

"不麻烦。请问是什么事？"

"借用一下电话。"

"诊所就有，我现在就带你去。"

齐大昭与美惠子立刻动身，一前一后走出院门。两人刻意避开路人，沿着路边低头疾步。两人没有注意到，不远处，王四六暗暗观察，悄悄跟上。

王四六自言自语地说着："这是黄桃说的那个日本娘们？好你个齐大昭，果然最不能信的就是你们这些白面书生。"

就这样，三个人一前一后来到诊所，美惠子打开诊所门，和齐大昭快速钻了了进去。王四六看着门关上，在外急得跺脚。

美惠子指向前面的桌台，说："电话在那边。"

齐大昭快步走到电话旁，抓住摇把儿，抓起电话。美惠子将门关上，靠在门口放风，每每偷眼看着齐大昭，美惠子都会露出少女般的安心与羞涩。

就在这边电话拨出去时，在白沙城另一条街上，一家名叫保荣堂的中药铺子，响起了电话铃声。正在打算盘的掌柜老林放下手中的活计，沉稳地走向电话机。他身着长衫，大约五十几岁的年纪，中等身材，相貌看起来颇有些敦厚，眼神却锐利、机警。

老林接起电话，说："您好，这里是保荣堂。"

电话那头传来齐大昭的声音："柳腰空舞翠裙烟，尽日不成眠，花尘浪卷清昼，渐变晚阴天。在下，同乡夏宇天。"

老林一怔，连忙朝店伙计摆摆手，店伙计领会走开，老林瞧眼店外，将话筒贴得更近。

"夏宇天可是预见到了下雨天？"

"正是。"

老林又问："天既要下雨，可有撑伞出门？"

"不料大雨没下，倒有狂风拦住去路。"

"天气不好，易感风寒，我看同乡还是在此地歇歇脚，再赶路不迟。"

"正有此意，所以打来电话想问，何药能医？"

"我帮你抓一钱细辛，配以甘草与五味子煎服。预防与治疗，均可。"

"那真是太好了。不知方不方便送药前来？"

"可以。何时送去？"

齐大昭沉思片刻，说："明日午后一点，你在城南仙鹤楼等，我派人去取。"

"好。来人可有什么特征？"

"去的人，会戴一副金丝眼镜。"

老林放下电话，神情严肃，他转身面对药柜，从上往下数七，从左至右数五，将一个药橱抽出，从底部掀开暗槽，拿出一张纸。纸上写着：柳腰空舞翠裙烟，尽日不成眠，花尘浪卷清昼，渐变晚阴天。落款，夏宇天。

齐大昭挂断电话，长舒口气。

美惠子看着齐大昭，欲言又止，想了一会儿后，她还是鼓起勇气说：“能借我一点时间吗？”

齐大昭面露不解，美惠子从兜里拿出那块怀表，脸上露出恳切真诚的神情：“上次你说如果再见面的话，会把这块怀表的故事讲给我听，既然你的事情办完了，能不能现在讲给我听？”

“你真的要听？”

美惠子点点头。齐大昭也不推脱，两人在诊所的长椅上坐下，齐大昭拿过怀表，表盖上女人的样子已经变得模糊。

“把这块表交给你，交给一个长相很像她的人，对我而言像是一趟看似到不了终点的旅程看到了即将到来的终点，一本原以为看不到最后一章的小说终于翻到了最后。见到你之前，我曾以为，我此生不会再提起她，我也未想到一提到她，竟不知从何说起……”

“她叫王蔓，与我是同窗，我看到她的第一眼，就深深地被她吸引，王蔓漂亮、聪慧、开朗、爱笑，我们的爱情在校园里生根发芽……后来王蔓答应了我的求婚，那之后的每一天我们都很快乐，只可惜快乐如飞星一般短暂。

“七七事变以后，我投身抗日宣传，不得已疏远了王蔓，原本结婚的日期随着战事愈发激烈而不断推延，我希望她能跟我一起，像在学校时那样并肩作战，可我忘了她还是个女人，她想要的是一个给她温暖与安定的丈夫，而不是随时会被警察抓走的激进分子。

“为此，她和我爆发了一场激烈的争吵。再之后，我们两人分居两个房间，关系开始变得疏远；

“有一天，我进入自己房间，发现桌上放着一张纸条，纸条上写着：我要去美国，跟我一起走，我们重新开始。纸条的旁边放着一张船票。

“到了开船的那一天，我坐立不安，垃圾堆里横着那张船票，船票已经被我撕毁了；在最后一刻，我终于决定去找她。我抓起衣服，跑出房间，一路上疯赶，最后气喘吁吁地跑到码头。

“我看见她就在船头，正转身往船舱走。我使劲挥着手，大喊着她的名字，可轮渡鸣笛，掩盖了我的喊声；因为不小心，怀表从我兜里掉出，摔在地上，指针停止摆动。

“我只好怅然地望着轮渡越开越远……

“血与火的年代，我们的爱情生不逢时。王蔓带着我们过往的美好回忆去了美国，我辜负了她，也辜负了我们当年的承诺。回想起来，我连句对不起都没跟她说过，恐怕此生也再没有机会说了。”

齐大昭声音越来越低沉，说完之后，低头看着怀表沉默着。

“表上定格的时间，就是王蔓离去的时刻。”

齐大昭将怀表重新交给美惠子，美惠子擦去眼泪，却不肯收下那块表。

齐大昭劝道：“眼下战事残酷，这块表更像是一把锁，拖慢我向前的速度。你拿着吧，算是帮我的另外一个忙。”

齐大昭坚持着，美惠子只好将怀表拿在手里。

“那你还爱她吗？”

话刚问出口，美惠子就沉默了。她有些紧张，紧张得声音都有些发抖。她害怕得到的不是自己想听的答案，于是低下头，不敢直视齐大昭。

齐大昭怔住，迟迟回答不上来。

突然间，门外传来枪响，诊所门被打烂，一个戴着黑帽的风衣男子持枪冲了进来。

“齐大昭，终于让我找到你了！”

齐大昭抬头一看，眼前的不是万成千又是何人。齐大昭和万成千是老对手了，见万成千举枪瞄准，美惠子挺身挡在齐大昭身前，齐大昭见状立即抱住美惠子躲去一边。

万成千扣动扳机，子弹打在长椅上，木屑乱飞。

齐大昭与美惠子躲在桌台后，美惠子不顾危险朝着外面大喊。

“你知道这是什么地方吗？这里是日本人的诊所！”

“就算是天王老子开的我也不管！”

万成千声音里透着一股子狠厉，继续朝两人躲避的地方开枪，脚步越靠越近。

桌台空间有限，齐大昭的小腿露在了外面，万成千狞笑着刚要瞄准，突然浑身一颤，立刻倒了下去，露出身后王四六的身影，他手上拿着一块沾血的砖头。

王四六看向齐大昭，大喊着：“快跑！老齐快跑！”

齐大昭拉着美惠子，但她的脚却卡在前台缝隙里，怎么也拔不出来，眼看万成千身子抽搐着随时可能起身，美惠子往外推齐大昭。

“不用管我，你先走！”

“不行！我不能丢下你。”

“我是日本人，他不敢拿我怎么样。”

王四六在一旁着急催促说：“老齐，快点啊！”

万成千已经迷迷糊糊地睁开眼。

王四六过来拽齐大昭，齐大昭望着美惠子，虽然不舍，但只好跟着王四六先行离开。

等着万成千捂着脑袋追出诊所的时候，只见街上人来人往，早已找不到两人的踪影。万成千一拍大腿，往回来到诊所，美惠子也不见了。

王四六跟齐大昭一路跑回平民客栈。齐大昭将房门关紧，王四六拿起茶壶，倒了杯水，仰头咕咚咕咚喝净。齐大昭也拿起杯子，王四六却黑着脸，将茶壶推到一边。

“你不把事情说清楚，就别想喝水！”

“你让我说啥？”

“说啥？说你为啥背着我去见那个日本娘们！说那个男的为啥大白天朝你开枪！”

“一句两句可说不明白。”

“那就三句四句，五句六句，俺得知道到底出了啥事。”

王四六心急火燎，齐大昭反而平静地坐了下来。

王四六坐立难安：“你咋还不说？你快说呀！”

谁知，齐大昭竟说：“我不能说。”

“为啥不能说？”

“因为我说了，你就会跟我一样有危险。”

“合着你不说，还是为俺好了？”

“可以这么说。”

王四六急得直嘬牙花，恨不得直接上手掐着齐大昭的脖子，逼他把话倒出来。可齐大昭也是个倔脾气，两人就这样各坐在桌子两侧，背对着对方一言不发。

“那个男的是军统方面的人，就是他一直想抓我。”

良久之后，齐大昭忍不住先开了口，王四六也不绷着了，扭头看着齐大昭。

“他咋找到你的？”

“军统的情报网遍布全国，找一个人对他们来说不是难事。”

王四六急忙起身说：“白沙城待不下去了，咱们赶紧走吧。”

齐大昭却摇摇头：“不行。”

“为啥？”

“我明天有事要办。”

“啥事？”

“别问了。”

王四六急了：“齐大昭，你拿不拿俺当自己人？”

“当然。”

“可有你这样对自己人的吗？三竿子打不出一个屁，换了别人，谁愿意跟你在这儿耗？问你最后一遍，你要去干啥？”

齐大昭张张嘴，想说什么，又咽了回去，最后只好歉意地看着王四六说：“四六，不是我不想说，我是不能说。”

“你不说是吧？行，从现在开始，你走你的阳关道，我走我的独木桥，咱俩不相干！”

话音未落，王四六起身往外走，齐大昭急忙拦住他。

“你去哪儿？”

王四六哂笑：“当哑巴，谁都会！俺也不告诉你！”

王四六坚持往外走，齐大昭拉住王四六，无奈地叹了口气：“好，我说，明天中午十二点，我得去仙鹤楼见个人，到时候你跟我一起去，我请你吃饭。”

“俺王四六脑袋后头没长眼，你这饭俺没命吃。”

王四六这次丝毫不领情，推开齐大昭，走到门口，打开房门。

“你明知道马上宵禁了，出不了城！再说了，你晚上怎么睡觉？”

“没遇见你们之前，俺睡过坟地，住过死人堆，随便啥地方一待就是一宿，你不用管俺，还是操心你自己吧！”

王四六夺门而出，齐大昭望着王四六的背影，摇摇头，随即关上了门。

就在门关上后，门后一道蹲着的黑影慢慢显露出来，他缓缓站起身，正是马三金。那天，齐大昭和王四六跳车离开后，正巧撞上了马三金。马三金不小心跟丢了两人，但心里却毫不在意，只要他们还在城里一天，他就有信心找到两人，这绝对是大功一件啊！之后，马三金开始挨家挨户地暗查起城里的客栈，今天这个小客栈是城里的最后一家，在马三金的一番威逼利诱下，店老板自然再次倒戈，将齐大昭两人的门牌号交代个一清二楚。马三金便蹲在门口，偷听着两人说话。

“仙鹤楼？”马三金喃喃思索着，脚下却加快速度，着急地赶回司令部。

第二天，齐大昭早早地赶往仙鹤楼。他戴着一个礼帽走在街上，心里却隐隐感到不安，似乎一直有人跟在他身后，但当他回头时又一无所获。齐大昭只能压低帽檐，加紧脚步。来到一个巷子口时，一只手突然将齐大昭拉了进去。齐大昭一看，竟然是王四六。

齐大昭惊讶地：“四六？怎么是你？”

王四六急急地说：“俺就问你一句，要是俺有事了，你会不会拼了命帮我？”

齐大昭想也没想，脱口而出：“会！”

“好！俺今天本来打算出城，结果看到昨天追你那人跑到了客栈，他一直在跟踪你！”

齐大昭担忧地说：“怪不得我今天一直有些不安。”

“俺王四六可不是不讲义气的人，虽然你对不起俺，但俺不能看着你送死。放心吧，俺有办法，耽误不了你的正事。”

王四六凑在齐大昭耳边嘀咕着。

就在巷子口外，一直追着齐大昭而来的万成千眉头紧皱朝这边走来，突然间他看见齐大昭捂着礼帽，快步从巷子里跑出。他想也没想，拔腿就追。

齐大昭将路边的摊位拉倒，形成障碍，万成千不得不减慢速度，更有摊贩拉住万成千，要他赔偿不放手。万成千一着急，掏出枪来朝天放枪，路边百姓吓得散开，万成千得以继续追上去。

“站住！站住！”

万成千追着齐大昭，开枪打在齐大昭两侧，齐大昭吓得站住，双手举起。

万成千喘着粗气，脸上却露出得意的笑容。齐大昭慢慢转身，万成千由喜转怒，在他面前戴着礼帽的明明是王四六。

原来，就在刚才的小巷里，王四六和齐大昭互换了衣服。王四六装作齐大昭，吸引万成千的注意力。趁着万成千愣神的空隙，王四六做着鬼脸掉头跑进另外一条街道，万成千站在原地，又恼又气。

小巷里，齐大昭扶一下眼镜，看向四处，此时街面上很平静，齐大昭快速离开。

仙鹤楼内，老林穿着长衫坐在窗边，他的面前放着一杯茶，氤氲着热气，旁边放着一包中药。老林抬手看一眼手表，已经一点了。老林有些焦急地望向外面，突然被对面的光反射晃了眼睛，老林眉头一皱。再看四周，一些人坐在桌前形迹可疑鬼鬼祟祟，老林心中紧急，但并不声张，继续稳稳坐着。

仙鹤楼对面房顶，山岛静夫拿着望远镜，观察着对面仙鹤楼的情况，马三金站在一边，身后站着日本兵。

山岛静夫头也不回地问道：“时间？”

“一点三分。”

“你不说他们一点整见面吗？怎么还没见到齐大昭的人影？”

马三金纳闷地说：“兴许是路上迟了。少佐，好饭不怕晚，我们再等等。”

山岛静夫继续拿着望远镜观察，当望到仙鹤楼窗户时，只见掌柜的侧着身子，难以看清楚他的长相。

掌柜的扭头问店小二："小二，厕所在什么地方？"

店小二指着仙鹤楼里面，掌柜的起身，低头朝里走去。

山岛静夫焦急地走来走去。

"再报时间！"

"一点过十分。"

山岛静夫皱着眉说："不对，一定是哪里出了问题。"

山岛静夫站定，拿起望远镜再次观察仙鹤楼，这一次他发现了窗户上挂着白手绢，白手绢随风摆动着。山岛静夫意识到不好，不再迟疑，率领一队日本兵闯进仙鹤楼，走到窗边，将白手绢摘下。

"这是他们的暗号！我们早就暴露了。齐大昭可能还在周围，给我搜！任何可疑的人都不要放过！"

此时，透过窗户，万成千正朝这边走来，山岛静夫眉头一皱，突然想起，在松江城外河边，这人曾扮成渔夫，在路子游家里，他与齐大昭打斗的场景。

山岛静夫突然大喊一声："我记得他！抓住那个人！"

一队日本兵举枪围住万成千,万成千一愣，还没反应过来，已经被下了枪。

"齐大昭要见的人，原来是你！"

山岛静夫自以为是，以为自己抓住了齐大昭的秘密，万成千却面露不解。

齐大昭躲在远处，他早就到了，本来想要直接进去，偶然发现仙鹤楼窗户上挂着的白手绢之后，他停下了脚步，目睹了发生的一切，然后悄悄离开。

齐大昭回到原来的胡同处，找到了躲在那里的王四六。齐大昭将从路上买来的烧饼递给王四六，王四六接过就啃了起来。

"鬼子好像发现了什么，巡逻人数跟次数都加大了。"

齐大昭望着街上人来人往，面色凝重，王四六越嚼越慢，也忧心忡忡起来。

白沙城司令部刑讯室，走廊内亮着昏黄的灯光，远处台阶延伸向上，两边则是无尽的黑暗。最里头的一间刑讯室传来拷打声与惨叫声。刑讯室内，山岛静夫放下鞭子大口喘气，万成千被绑在架子上，已是皮开肉绽，浑身血淋淋。

"不要浪费我们彼此的时间了，说，齐大昭在哪里？你跟他之间是什么关系？只要开口回答，你就能免受很多痛苦！"

刑讯室正中放着一个火炉，炉子上烧着几把烙铁，已经烧得通红。山岛静夫拿起其中一把烙铁，烙铁上还在嗞嗞冒烟。

万成千抬起头，脸上挂着彩，又紫又肿，他费劲地睁了睁眼，露出一条缝隙，蔑视地看了山岛静夫一眼，冲着他朝地上吐了一口血水，嘴里发出含混的声音："呸！你他妈死到临头，还不知道自己闯了多大的祸！"

山岛静夫面部抽搐，一把将烙铁丢回火炉，解开绳子，将架子放倒，抓起一壶水朝着万成千嘴里硬灌，万成千呛得浑身战栗。"你这张嘴太脏了，需要好好清理！"

突然，从门口传来一句日语："把人弄死了，你不是白忙一场吗？"

山岛静夫听见这声音，立即将水壶放下转身望向门口，只见一个高挑清癯的身影站在外面。他军人模样，戴一副雪白的丝质高级手套，脸上亦是白白净净，嘴角似笑非笑地上扬，有种令人捉摸不定的神情。

山岛静夫沉着脸："你是谁？"

"山岛君，我来给你介绍。"白鸟介的声音传来，"这位是吉田正一，日本早稻田大学机械工程专业的高材生，三菱重工业公司的高级工程师，是研发与制造坦克方面的专家，现任旋风军技术顾问。吉田君，这位就是我提到过的山岛静夫少佐。"

"初次见面，请多关照。"

吉田正一脱下手套，想要与山岛静夫握手，山岛静夫板着脸，行了个军礼，扭头看向白鸟介。

"大佐，为什么要我停止讯问？只要再给我一点时间，我很快就能攻破对方的心理防线。"

"即便他被少佐拿下，但他说出的答案也绝非少佐想要听到的。"

山岛静夫一脸急躁，吉田正一却慢条斯理不慌不忙，抖抖手套重新戴上。

碍于白鸟介在场，山岛静夫强压着怒火说："可这个人跟齐大昭有关，齐大昭是苟彦武的人，我们一定可以从中找到联系，挖出苟彦武的下落。"

吉田正一笑着说："苟彦武是谁，我不知道。但少佐前一句话说的没错，这个人是与齐大昭有关，而且不光他跟齐大昭有关，我和齐大昭也是老相识了。"

在两人说话的时候，万成千已经被人放了下来，并且换了衣服收拾利落，他走到吉田正一面前，向吉田正一行个军礼。

山岛静夫一怔。

吉田正一看向万成千："万成千先生，不如由你来向山岛少佐解释清楚。"

万成千面向山岛静夫，明显还带着怨念："我一路从松江城追到白沙城，为的就是抓住齐大昭，这并非复兴社的命令，而是受吉田太君所托。"

山岛静夫讶异地说："你说什么？你是我们的人？"

万成千点点头，一脸遗憾："早在松江时，要不是少佐从中作梗，我捉拿齐大昭的任务早已完成，这一次又是因为少佐，害我断了线索，让齐大昭跑了。”

“你是复兴社的成员，但却听命于吉田太君，这么说，你是双面间谍？”

“是。”

“你背叛了复兴社，就有可能背叛大日本皇军，怎么让我相信你的话？”

万成千眼神无比怨毒地说：“不是我背叛了他们，是他们背叛了我！复兴社成立的时候我是第一批人员，可几年下来，我得到了什么？别说股长科长，他们连队长组长都不选我。我需要有人真正赏识我，我需要证明自己的能力，我要让复兴社彻底后悔！”

万成千越说越激动，吉田正一拍了拍万成千，万成千退后一步。

吉田正一看向山岛静夫：“我绝对相信万先生，山岛少佐你也大可放心，据我所知，你身边不是也有一名叫马三金的得力助手吗？”

“我不会像你这样完全信赖中国人！”

吉田正一微微一笑，说：“为什么不可以？只要能够达到目的，谁去做不都一样吗？”

山岛静夫与吉田正一针锋相对，白鸟介在中间打着圆场。

“两位都是为了大日本帝国，请不要因此发生冲突。吉田君，你为什么要抓到齐大昭？”

“这是一段很长的故事，我会慢慢向大佐解释，但有一件事我们必须确定下来，当前最重要的不是杀死那个荀彦武，而是抓住齐大昭，并且是活抓！”

山岛静夫沉声说：“大佐，这绝对不行！荀彦武才是我们最大的敌人！”

吉田正一反驳：“一介武夫能与专业领域的科学家相提并论吗？荀彦武顶多打死几个人，而齐大昭却关乎我们往后的每一场战役！”

第十章　柔情醋意

在见识了赵英秀独特的训练方法后，老狗常常跟在赵英秀身后，美其名曰“补课”。

会议室里，赵英秀在黑墙上画着战术图，战士们拿着小本记录，老狗站在屋子最后，也在专注听讲。

赵英秀敲着墙说：“如果像现在这种情况，鬼子从四面八方打过来，我们该怎么办？”

泥鳅抢先答道：“找他们最薄弱的环节打！”

小山东也喊着：“队长之前跟咱们讲过田忌赛马的典故，这时候就该以咱们所强打鬼子软肋！”

其他战士附和着，纷纷点头同意，赵英秀笑着摇了摇头。

赵英秀坚定而有力地说：“同志们，知识不能死记硬背，要灵活掌握，一旦发生了这种情况，我们最应该做的是撤退！”

“撤退？”

此言一出，全场哗然，战士们交头接耳小声议论，泥鳅腾地站起身，脸上透着一股倔强。

“要是退不走，非得打呢？”

赵英秀看着泥鳅说：“非得打，咱也不怕！忘了毛主席关于游击战十二字方针了吗？敌进我退，敌驻我扰，敌疲我打，敌退我追！咱们就跟鬼子打游击！”

“说老乡，叫老乡，请听俺来讲一讲，俺跟着红军打游击，参加长征两万七……红军长征两万五，你少在这里把我唬……到了延安心欢喜，俺自己又跑了两千里……”小山东一人分饰两角，逗得大家乐不可支。

此时角落里的老狗冷不丁抛出一句话，屋内瞬间安静下来。

“打仗不是打快板，更不是一句打游击就能解决，归根到底，打仗拼的是兵跟枪，是硬碰硬的较量，躲来躲去能赶走鬼子吗？”

战士们看看老狗，又看看赵英秀，赵英秀并不生气，望着老狗耐心解释。

“你说的没错，战争是要拼武器，可我们目前没有那么多枪支弹药，就必须接受缺枪少弹的现实，战争当然要讲战斗力，但我们现在没有跟鬼子正面交锋的能力，我们要做的首先是保存自己，然后在零星消耗敌人的基础上赢得时间，逐渐发展自己。”

老狗皱着眉说：“你在发展，鬼子也没闲着，要到什么时候才能歼灭他们的有生力量？”

“不管到什么时候，我们都要相信，胜利属于人民。只有抱着这样的信念坚持战斗，才有胜利的那一天。”

老狗有些不耐地挥了挥手：“这种宣传语我听得耳朵都起茧了，你们共产党就没有什么奇招妙法能尽快打跑鬼子？”

赵英秀笑了笑，定定地说：“战争没有捷径，是靠一发一发子弹打出来的，是战士们前仆后继用生命换来的，如果真有一种办法能最快时间赶走鬼子，我想那应该是你、我、他，全体中国人齐心协力，共同抗日！”

赵英秀双瞳剪水，豪情壮志，老狗嘴角露出一丝笑意，向赵英秀点头示意。

新的一天，阳光洒下来，铺满了根据地的每个角落。

老狗站在鸡圈门口，一头雾水看着赵英秀。赵英秀正拿碗撒米，嘴里咕咕咕地唤着一只老母鸡。

“小花，吃饭了。”

一只老母鸡慢悠悠从鸡窝里走出，警惕地一走一顿，两只翅膀扑棱扑棱。

赵英秀抓了一把米，撒向老母鸡。

士兵们站在鸡圈外，小栓子也在其中。

老狗看向赵英秀：“赵队长，今天不是要继续上课吗？”

赵英秀直起身子，笑着说：“说得天花乱坠，不如实际操练一把，见见真章。上次见你对我们打游击有看法，今天请你来这里是想跟你继续探讨探讨。你是运动战的高手，今天你就用你的战术，我用我们打游击的办法，看谁能最快时间把鸡逮住，怎么样？”

老狗觉得稀奇，颇感兴趣地点点头说：“这事新鲜。”

“干不干？”

老狗干脆利落地说：“干。”

赵英秀扭头大喊一声：“泥鳅，准备计时。”

赵英秀打开鸡圈木栅门，老狗走进去，外面的战士们交头接耳，等着看好戏。

“事先说好了，小花是我们这儿的功臣，全队的营养都指着它呢，咱们逮归逮，可别伤着它。”

赵英秀看向泥鳅，泥鳅开始计时，只见老狗身体下沉，张开双臂，朝着老母鸡快步跑去，老母鸡往旁边走了两步，轻松躲过。老母鸡扑闪着翅膀，溅起的泥土掉进老狗嘴里，老狗不住吐着口水，样子有些狼狈。

战士们一阵哄笑，小栓子看得着急，在外指挥。

“团长，往东，不行不行，它往西跑了，团长，掉头，在你屁股后头呢……”

老狗被小栓子干扰，心烦意乱，更是逮不着。老狗瞪小栓子一眼，小栓子不敢乱说话，但仍跃跃欲试，急得想说什么。

老狗好不容易将老母鸡堵在鸡圈一角，谨慎地一点点靠近，猛地一扑，老母鸡扑腾跳起，啄了老狗一口，紧接着踩在老狗头顶上溜了。老狗彻底泄了气，揉着被啄的地方，瘫靠在木栅上，不住摆手摇头。

“不行了，你来，你来。”

“我已经赢了。”

抬头看赵英秀没有开玩笑的意思，老狗一怔。

“我承认我输了，可你还没逮，怎么知道你就能赢？”

“我不用出手，小花已经替我证明游击战的厉害之处了。”赵英秀淡然一笑，随后看向战士们，“同志们，毛主席说过，我们既要会打仗，又要会打圈。敌人是‘来者不善，善者不来’，我们就要‘退兵三舍’。退，敌人不知我们去向，就得重新调查。我们先领他兜几个圈子，等他的弱点暴露出来，就可抓得准，打得狠，打得干净利落，有所缴获。就像做买卖一样，赚钱就来，蚀本不干。总之，打得赢就打，打不赢就走。你来打我叫你打不着，我来打你一定把你吃掉。刚才小花就是运用了这样的战术，成功躲过了苟团长的攻击。游击战的要义记住了吗？”

“记住了。”

赵英秀含笑说：“大家感谢苟团长。”带头鼓掌。

老狗恍然：“原来如此！你把我当鬼子了！”

赵英秀朝老狗伸出手，老狗握住，赵英秀一用力，老狗站起身。

“回头请你吃鸡蛋。”

赵英秀与士兵们说笑着离去。小栓子进入鸡圈，帮着老狗拍身上的土。

小栓子坏笑着说：“团长，我看赵队长是恨上你了。”

“怎么这么说？”

“相亲那回，你让人家多丢面子。不过也有另外一种可能。我最近跟路子游学了一个词，叫爱之深，恨之切。如果赵队长不是真的恨你，那很有可能是……”

小栓子还没说出口，只见老狗脸上露出惯常的严厉，小栓子转身溜走，在不远处停下脚，将没说完的话补完：“她要不是恨你，那就是喜欢你！”

“小栓子！”

赵英秀回到会议室后，一个不速之客来到了根据地。赵英秀看着眼前的他一脸惊喜，急忙迎着坐下，问：“老林，你怎么来了？”

老林微笑着说：“我来看看同志们怎么样。”

“都挺好的。城里现在怎么样？鬼子有什么动静？我今天才让泥鳅跟小山东进城去侦察。对了，是不是有任务了？上级什么指示？”

赵英秀冒出一串问题，老林摇头笑了笑：“你这么多问题，让我回答哪个？”

赵英秀难得露出十分情绪化的样子：“快给我说点新鲜事听听吧，最近我快烦透了。”

老林打趣地看着赵英秀：“怎么了？因为苟彦武？”

赵英秀不置可否。

“你呀，给你布置的这个任务还没完成，你就急着要下一个任务。你先回答我，收编苟彦武他们的工作开展得怎么样了？”

赵英秀皱着眉头，叹了口气：“实话实说，很不乐观。苟彦武还是那副国军军官的架子，对我们八路军的政策方针一点都不了解，即便我解释了，他也总是有话反驳。”

“所以需要你去影响他，感化他，一步一步慢慢来。”

赵英秀委屈地说：“我都是照着你说的做的，可他身边一个黄桃天天追着要跟我吵架，一个路子游天天追着要跟我……恋爱。我有时候真是想不明白，为什么一定要留下他们？”

听赵英秀倒完苦水，老林语重心长开导她：“我知道这个任务有难度，你要有耐心。论能力论态度，苟彦武都是不可多得的抗日斗士，能够争取他加入我们的队伍，对于白沙城的抗日形势，以及我们接下来的敌后工作都有着非常重要的意义。他身边的几个人也都能力突出，不然在曲家村，他们也不可能以几人之力与鬼子小分队分庭抗礼。”

“这我知道。”

“我看你心里还是有顾虑，是不是还忘不掉几年前那次任务？”

一说起那次任务，赵英秀刚消了点的气，又“噌”的一下冒了起来，咬着牙说：“几年前，是我第一次执行任务，你居然安排我跟人假相亲，你不知道我当时有多紧张！”

老林脸上也浮现出回忆的神色：“我记得，当时上级让我们暗地里跟国民党方面接触，试图促进国共合作联合抗日，与你相亲的对方，出身跟经历都很符合我们的要求，是我们千挑万选的突破口。”

“只可惜那次任务我失败了，但没想到时隔多年，你又要我去争取他，不得不感叹，造物弄人。老林，虽然这么多年过去了，可我心里对苟彦武总有一种说不清的愧疚。”

老林鼓励着说：“信仰不同，立场不同，想要走到一起，确实不容易。你已经不是当初那个稚嫩又胆小的小姑娘了，你现在是我们党的优秀同志，党信任你，我信任你。抛开杂念，慢慢引导，我相信你会成功的。”

赵英秀不确定地点点头，神色一时间有些复杂。交谈了一番后，赵英秀把老林送出会议室。一出会议室，两人又变成了一副陌生的状态，客套了几句话，老林匆匆离去。

赵英秀目送着老林的背影消失，这才打算进屋。刚一转身，突然撞到一个人身上，赵英秀定睛一看，是黄桃。

赵英秀脸色不好：“你在这儿干什么？”

“怎么？我就不能路过了？”

赵英秀眼看着黄桃又要和自己吵起来，一阵头疼，赶紧躲进会议室，关进大门。黄桃露出一丝得逞的坏笑，喃喃自语：“好你个赵英秀，可算让我知道你的秘密了。”

此时，在白沙城司令部正在举行一场小型宴会。宴客厅内，是典型的日式陈设，白鸟介跪坐在山岛静夫与吉田正一的对面，一旁有日本歌姬正在弹奏日本音乐。

万成千跪坐在门口，他的面前摆着一张小桌，与其他人保持着一定距离。

白鸟介拿起酒杯说：“吉田君能回来助我一臂之力，我真是太高兴了，相信在二位的协助下，一定能治理好白沙城。来，我们干一杯。万先生，一起。”

白鸟介三人举杯，干杯，万成千直起身子，也跟着将酒喝净。

山岛静夫放下酒杯，看向白鸟介：“大佐，属下认为治理好白沙城，首要任务是铲除异己，苟彦武仍然应该是我们消灭的首要目标。”

吉田正一皱着眉，不悦地说：“山岛少佐为何还要再提此事？齐大昭的重要性我已经讲过了，现在的部署应该围绕着齐大昭展开。”

山岛静夫面无表情地说：“你打过几场仗？敢跟我讲战略部署？”

“我是没有山岛少佐经验丰富，但以前成功过，不代表将来一样能成功，山岛君不就在苟彦武身上栽了跟头？往前冲，不一定有好的结果，说不定前面是堵墙，山岛少佐总不想撞得头破血流吧？”

山岛静夫怒骂一声，腾地站起身，刚想发火，见白鸟介低头不语，跟什么都没听见一样，正夹菜吃菜，山岛静夫又重新坐下，独自喝了一杯闷酒。

此时，木门拉开，有人端来几盘寿司，摆盘上桌。

白鸟介看着吉田正一说：“我知道吉田君喜欢吃寿司，特意请人做的。”

吉田正一夹了一个寿司，咬了一半，嚼了两口，皱起眉头。

白鸟介见状，便问：“不合胃口？”

“做菜的师傅不是日本人吧？”

白鸟介哈哈笑了几声，说：“吉田君果然很懂美食。”

吉田正一摇着头说：“中国人做的日本菜，味道相像，但没有回味，简单来说，就是缺了家乡的味道。”

“我忽然想到一个人，或许她的手艺能让吉田君满意。不如我们现在就去拜访？”

白鸟介与吉田正一站起身，山岛静夫跟着要走，白鸟介朝他摆摆手，面无表情地说：“你就不要去了。”

山岛静夫一怔，低头候命，吉田正一轻蔑地看他一眼，转身交代万成千。

“你也不要去了，留下来陪山岛少佐吧。”

白鸟介与吉田正一离开后，山岛静夫一脚将吉田正一坐过的垫子踢开，万成千不动声色，暗自偷笑。

白鸟介带着吉田正一来到美惠子家。

美惠子听见敲门声，暗自奇怪，不知道是谁还会来自己家。美惠子急匆匆去开门，一开门，惊讶地发现白鸟介与一名陌生的日本人站在门口，大街上，跟了一队日本兵持枪保护。

白鸟介开口说：“打扰了，方便进去吗？”

美惠子回过神，忙说：“方便。”

白鸟介伸出手说：“吉田君，请。”

吉田正一痴痴地望着美惠子，有些愣神，站着没有动。

“吉田君？”

吉田正一这才反应过来，迈步向前。

美惠子闪开身子，白鸟介与吉田正一进入院内，身后一名日本兵提着一篮子新鲜蔬菜。

美惠子鞠躬致意。没多久，客厅桌上摆满了饭菜，美惠子不时从厨房端出菜来。

白鸟介与吉田正一正在品尝佳肴，吉田正一不住地发出赞叹。

“好吃，真的好吃。”

白鸟介笑着说：“能让吉田君如此称赞，说明美惠子小姐的手艺真的很不错。”

美惠子躬了躬身子：“您过奖了。”

星野太郎身体虚弱，站在美惠子旁边，强撑着赔笑脸。结果，白鸟介一眼都不看他。

美惠子想要上前搀扶星野太郎，被星野太郎轻轻推开了手。

白鸟介放下餐具，对吉田正一说：“吉田君，不如这样，我请美惠子去司令部住，这样你就可以每天吃到她亲手做的饭菜了。”

美惠子推辞说：“对不起！我哥哥的病还没有好，我可能没办法离开他。”

气氛一时间有些凝固。星野太郎见状，急忙解围。

“我的病没关系的，美惠子，大佐叫你去，你去就是了。”

“我去了，谁来照顾你呢？”

美惠子与星野太郎小声争执起来，吉田正一打断两人。

“请问这里还有客房吗？”

星野太郎忙点头说：“有，有，我们这里还有两间客房。”

吉田正一看向白鸟介：“大佐，司令部太吵了，我这个人喜欢清静，我想住在这里，您看可以吗？”

“当然可以，外面的士兵们不用回司令部了，留下来任由吉田君差遣。”

“多谢大佐。”

星野太郎强忍着咳嗽，努力讨好着白鸟介眼前的红人，点头哈腰，可吉田正一从没正眼看他一眼。吉田正一的眼神没有离开过美惠子，他直愣愣地看向美惠子。而美惠子低着头，始终一言不发。

饭后，白鸟介离开。美惠子领着吉田正一来到客房。美惠子忙着铺床，吉田正一站在一旁看着。美惠子躬着身体露出曲线，吉田正一急忙移开视线。

美惠子铺好床，轻声询问吉田正一：“您看这样可以吗？”

“很好，实在是辛苦了。”

美惠子点头示意，礼貌地从吉田正一身边走开。

吉田正一闻着美惠子的发香，有些沉醉，突然，他从身后喊住美惠子。

“美惠子？”

吉田正一弯腰捡起齐大昭那块怀表，吹了吹上面的尘土。

“你的表掉了。”

美惠子一摸兜，急忙返回，爱惜地将怀表接在手里。

“谢谢！”

吉田正一还想再说些什么，美惠子已经转身离开。门刚关上，吉田正一立刻面露悔意，自言自语起来。

“吉田啊吉田，见到喜欢的女孩，你怎么变得这么笨？”

一队日本兵守候在美惠子家外，要是有老百姓经过，日本兵就持枪催促，不许有片刻停留。齐大昭与王四六出现在路口，观察着美惠子家，始终不敢上前。

王四六低声问：“你干啥非得见那个日本女人？”

“我的事情还没办完，我必须再打一个电话。”

“你没见门口守着那么多鬼子，电话没打成，再把命给搭进去咋办？这次无论如何听俺的，先出城再说！”

王四六转身要走，齐大昭还想继续想办法靠近美惠子家，王四六回来强拉着齐大昭离开。

两人来到白沙城门口，日军守卫逐一排查，进出城都要检查证件。百姓排着长队往城门口走去。王四六与齐大昭排在队伍的队尾。排查速度很慢，他们二人只能一步一步往前蹭。队伍最前面，有一个人因为忘带证件，遭到日本兵一阵殴打。王四六看见队伍前面的人被殴打，吓得连忙往后退。

王四六畏畏缩缩地说：“俺就说了要早出城，早出城，你偏不听！这下好了，现在遇上排查，咱们出不去了吧？”

“你的意思是出还是不出？”

“你傻啊，咱们没有证件，咋出得去？”

齐大昭想了想，然后与王四六一同离开了排队的队伍，快步走上白沙城的大街，没入人群中。

王四六只顾低头走，不小心撞到一个人。

那人一抬头，正是泥鳅，旁边站着的还有小山东。泥鳅和小山东两人今天奉命来白沙城办事，两人刚完成任务，正打算出城。

泥鳅没好气地说：“会不会走道？大活人看不见啊？”

王四六边走边数落齐大昭，似乎并没有听见泥鳅的话。

“放屁砸脚跟，喝水塞牙缝，俺王四六跟着你齐大昭，真是倒了八辈子血霉。”

泥鳅自认倒霉，摇摇头继续往前，走出去没几步突然又停下来，转过头望着王四六与齐大昭的背影，一个劲儿地挠头。

“王四六、齐大昭，这两个名字咋这么耳熟？”

泥鳅突然停下脚步，对小山东说：“就是他俩！队长让找的人！”

小山东仔细看了看：“没错，一个戴眼镜的，一个五大三粗的，就是他们！”

“快，追上他们！”

泥鳅与小山东快步追上齐大昭和王四六，突然挡在两人面前。

“原来你们两个藏在这儿！跟我们回去，把事情说清楚！”

泥鳅气势汹汹，上手就拉王四六，小山东也一脸凶相，靠近齐大昭，将他的去路堵住。

齐大昭和善地说：“我们好像不认识。”

小山东不依不饶：“还想耍赖？就是你们俩，偷了俺们村的粮食！”

齐大昭也犯起迷糊来：“什么？偷你们粮食？你可真把我说糊涂了。”

泥鳅叫嚣着：“就是你们俩，一个四饼，一个傻大个，今天你们哪也别想去！跟我们走！”

齐大昭与王四六面面相觑，稀里糊涂就被泥鳅与小山东擒住带走。任凭王四六与齐大昭怎么反抗，泥鳅与小山东硬是不放手，不光不放手，还不时大声数落着他们的罪状。

王四六瞅着小山东，厚着脸皮套近乎：“兄弟，听口音，你也是山东的？山东啥地方？”

小山东不理王四六，推着他往前，泥鳅揪着齐大昭，低声警告两人：“想要出城，别吭声！”

齐大昭一怔，看王四六一眼，似乎明白了什么。四人来至城门口，泥鳅依然吵吵嚷嚷，引来不少人侧目。

泥鳅与小山东带着王四六与齐大昭插队到前面，泥鳅故意提高声量，对着两人拳脚相加。

“两个贪吃鬼，你们吃饱了，害得我们挨饿，等会回去，叫你们怎么吃进去的，怎么吐出来！”

日本看守察觉异样，上前阻止：“怎么回事？”

泥鳅立马恭敬地弯下腰：“太君，我们抓住了两个贼，正要带回去揍一顿解气！”

“证件！”

泥鳅急忙亮出自己的证件，扭头催促小山东。

“愣着干啥？还不快点过去，还嫌不够丢人现眼啊？”

小山东识相，推着齐大昭与王四六出了城，泥鳅笑嘻嘻，对着日本守卫点头哈腰。

城门口另一侧，老林正在进城通过检查。他一眼认出了泥鳅，于是悄悄观察着他们的一举一动。他突然注意到泥鳅旁边站着一个戴着眼镜的斯文人，眉头一皱，正想要再仔细打量的时候，日本兵已经催促老林拿出证件。老林只能收回视线，应付完检查后，匆匆进城。

另一边，泥鳅几人顺利出了城，来到白沙城外一片无人空地，泥鳅见四下无人，换回平日的状态，上前去握齐大昭与王四六的手。

泥鳅关切地问："两位没伤着吧？"

齐大昭不解地："你们到底是什么人？"

"我们是八路军。"

王四六更是摸不着头脑："八路军？那刚才你们为啥说俺们偷了你们村粮食？"

小山东笑着说："不那么说，你们怎么出城？"

"你们为什么要帮俺们？"

泥鳅说："苟团长、小栓子、黄桃姑娘还有路子游，他们四个人现在就在我们根据地，要不然我们也不会知道你们是谁。"

齐大昭与王四六对视一眼，面露惊喜。王四六更是鼻头一酸，差点哭出声。

小山东嫌弃地看着王四六："你咋哭了？这不给咱山东大汉抹黑吗？"

王四六没好气地说："山东人也是人，你们不知道这些天俺受了多少苦，只能把眼泪往肚子里咽，现在都过去了，俺不咽了，俺要哭出来，俺高兴！"

王四六操着山东话发着牢骚，可把大家都逗笑了。

第十一章　逃出生天

齐大昭和王四六就这么到了根据地。

齐大昭和王四六站在大家面前的时候，路子游正拿着相机四处乱拍，当两人出现在取景框中时，路子游不由愣了愣神，差点摔了自己的宝贝，然后猛地跳起来，朝齐大昭和王四六跑去。黄桃正端着菜往屋里走，看着两人，眼角湿润，啥话没说撂下盘子，又扎进厨房。老狗看着两人，咧着大嘴笑了笑，急步走过去，给了两人一个大大的拥抱，低声说了句，回来就好！

这一顿饭格外丰盛，黄桃把桌子堆得满满的，要不是齐大昭拉住她，她简直要把根据地的食材用光。用黄桃的话说，四六兄弟不能挨饿，你们在城里这几天受的罪，我都得给你们补回来。王四六早已经顾不上说话，一边吃一边抹着眼角时不时泛起的眼泪，就连齐大昭也比平时多吃了两个馒头。

可令齐大昭和王四六万万没想到的是，这种友好的气氛只持续了一顿饭的时间就烟消云散了。饭后，几人围坐在一起喝茶。老狗等人问起齐大昭和王四六这几天的遭遇，齐大昭和王四六对视一眼，齐大昭出面回答。早在来的路上，齐大昭就央求王四六不要把在城里经历的事情说出去，理由是为了大家的安全着想，王四六答应了下来。齐大昭当然说的是编造过的版本，只说两人躲在客栈里，眼见着城门的检查越来越严，这才不得已赌一把出城。

接下来的事情就跟齐大昭和王四六没有多大关系了，他俩几乎是目瞪口呆地看完黄桃、老狗、路子游和赵英秀的一场四人战争。战争的发起者，是黄桃。黄桃一脸堆笑，不停地给大家倒水，显得十分热情。

小栓子诧异地说："黄桃姐，你咋个了？"

"你们是觉得我哪里不对劲吗？我很好啊。我心里没装着事，身边有你们这群交心的朋友，我好得不得了！"黄桃白了一眼赵英秀，故意提高音量，"不像某些人，表面一套背后一套，你把她当朋友，她只把你当工具，你以为她人很好，其实根本不是那么一回事。这样的人吃饭才不香，说话才没底气！”

老狗用胳膊动了一下黄桃，黄桃不依不饶，丝毫没有收敛的意思。

“你动我干什么？尤其是你，别老那么傻，傻狍子一个！恨不能把心掏给人家，殊不知上了人家的道，到时候怎么死的都不知道！”

赵英秀默默低头喝着茶，当作没听见。一旁的路子游听不下去了，腾地站起来：“够了，不要再说了！”

“又没说你，你来什么劲？”

“你这样说话的方式很恶毒，很不善良。”

“是，我嘴上没把门的，可我心里有杆秤！不像别人，脸上有笑容，背后藏着刀！你以为你喜欢她，她就不利用你了？她把所有人都当工具，只是表面上演得好看，说得好听。”

路子游气结：“我和她成不成都是我们二人之间的事，轮不到你瞎操心。”

“现在说是你们之间的事了？当时你让我帮你出主意的时候，怎么不这么想呢？对你不好的却捧在手心，这不是贱吗？”

“黄桃，你越说越过分了！我要求你道歉！”

“路大少爷，你太天真了吧？难怪被人玩得团团转！”

黄桃与路子游吵得不可开交，齐大昭、王四六和小栓子面面相觑，一脸疑惑。最终，这场战争以老狗的一声拍桌结束，老狗猛地站起来，大吼一声：“你们两个吵够了没有？不嫌丢人？”

黄桃也吵出了火气，冷哼一声，径直向门外跑去。路子游原地坐下，气得拿手的杯子不断颤抖。赵英秀没有说话，随后也离开了。

大家散了之后，小栓子带着齐大昭和王四六回到房间，整理床铺。

王四六再也憋不住了，急忙问：“小栓子，怎么几天不见，他们就变成这样了？”

齐大昭也一脸不解地看向小栓子。

小栓子叹了口气：“我们到这儿以后，发现赵队长是以前跟团长相亲的那个女人，黄桃姐怀疑赵队长喜欢团长，就各种方式给赵队长弄难堪，团长夹在这两个女人中间左右为难。”

齐大昭追问：“那有子游什么事？我看他对黄桃好像也有意见似的？”

“路子游一来，就喜欢上了赵队长，刚开始跟黄桃姐结成联盟，想拆开团长跟赵队长，结果黄桃老说赵队长的坏话，他就不高兴了。”

王四六拍着胸脯，一脸震惊：“娘嘞，俺们俩不在，发生这么多事？都够说一出戏的了？”

小栓子无奈地耸了耸肩：“所以，我的忠告就是，都离他们远点，这几天火药味儿忒浓，省得误伤了自己。”

小栓子整理好床铺，就离开了。齐大昭和王四六一身疲乏劲儿上来，也没有多说话，直接躺在床上，沉沉地睡了过去。

第二天，齐大昭早早带着大家来到坦克处。不知道黄桃给路子游使了什么迷魂药，路子游虽然对黄桃颇有怨言，但也不像昨天那么一字一句地回顶回去了。

齐大昭钻进坦克内检查起来，大家站在外等着，脸上都有几分紧张和担忧。没多久，齐大昭跳出来，还没等他站稳，几个人就围了上来。

小栓子急急地问：“咋样？”

齐大昭笑了笑：“放心吧，曲家村一战，总算是挺过来了，坦克没有严重的损坏，只要补充上燃料，就能开动。”

众人一片欢呼。

老狗示意大家安静，然后开口说道：“按说人齐了，咱们也该上路了，毕竟从曲家村到现在已经耽误了不少时间，可就在刚才，赵队长找到我，开诚布公地跟我谈了谈，她提出一个想法，她说游击队想收编咱们这支队伍。这不是一件小事，我想先跟大家商量一下，再给她回复，大家怎么看？”

此话一出，大家彼此小声议论着。

王四六率先举起手：“俺跟老齐刚刚回来，对他们游击队不熟。俺要回家成亲，二丫还等着俺呢，俺肯定不能留在这儿。你呢，老齐？”

齐大昭摇摇头：“我也不能留。”

老狗看向路子游：“小栓子是跟着我的，子游，你呢，你什么想法？”

黄桃沉着脸，抢在路子游回答之前嚷起来：“别问了，这是她的阴谋！”

老狗皱起眉：“黄桃，你说什么？”

“这不明摆着嘛，这是她赵英秀的阴谋，亏你这么当真！说是收编，还不是看上了咱的坦克，看上了你这个人！她见抢不过我，又使出这么一招，什么收编，肯定是用什么信仰啦精神啦，那些虚头巴脑的东西唬弄你陪她留在这儿！可真够阴的。”

老狗沉声说着：“黄桃，你不要老是针对赵队长！人家只是提出一个想法，至于留还是不留，做决定的还是我们嘛。”

“表面上看，她是给了我们一个机会，实际上已经分裂了我们！这女人，真不要脸！不行，我非要当面问问她，再跟她说个清楚！”

黄桃转身要走，被老狗一把拉住。

“你一次不够两次，两次不够，还想闹第三次！你到底想干什么？”

老狗彻底生气了，手上使劲攥着黄桃，黄桃吃痛的表情。老狗也反应过来，一把松开黄桃，黄桃揉着手腕，用异样的眼神打量着老狗。

“苟彦武啊苟彦武，我处处为你着想，你却总是向着她，你到底把我黄桃当成什么人了！”

“你说人家要分裂咱们，可我看就是你在胡乱生事，还把人家八路军弄得鸡犬不宁，你闹到什么时候才是个头！”

“呵！我今天才知道你这么会血口喷人！她要是真的像你说得那么好，为什么不告诉你当年假相亲的事？几年前你们那次相亲，她是想刺探你，你知道吗？”

老狗听到这话却十分淡然：“这件事赵队长已经向我坦白了，当时她是在执行任务，可你又是怎么知道的？是不是又扒着人家窗户偷听来的？”

黄桃急得直跺脚：“她骗了你，她利用你，你怎么了，你怎么还在替她说话，鬼迷心窍？”

“别忘了，你也骗过我！”

黄桃一怔，好像瞬间失去了所有的力气，身体摇晃了两下，难以置信地看着老狗，脸上充满了失望。

齐大昭在一旁急忙打圆场：“本来是好日子，怎么又吵上了？今天先到这儿，都回去冷静冷静，关于收编这件事……”

显然，齐大昭的话丝毫不起作用，黄桃往前一步，直直地瞪着老狗：“苟彦武，我是不是特别招你烦？”

“是！”

“你是不是觉得我特别给你丢人？”

“对！”

黄桃眼中噙着泪：“苟彦武，你终于说实话了，今天我就要你最后一句心里话，你到底喜不喜欢我？”

老狗回看着黄桃，他张开嘴，想说什么，最后还是紧紧抿在一起。片刻之后，他面无表情，一字一顿地说：“没有！”

这两个字好似一把匕首，一下刺进黄桃的心脏，黄桃的眼泪夺眶而出。

“说来说去原来是我自作多情。”黄桃自嘲一笑，转身就往根据地外走。

“黄桃姐，你去哪儿？”小栓子大喊一声，就要追过去。

老狗大喝一声：“小栓子，给我站住！她要演，我就让她演个够！都给我听着，谁要是拦着她走，就是跟我老狗作对！”

老狗表现得格外无情，众人一片唏嘘。

齐大昭叹气：“你这又是何必！”

暮色暗淡，残阳如血，黄桃的影子拖得很长，突然，一片云慢慢遮住了最后的阳光，黄桃的影子也随之渐渐消失。

黄桃走后，老狗一直黑着脸，不发一言，坐在窗口，一直望着外面，似乎在等什么人回来。大半晌后，还是什么人影也没有，连老狗自己都不想承认，他心里有点空落落的。这种感觉是老狗从来没有过的，他心里更加烦闷起来。

老狗猛地站起身，快步来到训练场。老狗拿起一把假枪刺向身前的稻草人，老狗的衣服已经湿透了，额头上的汗水还在不住流，汗水滴进眼睛里，老狗眨眨眼继续练。

老狗眼前忽然闪过黄桃倔强的面庞，一枪一枪下去，老狗的速度加快，力道加大，突然他像发了疯着了魔似地攻击稻草人，稻草人瞬间变得面目全非。

周遭的战士们停下训练，面面相觑。

老狗大吼着，一拳打在竖着的木桩上，腹部伤口撕裂，疼得老狗摔倒在地。一名战士连忙上前搀扶，老狗推开战士，自己站起身，闷头离开，身后的其他战士小声议论着什么。

等老狗走回房间时，齐大昭正坐在门口等他，老狗虽然发泄了一通，但依然愁眉不展。

老狗看着齐大昭：“你也想骂我？好，来骂，反正我都已经被骂习惯了。”

齐大昭笑了笑，招呼老狗过来坐下，老狗叹了口气，坐在齐大昭旁边。

“我懂你现在的感受，就像你一直在给自己画圈，这么多年一直待在圈里做事为人，但一夜之间这个圈不存在了，你虽然还站在原地，但心里却很慌，不知道到底该不该迈出去。我问你，你对赵英秀什么感觉？”

老狗挠着脑袋：“赵队长？她是个好人，也很会打仗。”

齐大昭追问：“你喜欢她吗？”

老狗眉头一皱，思忖良久：“带兵打仗的人都有一些相同的影子，她身上是有一种说不清的亲近感，但男女感情，好像不是……”

老狗使劲摇了摇，齐大昭继续发问。

“那你对黄桃什么感觉？”

“黄桃……我也说不清，认识她以来，发生了很多事。我知道她对我有感情，但我不知道是不是也要像她对我那样对她。黄桃老说我是榆木疙瘩，这一点她没说错。老齐，你给我支个招，我该怎么做？”

老狗期冀地看向齐大昭，齐大昭摇摇头："感情这东西，如人饮水，冷暖自知，我不便帮你拿主意，只想跟你讲讲我的故事。"

一阵风吹过，齐大昭裹了裹衣服，他的眼神莫名黯淡，语气也跟着透着一丝落寞。

"我结过婚。我的妻子叫王蔓。我们婚后的感情一度非常好，但是天有不测风云，日本鬼子来了，一切都变了。我开始日夜不着家，与一些爱国志士一起，忙着呼吁民众觉醒。时候长了，渐渐地我们的交流少了，感情也淡了，后来她离开了我，一个人去了海外。"

齐大昭望着远方，眼眶中闪闪发光，老狗听得入神。

"她走以后，我更忙了，我不想闲下来，因为我怕会想起她。这期间她来过几封信，信里写的都是她在美国的生活，我知道她还爱我，希望我去美国与她团聚重新开始。但那个时候我还没想明白，于是我把她的信全撕了，一气之下搬了家。我太生气了，我气她不能理解一个男人的壮志未酬，我气她不理解我为了这个家的付出，我甚至觉得她太过儿女情长，是对当下中国的一种背叛！我想让她明白我不着家，是想保护这个国家，也是为了保护她！直到有一天，一个朋友给我送来一个包裹，是从美国寄来的。我知道一定是王蔓，可等我打开包裹，我傻了，里面装着的是一个骨灰盒……王蔓因为抑郁，选择了离开这个世界。"

老狗一惊，齐大昭低下头，眼眶明显已经湿润了。

"我心痛，难受，我怎么也想不到会是这样的结果。我抱着那个小盒子，心想，我深爱着的女人变成了一把骨灰，全都是因为我！口口声声说不想让她受到伤害，可伤她最深的那个人恰恰就是自己！"

齐大昭越说声音越低沉，最后不禁哽咽起来，用手捂住脸，眼泪止不住往下流，老狗深深叹了一口气。

良久，齐大昭摘下眼镜，擦干眼泪。

"老狗，你以为自己在保护在乎的人，可你不知道，她需要的并不是这种保护，她需要的是你真真切切的关心与照顾，哪怕前方布满荆棘危险丛生，她想的也是你们一起携手度过，而不是你一人弃她而去独自前行。"

齐大昭拍了拍老狗的肩膀，起身离去。老狗一个人想着齐大昭说的那些话，陷入了深思。

老狗就这么保持着一个姿势，不知道过了多久，等他回过神时，夜幕已经悄然落下一半。老狗抬起头，隐隐闪烁的星光映照在他眼中，在眼底深处形成一团团斑斑点点跳跃着的火苗。老狗觉得自己从未如此坚定过，他要行动，他要像在战场杀敌那样，冲进那个感情的战场。他不仅要打一场硬仗，还要打一场漂漂亮亮的胜仗。念及此，老狗浑身都有一股使不完的劲儿。

老狗站了起来，久坐产生的麻木感并未阻拦他的脚步，他大踏步地往前走，他要追回黄桃。经过训练场时，老狗被赵英秀和齐大昭等人拦了下来。

老狗坚定地说：“我要去找回黄桃。”

赵英秀和齐大昭等人却一脸复杂地看着老狗。

老狗觉得奇怪，问：“怎么了？”

赵英秀轻声说：“你先保证别冲动，我再告诉你。”

老狗心里升起一种不祥的预感，有些不耐烦地说：“到底出什么事了？”

赵英秀和齐大昭对视一眼，然后转过头说：“黄桃被人抓走了。”

这个消息如同一道晴天霹雳，狠狠地砸在了老狗的头上。老狗脑子一阵轰鸣，他冲到赵英秀面前，抓着她的肩膀，狠狠摇着：“什么时候？被谁抓走的？”

齐大昭上前掰开老狗的手：“老狗，你先别激动，你先把手放开。”

老狗也意识到自己有些失态，松开手退后两步，歉意地说：“对不起。”

赵英秀不以为意地摇摇头：“没事儿。这事是小山东发现的，还是让他给你说吧。”

小山东点点头，看向老狗：“俺出去执行任务，回来的时候路过六盘镇，刚好碰见黄桃姑娘被一个男的带走了，俺追过去的时候，已经晚了。后来俺听乡亲说，那个男的自称黄桃的哥哥，可黄桃却说他是自己的师哥……”

没等小山东说完，老狗大吼一声，眼中怒火喷薄而出。

老狗咬牙切齿：“马三金，你个瓜娃儿！”

老狗掉头就要往外冲，被赵英秀一把拦住。

赵英秀说：“你先冷静。”

“冷静？我冷静得了吗？马三金一心想害黄桃，现在黄桃落在他手里，你要我怎么冷静？”

“越是这时候越不能急，鬼子很有可能拿黄桃做文章，你现在去等于自投罗网。”

“如果黄桃出了事，我欠她的就会更多，我苟彦武背不起这份债。”

老狗转过头看向齐大昭等人，冷冷地说：“黄桃出事了，你们跟我走不走？”

齐大昭、王四六、路子游和小栓子对视一眼，二话没说，直接走出来站在老狗身后。几人径直向外走去，没走几步，身后突然传来赵英秀的声音。

“我不能看着你们白白送死！”

说完，赵英秀突然拔枪对准老狗，老狗站定。众人一片哗然，泥鳅与战士们一下子围上来，看赵英秀似乎动了真格，一时不知道该如何是好。

老狗冷冷地说：“赵队长，我看需要冷静的是你。”

说着，老狗突然上前，猛地来夺枪，一时间老狗与赵英秀交上了手。两人打得十分激烈，老狗占尽优势。正要乘胜追击时，赵英秀突然收手了，老狗一怔，险些伤到赵英秀，这一刹那赵英秀逮到机会，重新将枪口对准老狗。

“黄桃走，一部分原因是因为我，现在她有危险了，我也有责任。鬼子一直想抓你们，你们哪儿都不要去，我会把她安安全全带回来！泥鳅，人给我看好了。”

泥鳅一愣：“怎么看？”

“怎么看得住怎么看！小山东，还有你们几个，跟我去六盘镇！”

泥鳅与几名战士迫不得已，举起枪对着老狗几人，老狗几人坐在小板凳上。老狗几人面露焦急，但无可奈何。老狗愁眉不展，望向窗外，赵英秀带着小山东等几个战士骑着马离开了根据地。

老狗心心念念的黄桃，此时正坐在马三金骑着的自行车后座上，手被绑在铁架上，心里后悔不迭。她从根据地负气出走，可一路上却磨磨蹭蹭，故意走得很慢。有时背后传来声响，黄桃会惊喜地回头，发现不是老狗后，又气鼓鼓地往前走，这一走就走到了六盘镇。刚到六盘镇，一群老乡突然围上来，热情地招呼着黄桃，嘴里念叨着，这被拐的闺女终于回来了。黄桃还没反应过来，就被众人推攘着送到马三金那里，结果就这样被马三金绑在自行车上。

黄桃眼珠子转个不停：“师哥，我一听别人说自己被拐了，就知道准是你的主意，小鬼子没这脑子。”

马三金冷哼一声：“现在舍得叫师哥了？跟别的男人跑的时候，你连头可都没回一下。”

黄桃故意撒娇：“师哥，你就别埋汰我了，咱俩多少年患难的情分，打打闹闹不是常事？快点给我松开，我手都给勒红了。”

“臭丫头，你肚子里那点汤汤水水我还不知道？几句软话就上了你的当，我这师哥还怎么当？”

黄桃见撒娇不成，转而开始威胁：“马三金，你松不松？师傅泉下有知，小心他晚上找你算账！”

马三金阴恻恻地笑着：“少拿老头子压我！他死以后，要是没我，你指不定在什么地方给哪个臭男人做小呢！”

黄桃一计不成，开始气急败坏地摇晃自行车，顿时车子左右摇摆起来。马三金受到影响，努力掌控着车把，但车行轨迹还是七扭八歪。

“老实点，别乱动！”

黄桃不听，故意将身体往一侧躺去，马三金终于抓不住，连车带人摔在地上。

马三金捂着屁股，哭丧着脸从地上爬起来，扭头再看后座，绑着黄桃的绳子已经松开，黄桃一溜烟正往林子里跑。

马三金怒骂："臭丫头，你给我站住！"

黄桃慌不择路，一路跑着，竟然来到一处荒宅，残破的院墙，地上全是枯树枝，屋子四面都透着风，窗户的位置垂下半个窗框。

黄桃躲在墙角，悄悄观察外面，马三金追来，在外面搜索，慢慢朝荒宅靠近。黄桃的心提到了嗓子眼，抓起地上的砖头，准备拼了，突然另外一个方向传来响声，马三金一愣，掉头往那个方向跑去。

黄桃探出头，只见马三金已经跑远，她长嘘口气，刚刚将砖头放下，突然，一只手拍在黄桃的肩膀上，黄桃扭头一看，惊得瞪大了眼睛。

一阵马蹄声响起，赵英秀领着小山东等人来到了六盘镇。赵英秀顺着小山东指的方向快马加鞭，没走多久，赵英秀就看到扔在路边的自行车，一旁的杂草被隐隐轧出一条小路轮廓的通道，直通向小树林。赵英秀手一挥，几人朝着小树林跑去。

突然，赵英秀听到一声尖叫声从不远处传来，赵英秀等人立刻掉转马头，迅速顺着声音传来的方向，来到荒宅外。没等马停稳，赵英秀就从马上跳下来。赵英秀边走边喊着黄桃的名字，她的脚踩着地面上的树枝，不时发出折断的声音。

赵英秀举枪进入荒宅，屋内狼藉一片，空无一人，此时小山东等人纷纷进入屋内。

小山东感到稀奇："怪事，刚才明明听见有人喊救命。"

战士们面面相觑，看向赵英秀，赵英秀突然反应过来，脸色大变："走！快走！"

赵英秀催促士兵们尽快撤离，有战士刚出门口，一颗子弹飞来，正中他的胸口。紧接着子弹如雨点般袭来，险而又险地擦着几人的肌肤而过。

很快，赵英秀就发现荒宅已经被团团包围，赵英秀等人借着掩护，勉强与日军抗衡，奈何人手不够，被压制得厉害。

就在距离荒宅不远处的安全地带，马三金死命揪着黄桃不松手，在黄桃跟前站着山岛静夫。

马三金谄媚地说："幸亏太君来得及时，要不然真让这丫头跑了。"

"这里没你的事了，快带她回白沙城。"

马三金惊讶："太君，难道不靠这丫头治治苟彦武？"

山岛静夫看一眼前方，吉田正一举着望远镜，正在观察交火局势。

山岛静夫回过头来：“我们需要为自己留一张牌。你先不要回司令部，把这女人关在白莲胡同尽头的院子里，等我回去找你。”

马三金点了点头，拽着黄桃从一侧离开，黄桃替赵英秀着急，不住捶打马三金。马三金强行带着黄桃离开，这一边吉田正一返身来到山岛静夫身边。

“真要感谢山岛少佐，如果不是因为你抓住了黄桃，我也不会想到这么好的办法，引这群土八路上钩。”

山岛静夫冷笑：“我怎么听着这话不像是在感谢我，而是在自卖自夸？”

吉田正一微微一笑：“不管怎么说，我们出兵很顺利，打响了第一炮！”

山岛静夫看着眼前自信满满的吉田正一，不禁有些恍惚。他没有想到，自己苦苦寻找的苟彦武的踪迹，竟被吉田正一给发现了。没错，马三金能捉到黄桃不是偶然，日军大面积出动也不是一时兴起。这是因为，吉田正一通过一个小小的计谋得到了情报。

要说吉田正一，确实有两把刷子。在美惠子家居住期间，他不仅从星野太郎那里得知，美惠子最喜欢的人竟然是齐大昭，更从星野太郎嘴里套出话，美惠子最近帮齐大昭在诊所打过电话。吉田正一在得到这条线索后，立马让接线台找到那天的通话记录，查出了电话那头的人，正是保荣堂掌柜的老林。吉田正一抓捕了老林，见严刑逼供不起作用，又使起了欲擒故纵计，安排万成千伪装成共党前去营救老林。在两人逃亡过程中，老林不幸中枪，临死前将自己的推测说了出来——齐大昭就是那个自己要联系的人，而他此时就在陆家岭！所以，这才有了马三金打先锋搞侦察，意外抓获负气出走的黄桃，吉田正一又借着黄桃，钓到了赵英秀这群八路这样的“大幸事”。

吉田正一看着久攻不下的局面，眉头微微蹙起，下达了加速进攻的命令。山岛静夫看着吉田正一威风凛凛、发号施令的样子，心里一阵愤恨。他知道因为前几次的失利，大佐对他颇有微词，所以此次活动的总指挥才成了吉田正一这个没拿过枪杆子的假把式。

日军密集的进攻令人抬不起头，破陋的房屋掀起土烟，呛得赵英秀不住咳嗽，赵英秀几人根本不是日军的对手，很快赵英秀带来的几个战士都已经倒在地上，成为一具具冰冷的尸体，只剩下寥寥几人。赵英秀心里大恸，好像这一颗颗枪子都打在了她自己身上一样。小山东趴在地上，匍匐来到赵英秀身边，子弹从头顶飞过，小山东时不时低下头。

“队长，这么打下去咱们都得完，俺掩护你，你快走！

赵英秀不肯：“要走也是你走，我是队长，我来殿后，你们杀出一条路！”

小山东急切地说：“队长，你听俺说，鬼子这么多兵出城，这里头肯定有事，没准是发现了咱们的营地！你快回去，跟泥鳅他们做好准备！”

“不，如果真是那样，我更要留下来拖住鬼子！”

小山东歉意地看了赵英秀一眼：“队长，小山东可对不住了！”

话音未落，小山东从身后一掌将赵英秀打晕，随即扶住赵英秀，将手放在嘴边吹响口哨。不多时，赵英秀的白马出现在荒宅外，马鬃随风飘荡，扬蹄蹬起泥土，白马跨过日本兵的脑袋，穿过枪林弹雨跑进屋内。

小山东将赵英秀放在马背上，一拍马屁股，白马驮着赵英秀冲出荒宅，身边的战友一个个倒下，小山东嘶喊着举枪继续战斗。

几个日本兵对着白马一通射击，都未打中，白马疾驰着跳进树林，吉田正一只能看着白马越跑越远。

吉田正一脸色微变：“她如果回去报信，齐大昭一伙就会逃走，我的心血就白费了。山岛少佐，你快带人去追！”

“为什么是我去？”

吉田正一目不斜视，语气冰冷：“你忘了大佐是怎么吩咐的了吗？这里一切人都要听我指挥！”

吉田正一盛气凌人，山岛静夫也只能忍着气，带着几个日本兵悻悻而去。

吉田正一看荒宅里还有人坚持，不由得烦躁起来，挥了挥手，招来了一个日本兵，交代了两句，日本兵快步离开。没多久，轰隆的声音传来，地面颤动起来，仿佛是一只巨兽在从森林深处走来。庞大的阴影露出一角，是一辆日军坦克。坦克轰然碾压，炮筒锁定破屋，一发炮弹将半个屋檐轰塌。屋子里再也没了任何动静。

吉田正一挥挥手，日本兵持枪小心翼翼地走进屋。刚一进去，走在最前面的日本兵，被躲在一侧的小山东用刺刀捅死，小山东随即与日本兵展开搏斗，但双拳难敌四手，很快小山东被围了起来。

一个日本兵用刺刀刺中了小山东的后背，小山东扑通跪在地上。小山东咬着牙慢慢站起，对面的日本兵举枪对准小山东，小山东的脸疼得变了形，却丝毫没有惧色。

“等等！”

吉田正一优哉地走进来，但看着小山东一身血迹，轻蔑地站远了几步。

“我知道你们的营地就在陆家岭，如果你能告诉我具体的位置，我可以放你走！”

“休想！”小山东大义凛然。

“你可要想清楚，陆家岭就那么大的地方，不出半天时间皇军就能把你们的人全部挖出来，如果你说了，他们也不会知道的，何必逞英雄？”

小山东不理会吉田正一，他扭脸看满地战友的尸体，将手放进口袋里，日本兵瞬间警惕起来，只见小山东从口袋里拿出快板，慢慢打了起来。

“东邻有个小东洋，几十年来练兵忙，东亚逞霸强，一心要把中国亡……九一八平地起风浪，一夜里强占我沈阳，杀的杀，抢的抢，老百姓遭了殃，东北四省被灭亡……卢沟桥，二次又动刀和枪，强占了黄河北，又占俺扬子江……南京杀人数十万，泱泱大国变屠场，哪个见了不心伤……”

吉田正一不屑一顾转身离开，边走边朝日本兵挥手，日本兵领会他的意思，几个人你看我看你，一人一刀刺进小山东的身体。

“同胞们，一条心……不记仇，不分派，齐心协力打敌人……中华同胞四万万，哪能怕它小日本……”

日本兵哄笑着，继续残忍地杀害小山东，小山东嘴里鲜血不断往外涌，声音也越来越虚弱。

“赶走日本享太平，铁马金戈……为家乡……”

小山东终于打完了人生最后一次快板，也终于讲不出任何笑话了。

另一边，白马在树林中奔跑，身后山岛静夫带着日本兵开枪不止，马一惊，扬起蹄子，赵英秀从马背上翻滚而下，猛然醒来。

赵英秀环视四周，发现山岛静夫等人正在追来，急忙躲到一棵树后。赵英秀看向白马，只见白马身上已有枪伤，白马不住地吐着气。

“过来，过来！”

赵英秀轻声唤着白马，白马看赵英秀一眼，却突然间朝着山岛静夫急冲过去。

日本兵们见势不妙，拔枪射击，白马身中数枪，轰然倒地。山岛静夫踹了踹白马，白马一动不动。

日本兵上前看了看，折回报告：“少佐，马背上那个女人不见了。”

日本兵正想要分散去找，山岛静夫好像突然想到什么，眼睛一转，一摆手制止了日本兵们。

“不用找了，那个人从马上摔下来，一定摔死了，我们回去吧。”

山岛静夫阴笑着，如果这次吉田正一带兵失利，大佐一定会重新重用自己吧。山岛静夫这样想着，带着日本兵原路返回。

树后，赵英秀捂着嘴，不让自己发出一丝声音，但看着倒在血泊里的白马，眼泪止不住簌簌扑落。出了小树林后，她捡到了马三金留下的自行车，骑着它回到了六盘镇，换了一匹马后，一路抄小道飞奔回来。

看到赵英秀失魂落魄的样子，泥鳅和老狗等人一下子围了上去，将赵英秀扶到屋内。

泥鳅急急地问：“队长，你这是咋了？小山东他们呢？”

赵英秀将桌上的水一口气喝完，脸色沉重地环视一圈。

赵英秀说：“小山东他们……牺牲了！”

泥鳅等人如遭雷击，身子一下僵住了。

泥鳅难以置信地说：“不可能，不可能……”

赵英秀愤恨地将事情重述了一遍，当听到小山东为了救队长，自己留下殿后时，所有人压抑的情绪仿佛被引爆，一下子群情澎湃，大家如浪潮般散开，各自抄起枪，红着眼径直往外冲。

泥鳅冲在最前面：“走，我们去给小山东他们报仇！”

老狗等人立马追出来，挡住泥鳅与战士们：“不能去！”

泥鳅大声喘着粗气：“苟团长，你让开！鬼子杀了我们的同志，我们要去为他们报仇！”

“就像赵队长之前劝我那样，越是这时候大家越要冷静！”

“我们也想冷静，是鬼子逼着我们没法冷静，小山东早起还跟我抢窝头吃，可现在他就已经……”说着，泥鳅就哽咽了，一旁的战士们也都面露悲怆。

老狗柔声说：“我懂那种滋味！那种心脏被人狠狠捏住，喘不过气的痛苦！可你们忘了赵队长上课怎么说的了吗？要想打赢鬼子，就要打游击！现在鬼子正重兵来袭，跟他们硬碰硬，只会让抗日的力量蒙受损失！”

“苟团长说得对！”赵英秀站在会议室门口，众人扭头看向她，赵英秀将额前的头发捋向耳后，她强撑出一把力气，步伐坚定地走到战士们面前，“鬼子正朝咱们过来，咱们要做的不是拼，是转移！转移，不是说我们不敢拼，是我们要等到最好的时机，发挥我们最好的战斗状态！我们不给鬼子机会，就是给自己机会！”

泥鳅音调拔高：“转移？队长，这里可是我们的家，就这么拱手给了鬼子？”

赵英秀看着泥鳅，眼里闪过一丝沉痛：“泥鳅，你错了，我们早就没有家了，从鬼子侵略中国开始，我们每个人就都是无家可归的人。我知道大家对这里有感情，我希望大家记住这份感情，因为正是这样的感情让我们知道家的可贵，清楚侵略者的无耻，我们要时刻念着这份情，为小山东，为牺牲了的同志们，为千千万万的同胞报仇！”

日军队伍趾高气扬来到陆家岭时，天色已经不早了。吉田正一与山岛静夫站在队伍最前面，观察着整个根据地。吉田正一暗自奇怪，怎么根据地如此冷清。

在根据地大门口摆放着一个木箱，从外面看，并没有什么出奇之处。

山岛静夫指着一个士兵说："你过去看看。"

一个日本兵应声跑过去，正准备打开箱子，吉田正一察觉不妙，然而，已经为时已晚，日本兵手已经碰到了箱子，打开的那一瞬间，只听"砰"的一声，木箱轰然爆炸。

陆家岭后山坡的一条小路上，赵英秀正带着队伍行进，路子游开着坦克跟在后头。

爆炸声传来，所有人都停下脚步，望着根据地的方向，眼含热泪。

空中升起灰黄色的浊云，北风呼啸，很快将云吹散，天地重归寂静。

第十二章　营救黄桃

东里村位于陆家岭北部大约20里地的一处平原上，村子四周被庄稼地紧紧包裹起来，仅剩四条蜿蜿蜒蜒的小土路通向村外。在外人看来，这就是一个再普通不过的村子，可很少有人知道，这里是共产党暗地里的一个物资储备基地。距离战略转移已经过去两天了，从陆家岭撤退过来的八路们已经慢慢熟悉这里的生活，好在平时和这里的老乡联系紧密，这才能在最短的时间，有条不紊地安顿下那么多人。

村口，赵英秀坐在石头上，擦弄着自己的配枪，时不时抬头望向村外，一副忧心忡忡的样子。

泥鳅不知道从哪里钻了出来，看着赵英秀心不在焉的样子，忍不住笑道："队长，人刚走，还回不来呢！"

赵英秀抬起头，佯装恼怒："好你个泥鳅，还敢打趣我来了！"

泥鳅说："我可不敢，只不过苟团长他们几人刚走一上午，这会儿估摸着也就才到白沙城，哪能那么快回来？"

赵英秀担忧地说："我这不是担心吗？在这种节骨眼上，突然传来黄桃和马三金要举行婚礼的消息，这分明就是日本人设好的圈套，要让他们自己往下跳。"

泥鳅脸上也闪过一丝隐忧："白沙城查得紧，他们也没带枪，不知道这会儿进城了没？"

白沙城外，老狗等人正在为如何进城感到发愁。大家看着高大的城墙、持枪巡逻的日本兵和检查排起的长队，脸上露出为难的神色。在讨论了几个方案都被否定后，几人大眼瞪小眼，陷入了一筹莫展的境地。此时，身后传来声响，老狗扭头望去，远处大路上一辆汽车卷着尘土而来。

老狗会心一笑："带咱们进城的人来了！"

白沙城警察局王局长坐在后座，车里还坐着四名警察。王局长大腹便便，正在打着瞌睡，几个随从也都一副懒散样，突然司机一脚急刹车，将车停住，王局长的脑袋随之碰到前座，疼得清醒过来。

王局长怒骂：“你他妈怎么开的车？”

司机指指车前，只见路子游站在车前，挡着去路，王局长眯着眼看过去。

“谁下去给我看一下怎么回事？”

话音未落，四个车门同时从外打开，老狗、小栓子、齐大昭、王四六一人站在车门一边，怒目而视。

王局长惊怒：“你们是谁！”

老狗等人一言不发，直接动手，四名警察还没反应过来，三两下被老狗等人制服扒光了衣服，站在寒风中瑟瑟发抖，小栓子已经将他们的枪全部收缴。老狗、路子游、齐大昭、王四六换上了四名随从警察的警服。小栓子一边发枪，一边嘀咕，埋怨着没自己的衣服。王四六笑着打趣：“大人的衣服你哪儿穿得下？还不一眼让鬼子瞧出来？”

王局长被铐在方向盘上，气得直跺脚：“你们想干什么？要造反不成？”

老狗淡然地说：“王局长，我们不会伤害你的，只是想请你帮个忙。”

王局长气急败坏地大叫：“有这么叫人帮忙的吗？快放开我，不然我就……”

路子游气冲冲地说：“不然什么？你堂堂白沙城的警察局局长，不为百姓做主办事，却当了鬼子的傀儡，给我老实点，他说不伤害你，我可还没答应呢！”

路子游挥着手枪威胁着王局长，王局长吓得将怨气咽进肚子里。

老狗转身面向四名警察，四名警察彼此靠近，脸上露出怯意。

“你们四个听着，想你们局长活命，就把嘴封上！暂时别回白沙城了，随便找个地方落脚去吧。”

汽车缓缓启动，迅速驶离，朝着白沙城驶去，寒风中，只剩四个警察站在原地，你看我我看你，不知所措。

在感受到枪支与腰间肌肤亲密的接触后，王局长并不敢动什么歪心思，老狗一行人顺利地进到白沙城中。车开到一个偏僻的角落里，老狗几人纷纷下车，小栓子也从后备箱里钻了出来。

老狗嘱咐穿着便服的小栓子，让他先去侦察消息，他们几个原地等待。

小栓子快步跑走后，老狗打开汽车后车门，瞧着坐在中间位置很是局促的王局长。

“我说话算数，现在就放你走。”

王局长紧绷的神经终于放松下来，长出了一口气，身上的肉跟着颤了两颤。

“有两件事我得跟你说清楚，一，我们会用身上这张皮干点事，提前给你打声招呼，免得上头责怪下来，你没有准备。”

王局长点头如捣蒜，应承下来。

“第二件事，你要是敢跟鬼子透露我们的行踪，小心我们半夜敲你的家门。”

王局长使劲摇头，忙不迭地摆手表示自己坚决不会。

老狗给齐大昭使眼色，齐大昭从车上下来，给王局长腾开空间，王局长挪着屁股下了车，脚丫子站在地上，还有些腿软。

王局长拱了拱拳：“告辞，告辞。”

说完，王局长头也不回逃也似的走了，老狗四人在后头看着发笑。

此时，小栓子急匆匆跑了回来。

老狗惊讶：“怎么这么快就回来了？”

“团长，你看！”

小栓子将一张告示交给老狗，其他人都凑过头来，大家看了告示，面面相觑，都看到了彼此眼中难以抑制的惊讶之情。

王局长快步走在街上，当然尽管王局长已经使出最大力气，受惠于他的体重，在旁人看来，他还是走得很慢。随着和自己家的距离越来越近，王局长浮躁的心慢慢平静下来。王局长擦了把汗，不经意间回头一瞥，发现路子游开着汽车慢慢跟在他的旁边。王局长一皱眉头，当是看不见，不禁加快脚步，路子游轻松开着车，悠然地看着王局长。

“王局长，我们送你一程吧。”

王局长堆笑推脱着：“不用，不用。”

“跟我们还这么客气？上车！”

“算了吧，最近身体发福了，我锻炼锻炼，不麻烦了。”

王局长只管闷头往前，此时后车门打开，王四六不耐烦地说了一句上来吧，然后体形硕大的王局长就被一把拉上车。一坐上车，望着老狗几人的面孔，王局长顿时快要哭出来了：“你们不是说话算数吗？又拉我上车干什么？”

老狗不以为意地笑了笑：“王局长，咱们也算是朋友了，别那么小气，请兄弟们去家里坐坐认认家门？”

王局长家是一处大宅院，王局长走在前面，身后跟着老狗等人。

王局长的老婆带着仆人迎上来，看着老狗等人，一脸茫然。王局长敷衍了几句，只说是几个弟兄来商量事情的，然后就吩咐他老婆准备些吃的送到书房。

也不等他老婆回应，王局长径直朝书房走去，老狗几人急忙跟上，跟在最后的王四六还不忘道谢："嫂子，辛苦了，记着多加几道肉菜。"

很快，饭菜做好了，局长老婆领着仆人将饭送了过去。书房门一闭，原本矜持着的几个人顿时露出原形，狼吞虎咽起来，小栓子与王四六更像是比赛一样，一个比一个往嘴里塞得多。

王局长坐在摇椅上，一边抽着烟，一边看告示。

"原来你们就是日本人天天吵着要抓的那几个？"

王局长将告示交还给老狗，老狗将告示放在桌上，告示上写着"马三金与黄桃三日后在南苑胡同举行大婚"。

王局长啧啧称奇："你们也真够胆，谁家办个婚礼还得全城上下贴告示，这不明摆着是日本人的圈套？你们这不是找死吗？"

路子游放下碗筷，语气坚定地说："我们当然知道这是圈套，可黄桃是我们的朋友，为朋友两肋插刀在所不惜。"

"我是真不理解你们这些人，留着命活着不好吗？干啥非要打打杀杀，动不动就干掉脑袋的事？"

路子游讥笑一声："所以我们是革命者，你是背叛者！我们死后要去不同的地方。"

"好好好，我说不过你，你死了上天堂，我死了下地狱。"

王局长垂头丧气，吃力地从摇椅上坐起，老狗拉着椅子坐在他对面。

"你知道南苑胡同在哪儿吗？"见王局长点点头，老狗又继续追问，"那附近有什么建筑？"

王局长一惊："合着你们还真要去婚礼上抢人？听我一句，趁早打消这个念头。"

老狗问："为什么？"

王局长摇着头说："白沙城任何一个地方，你们都有可能成功，但南苑胡同，你们想都别想。"

小栓子嘴里东西还没咽下去，嘴里含含糊糊地骂着："王胖子，少灭我们威风，长鬼子士气！"

老狗瞪了小栓子一眼，小栓子不再说话，继续埋头对付手里的饭。

王局长脸色郑重："不是我扫你们的兴，日本人选南苑胡同肯定有他们的考虑，那个地方是个死胡同，胡同后头是十米高的城墙，就算你们能闯进去，也出不来。知道老百姓管南苑胡同叫什么吗？死人巷！"

老狗看王局长的样子不似作伪，眉头不由皱了起来，陷入沉思。

第二天一大早，一辆汽车停在了王局长家门外，山岛静夫从车上下来，快步登上台阶。

老狗正靠着墙壁睡着，屋外传来说话声，老狗睁开眼睛，警觉地来到书房门口。透过窗户，老狗观察到山岛静夫身后跟着一队日本兵，正朝书房而来。

老狗连忙将众人叫醒。

“快起来！起来！山岛静夫来了！”

王局长张着嘴打着鼾，老狗过来拍着他的脸，王局长倒吸一口气，腾地坐起身，老狗拿枪顶着王局长的脑袋，王局长顿时醒了。

王局长睡眼惺忪地：“大早起被枪指着头，多不吉利！”

老狗厉声喝道：“你是不是跟鬼子报信了？”

王局长反问一句：“我要是报信了，还能跟你们在一块？”

老狗放下枪，将王局长的衣服丢给他，王局长也不敢磨蹭，麻溜儿站起身，边穿衣服边悄悄观察屋外。

局长老婆迎着山岛静夫朝书房走来，距离书房越来越近。

王局长回过头：“还愣着干啥？快躲起来吧。”

等到山岛静夫推开门时，王局长已经穿戴整齐，装作什么都不知道的样子。

王局长故作惊讶，笑着迎了上去：“山岛少佐？您怎么有空来我这儿？”回头对着老婆说，“你也是，少佐来了也不提前跟我说一声！快去给少佐备茶！”

局长老婆点着头，转身离去，门外日本兵站定守候，山岛静夫迈步进入书房。

山岛静夫笑着说：“王局长，听夫人说你与兄弟们彻夜未眠，不知在忙什么？”

“快到年关了，跟兄弟们把今年的费用算一算。”

“你那些兄弟们呢？”

“刚刚把他们打发走，你闻这满屋子的味。”

王局长露出嫌弃的表情，去开窗户，眼神却时刻瞄着山岛静夫。

“不知少佐找我有什么事？”

山岛静夫正想回答，只见里屋帘布下露出一双脚，山岛静夫顿时警惕起来，手放在枪套上，一摆手，示意王局长安静，慢慢走过去，猛地一撩帘布，王局长的心都提到了嗓子眼，只见只是一双鞋。

王局长说：“哎呀，这是谁干的？吃我的喝我的，最后就给我留双臭鞋？看我怎么教训这帮臭小子！”

山岛静夫捂着鼻子背过身去，王局长急忙过来捡鞋，弯腰那一刹那，王局长看见王四六光着脚，踩在小板凳上，老狗等人都挤在角落，举着枪屏住呼吸。

“少佐，咱们还是外面说吧。”

王局长引领山岛静夫走到书房门口。

“我这次来，是想通知王局长，两天之后派些得力人手去南苑胡同。”

“两天以后南苑胡同不是有人成亲吗？我昨天才见的告示，少佐，出了什么事？”

“具体情况你先不要问了，希望到时候王局长能够配合皇军的工作。”

王局长拍着胸脯：“配合！一定配合，绝对配合。”

山岛静夫的汽车扬长而去，王局长笑脸相送，等汽车开远，他这才长嘘口气，心中石头落了地。王局长快步回到书房，赶紧关上了门，招呼老狗等人出来。

路子游开着玩笑：“看来没少拿老百姓练手，连鬼子都被你骗得找不着北。”

王局长没好气地瞪了路子游一眼：“你还有心情开我玩笑，刚才没给我吓出病来！听见了吧，日本人要我带着人去增援南苑胡同，看来这个套是真的，就等你们钻了。”

“我觉得有些蹊跷！”

老狗摇着头，面露怀疑，其他人都看向老狗。

老狗看向王局长：“我问你，日本人平时对你怎么样？”

“什么意思？”

“像这样机密的任务，会让你知道吗？”

“少，几乎没有。”

老狗摸着下巴，思索着：“如果我没猜错的话，这圈套里面还套着圈套。”

王局长对老狗的说法有些好奇：“什么意思？难不成南苑胡同只是个幌子？”

齐大昭沉吟着，突然说：“不，南苑胡同是鬼子放出来的信号，两天后那里一定布满重兵，老狗的意思是，南苑胡同成婚的人不一定会是黄桃跟马三金，对吗，老狗？”

老狗点点头：“没错。山岛静夫故意告诉我们地点，为的就是引我们过去，至于那天黄桃在不在，对他来说不重要。我们必须在期限到达之前，获知黄桃现在被关押的地点。”

路子游插嘴：“那一定是鬼子司令部了？”

“也不一定。赵队长之前提过，山岛静夫本有机会杀了她，但是他并没有这么做，而且据她观察，山岛静夫自曲家村一战之后受到了打压，他把这次机会看得很重，不会将这次行动拱手让人，所以我分析，黄桃应该不在司令部。”

王四六在一边着急地来回绕着圈：“不在南苑胡同，也不在司令部，那黄桃在哪儿啊？”

王四六两手一拍：“干脆俺们一个个找！”

路子游白了王四六一眼：“白沙城这么大，房子这么多，要我们五个在两天之内找到黄桃，这不等于是大海捞针吗？”

齐大昭点点头：“是啊，老狗，这么找不是办法。大家试着站在山岛静夫的角度想一想，假如你是他，你会怎么做？”

王四六抢先回答：“那还不简单，先把人关好喽，然后把兵凑齐喽，跟俺们家过年炖小鸡一样，总不能还没烧上火，就让小鸡给跑了不是。”

老狗眉头一皱：“四六，你说什么？再说一遍？”

“俺们家过年炖小鸡……”

“不，从头说！”

“俺说先把人关好喽，然后把兵……”

老狗惊喜地说：“对，如果我是山岛静夫，我第一件事要做的就是把人关好，关押的不光是黄桃，还有我们的老熟人，马三金！”

齐大昭脸上露出为难的神情：“山岛静夫如果猜到我们提早进了城，一定会安排马三金躲着不露面。”

“既然是这样，咱们就逼他出来叙叙旧！”

路子游好奇地问：“怎么个逼法？”

“黄桃以前提过，马三金有酒瘾，一顿不喝酒就浑身难受，我们只管盯着卖酒的地方，就一定能够找到他。”

小栓子挠着后脑勺：“办法是好，可白沙城卖酒的地方也不少，咱们几个也盯不过来呀？”

老狗扭头看向王局长，其余人也把视线投过去。王局长一开始不以为意，悠闲地躺在椅子上，见几个人都看着自己，突然反应过来，猛地瞪大了眼珠子，用手颤颤巍巍地指着自己。

“你们不会是让我……”

老狗接过话：“没错，我们想让你下令封了白沙城卖酒的店铺，以你的身份，下达这样一个指令应该不难吧。”

王局长忙不迭地狂摆手：“你们可饶了我吧？这要让鬼子知道了，我就是有九个脑袋，也不够他们砍的！”

“王局长，通过跟你的接触，我发现你给鬼子办事，也实属无奈，你并不真想出卖自己的国家，只是为了生计混口饭吃。”

老狗恳切的语气没有让王局长动摇，他还是态度坚决地拒绝了老狗提议，他可不像那些小年轻，一腔热血傻不啦叽，能活到现在，谁知道他吃了多少苦？多少亏？

老狗仿佛看出了王局长的心思，轻声说：“你吃了鬼子那么多的苦跟亏，难道你就不想看看鬼子是怎么吃苦吃亏的吗？”

王局长没有说话，扭头看向窗外，不知在思索着什么。

在白莲胡同最深处的一处宅院里，老狗等人遍寻不到的黄桃就被绑在椅子上，马三金坐在一边，眼巴巴看着一个日本兵将饭菜摆好，然后转身离去，临了还不忘将门从外面锁上。

老狗等人的猜测没有错，山岛静夫果然将黄桃和马三金一同关在了一起。

马三金拿着筷子夹两口菜，撇着嘴，如同嚼蜡。吃了没两口，就忍不住放下了筷子，有菜没酒，这饭可怎么吃？

黄桃了解马三金的坏毛病，见状就知道他的酒瘾犯了，开口说：“没酒，你不会去买啊？”

“太君说了，不让我出门。”

黄桃讥笑：“太君说了太君说了，马三金，我看你比小时候㞞多了，当年师父拿大铁锁铐着你，你不照样逃出去了？现在就这么一道门能关得住你？”

黄桃刺激着马三金，马三金望向门口，一时意动。马三金站起身，又坐下，看着眼前的饭菜，猛地又站起来，走到门口，身手麻利地翻墙跳下，拍拍身上的土，大步走向胡同口。

马三金今天感到很奇怪，他一连转了好几家酒铺，居然接连被告知不卖酒，还说是司令部不让卖的。马三金不信邪，驾轻就熟地又去了剩下几家酒铺，结果一样让人沮丧。马三金越走越无力，可是肚子里的酒虫却被勾得浑身乱窜。

看着眼前最后一家酒铺，马三金不由分说走了进去。马三金站在柜台前，酒铺四周摆满了酒坛。

马三金说：“你们家卖不卖酒？”

“瞧您说的，我们酒铺不卖酒，那还卖什么？”

马三金疑惑地说：“我走了好多家，都不卖。”

店家赔笑：“他们卖不卖是他们的事，反正我们家生意照做不误。”

马三金催促着：“快，快，给我打一斤好酒。”

酒铺外，老狗与小栓子躲在暗处，悄悄观察着马三金。

马三金提着酒壶心满意足往回走，没一会儿就又回到白莲胡同，马三金熟练地翻墙入院，直到他回到院子里，他也没发现，在他身后紧紧跟随的身影。

马三金刚进去没多久，山岛静夫的车就开到了门外。山岛静夫走进屋，正撞上马三金倒酒喝，马三金躲藏不及，只好硬着头皮迎上去。

山岛静夫沉着脸，冷声问："酒是哪里来的？"

马三金低着头，不敢言语。

山岛静夫大怒："你出去了？我不是交代过，你不能露面的吗？"

马三金支支吾吾："也就……个把时辰。"

山岛静夫脸色铁青："胡闹！"

马三金苦笑着："太君，我也想早点回来，可城里的酒铺都不卖酒了，才耽搁了时间。您也知道我这臭毛病，不喝点酒跟着了病似的，好不容易才在一家酒铺买着酒，我是一刻不敢怠慢，马上就回来了。"

马三金连忙解释，山岛静夫却听得眉头一皱。

"你说什么？城里的饭馆不卖酒？"

"对啊，说是司令部的要求，太君不知道吗？"

山岛静夫若有所思。

局长老婆正隔着窗户偷听书房内的谈话。王局长从外面走来，见状急忙上前，一把将他老婆拉到一角。

"我不是说了吗？不让任何人靠近书房，你怎么不听？"

"你疯了？怎么留这么一群祸害在家？他们可是皇军要抓的人！"

"日本人就是日本人，什么皇军！"

"不行，我现在就去司令部，跟他们说清楚，家里招了通缉犯。"

王局长喝住："你敢！你以为日本人会相信你？"

局长老婆说："那咋办？要是被发现了，咱们可吃不了兜着走！"

王局长说："行了行了，我心里有数。他们这两天就走了，等他们一走，就用不着这么提心吊胆了。我再说一遍，任何人不能靠近书房，也不许出去给我乱嚷嚷，听见没有？"

应付完老婆，王局长推门进入书房，老狗抬头看一眼王局长。

"嫂子是不是不高兴了？"

"你都看见了？你们尽管待着，她要敢出去乱说，我就休了她。"

�武子游摇着头："大男子主义，也不是你这么个用法。"

王局长没说话，看其他人都凑在老狗周围，也走上前，看着桌上的地图。

"怎么样？有进展了吗？"

老狗点点头："我们发现了马三金，一路跟着他到了这儿，白莲胡同，黄桃应该就关在那里。"

“总算没白忙活。那你们还不赶快动手？”

“晚上动手，意外太多。我们打算明天行动，鬼子会把全部人手聚集在南苑胡同，他们一定料不到我们已经知道黄桃真正的关押地点了。”

王局长想了一会儿，突然开口：“明天我带着人去南苑胡同，还能帮你们拖住日本人。”

小栓子一脸吃惊地看着王局长，嘴巴故意张得老大：“我没听错吧？这也是从你王胖子嘴里说出来的话？”

王局长不耐烦地挥着手：“你们早点走，我也能早点安生。再说了，没人天生愿做亡国奴，都是没有办法的事。”

老狗冲王局长一笑：“总之，谢谢你，这两天给你带来不少麻烦。”

王局长笑着摇了摇头，老狗伸出手来，与王局长热情地握了握手，然后将目光转向大家：“今天都早点休息养足精神，能不能救得回黄桃，就看明天了。”

灯光摇曳，老狗目光炯炯，在夜晚显得格外透亮。大家对视一眼，身体里仿佛充满了干劲儿。

第十三章　小栓之死

南苑胡同大街上冷冷清清，行人寥寥，一些摊贩心不在焉地做着生意，但眼睛四下瞟来瞟去，相互之间不时用眼色打着暗号，种种诡异的行动显示着他们的身份。在南苑胡同斜对面的巷子里，以及经过的每一条巷子都隐藏着手持武器的日本兵。

山岛静夫在距离南苑胡同最近的地方，观察着两边来人的情况，焦急地等待着。

一阵嘈杂声由远及近，王局长带着数十名警察快步赶来，山岛静夫瞪着眼睛打着手势。

王局长挺着肚子来到山岛静夫身前，点着头哈着腰。

“少佐，我来晚了吧？”

“王局长，这是秘密行动，注意隐蔽！”

王局长闻声立马指挥手下散开。山岛静夫抬手看表，指针指向十一点五十分，山岛静夫朝身边的日本兵点点头，日本兵拿出一块镜子，对着远处晃着光。

王局长不解地问：“少佐，这是干什么呢？”

“婚礼马上就要开始了。”

话音未落，一队送亲队伍吹吹打打朝南苑胡同而来，马三金骑在马上，胸口戴着红花，他面露紧张，不时望向身后的花轿。

王局长定睛一看，颇感意外。

“少佐，那不是马三金吗？花轿里不会是，黄桃吧？”

山岛静夫用奇怪的眼神打量着王局长：“王局长，你怎么了？告示上不是说得很清楚吗？今天是马三金与黄桃成婚，不是他们，难道还会是别人？”

王局长嬉皮笑脸地应和着，转过脸去，眉头一皱，意识到事情有些不对。

送亲队伍进入南苑胡同，马三金看一眼山岛静夫，山岛静夫摇摇头，马三金继续领着队伍进入胡同。山岛静夫眉头紧皱，望着唯一可能出现老狗的两个方向，都没有人出现。

一旁的王局长沉不住气，想要掉头离开。

山岛静夫冷不丁地发问：“王局长，你要去哪里？”

“嗓子冒烟，找口水喝。”

“我这里有水。”

山岛静夫晃晃手里的水壶，王局长一怔，赔着笑往回走，忽然王局长捂着肚子，面露痛苦。

王局长大叫起来：“哎哟，我这肚子，哎哟，疼死我了。”

山岛静夫冷笑一声，轻蔑地看着王局长：“王局长，你不要再演了。”

王局长一副苦脸：“少佐，我真的肚子疼。”

“你以为我不知道吗？借着皇军的名义，下达禁酒令，以此帮助苟彦武找到马三金。王局长，你觉得皇军有那么好骗吗？”

山岛静夫面无表情，手一挥，两名日本兵一左一右夹住王局长。

王局长急忙辩解起来：“少佐，你听我解释，我也是被他胁迫，身不由己啊。”

山岛静夫脸上露出一丝阴冷的计谋得逞的笑容，这样也好，苟彦武会以为白莲胡同才是关押黄桃的真正地点，殊不知那里才是真正的阎王殿！

此时，送亲队伍进入民宅，黄桃穿着新娘装下了花轿，马三金强行将黄桃拉进院内。

王局长望着这一幕，顿时恍然大悟，冷笑一声：“我明白了，南苑胡同本来只是一个有名无实的圈套，现在成了实打实的。”

“算你聪明。王局长，你私通苟彦武，现在我要逮捕你！”

两个日本兵将王局长反手擒住，不远处警察们发现后，面面相觑，有一名警察上前询问。

“局长？咋回事？”

王局长嘲讽地回了一句：“咋回事，看不出来吗？小鬼子吃人不吐骨头，吃完老百姓，现在该吃咱们了！”

日本兵作势要将王局长押走，众警察眼巴巴看着，立在原地不知所措。王局长咬着牙一发狠，猛地挣脱开日本兵，拔出枪，指着日本兵的头。

山岛静夫大怒：“我看你是活腻了！敢跟皇军作对！”

王局长脸上狰狞，“我他妈早就受够这种窝囊气了！兄弟们，宁为战死鬼，不做亡国奴！有血性的，给我打！”

“你们敢！”

王局长和山岛静夫对峙着。一旁的日本兵全部举枪对准警察们，警察们没了主意，连连后退。

王局长狞笑着：“我今天还就争这口气了！都给我听着，每打死一个小鬼子，我赏他十块银元！”

话音未落，王局长一枪将眼前的日本兵打死。这一枪仿佛是一根火柴点燃了整个躁动的气氛。一部分警察们跃跃欲试，纷纷拔出枪来，对准了日本兵。

山岛静夫暴跳如雷：“通通给我杀死，一个不留！”

日本兵对着警察们开枪射击，前排的警察们没反应过来，悉数中枪，非死即伤。这一下子，激怒了所有的警察，他们忘了恐惧，红着眼开始拼杀起来，一时间街道上枪声四起。

白莲胡同，老狗、路子游、王四六、齐大昭、小栓子早早就蹲守在这里，老狗观察着四周，见没有异常，头一点，每个人将挂在耳后的蒙面遮住口鼻。五个人悄悄往门口靠近。走到门口时，小栓子举枪要闯，老狗一把将他拉住，随即竖起手指，示意大家安静。

老狗指指门下，几道影子赫然在目，大家一惊，老狗往后打着手势。

老狗低声说：“情况有变！撤！”

老狗几人迅速撤离，几人前脚撤离，后脚门就被打开，一群日本兵冲了出来，见胡同内空无一人，急忙往外追赶。等日本兵追出胡同时，大街上人来人往，不见任何异常。

胡同外的一家裁缝铺里，店铺门开着一条缝，老狗望着日本兵往一个方向追去，长出口气。

老狗转过身，小栓子拿枪指着店铺老板，店铺老板一脸惧色。

齐大昭轻声说：“只要你不出声，我们就不会伤害你，明白吗？”

店铺老板点点头，小栓子拽着店铺老板走到一角。

齐大昭眉头紧锁，看向老狗：“老狗，鬼子怎么知道我们发现这里的？”

老狗一脸阴沉：“我也不清楚，现在计划全打乱了。”

王四六问：“你们说黄桃还在不在这胡同里头？”

路子游叹了口气：“鬼子有了防备，黄桃应该早被带走了，现在我们又从零开始了。”

大家焦急地看向老狗，老狗望着外面的形势，此时，外面的日兵队伍开始搜索附近店铺，几个日本兵朝老狗这边而来。

老狗警示大家："都别说话，鬼子过来了，抄家伙！"

就在老狗等人屏息的时候，外面突然传来密集的枪声，店铺外的日本兵也停下脚步，老狗紧握着枪，观察着日兵队伍的一举一动。只见，小队长吹响口哨，重新集合队伍，朝枪声传来的地方赶去。

小栓子不解地问："团长，哪来的枪声？"

老狗打开门，辨别着枪声来源，最终望向西南。

"枪声来自西南，听声音，离这儿大概三里地。"

路子游突然反应过来："西南？南苑胡同不就在那边吗？"

老狗恍然："黄桃不在这里，说明山岛静夫识破了我们的计划，为了引我们自投罗网，他一定会假戏真做，让马三金跟黄桃如期举办婚礼。"

齐大昭肯定地说："而举办婚礼的地点，就是此时的交火现场，南苑胡同！"

等到老狗等人赶到南苑胡同时，这里已经满目疮痍，地上遍是弹壳和尸体，鲜血和枪油的味道混杂着十分刺鼻。老狗远远看见警察们和日本兵的交战，形势不容乐观，警察们已经被逼到角落里，眼看性命难保。老狗看着胡同口停着的警车，立刻招呼其他人上车。

路子游驾驶着警车，呼啸而驰，驶进胡同。这一刻路子游仿佛又在驾驶着坦克，他双眼发亮，踩紧油门，大喊着朝着日本兵而去，日本兵躲闪不及，被汽车撞飞，老狗等人硬生生杀出一条血路。

路子游猛踩油门，汽车甩动着在警察跟前停下，将警察们及时遮挡在汽车后。

老狗打开车门，低着身子从车上下来，齐大昭、王四六、小栓子躲在车上，负责朝日军射击。

一番激战，王局长已经负了伤，捂着伤口走过来，与老狗碰头。

"你们可算来了，没上小鬼子当吧？"

"幸好我们及时发现，你们这是怎么回事？"

王局长恨恨地说："还能怎么回事？他小鬼子欺人太甚，忍不了了！"

此时，日本兵集中火力，全部朝汽车开枪，路子游趴在方向盘下，朝着老狗大喊。

"聊够了没有？快想办法！"

王局长突然反应过来："对了，我看见马三金带着黄桃进了胡同！里面也有鬼子，兄弟们，帮他们一把！"说着，王局长推着老狗上了车。

老狗看一眼王局长，王局长朝他点点头，两人晶莹的眼神交会，似乎都读懂了对方的那份执着。

老狗扒着车门钻进车内，路子游低着身子开动汽车。汽车一侧，一部分警察借着汽车的掩护，小跑着，时不时放出几枪。一颗颗子弹，你追我赶，像是一条条狰狞的银蛇朝着警车袭来，没一会儿，汽车车皮就变得坑坑洼洼，玻璃也声声破裂，碎片四溅。就在这枪林弹雨中，警车离关押黄桃的宅院越来越近，最终横亘在门口。老狗打开车门，先一步进入院内，回头大喊一声："你们先顶住，我去救黄桃！"

老狗举枪闯进屋内，黄桃正背对着门口坐着。

"黄桃！"

老狗激动地大喊一声，然后快步来到黄桃正面。然而，老狗并没有在黄桃脸上看到一丝惊喜和兴奋，反而看到了一脸的冰冷。老狗以为黄桃是被外面的枪声吓住了，也不以为意，掏出马掌刀，三两下砍断捆绑黄桃的绳子，老狗拉着黄桃的手要走，却被黄桃一把甩开。

"外边都打翻天了，你还坐得住？快跟我走！"

黄桃冷冷地说："我不走。"

老狗一怔，见黄桃摆出一副事不关己的样子，看都不看自己一眼。

老狗试探性地发问："你是不是还在生我的气？"

黄桃嘴角露出一丝讥讽："我可不敢。"

"别闹了，回去我给你赔不是，怎么着都成。"

"我没闹，我在这儿挺好的。"

老狗有些急了："黄桃，外面鬼子虎视眈眈，大家伙冒着生命危险来救你，你可不能这样。"

"我哪样了？不就是跟赵英秀不一样吗？怎么，又惹你不高兴了？"

"黄桃，算我求你，快跟我走吧！"

黄桃还是不为所动："他们几个傻，愿意跟着你出生入死，我想通了，好好的大姑娘吃苦受罪，我为了啥呀？趁着鬼子还没打进来，你们赶紧逃吧。"

"黄桃……"

"滚！"

黄桃浑身颤抖着，冲着老狗怒吼一声，眼神中透着恨，死死瞪着老狗。老狗不敢相信，怔在原地。

黄桃不耐烦地把头偏向一边："你是聋了还是傻了？没听见我让你滚吗？好，既然话说到这份上了，也不差这一两句，苟彦武，你就是个丧门星！你害死了自己的兵，害死了曲家村的乡亲，有你的地方，就有人死！"

老狗声音颤抖着："你说什么？我害死了他们？"

“难道不是吗？你行行好，别再祸害我了，成吗！我不想死！”

老狗身体发麻，他不敢相信黄桃会揭自己心中最深的那道疮疤，在她眼里，自己竟然是如此一文不值的窝囊废。老狗说不出一个字，心灰意冷决意离去，转身时，却意外瞥见黄桃脸上有亮亮的东西，那是一行没能止住的热泪。

老狗眉头一皱，直觉告诉他黄桃冷言冷语是言不由衷，老狗再望黄桃，黄桃的裙子直至地面，老狗回身蹲下，黄桃挥拳打着老狗。

黄桃嘶喊着：“荀彦武，我让你滚啊！”

老狗任由拳头落在自己身上，他不管不顾，执意掀开了黄桃的裙角，只见黄桃的脚正踩在一颗地雷上！

窗外，枪声愈响愈烈，如同滚滚春雷，绵延不绝，震响耳畔。

老狗蹲下身子，小心地观察着黄桃脚下的地雷，黄桃因为长时间踩在地雷上，腿已经开始打哆嗦。

老狗抬头看向黄桃，眼里闪过一丝期冀：“你刚才那些话，都不是真心的，对不对？”

黄桃眼泪止不住地往下流：“你不一直都是笨蛋吗？为什么偏偏这时候变聪明了呢？现在我求求你，快走吧！”

老狗摇摇头：“我不走！要走我们一起走！”

黄桃气得大喊起来：“你为啥老是不听我的话？我已经没救了，你现在走还来得及！”

“你也总是不听我的，所以我们才这么般配。”

刚说完，老狗脸就突然红了，他也不知道自己怎么会说出这种情话，但看到黄桃感动的神情，老狗后悔自己平日里怎么不知道多说几句，要是平时能多看几次这么好看的脸蛋，今天就算把命交代在这儿，也值了。

“有你这句话，我死了也值了。”

“你不会死的，我不让你死。”

老狗伸手擦干黄桃的眼泪，黄桃将脸靠在老狗手上，露出心安的神情。

外面枪林弹雨，屋内两人深情对望，时间仿佛就此凝固。

这时，小栓子、路子游、齐大昭、王四六退到院子里，将门插上，又用花轿顶住门闩。日本兵追进胡同，推不开门，只好举枪射击。四个人分散开来，继续顶住敌人的炮火。

齐大昭冲着屋内大喊：“老狗，怎么样了？”

“黄桃踩着一颗地雷，动弹不了！”

路子游惊叫一声：“地雷？”

王四六咬着牙:“小鬼子真他娘不是人!”

“老齐，我现在该怎么办?”老狗的声音里透着一股焦躁。

“别急，听我说，拿刀子从黄桃鞋底划过去，然后用手摁住她脚踩的地方。注意，受力一定要均匀，劲大了或者小了，都会引起爆炸!”

齐大昭四人都替黄桃与老狗着急，但分身乏术，他们要做的是不让鬼子冲进来。

屋内，老狗手握马掌刀，抬头看着黄桃，黄桃泪眼汪汪望着老狗。

“我怎么就爱上你这个傻瓜了呢?”

“我也是。准备好了吗?”

黄桃深吸口气，点了点头，老狗跪在黄桃脚边，将马掌刀从黄桃脚尖处刺进去，慢慢往脚跟割去。

时间一分一秒过去，黄桃由于长时间地坚持着僵直身体，渐渐有些体力不支。

“坚持住，马上就好。”

老狗鼓励着黄桃，黄桃咬牙坚持，面孔却愈发苍白。

老狗努力克制着手不发抖，马掌刀贴着鞋底，鞋底被整体划开，老狗平衡着力量压住马掌刀的两侧。

“现在慢慢把脚抽出来。”

黄桃战战兢兢从鞋里抽出脚，从椅子上坐起，离开，老狗摁着地雷，额头已经冒汗。

“出去，跟他们会合!”老狗的语气不容置疑。

“我走了，你咋办?”

“这种雷炸不死我，顶多折条胳膊，你不嫌弃吧?”

老狗咧着嘴，没心没肺地笑着，黄桃含着泪使劲摇头。

老狗嘴里催促着:“没时间了，快走!”

日本兵将院门炸开一块，朝着里面进行射击。院内院外激烈交火，不断有日本兵翻墙过来，小栓子上前与之搏斗。

突然，小栓子捂了一下肚子。

“什么东西咬我!”

小栓子一愣神的工夫，一个日本兵跳进院内，正要攻击小栓子，王四六捡起木棍，一棒子将日本兵打晕。

院外，早就见势不妙，躲到死人堆里装死的马三金，突然从一具尸体下爬出来，躲在一个日本兵身后胡乱指挥。

“打！打死他们！”

日本兵将枪口瞄准齐大昭，马三金一把打掉日本兵的枪。

“戴眼镜的不能打！这个要活的！”

黄桃从屋内跑到院子里，齐大昭见状急忙过来护住黄桃，小栓子等人紧张地看向屋内。

时间仿佛变慢了，每一秒都令人难挨。

屋内，老狗的汗水滴在马掌刀下，他的手开始颤抖。老狗深吸口气，猛地朝外蹬了一脚，嘭的一声巨响，整个屋子随之晃动，一阵烟土冲出屋外。

黄桃大喊：“狗哥！”

小栓子也扑过去：“团长！”

黄桃冲进屋内，地面被炸出一个大坑，黄桃扇着烟灰，寻找老狗的身影，只见老狗躺在屋子一角，身上压着一块木板。

黄桃扑过去，用尽力气将木板掀开，老狗双眼紧闭，不省人事。

黄桃推搡着老狗，唤着老狗的名字，撕心裂肺地哭着：“狗哥，你还没娶我，我还没给你生孩子，你不能就这么死了！”

齐大昭、路子游、王四六跑进屋内，看着地上的老狗，无不难过。

“都怪我，不该跟你赌气，不该一个人走，我要是跟你好商好量，你也不会死了。狗哥……”

就在这痛彻心扉的呼喊声里，突然响起一声“扑哧”的笑声，黄桃低头一看，怀里的老狗已经睁开了眼睛。

黄桃惊喜地大叫起来：“狗哥你没死？”

老狗笑着：“我要是死了，你还不得把眼给哭瞎了。这么好看的眼睛，我可舍不得。”

黄桃破涕为笑，娇嗔地捶打着老狗，老狗一把抓住黄桃的手。

齐大昭三人互相看着，脸上露出微笑。此时，小栓子跑在屋内，一脸焦急。

“小鬼子要炸院门，眼看就闯进来了，现在咋办？”

一声爆炸，院门被炸开，日本兵冲进院内。山岛静夫与马三金跟着进来，可无论日本兵怎么搜找，就是找不到老狗等人。山岛静夫勃然大怒，青筋暴起。

山岛静夫果断下令：“他们一定想逃出城！传我命令，立刻封城！我要把他们困死在这里！”

说完，山岛静夫就率领日军前往城门。大街上横尸遍地，山岛静夫坐上汽车，日兵队伍跟在车后，朝城门口进发。

马三金没有离开，他还站在院内，挠着脑袋，观察着院子每个角落。他不信，这几个人能凭空消失。马三金看来看去，最后将目光落在一角的柴房。马三金上前打开柴房门，顿时一惊，只见屋内躺着六具日本兵的尸体，但每个人的日军服装都已不见了。

马三金脸色大变，急忙向城门跑去，跑到山岛静夫身前，上气不接下气。

“太君，快开城门！”

“怎么回事？”

“我们上当了，我刚在柴房里找到了六具尸体，但尸体上的军装都不见了，我怀疑……怀疑他们一直跟在我们队伍里，趁着您要封城门的时候，他们再上前，趁乱离开。”

山岛静夫越听越气，等马三金说完，山岛静夫“啊”地大叫一声，发泄似的揪住马三金的脖领，马三金被勒得难以呼吸，哑着嗓子求饶。

山岛静夫一把将马三金推开，脸色涨红，进而发青，整个人气得快要爆炸。

白沙城外，一群穿着日本军装的人往前跑，但是从背影看来，每个人的衣服都不太合身。最后面的人停下脚步，四处观察，转过脸来时才看清楚，是老狗。

“现在安全了，大家把衣服脱了吧。”

齐大昭、路子游、黄桃、王四六纷纷脱去日本人的军装，小栓子没有脱掉军装，反而将军装紧紧裹在身上，倚着一棵树蹲下来，但是大家都没有发现异常。

王四六啐了一口，狠狠地把衣服扔在地上：“晦气，小日本子的军装怎么都是晦气，烧了算了！”

齐大昭出声制止：“不能烧，烧了会被敌人发现。大家把衣服集中在一起，我去放到隐蔽的地方。小栓子，也把你的衣服交过来吧？”

小栓子裹了裹衣服，并不像往日那般活蹦乱跳。

黄桃揉了揉小栓子的脑袋：“我看他的样子好像有点冷，让他先穿一会儿吧！”

齐大昭点点头，转身先把手里的五件扔掉。

老狗前后看了看，说：“都累了，我看鬼子不会追来了，大家原地休息，补充体力。”

王四六一屁股坐在草地上：“哎哟，跑死老子了。”

路子游坐在旁边，感叹了一声：“可惜了王局长，没想到他还是条汉子。”

大家陷入沉默。混在山岛静夫的队伍里出来的时候，大家都看到了胡同口那成排的尸体，王局长死了，和他的英雄兄弟们一起走了。到死，王局长也一直践行着他说的那句话“宁做战死鬼，不做亡国奴”。

黄桃没说话，她回头看了看小栓子，似乎觉得有些异常。小栓子在队伍的最后面，靠着一棵树，也不搭腔。

“小栓子？”

小栓子原本垂着的头微微抬起来，冲黄桃笑笑，点了点头。黄桃走到小栓子旁边的一棵树下，靠着大树闭眼休息。

“从来都是你跑在最前头，看来今天你太累了，好好歇歇吧。等回去了，黄桃姐给你煮好吃的。”

小栓子点了点头，脸上没有一丝血色。

此时，齐大昭从不远处走回来，看向老狗：“我看天色不早了，老狗，不如咱们到下一个地方再休息不迟。”

老狗抬头看了看天，天色已近黄昏。

老狗点点头：“也好！小栓子，跑快点，去前边看看，有情况及时回来报信。”

小栓子挣扎着站起来，敬了个军礼。

“是，保证完成……”话还没说完，突然弓着腰再次蹲了下去，这次他的右手藏在衣服里，紧紧按住腹部。

大家见情况异常，一齐围上来。黄桃解开小栓子的外套扣子，鲜血已经浸湿了里面的衣服，黄桃大惊失色：“小栓子，你中枪了？”小栓子的手也满是血，死死按住伤口。

老狗急忙蹲下将小栓子的最里层衣服撕开，赫然看见一个枪眼正中小栓子的肺部：“不好！肺打穿了！”

黄桃着急：“咋办呀？”

老狗说：“小栓子，你不要说话。老齐，想办法止血！”

齐大昭作势要撕开自己的衬衣，给小栓子止血。

小栓子说：“不用了，我没事！躺一下就好了。”

王四六急了眼，将自己的衣服脱下来按在伤口上。

王四六骂道：“你这个毛孩子，中了枪咋也不吭一声？真当自己是铁做的啊？”

“我没事，就是有点冷。”

黄桃将小栓子紧紧地搂在怀里，路子游把外套盖在小栓子的身上。

“姐姐抱着你，不怕。”

路子游慌乱地说：“你给老齐取过子弹，现在赶紧给小栓子取子弹啊？”

老狗皱了皱眉头。

“子弹位置太深，现在条件简陋，怕子弹还没取出来，小栓子就……”

老狗与齐大昭对视，齐大昭轻轻地摇了摇头，老狗眼神灰暗下来。

老狗紧紧地按住小栓子的伤口，血依然止不住，很快再次将衣服浸湿。

“团长，我有话……”

老狗强忍着眼泪：“别说话，保持体力，我现在背你去找大夫！”

王四六立刻嚷起来：“让俺背！俺有的是劲！”

小栓子艰难地摇摇头：“大家都不用再为我做什么了，我知道，我快死了。我是个军人，打小鬼子，死过多少遍了！这一次可能真的不行了，请大家，听我说……”

大家看了老狗一眼，老狗点点头，大家静静地围坐在小栓子旁边，黄桃眼泪哗哗往下掉。

“团长。”

“我在这儿。”

“自从小栓子在部队偷吃被你发现，你就带我在你身边，一晃，好几年了。”

老狗含着泪，艰难地点了点头。

“却好像是过了一辈子了。小栓子给你找了不少麻烦吧？”

老狗骂道：“哪儿的话，臭小子！”

“骗人。那时候军长找你谈话，记得吗？军长不让你把我带在身边，说我太小，不会打仗，将来是个累赘！你不知道吧？我就在墙角听着呢！心想着，如果你让我留下，就是给了我一条活路，我只要一天饿不死，就拿这一条命来回报你！没想到你不仅给我活路，还给了我一个家！我们跟着你一路从云贵川步行到松江支援，只要跟着你，我是死是活都心甘情愿……”

小栓子一阵咳嗽，声音微弱下去。

老狗喃喃：“我知道，我都知道……”

小栓子轻声喊了一声路子游的名字，路子游急忙应了一声。

“其实我不认字，但是因为你读的诗好听，我也想念念，所以就胡诌了几句，你是不是还在生气……”

路子游摇摇头：“你怎么说这么傻的话。”

“在松江扣押你的那天，我特别恨你，就是因为你，我才不能参加团长的敢死队！但是当我知道你是路家大少爷之后，又特别敬佩你，你跟别的有钱少爷不一样，你有爱心，还会拍照，虽然爱讲道理很讨厌，但是一想到再也听不到你跟团长吵架了，还挺难过的……”

路子游含着泪，紧紧攥着小栓子的手。

“你能再给我念一遍那首诗吗？”

路子游重重地点头：“好，等你好了，我就念给你听！”

“四六大哥。”

“四六大哥在这儿！”王四六声音前所未有的柔和，好像生怕吓到小栓子似的。

“其实你比大家都胆小，但我知道你胆小是因为你心里有惦记着的人，那个很远的地方，有你想念的二丫等你回去娶她。”

“小栓子，你要好起来，俺带你去俺村看枣树！那枣花一开，漫天遍野，可好看了！俺还让二丫给你蒸窝头，再给你做身合体衣裳，你看你的衣裳从来都不合身！”

小栓子笑着点点头，眼神看向齐大昭。

“齐大昭。”

齐大昭来到小栓子身边。

“我在。”

“你懂得最多，可要好好跟着团长，多给他出主意。你也最沉得住气，团长着急的时候，你就给他泼泼冷水，他要说你，你就说是小栓子让你这么做的。”

齐大昭使劲点着头，实在忍不住了，摘下眼镜擦着眼泪。

小栓子越来越没力气，看着嘴唇的口型，喊的是黄桃姐。

“小栓子。”

“你说认我当弟弟，是真的吗？”

“是真的，我从来都不骗你。”

“那你能答应我一件事吗？”

“多少件我都答应！”

“我知道你对团长的心意。你没有娘家人，我就是你的娘家人。我想送你出嫁，走在你的花轿旁边。迎亲的来了，是我们团长，我撩开红帘布，把你的手亲手交给他。你们结婚以后，万一团长待你不好，我给你撑腰！你和团长再生个大胖娃娃，我就能教他扛枪打仗了，黄桃姐，这样好吗？”

小栓子剧烈地咳嗽起来，吐出一口鲜血，整个人虚弱不堪，气若游丝。

“好，你说啥都好！小栓子，疼吗？”

“不疼，就是有点困了，我想睡一会儿。”

老狗握住小栓子的手：“小栓子，别睡，千万不能睡。”

小栓子双眼看着前方，微笑着，眼睛里闪烁着光。

小栓子突然发出一声洪亮的喊声：“团长，我看见了，我看见了！他们——”

大家诧异地看着小栓子，都是紧张又担忧的神情。

模模糊糊中，一股意识飘然升空，来到一片麦田地里，风吹麦浪，阳光耀眼。小栓子身穿干净的军装站在麦田里，他轻轻闭上眼睛，感受着微风拂面，聆听着麦浪的声响。等他再睁开眼，顿时露出微笑，不远处昔日的战友正在朝他招手，小栓子像是见到了最亲的人，迈开步子向他们跑去。战友们纷纷摸着小栓子的头，大家你看我我看你，都开心地笑着，这一刻没有战争，没有忧伤，有的只是安详与发自心底的微笑。

树下，小栓子强睁着眼，用尽最后一丝力气将老狗和黄桃的手放在一起。

小栓子无邪地笑着，慢慢地合上了眼睛。

老狗豆大的泪珠涌了出来，声嘶力竭地喊着："小栓子！"

赵英秀与泥鳅等人快步赶到村口，进村的小路上，老狗抱着小栓子的尸体，旁边站着黄桃、路子游、齐大昭、王四六，他们衣服破烂，神情悲恸。

赵英秀捂住嘴，眼含热泪，泥鳅摇头叹息。

红彤彤的夕阳渐渐跳入云际，而后掉落，消失，一切重归平静……

小栓子就这么走了，给所有人的生活带来了不一样的变化。路子游看着以前给小栓子拍的照片，不由怔住了，照片上是小栓子拿着枪，一脸倔强的样子。他想起小栓子把他当"犯人"抓住的那一天，想起一个小孩子蹲在地上，因为参加不了"敢死队"而抱头痛哭的情景。路子游拿着照片的手不住颤抖，眼泪夺眶而出。

黄桃回到自己房间，脱下新娘装，将新娘装叠好，坐在床上怔怔发呆。黄桃突然想起，那天小栓子大声嚷嚷着，说自己太泼辣，说话声音又大，跟他们村喂牛的差不多！大眼睛大鼻子大嘴巴，长得一点儿也不秀气，团长肯定不喜欢自己这样的。这个臭小子！黄桃突然笑出声，笑着笑着，眼泪一滴滴落了下来。

齐大昭将一个窝头递给王四六，王四六接过来，放在一边。两人一个站着，一个坐着，心情都很低落，相对无言。两人都不约而同地想起第一次见小栓子的情景，骑着牛吹着笛就赶走了日本兵，人长得小，脾气倒挺大，指着齐大昭骂闷驴子，指着王四六骂懒蛋。现在再也没人心直口快地数落两个人了，这饭怎么都不香了呢？

沉闷的情绪似乎削弱了大家的感知力，不知不觉，三天已经过去了。

这天，路子游、王四六、齐大昭站在院内，每个人都十分焦虑的样子。

路子游看着紧闭的屋门，担忧地说："老狗又把自己关在屋里大半天了，这样下去不是办法。"

王四六扭头看向齐大昭："老齐，你说咋办？"

齐大昭不确定地说："我看，要不还是再等等吧。"

王四六头甩得跟拨浪鼓似的："还等？小栓子都走了三天了，俗话说入土为安，尸体就这么放着，不是事啊！"

三人正说着，黄桃走了过来。黄桃让三人先离开，然后自己来到屋门外。黄桃犹豫了一会儿，最后手坚定地推开门，走了进去。

床上，小栓子静静地躺着。

老狗脸上没有痛苦和悲伤，他拿起毛巾小心翼翼地给小栓子擦手擦脸，好像小栓子并没有死一样。

黄桃进来，老狗头也不回，继续给小栓子擦着胳膊。

"狗哥，你不要这样，大家都很担心你。"

老狗不说话，拿着毛巾在水盆里涮了涮，黄桃过来挡住老狗，老狗不看黄桃，轻轻将她推开，继续给小栓子擦拭。

黄桃一把将毛巾抢了过来，老狗怔住。

"小栓子已经不在了，你这样做没有意义！"

老狗深吸口气，又从黄桃手里夺下毛巾，刚转身面向小栓子，黄桃抬手给了老狗一巴掌，一瞬间，黄桃的眼泪顺着脸颊流下来。

"你要怎么才能明白，小栓子他已经死了！别自欺欺人了，好吗？我知道你心里难受，我们大家心里都难受，就让小栓子去他该去的地方吧！"

老狗面无表情，黄桃心疼地摸着他的脸。

"你哭出来，哭出来会好一点！跟你最亲的人死了，你为什么不哭！你哭啊！"

老狗看着地面，也跟一个死人一样，黄桃擦掉眼泪，透着失望。

"明天是小栓子的葬礼，来送他最后一程吧。"

黄桃转身离去，老狗拿起毛巾，刚要继续擦，突然没了力气，瘫坐在地上，眼神呆滞。

第二天，东里村外的荒野上，多了一个新立的坟冢。上有一块窄小的木板做墓碑，上写"43 军 26 师 76 旅 152 团 小栓子之墓"。

黄桃、齐大昭、路子游、赵英秀、泥鳅等人全都肃穆而立，人群中唯独没有老狗的身影。

黄桃望着来路，路上无人，黄桃叹了口气："他不会来了。"

赵英秀与泥鳅等人为小栓子献花，紧接着黄桃几人走过来，看着墓碑哀悼。

路子游说："小栓子，你总是喊我憨包，以前听着刺耳，现在没人喊了，还怪想的。真希望你还活着，再喊我一声憨包。"

王四六说：“小栓子，你走了以后，没人跟俺抢饭，饭吃得都不香了，四六大哥会永远记着你的。”

齐大昭说：“棠梨花映白杨树，尽是生死离别处。冥漠重泉哭不闻，萧萧暮雨人归去。小栓子，认识你是我们所有人的幸运，谢谢你让我们懂得了什么叫做忠诚与勇敢。”

黄桃说：“小栓子，你是我世上唯一的弟弟，我永远都忘不了你拉着我的手喊我姐的样子，你在那边好好的，别老惦着老狗，有我们照顾他，你就安息吧。”

黄桃、路子游、王四六、齐大昭一齐向着小栓子的墓碑深深鞠躬。

黄桃深深看了墓碑一眼，然后开口：“我们回去吧。”

众人默哀后，刚转过身，却发现老狗正站在不远处。

大家自觉地让开一条路，老狗抱着一个包袱，缓步来到墓碑前，将包袱摊开，里面是小栓子的军装与军帽，老狗将军装军帽端端正正放在墓碑前。

老狗退后一步，怔怔地望着小栓子的墓碑，抬手行着军礼。

恍惚间，老狗仿佛看见，小栓子此刻正站在墓碑后，向他立正敬礼。老狗突然想起第一次见到小栓子的那一天，小栓子穿着一身大很多的军装，有模有样地向老狗立正敬礼。

老狗再定睛看过去，只见小栓子笑着挥挥手，头也不回地走了。

“小栓子……”

老狗呢喃着小栓子的名字，再也忍不住决堤的泪水，在巨大的悲痛下泣不成声，哭得像个孩子。

第十四章　分崩离析

距离小栓子的葬礼已经过去好几天了，令大家感到奇怪的是，本应该最举止反常的老狗，却表现得十分镇定，好像什么事情也没发生过一样。甚至，当路子游提出要给小栓子报仇的提议时，老狗还狠狠地批了路子游一顿。其实，没有人比老狗更加清楚，失去自己的战友是什么滋味，所以他才会更懂得珍惜。

除此之外，老狗似乎又出现了和赵英秀“死灰复燃”的端倪，据旁人说还是老狗主动找的赵英秀。这下可把黄桃急得脑门子直冒火，她急匆匆跑到临时会议室时，正碰见老狗和赵英秀亲切地握手的场景，黄桃的嘴顿时噘得老高。黄桃问他来找赵英秀是为什么，老狗只是回答说，打一个电话，一个关系着他们今后命运的电话，但这个电话给谁打？为什么打？除了老狗和赵英秀外，谁也无从得知。

白鸟介很愤怒，自从遇到苟彦武这个人之后，无论设置什么陷阱，总是能被对方逃之夭夭。白鸟介看着眼下的山岛静夫、吉田正一、万成千和马三金，决定发挥他提线木偶的本事，将这四个人的力量撮合到一起。同时，他也要让山岛静夫和吉田正一认识到，只有他才是真正的主宰，既能分化他们，又能组合他们。于是，万成千就成了白沙城保安队队长，马三金成了白沙城保安队副队长。

吉田正一从司令部出来，直奔美惠子家。随着吉田正一住的时间增长，吉田正一对美惠子的感情越来越外露，可无论吉田正一如何努力，美惠子始终对他冷淡。吉田正一自然知道，在这里面作梗的就是那个齐大昭。但一想到，他在保荣堂设下的局，有机会将他们所有人一网打尽，他心情又舒畅了许多。吉田正一看着整日忧思的美惠子，突然嘴角泛起冷笑，故意将这个消息透露给美惠子。看着美惠子慌乱的样子，吉田正一心里感到一阵满足，原来，你也会有情绪。

赵英秀换下了平日的装束，穿着老百姓的衣服走在白沙城大街上。她故意在城里绕了几圈，然后假装不经意间来到保荣堂。赵英秀悄悄观察了一下，保荣堂外有卖报的、摆摊的，她没有发现异常，然后径直朝保荣堂走去。

刚迈进中药铺门口，赵英秀发现面生的马三金，马三金正胡乱拉着抽屉，抓住草药闻。

赵英秀一怔，转身要走，此时万成千喊住了她。

“来抓药？”

赵英秀望向保荣堂外，她陡然惊觉，外面摆摊的与卖报的鬼鬼祟祟，都在盯着保荣堂。

“小二，还愣着干吗？”万成千朝马三金使眼色，马三金领会，急忙走出柜台，挡住门口，做出请的手势。

赵英秀意识到暂时出不去了，但依然镇定自若，微微皱着眉，装着疼痛的样子。

“掌柜的，我这几天晚上睡觉总是睡不实，白天还老是睡不醒，想抓服安神的药。”

万成千若有其事地点点头：“小二，安神药，按老方子抓。”

马三金一愣，看着琳琅满目的药柜，不满地嘟囔着。马三金哪有什么药理，只不过是随意抓药，然后将药囫囵地混在一起。整个过程显得手忙脚乱。

赵英秀看在眼里，也不拆穿。

万成千和赵英秀攀谈着，话里话外，都旁敲侧击着赵英秀的来历。赵英秀自然是步步为营、滴水不漏，一番对话下来，万成千也没得到什么有用的信息。

马三金终于将药包好放在了桌上，赵英秀掏出荷包，付了钱，正准备去拿药，不料手却被万成千抓住。

万成千沉声问：“你手上的茧子是怎么来的？”

万成千盯着赵英秀的手，在赵英秀右手虎口处有一片茧子。

赵英秀一副不以为意的样子：“苦命出身的人家，谁手上没点茧子，都是干活儿磨的。没别的事，我先走了。”

赵英秀将药抓在手里，转身离开，万成千打量着赵英秀，突然大喊一声。

“站住！”

赵英秀停下脚步，神情变得严峻，左手悄悄伸进腰间。

“干活儿的手，磨的是手心跟手指，虎口处长茧，只有一种可能，那就是长时间拿枪磨的！”

话音未落，赵英秀猛然拔出枪，转身开枪，万成千一躲，子弹险些打中马三金，马三金吓得缩进柜台底下。

等万成千拔出枪时，他发现赵英秀早已经跑出保荣堂。

大街上的摊贩纷纷掏出枪来，对准赵英秀，万成千追出来，大喊一声："抓活的！"

此时，一人举枪对着赵英秀的脑袋，他一时不敢开枪，赵英秀趁机一肘上去，将那人打倒，朝着天空开枪，行人慌不择路逃散，赵英秀趁机钻进一条小巷，万成千与马三金率人紧追不舍，围追堵截，眼看万成千等人追了上来，此时一双手拍住赵英秀的肩膀，将其拉进一旁的裁缝店。

万成千追到裁缝店外，马三金跟在最后，喘着粗气。

万成千大喝一声："她刚才在这儿没影的，进去搜！"

万成千与马三金带着人急冲冲闯进裁缝店，店老板急忙上前问："老总，这是怎么了？"

"我怀疑你这里藏有共党！给我起开！搜！"

搜了一圈后，万成千手下汇报没有发现。马三金环视四周，将目光落在试衣间，马三金一声冷笑，上前一把拉开帘布："看你还往哪里跑！"

帘布拉开，美惠子一声尖叫，抱着衣服挡住身体。

万成千一怔，上来扇了马三金一巴掌。

"对不起，美惠子小姐，我的手下以为共党藏在里面。"

美惠子怒气未消："什么共党？这里只有我！快给我把帘子拉上！"

万成千将帘布重新拉上，马三金捂着脸，一脸怨气。

万成千皱着眉问："美惠子小姐为什么会在这里？"

美惠子隔帘反问："我为什么不能在这里？"

"不，我的意思是，我们明明看见共党躲进这间裁缝店，我们却怎么也找不见这个人。"

美惠子穿好衣服，走出试衣间，冷笑："你们办事不力，反而质疑起我来了？难道你们都没发现那边是后门吗？"

说完指指隐蔽的后门，万成千瞪着手下，手下因为疏忽没有发现，此时不敢直视万成千。

万成千说："马队长，还愣着干什么，追啊！"

马三金一挥手，手下们急忙从后门出去，万成千特地落后几步，向美惠子道歉后，万成千急忙追了出去。美惠子确定他们已经离开，转身拉开帘布。

赵英秀从一团衣服下站起身，举枪指着店老板，美惠子上前解围："放心，他是我的朋友，不会说出去的。"

店老板使劲点头，赵英秀扭转枪口，又对准了美惠子："你为什么要帮我？"

美惠子不答反问：“你认识齐大昭吧？”

赵英秀狐疑地看着美惠子：“你也认识齐大昭？”

美惠子点点头：“我不光认识齐大昭，我还认识老狗和黄桃。请问，齐大昭还活着吗？”

“他还活着。”

美惠子欢呼一声，高兴得双手紧握，赵英秀看出美惠子没有威胁，将枪放下。

赵英秀随口一问：“刚才追我的那个人是谁？”

“他叫万成千。因为杀死了保荣堂的老板，现在被日方委以重任。”

“你说什么？保荣堂的老板……死了？”

赵英秀极其震惊，一时有些站不稳，美惠子上前扶住赵英秀。

赵英秀咬牙切齿骂：“这个狗汉奸！”

美惠子催促着：“你快走吧，他们已经发现了你，一定会封城进行抓捕的。”

赵英秀摇摇头：“不，我还不能走。你知道什么地方可以打电话吗？”

美惠子想了想，然后带着赵英秀来到了诊所。

美惠子指了指说：“电话在那边。”

赵英秀正要往前走去，发现美惠子欲言又止。

赵英秀停下脚步：“你有话对我说吗？”

“等你见到齐大昭，叫他快点离开白沙城，现在所有的大路都有重兵把守，如果走江边，相对比较安全。还有，请转告他，那块表我会一直珍藏，我们的友谊我也此生不忘。”

“你这么在乎齐大昭？”

“因为我们是……朋友。你快打电话吧，打完以后尽快出城，这里很危险。”

赵英秀点点头，走到电话机旁，抓起话筒，拨打号码。

谁也没有注意到，就在电话摆放的桌子底下，一个窃听器正在一闪一闪亮着光。

赵英秀回到东里村时，老狗与黄桃正坐在村口的磨盘上，黄桃掏出一张纸片，强行抬起老狗的脚。黄桃照着村里大娘说的，要做出一双合脚的好鞋，必须按着脚画出基本轮廓，拿出剪子剪出纸样。

远处一个人影出现，老狗定睛望去，是赵英秀，老狗站起身，朝赵英秀招手。

黄桃白了老狗一眼：“看把你高兴的，不知道的以为过年了呢？”

老狗语气竟有些沉重：“我高兴是因为真相马上就要浮出水面，但愿是我猜错了。”

黄桃不明所以："你说什么？真相？"

坦克停在墓地旁，老狗板着脸，与赵英秀并肩站着。

黄桃快步走来，走到老狗一旁，身后跟着齐大昭、路子游、王四六。

"狗哥，人我都给你找来了，有什么事你现在总可以说了吧？"

老狗虽然在跟黄桃说话，但目光始终死死盯着齐大昭。

老狗一挑眉毛："黄桃，你知道马三金为什么可恨吗？"

黄桃毫不犹豫地脱口而出："因为他是汉奸，他背叛了我，也背叛了生他养他的国家。"

"可你知道吗？背叛你的人，做过最恶心的事，不是欺骗，而是将你心中对人的信任彻底打破。你开始将信将疑小心翼翼，怀疑身边每个人都心怀不轨，怀疑世间没有任何值得信任的人。背叛就像一记响亮的耳光，打得你晕头转向，你却还满心以为天旋地转的是这个世界。"

路子游与王四六在一旁听得一头雾水，王四六小声嘀咕："老狗跟黄桃这是干啥呢？像是演双簧。"

路子游直接喊向老狗："老狗，你别绕弯子了，叫我们来，到底有什么事？"

老狗指着齐大昭说："你应该问问齐大昭。"

路子游回过头看向齐大昭："老齐，怎么老狗和黄桃都开始喊你齐大昭？你怎么惹着他们了？"

齐大昭沉默不语，路子游与王四六更加苦恼，老狗脸上露出一丝冷笑。

"他当然不会说，他辛辛苦苦隐藏了一路，不会因为你这么一问，他就迫不及待说出来。这位博学多长的教书匠，这位我们尊敬与信任的副车长，这位温文尔雅看起来最不像坏人的大好人齐大昭，这位口口声声喊着这个家不能散的齐大昭，你能不能告诉我，在白沙城救黄桃的时候，汉奸马三金为什么会大喊着戴眼镜的不能打！这个要活的！你一向比我们都聪明，快告诉我们，这是什么意思？"

所有人都看向齐大昭，齐大昭依然不开口。

路子游一时有些摸不着头脑，不确定地说："老狗，你的意思是，老齐也是……汉奸？"

"我没这么说，我不给人扣帽子，可我忍不住怀疑，日本人明摆着奔着齐大昭去，却不伤害他，那可是嗜血的鬼子，见了中国人就要杀的鬼子，他们手里提着的是枪，却只对我们几个开，为什么子弹偏偏绕着他走？他是神仙吗？他会戏法吗？不，他既不是神，也不会变戏法，他只是个满口谎言藏着不知道什么目的的大骗子！"

老狗愤恨地吼着，齐大昭深吸口气，目光游离着，不敢看老狗的眼睛。

路子游不以为然："凡事都要讲证据，只凭马三金喊的那句话，就断定老齐有问题，万一是马三金的反间计呢？"

老狗两眼就像钉子一样，直直地盯在齐大昭身上："你看，大家还是这么信你，说明你有多厉害，大家喊你齐大昭，喊你老齐，可这并不是你的名字，你说你是国立交通大学的老师，你也不是！你到底是谁？"

王四六愣住了："啥？他不叫齐大昭？"

赵英秀点点头："苟团长让我帮他一个忙，去打一个很重要的电话，我去了白沙城，照着苟团长的吩咐给国立交通大学打了电话，结果他们说齐大昭这个人确实存在，但他早已经在半年前死了！"

路子游失声叫道："死了？"

赵英秀补充说："而且他们说齐大昭死的时候是53岁，眼前这个人，绝对不可能是齐大昭。"

老狗的声音已经出离了愤怒："听见了吗？你不是齐大昭！不管你叫什么，你都不用再装了。"

路子游也急急追问："老齐，你为什么要冒名顶替？你要是还不说，你就真是卖国求荣的汉奸了！"

王四六急得直跺脚："是啊，你快说话呀！"

齐大昭站着不动，还是那副死不开口的样子，老狗快步过来，一把揪着齐大昭的脖领。

"说话！我叫你开口说话！你不是最能说也最会说吗？说话啊！"

齐大昭被勒得脸色通红，他微微抬起头，终于直视起老狗的眼睛。

齐大昭声音微弱地说："我要跟赵队长单独谈谈。"

老狗视线看向赵英秀以示询问，赵英秀想了想，然后点了点头，老狗和黄桃等人暂时出去，屋子里只剩齐大昭和赵英秀两人，两人面对面坐着。

赵英秀脸上透着戒备："为什么要单独跟我谈？"

"因为我想知道一些事情。"

赵英秀冷笑一声："方便你打好草稿掩盖身份？对不起，我觉得我们之间没什么可聊的。"

"为什么这么肯定？"

"我们的信仰不同，际遇不同，最重要的是我们对待朋友的态度不同，当然如果你拿他们当朋友的话。"

"也许你不知道，我们之间并非陌路，至少都认识一个人。"

赵英秀将信将疑地看着齐大昭，齐大昭用手蘸着碗里的水，在桌上写下一串数字，赵英秀看着数字，瞪大了眼睛。

赵英秀震惊地看着齐大昭："你怎么知道保荣堂的电话号码？"

"看来我没说错，我们确实认识同一个人。"

"你认识老林？"

"原来他叫老林。他怎么样了？"

赵英秀一怔，齐大昭察觉到什么："他是不是出事了？他不会已经……死了吧？"

赵英秀眼底的警惕之色更加浓郁："你到底是谁？"

老狗、黄桃、王四六、路子游站在门外，老狗来回踱步，不时停下瞪向屋内。

路子游到现在还是有些不愿意相信老狗的推测："老齐真是汉奸？我怎么看着不像呢？"

黄桃嘲讽说："哪个人会把汉奸两个字写在脑门上？像齐大昭这种深藏不露的，才是汉奸中的汉奸，最不要脸的那种。"

老狗不放心的样子："你们猜他会跟赵队长说什么。"

黄桃摇摇头："我算是阅人无数了吧，可他轻描淡写就把我给骗了，现在他要说什么做什么，我是一点头绪都没有。"

路子游突然脸色一变："赵队长不会有危险吧？"

黄桃扑哧一下笑出声："你就放宽心，赵队长一个能顶三个男人使，齐大昭再能耐，想近她的身，只怕没那么容易。"

王四六一言不发，不住挠头："对了，我想起了一件事。"

黄桃说："啥事？"

"曲家村那一仗，俺和老齐不是跟你们走散了吗？后来俺们藏在鬼子弹药箱里，进了白沙城。打那会儿开始，老齐变得很奇怪，鬼鬼祟祟的，背着俺要去见什么人，被俺发现以后一开始还不承认，后来突然又跑出来一个军统，把这事给搅黄了，老齐到了也没见着那个人，再然后就碰见了八路军，把俺们带回陆家岭。回来的路上，老齐特别嘱咐俺，不要把这件事说给你们听，还让俺以二丫发毒誓。现在想起来，他该不会要见的是鬼子吧？"

王四六说完，拿不定主意，看着其他人，老狗一听，火又蹿上来，快步朝屋门口走去。

屋内，赵英秀上下打量着齐大昭，此刻的齐大昭，依然仪态淡定。

齐大昭问："老林是怎么死的？"

赵英秀盯着齐大昭，最后豁出去："好吧，我就告诉你，看你能耍什么把戏。

我去了保荣堂，那里被汉奸占了，他们假冒掌柜的，实际上是守株待兔，为的是想抓我们的人。领头的叫万成千，就是他杀了老林，对了，还有一个叫美惠子的日本女人，她帮了我，还让我给你带话，让你快走。”

齐大昭身子往前倾了倾：“万成千？你没听错？”

“我听得真真的，不会有错。齐大昭，一个日本女人为什么要帮你？我看得出来，她很挂念你，难道你真的跟鬼子有关系？”

话音未落，老狗闯进屋内，黄桃、路子游、王四六紧跟着进来。

老狗瞪着齐大昭，厉声喝道：“你和四六在白沙城的时候要见一个人，对方是什么人？”

赵英秀眉头一皱，观察着齐大昭，齐大昭依然不慌不忙，不动声色。

老狗面露失望，冷哼一声，看向路子游：“子游，你的鲁迅先生对于叛徒有没有说过什么？”

路子游流畅地背了出来：“鲁迅先生说，面具戴太久，就会长到脸上，再想揭下来，除非伤筋动骨扒皮。”

“我今天非要亲手把你这层皮扒下来不可！”

老狗猛然从腰间拔出马掌刀，一把架在齐大昭的脖子上，刀刃顶着皮肤，很快渗出血来。

赵英秀伸出手：“苟团长！”

老狗暗中使劲，与齐大昭对视着。看着齐大昭透彻的眼神，老狗手开始颤抖，最终还是下不了手，将马掌刀放了下来。

“你走吧！我不想再看见你！”

齐大昭站着不动，老狗一把将马掌刀丢在地上。

齐大昭静静地望着每一个人，他强忍着内心巨大的冲击，朝众人深深地鞠了一躬，然后径直离开了房间，决绝的背影在冷风中显得格外凄凉。

齐大昭走后，老狗随便找了个理由把大家支走，很快，屋里只剩下老狗一个人，他突然无力地坐下来，神情也随之变得黯然，深深地叹了一口气。

第二天早上，赵英秀正在吃饭，门口传来敲门声，赵英秀循声望去，是老狗与黄桃。

老狗还在想着如何措辞，黄桃抢先一步回答。

“我们是来跟你告别的。”

赵英秀一愣：“告别？你们要走了？”

老狗感慨一声：“是啊，其实早该走了。”

“什么时候动身？”

“子游和四六已经在村外了，这就走。”

“这么突然？”

“不突然，如果不是逗留这么久，或许也不会发生这么多事。”

赵英秀突然冷不丁冒出一句：“这么说，你拒绝我了？”

老狗一怔，吓得看了一眼黄桃，赵英秀急忙澄清：“黄桃，你别误会，我是说，你们拒绝了八路军的收编。”

老狗苦笑着：“你也看到了，我们这几个糙的糙，倔的倔，不是你们八路军的料儿。”

“没有人生来就属于哪里，都需要一个适应与接纳的过程。”

老狗还是摇了摇头。

赵英秀把视线转向黄桃：“黄桃，有些话不说可能再也说不了了，这里只有咱们两个女人年纪相当，我们原本可以成为好姐妹，可是因为我处理不当，给你给我给大家添加了不少误会，我向你道歉。”

赵英秀态度诚恳，黄桃一时动容，上前一把握住赵英秀的手。

“不，赵队长，是我老跟你作对，给你给八路军添了麻烦，还让你们牺牲了不少同志，该说对不起的应该是我。”

“都说不打不相识，你们要走了，我们才冰释前嫌，你说咱俩是不是太笨了？”

“不，真的笨蛋另有其人。”

黄桃暗示着看一眼老狗，两人一齐笑了，老狗站在旁边，倒看得一头雾水。

黄桃突然说：“赵队长，你要真是我的姐姐那该多好。”

“你要不嫌弃，我就认你做我的妹妹。”

“英秀姐。”

黄桃激动得一把抱住赵英秀。

老狗咳了咳：“黄桃，不早了，该出发了。”

黄桃放开赵英秀，脸上透着不舍。

赵英秀看向老狗：“你们有什么打算？”

“往回走是死，留下来是生，往前走是生死未卜。但不管怎么样，我们都得往前走，有些事终究要完成，有些路也注定要走下去。”

“那你们一定要保重，我之前让泥鳅准备了几桶汽油，你们路上应该用得上。”说完，赵英秀突然想到什么，说：“对了，大路有鬼子重兵把守，走江边，江边安全。”

老狗点点头，掏出一封信，递给赵英秀。

“这是子游留给你的信。”

坦克停在村外，路子游与王四六站在坦克旁。

路子游不耐烦地来回踱步：“这两人怎么还不来？”

“子游，你写了信，为啥不亲手交给赵队长？”

“我不习惯告别的场面。”

王四六嘿嘿笑着：“我看你是怕说了再见，就再也见不着了。”

路子游直直地瞪着王四六，王四六望见老狗与黄桃拎着大包小包走来，忙上前接过来。几人爬上坦克，老狗回头望一眼东里村，瞬间怔住了。

“你们看。”

众人回头，只见崔老伯、大娘等乡亲站在村口，人群中还有泥鳅与八路军战士，他们望着这边，使劲挥舞着手臂。

老狗几人感动不已，也大喊着，挥手告别。

临时会议室里，赵英秀打开信封，里面掉出很多赵英秀的照片。赵英秀一张一张看着，在路子游的镜头中，赵英秀有着别样的味道。赵英秀看着这些照片，不由得发出浅笑。

最后，赵英秀拿出信封里的一封信，将信纸摊开，读了起来。

赵队长，当你看到这封信的时候，我们应该已经离开了。都说天下没有不散的筵席，我不希望辜负我们的相遇，所以写下这封告别信，不为别的，想好好对你表示一下谢意。感谢你让我心动，这么多年，我第一次为了一个女孩脸红心跳茶饭不思，跟你相识的短暂时光像是一场浪漫的电影，看时喜悦，看罢神伤，又像是一束不可捕捉的烟，多么曼妙的飘荡，总要消散在风中。我还要感谢你安排我与崔老伯见面，让我想起了我的父亲，想起了我曾经的那个家，总之很多感受都是你给我的，使我充盈让我动容，我能送给你的，可能就是那首我始终想要朗诵却终未实现的诗，那首我最喜欢的雪莱的《致云雀》，直到此时我才明白，诗里的云雀是光明、欢乐、美丽的象征，而你就是我的云雀，我望向天空，即便没有你的翅膀，我也知道你也曾在我的世界里飞过……

你爱。却从不知晓过分充满爱的悲哀。

是醒来或是睡去，

你对死的理解一定比

我们凡人梦想岛的
更加深刻真切，否则
你的乐曲音流，怎能像液态的水晶涌泻？
我们瞻前顾后，为了
不存在的事物自扰，
我们最真挚的笑，
也交织着某种苦恼，
我们最美的音乐是最能倾诉哀思的曲调。
可是，即使我们能摈弃
憎恨、傲慢和恐惧，
即使我们生来不会
抛洒一滴眼泪，
我也不知，怎能接近于你的欢愉！

赵英秀看完信，眼中泪光闪闪。一滴眼泪滴落，落在信纸上，赵英秀爱惜地拿衣角去沾。

此时，泥鳅跑了进来，赵英秀急忙擦掉眼泪。

泥鳅报告说："队长，苟团长他们走了。"

"我知道。"

泥鳅有些郁闷："他们怎么说走就走？"

赵英秀走到窗前，天空一片蔚蓝。她喃喃地说："往回走是死，留下来是生，往前走是生死未卜。但不管怎么样，他们都得往前走，有些事终究要完成，有些路也注定要走下去。"

天空一片蔚蓝，广袤大地上，坦克行进中。

坦克内，每个人都不说话，老狗看一眼齐大昭的位置，现在坐着王四六，老狗咳嗽一声，吸引众人的注意。

老狗看着王四六："四六，往后你就是炮长了！"

黄桃不服气："为什么是他？为什么凡事他都排在我前头？"

"我不能让你再有什么危险。"

王四六一听有危险，立马摆起手来："有危险？那这个炮长俺不当，俺出来的时候啥样，回去也得啥样，可不能掉胳膊瘸腿。"

黄桃白了王四六一眼："也不知道二丫瞧上你什么了？一点山东大汉的英雄气

概都没有！”

王四六倒是看得开：“要那玩意有啥用？不当饭吃不当水喝，没听过那句话吗，枪打出头鸟，刀砍地头蛇。俺做人信的就是本本分分，守着自己的钱袋子，搂着自己的老婆跟将来的大胖小子，比啥不好？干吗冲在前头？”

黄桃嘲讽说：“你知道枪打出头鸟，不知道风吹鸡蛋壳财去人安乐？”

王四六摇摇头，脸上闪过一丝狡黠：“不知道。俺不知道就不算数。”

“耍赖……”

“别吵了。炮长一职暂时空缺，大不了车长炮长，我身兼两职。”老狗打断黄桃与王四六，坦克内再次陷入沉默。

老狗试图讲个笑话，活跃气氛，可是平常见齐大昭讲笑话故事信手拈来，总觉得很简单，可真要讲的时候，老狗搜肠刮肚还是倒不出一滴墨水。

路子游看出老狗的窘样，不禁笑出声，这一笑让老狗的脸憋得更红了。

老狗干脆站起来：“我是没什么文化，但我知道，路在我们脚下，只要我们坚持去走，一定能到终点！”

话音未落，坦克突然停了下来，四人面面相觑，不知道发生了什么。

路子游耸耸肩：“铁家伙不高兴了，看来要怎么走，还是得听它的。”

老狗冒出头，先观察四周，四周安全后，老狗跳下坦克。路子游、黄桃、王四六相继下车。

黄桃看向老狗：“怎么样？哪儿坏了？”

老狗围着坦克转了两圈，说：“看着哪儿都好好的。”

黄桃郁闷地说：“那咋不能动了？”

老狗胡乱检查，问题无从查起，有些束手无策。

路子游叹了口气：“要是老齐在就好了，他用鼻子都能闻得出坦克出了什么毛病。”

老狗一听，顿时火大，狂踹铁甲外皮，坦克竟奇迹般启动起来。

王四六一脸惊喜：“动了！动了！老狗，你这脚不光能踢鬼子，还有这本事？”

“那是。”老狗拍拍手，较劲地看一眼路子游，“他不在，坦克照样走。全体上车，继续前进！”

坦克所碾轧过的地面，有黑色的液体掺杂着，老狗不知，坦克的油箱，正在一滴一滴往外漏着油。

第十五章 生死一线

保荣堂，因为上次抓药露出破绽，马三金被强迫记住一些常见草药的名字。马三金一边挥着鸡毛掸子，一边嘴里蹦着“八角、丁香、刀豆、三七、三棱、干姜、大黄”这些名词。没一会儿，马三金就不耐烦了，把医书一扔，苦着脸看向万成千。

马三金说：“我说万队长，上次让那个女共党跑了，她肯定回去报信了，咱们设这个局，还有用吗？”

“有用没用都是上头的意思，不是咱俩说了算的，继续背你的药名去，省得下次再露出破绽。”

马三金垂头丧气记着药名，万成千来到门口，拿着鸡毛掸子掸门上的灰尘，实则观察过往行人。

突然，万成千在人群中望见一个熟悉的身影，万成千一怔，定睛再看，那人又忽然不见了。

齐大昭？万成千也不能确定，只当自己是一时眼花。

很快就到了晌午，万成千与马三金进入醉仙楼，两人刚落座，马三金突然捂起肚子去厕所。

“我肚子疼，先去方便方便，你先点菜。”

万成千打心底瞧不起马三金，看着他离开的背影，不屑地摇了摇头。

万成千挑了一张桌子坐下，扭头看向正在忙的小二，在他对面忽然坐下一个人。

“这里有人了。”

“我坐的话，你应该不介意吧？”

万成千听声音有些熟悉，扭过头一看，竟然是齐大昭。万成千第一反应就是去伸手摸枪，结果发现枪不在，此时在桌面下，枪管抵住了万成千的膝盖。

齐大昭冷冷地说：“别找了，枪在我这儿。”

“你什么时候偷走的？”

“让你知道不就麻烦了，跟马三金一样，他要知道我在他茶里下了药，应该也就不会喝了吧。”

万成千眉头一皱，齐大昭一只手藏在桌下拿着枪，脸上却淡定自如。

“齐大昭，你好大的胆子。”

齐大昭一脸愤愤：“我看是你的胆子更大。有人是咬人的恶狗，有人是杀人越货的杀手，我原先以为你是其中之一，但没想到你既是恶狗也是杀手，当今世上只有一种人可以两者合一，就是不认祖宗不要脸皮的汉奸！”

“我知道你有一肚子话要骂我，你大可尽情骂，我高兴的是你终于现身了。”

“你真的高兴吗？可我怎么觉得你只是在强撑？你现在比谁都害怕。”

“我怕什么？怕你开枪？笑话！你只要一开枪，立刻就会引来日本兵，到时候会有十支甚至百支枪对着你。”

“没错，我一开枪，是会引来危险，但别忘了，那时候你已经死了，那样的场面不是你梦寐以求希望看到的吗？”

万成千深吸口气，脸色有些僵，挪动了一下坐姿，被齐大昭用枪狠狠顶了一下。

“别动。说，是不是你杀了老林？”

“原来你是为他来报仇的。没错，人是我杀的，但我觉得你应该也有一份责任，因为我就是为了找你才杀了他。我有点想不通，要打要杀的话，以你的智慧，明明可以让苟彦武来做，你为什么亲自动手？”

“这不关你事。”

“依我看，你们是闹掰了吧？”

齐大昭眼神一闪，被万成千捕捉到。

万成千得意地说：“真被我说中了？苟彦武他们开着坦克继续往前走了？齐大昭，我不得不感叹，你的命真的很好。”

“你什么意思？”

“上次那个女共党你也认识吧？你以为美惠子救了她，我真的没看破吗？美惠子不知道我们早就监听了诊所，她居然带着女共党去诊所打电话，她们之间的对话我们全都听到了。美惠子特别嘱咐，要女共党转告你们走江边，你以为吉田正一现在在哪里？他早就守在江边等着苟彦武自投罗网呢。可惜的是，你这条大鱼又要漏掉了。”

万成千冷笑着看着齐大昭，齐大昭脸色瞬间变得严峻起来。

等马三金从后面走出来的时候，齐大昭与万成千都已经不见了。

“这个姓万的，叫他点菜，跑哪儿去了？”

突然，马三金的脸拧在一起，他急忙捂住肚子，弯着腰又往厕所跑去。

一片树林外，坦克轰隆而至，开到一个分岔口，路子游操作坦克，坦克停下。

路子游扭头望向身后，老狗、黄桃、王四六正在打盹。

“醒醒！”

老狗与黄桃被吵醒，王四六换了个姿势，继续打鼾，路子游猛拍车体，王四六一个激灵，发着呼噜声醒来。

王四六嘟囔着：“到了吗？”

“什么到了，睡迷糊了吧？老狗，前面是分岔口，往哪边走？”

老狗打开车顶盖，露出半截身子，观望着外面的情况。

“赵队长说走江边安全，走左边那条路。”

老狗正准备盖上车盖，只见林中飞起一片乌鸦，老狗眉头一皱，没当回事，退回坦克内。

坦克重新行驶起来，没过多久，坦克来到了江边，沿着江边走，路子游将坦克停下，情绪显得很兴奋。

江面上笼罩着一团雾气，江水以不可阻挡之势往前翻滚，个别地方水面急流回旋暗藏汹涌，两只飞鸟疾驰掠过，江水一浪一浪冲刷着岸边的岩石。

路子游透过观察窗，看着眼前的风景，心里一阵舒畅，反手掏出自己的相机，准备照相。

王四六不满地嘀咕着：“照啥呀？不就一片水吗？风一刮，怪冷的，快走吧。”

黄桃捂嘴笑着：“这就是你和子游的差距，人家这叫浪漫，你这叫傻实在。”

路子游对着观察窗外拍照，拍了一张两张之后，路子游斜着身子，试图拍一侧的树林。

树林里也弥漫着一团雾气，路子游拿着相机刚要拍，好像发现了什么，眯着眼睛使劲看。

王四六不耐烦地催着：“子游，拍好了没有？”

路子游眉头紧锁：“嘘！别说话！”

路子游定睛再看，雾气中一个轮廓越发明显起来，路子游瞪大了眼睛，惊叫出来：“鬼子……鬼子！”

还没等老狗等人准备好，日本人的坦克已经闯出树林，炮管调整好角度，发射一发炮弹。炮弹与坦克侧翼擦肩而过，将地面炸开了花，瞬间泥土四溅。

坦克内，几个人被震得人仰马翻，老狗率先清醒过来，他弯下身子，看向黄桃，黄桃手捂着头表情痛苦，王四六不住哎哟着。

老狗关切地问："都没事吧？"

黄桃揉着头说："没事。"

王四六一脸不解："鬼子咋冒出来的？"

"别管咋冒出来的了，子游，快走！子游？"

老狗喊了两声，路子游完全没有反应，黄桃看向路子游，发现路子游被震晕了过去。

黄桃使劲摇晃着路子游，王四六也歪着身子，拍着路子游的后脑勺。

黄桃一边晃一边喊："子游，醒醒！快醒醒！我都听见鬼子装填炮弹的声音了，子游，你倒是醒醒！"

王四六手上力气加重了些："子游，现在可不是睡觉的时候，你醒醒啊！"

老狗打开车盖，观察着外面，日军坦克内，日本兵装填炮弹，日本兵随后调整炮管角度，老狗急得大喊。

"快！"

在黄桃不住摇晃下，路子游慢慢醒来，但神智尚在迷糊中，嘴里小声嘟囔。

"鬼子，鬼子……"

黄桃大喜过望："醒了，子游醒了！子游，快发动坦克，鬼子追上来了！子游？"

路子游嘴里还是喃喃一个词："鬼子，鬼子……"

王四六绝望了："完了，子游被震傻了！没人能开坦克，咱们全得交代在这儿！"

黄桃着急地看向老狗："狗哥，子游完全没反应，怎么办呀？"

老狗从车长位置缩下身子，一把揪住路子游，只见路子游眼神有些散。

"臭小子，你给我醒醒，再不醒，你这辈子都不可能再拿相机，也不可能再见到赵英秀，你听见没有？给我醒醒！"

老狗连续几巴掌扇着路子游，路子游深吸口气，回过神来，老狗与黄桃长嘘口气，相视一笑。

"有鬼子！"

路子游彻底清醒过来，急忙开动坦克，老狗回到自己的位置，望着对面的日军坦克。路子游挂了倒车挡，使劲打着方向，少顷，又一发炮弹袭来，与炮塔擦身而过。

日军坦克追赶而来，日军坦克明显比老狗的坦克速度快一些，装备情况也更完备。

路子游全神贯注观察着对面，黄桃急不可耐。

“为什么倒着走？正过来啊！”

“正过来我就看不见鬼子了，你想脖子后头架着一把刀吗？”

“那就开快点！再快点！”

路子游咬着牙，额头青筋暴露：“已经是最快了！”

日军坦克紧追不舍，路子游继续将坦克往后倒，老狗突然发现地面上有黑色液体，神情瞬间僵住。

黄桃神色焦急：“子游，你一定不能让鬼子打着我们！”

路子游额头冒出一层冷汗：“我知道，不然你以为我现在在做什么！”

王四六突然大声说：“咱们有枪！老狗，你枪法那么好，快打他们！”

在这种情况下，路子游都险些被王四六的话逗乐：“王四六，你就别说傻话了行吗？子弹要能打穿坦克，咱们还开着铁家伙干什么？”

路子游说完，不禁一怔，忍不住点了点头，像是给自己鼓励。

“我想起来了，老齐说过，要想击毁坦克，就用燃烧瓶，让坦克发动机爆缸，坦克就会失去威力。”

黄桃说：“可咱们没有燃烧瓶，就连现做都没原材料。”

“那就用袜子！”

黄桃将信将疑地反问：“袜子？”

路子游重重地点点头：“对，袜子！老齐还提过，用附着弹，最简易的方法是用袜子装满炸药，表面涂上机油，加上导火线，黏附在敌方坦克负重轮上，一样能摧毁坦克。”

老狗不确定地问：“能行吗？”

“还有其他办法吗？”

老狗当机立断，立刻让王四六脱袜子，让黄桃递过去子弹！

王四六颤颤巍巍脱了鞋，将袜子交给老狗。黄桃将子弹全部卸下，交给老狗。

老狗将子弹里的火药取出，装进袜子里。

路子游、黄桃、王四六神情紧张，老狗额头渗出汗水，手一滑，一颗子弹掉落，噼里啪啦掉进坦克看不见的角落，老狗手中不停，继续制作着附着弹。

路子游大叫一声：“老狗，鬼子又准备发炮了！”

黄桃催着：“狗哥，好了没有？快啊！”

老狗做好附着弹，又用手纸卷成卷，里面塞上火药做成导火线。

“做好了！子游，这一次让鬼子尝点甜头！”

路子游一愣："什么意思？"

"往前开，打乱他们的思路，我好有机会摸过去。"

王四六反应过来了："老狗，你是说冲着鬼子开过去？"

"没错！四六，你来我的位置，看我什么时候给鬼子上了弹，你就喊子游往后倒！明白了吗？"

王四六点点头。

"子游，现在，前进！"

路子游一咬牙，挂了前进挡，日军坦克正准备发炮，见路子游开着坦克朝自己而来，急忙调整炮管。

老狗悄悄爬出坦克，从坦克后跳了下去。老狗边观察，边将附着弹沾上地面上的汽油。老狗发现一侧有个暗沟，就在地上打着滚，进入暗沟。

王四六打开车盖，对面坦克正加速而来，一侧老狗正躲避着日军的视线，弯腰快跑。

黄桃紧攥着双手："够近了，打方向吧！"

路子游直接否决："不行，老狗说要等他给鬼子上了弹以后！四六，怎么样了？"

"快了！再等等！"

王四六暗中使劲，只见老狗先一步来到日军坦克一旁，将附着弹粘在坦克车轮上，点燃了导火索。

老狗朝王四六使眼色，王四六盖上车盖，一声大喊。

"倒！往后倒！"

此时，两辆坦克已经距离很近，路子游急忙挂上倒挡，再次向后开，老狗也迅速逃向一侧。

只听轰的一声，日军坦克履带被断裂，紧接着一声更巨大的爆炸，日军坦克彻底报废，日本兵打开车盖，浑身是火从里面跳出来，很快就被烧死了。

老狗回到坦克上，众人长舒口气。

黄桃上下看着，关切地问："狗哥，你没受伤吧？"

"我没事，子游，要不是你这一招附着弹，我们今天恐怕性命难保。"

王四六立马嬉笑着凑上来："别老夸他，俺的袜子也起了大作用！"

老狗故作嫌弃地说："别提了，你的袜子真够味的，不行，我得去江边洗洗手。"

此话一出，大家都笑了，紧张的气氛有所缓和。

老狗打开车盖，望着燃烧中的日军坦克，突然火光中又出现一个轮廓，老狗的笑容瞬间消失。

“怎么……怎么还有一辆？”

另外一辆日军坦克冲过火光冒了出来，这辆坦克由吉田正一亲自指挥。

日军坦克内，吉田正一面露阴狠，目光咄咄。

“我倒要看看你们到底有几条命！装填！发射！”

坦克内，日本兵装填炮弹，在吉田正一的指挥下，发射炮弹。

老狗急忙退回坦克内，用尽力气大喊。

“快走！”

话音未落，炮弹袭来，将坦克防盾打出了一个大洞，坦克内每个人被震得手足发麻。

尚未关闭的车盖上方，是一轮血红色的太阳挂在天上，老狗抬头看看那太阳，又看看其他人，每个人的动作变得异常缓慢，坦克内的灰尘变得异常清晰。

黄桃一脸惊恐，王四六吓得浑身发抖，路子游咬着牙继续操作坦克，试图逃离。

老狗擦了一把嘴，手上全是血，路子游回头说着什么，至于内容，老狗一点也听不见了。

吉田正一打开车盖，露出身子，炫耀似的看着老狗的坦克。

“他们撑不住了！继续发炮！”

日本兵装填炮弹，发射，路子游此时只顾胡乱打着方向，炮弹打偏，坦克内仪表盘吱吱作响。

老狗回过神来：“怎么了？”

路子游急得大汗淋漓：“没油了！不对啊，出发之前才加满的油。”

老狗突然想起坦克留下的黑色液体：“是油箱，油箱漏了。”

王四六带着哭腔：“没油了，坦克不能动了，二丫，你四六哥怕是熬不过这一关了！”

黄桃反而冷静下来，厉声喊道：“哭什么哭！丧气！狗哥，现在怎么办？”

“坦克不要了，全部下车。”

对面的日军坦克，吉田正一发现老狗的坦克不能动弹。

吉田正一眼前浮现出美惠子与齐大昭在一起的画面，脸上瞬间露出阴狠。

“停止发炮！机枪手，瞄准炮塔，有人逃出来，立即开枪！”

“是！”

吉田正一冷笑：“我要让他们慢慢体验死亡是什么滋味！”

老狗刚一打开车盖，子弹瞬间射来，打在车体上响个不停，老狗无法打开车盖。

“他们不想让我们离开坦克。”

“不想让我们出去，又不准备发炮，他们想干什么？”

日军坦克朝这边而来，顶住老狗的坦克，一步步逼近江边。

坦克内，老狗等人死死撑住，每个人都在等待命运的宣判。此时，坦克已经悬在岸边。

吉田正一大喊一声：“去死吧！”

日军坦克加油一顶，老狗等人别无他法，眼睁睁看着自己随坦克坠入江中，溅起巨大的浪花。

吉田正一从自己的坦克上跳下，他站在岸边，狞笑着，看着老狗的坦克一点一点地没入水面。

江水吞噬了老狗的坦克，很快，江面恢复了平静。

刺骨的江水中，坦克沉在江底。

坦克内，江水汩汩涌入，炮塔尚有一丝呼吸的空间，老狗用尽全身的力气去打车盖，却因水压巨大而难以打开。

老狗、黄桃、王四六、路子游挤在一起。

“不要慌，我们一定能活着出去。”

老狗说完，观察着周围，老狗憋住气潜入水下，望见江水正从坦克轰开的洞口涌进来。

老狗回到顶部，大口喘着气，用手指了指下面：“从下面走。”

王四六为难地说：“不行，俺憋不了那么长的气。”

老狗脸一拉：“你还想不想活命？想活命，就听我的！子游，你先游出去。”

路子游点点头，深吸一口气，潜入水中，从洞口穿过。

老狗示意王四六，王四六犹豫着，此时水面往上升，几乎快没呼吸的空间。

老狗紧急催促着：“四六，没时间了！”

王四六深吸一口气，下潜，却因身形庞大，卡在洞口，老狗发现后，用脚一踹，王四六游离坦克。

“黄桃，到你了。”

“我……我不会水。”

“你只管憋住气，我会带你上岸。相信我，我在后面跟着你。”

黄桃含着泪，使劲点了点头，两人同时深吸一口气，黄桃先潜入水中，老狗跟在黄桃身后。

两人从洞口钻出坦克，路子游与王四六正准备往上，被老狗阻止。

从江底往上望去，吉田正一还站在岸边，四个人努力憋着气，等待着往上游的时机。

终于，吉田正一回到坦克上，日军坦克离开。

老狗打着手势，王四六与路子游奋力往上，老狗再看黄桃，黄桃已经憋不住，水正往她嘴里灌。

江面上很平静，突然哗的一声，路子游与王四六相继冲出江面。

老狗拖着黄桃露出江面，黄桃已经溺水，老狗拖着黄桃，竭力蹬水，艰难地往岸边游。

路子游与王四六在岸边伸手将黄桃拉上岸，老狗随后爬上来，四个人浑身湿透，在冷风中不住打着寒战。

老狗将黄桃放平，黄桃已经失去知觉，老狗对黄桃做着急救。

王四六与路子游面露担心，路子游忽然想起什么，嘴里小声说着。

“相机……”

路子游趔趄着往岸边走去，老狗还在努力施救，黄桃却毫无反应。

“黄桃，你醒醒，醒醒！不要睡，不要睡！”

王四六猛地看向一边，皱起眉头。

“你们听见声音了没有？子游？子游人呢？”

王四六看向四周，不见路子游的身影，远处声音越来越近，王四六愈发紧张。

“老狗，不会是鬼子又回来了吧？”

老狗全神贯注救着黄桃，王四六只好抓着岸边的石头，做出决一死战的样子。

很快，赵英秀带着队伍骑马赶来，王四六长出口气。

“不是鬼子，是赵队长！”

赵英秀跳下马，雷厉风行地向八路军战士发号施令。

“泥鳅，快生火。”

泥鳅带着几个八路军战士去捡树枝准备生火，赵英秀蹲下身来，脱下大衣盖在黄桃身上。

赵英秀轻声说：“苟团长，你累了，换我来吧。”

老狗好像什么也听不见了，他面无表情，丝毫没有交换的意思，只管继续施救。

黄桃依然毫无反应，赵英秀伤心地摇了摇头。

赵英秀说：“苟团长，黄桃已经走了，你停下吧。”

“她没有走！黄桃，你不要再装睡了！我命令你醒过来！我还有很多故事没讲给你听，我生在哪里长在何处，我小时候的糗事，我的爹娘兄妹，我是怎么当上兵的，这些事情你都还不知道，你怎么能睡着呢！你快醒醒！”

被赵英秀的话一刺激，老狗状若疯癫，歇斯底里地大喊着，猛地一捶黄桃的腹部，黄桃咳嗽一声，吐出水来。

黄桃苦笑着：“狗哥，你打得我还挺疼啊。”

老狗含着泪笑了，一把将黄桃搂住。

“以后不许再这样吓我了，听见了吗？”

赵英秀深深叹了口气，欣慰地站起身。此时，泥鳅已经将篝火生起，赵英秀环视四周，唯独不见路子游的身影。

“路子游呢？”

王四六摇摇头：“俺也纳闷呢，刚才还在这儿。”

赵英秀快步走到江边，发现路子游高高举起相机包，泡在水里不能移动。

赵英秀不由分说，卸了枪，摘了帽子，抽出一把匕首，纵身跳进冰冷的江中。

水下，路子游的腿脚正被水草紧紧围住，路子游越是激烈挣扎，越是被缠得严重，他不时被呛着水。

赵英秀奋力游来，嘴里咬着那把匕首。

“赵队长，你怎么……”

“你是不是被水草缠住了？”

路子游点点头，赵英秀拿下匕首，深吸口气，潜入水中将水草割断，随后浮出水面。

“快游回去！”

赵英秀见路子游依旧高举着相机，一把抓起路子游的手，带着他往回游。

路子游一手抓着相机，一手抓着赵英秀，他抓着生命中最重要的两样东西，脸上露出一丝笑容。

篝火边，黄桃躺在老狗的怀中，脸色有所好转。

黄桃笑着说：“狗哥，我们又一次死里逃生，你说是不是老天爷在保佑我们？”

老狗脸色不太好：“老天爷要是真开了眼，他该先把鬼子全部撵走。”

王四六裹上了八路军战士的衣服，凑在篝火旁。

“老狗，这你就不懂了，老天爷的心思咱们哪知道，兴许这是对咱们的考验，有句老话说得好，凡是干大事的，都得吃苦又累心……”王四六难得摆出一副教育家的架势，可就是知识水平不够高。

突然，岸边传来路子游的声音：“那叫天降大任于斯人也，必先苦其心志，劳其筋骨，饿其体肤。”

路子游与赵英秀登上了岸，王四六赶忙打招呼。

“你们快过来烤烤。子游，你说你，就为了个相机，你连命都能不要？”

“你为了二丫，不是也能上刀山下火海？”

“那不一样，二丫是人，这世上再没第二个二丫，可相机不一样，坏了再买再换就是。”

“说得简单，现在哪来的钱买相机，想我松江城路家大少，现在连买胶卷都成问题。”

路子游扭头看向赵英秀，眼中充满着柔情蜜意。

“谢谢你，赵队长，你又救了我一命。”

“相机泡了水，不会坏了吧？”

路子游不慌不忙打开相机包，从里面拿出相机，相机包里并没有多少水，但相机还是沾着湿气。

老狗起身，走到岸边，望着平静的江面，眉头紧锁。

黄桃看着老狗的背影，问道：“狗哥，你在想什么？”

“我在想，这本来是哺育我们的江水，却差点淹死了我们，不光这样，这江水还吃掉了坦克。”

老狗叹一口气，愁容满面：“要怎么样才能把坦克给捞上来呢？”

赵英秀若有所思，转身朝泥鳅招手，泥鳅快步跑来。

“去找够长够粗够结实的绳子，能找到多少找多少。”

“拿来做啥？”

赵英秀豪气冲天：“闹龙宫，捞坦克！”

众人一怔，看向赵英秀，老狗更是眼中充满感激，赵英秀笑着，头发湿答答，路子游使劲甩甩相机，对准赵英秀拍下一张照片。

不知道是不是天公作美，本来湍急的河流，此时竟平静下来。岸边，八路军战士们拽着十几根拳头粗的绳子，绳子另外一头已经固定在坦克上。

赵英秀看向泥鳅：“绳子拴好了吗？”

泥鳅点点头：“拴好了。”

“苟团长，泥鳅下水看过，坦克陷得不深，要不然连坦克带着淤泥，重量太大，我们根本拉不动。现在绳子拴好了，我们可以开始了。”

黄桃有些怀疑：“能行吗？我听老齐说过，这坦克足足有十三吨重！十三吨！”

老狗点头：“一定可以。赵队长，我们听你安排。”

赵英秀点点头，喊向在场的几十人：“同志们，等会儿听我口号，大家同时使劲，听到没有？”

八路军战士齐声回答：“听到了！”

老狗、黄桃、路子游、王四六、赵英秀、泥鳅以及八路军战士有序地排成几列，每个人都紧紧攥着绳子，憋足了劲，场面蔚为壮观。

“一，二，三，使劲！”

赵英秀一声大喊，所有人咬牙使劲，王四六更是站在最后，将绳子拴在身后，用尽吃奶的劲往后扯。

“动了！动了！同志们，坚持住，再使把劲！”

数条粗绳捆绑着坦克，坦克有所松动，渐渐离开江底，掀起的淤泥在江水中弥散。坦克竟然真的被他们打捞了出来，但是被炮弹击中的那个大洞赫然在目，路子游绕着坦克转了一圈，不住摇头。

路子游叹气：“不光油箱没油了，履带也断了，发动机泡了水，不知道还能不能工作。”

黄桃不明白：“什么意思？”

老狗一脸失望：“也就是说，费了这么大力气打捞上来的铁家伙，变成了一堆不会动的废铁。”

王四六也彻底傻眼了：“没了坦克，咱们咋办？”

黄桃数落王四六：“坐惯了带轮子的，你还不会走道了？”

“我是说坦克把咱们拴在一起，现在没坦克了，咱们几个还有必要拴在一起吗？”

王四六欲言又止，黄桃扭头看向老狗，老狗眼睛通红，低着头想着什么。

赵英秀正跟泥鳅交代着事情，老狗喊向赵英秀。

“赵队长，能不能借我三匹马？”

“干什么？”

赵英秀一脸疑惑，黄桃等人也是一头雾水。

“我有负重托，坦克毁了，护送他们的计划行不通了，给他们每人一匹马，从此各走各的路吧。”

黄桃急了：“狗哥，你连鬼门关都见识过，现在这是怎么了？有困难我们可以一起想办法。”

老狗垂头丧气：“还能有什么办法。”

“他们谁想走谁走，反正我不走，我跟定你了。”

路子游也一副无赖样子：“我也不走，我爸临死之前把我托付给你，你想当甩手掌柜，那可不行。”

黄桃与路子游看向王四六，王四六面露难色，不敢直视两人的眼睛。

王四六重重吐出心声：“你们可以不走，俺必须走，俺跟二丫约好了年三十成亲，俺要是再耽搁，就误了日子了。赵队长，能不能先借俺一匹马？俺成了亲，一定给你送回来，俺王四六说到做到。”

赵英秀看一眼老狗，老狗没说什么。

赵英秀说：“你骑泥鳅的马吧。”

“谢谢赵队长。”

王四六看一眼老狗三人，低着头快步走开，直奔泥鳅，泥鳅攥着缰绳，不肯交给王四六。

赵英秀沉声：“泥鳅！”

军令如山，泥鳅将缰绳交给王四六，王四六翻身上马。

路子游瞪着王四六，既生气又不舍。

路子游冲着王四六大喊一声：“你就这么走了？不说点什么？”

“还说啥呀？”

“说你不想走，说你会想我们，说再见。”

“俺不说再见，说了就再也见不着了，俺也不说想你们，因为开了这个口，俺就知道俺走不了了，可是二丫还在家里等着俺，跟她成亲是俺这辈子最重要的事，俺必须走！”

王四六强忍着眼泪，一时间，几人之间弥漫着悲伤的气氛。

老狗长出一口气，勉强挤出一个笑容：“让四六走吧。四六，替我们多喝几杯喜酒。”

王四六深吸口气，催马前行，目光中透着决绝。

“驾！”话音落下，马站着不动，王四六用力夹马肚子，马扬蹄嘶鸣，王四六一下从马上跌落摔在地上。

老狗、黄桃、路子游急忙跑过去，将王四六扶着坐起来，王四六突然抱头痛哭起来。

“俺就是想回家，咋这么难？”

黄桃蹲下来，安慰着王四六：“这匹马不行，还有另外的马，骑马骑不了，也没关系，你还有这双腿。只要你心里有方向，怎么样都能到家，你们说是不是？”

路子游与老狗附和着，王四六擦干眼泪，使劲点了点头。

赵英秀突然开口：“其实这坦克也不是无药可救，修一修应该还可以走。”

“谁会修啊？除了老齐，我不认识第二个会修坦克的人。”路子游说完，见赵英秀脸上还挂着微笑，突然猜到什么，“你是说，老齐回来了？”

赵英秀点点头：“不然你们以为我是怎么知道你们会遇险的？”

此话一出，王四六擦掉眼泪也不哭了，与黄桃、路子游面面相觑，他们一齐望向老狗，老狗的脸一下子拉了下来。

当老狗等人赶回来的时候，齐大昭正站在小栓子墓碑前。听到身后的脚步声，齐大昭朝着小栓子的墓碑鞠了一躬，然后转过身来，看着对面的老狗等人。

见老狗脸色又要发作，齐大昭抢先说：“老狗，我想请你等我先说完，再对我进行审判。我确实不叫齐大昭，我本名叫周礼。齐大昭是我在国立交通大学的老师，教授的专业是动力工程与工程热物理，老师看出我在专业上的潜力，一心想要栽培我。毕业以后在老师的力荐下，我得以留校任教，老师希望我能够做他的接班人，可我还是辜负了他。我秘密加入了共产党，可老师是无党派人士，偏执地认为一旦有了政党倾向，心思就跑了，在这一点上我跟老师有着强烈的分歧。”

众人吃了一惊，赵英秀更是目光无法从齐大昭身上移开。

“你向我坦白你不是齐大昭，但你没说你是我们的同志。你为什么不早点说？”

齐大昭歉意地说：“对不起，赵队长，我也是身不由己，我之所以瞒着你们所有人，是因为我身上带着一份十分重要的机密文件，也正因这份文件，日本人才会不惜一切追着我们不放。”

黄桃突然想起什么：“让我猜猜，那份文件跟坦克有关？”

齐大昭点点头：“是的。这要从半年前说起……半年前国民党政府需要派遣四名专家前往德国，监管并押运新的一批武器以充实德械师的装备，因受合约的限制，专家必须伪装成一般押运人员，其实国民政府的目的是让专家暗中偷学德国技术，我的老师推荐我作为四人之一前往德国。在德国期间，我见识到了德国人制造枪械的先进与严谨，备受震撼的同时，我无意间撞见了德国坦克的研发过程。我长了心思，故意与德国人员搞好关系，暗中将坦克公式记在脑中。回国以后，我将公式绘制成图纸，并将这件事告诉给了老师，老师一生洁身自好，他对于我窃取他人成果的行为十分生气，甚至表示后悔收了我这个学生，可我却觉得，国将不国，中国人必须制造出属于自己的坦克，才能抵抗外来入侵，哪怕是用一种令人不齿的方式。”

齐大昭回忆着往昔，情绪随之起伏，老狗等人认真聆听。

齐大昭接着说：“谁知道，这件事很快向糟糕的方向发展，也不知道怎么回事，新式坦克公式泄露的消息传到了日本军方那里，他们通过特高课找上门来，将掌握新式坦克公式的嫌疑人锁定在我们四名派遣专家身上。他们并非想帮助他们的盟友德国，而是要将这些机密占为己有。”

王四六呸了一口：“鬼子真不要脸，啥都要揣进自己兜里。”

路子游好奇地追问：“老齐，之后发生了什么？”

“不久，另外三名专家一夜之间不知所踪，我意识到出事了，收拾东西准备逃走，结果还是被抓了起来。这时候一个名叫吉田正一的日本人出现了，他是日本方面的坦克专家，这个人看起来文质彬彬，但其实他就是个不折不扣的疯子。”

老狗眉头不展，回想着那个把他们坦克击坏的疯子，吉田正一？

齐大昭继续讲述着自己的故事。

“吉田正一为了逼问坦克公式，对我们四个人严刑拷打，看着三个无辜的人因为我而接受酷刑，我真是于心不忍，可一旦说出了口，日本人研制出新式坦克，对于我们脚下这片土地来说，将是更大的灾难。

“当时我已经做好了死的准备，可老师齐大昭主动找到特高课，跟吉田正一说他们抓错了人，他才是周礼。老师一生没有撒过谎，可为了我，他撒了谎，他将自己绘制的假图纸交给吉田正一，我因此得救了，而老师却再也没能出来。吉田正一很快识破了老师的假身份和假图纸，残忍地杀害了他。”

齐大昭眼中含泪，他摘下眼镜，拆掉眼镜腿，从里面抽出一张很薄的卷纸，齐大昭小心翼翼将卷纸展开，是一张只有用放大镜才能看清楚的图纸。

“这就是那张将我们置于危险境地的图纸。从吉田正一手里逃出来以后，我试图联系上海的地下党，但当时日军已经在金山卫登陆，形势一片混乱，我联系不上任何人，只有一个紧急联络号码。我想离开上海去山东，可没跑多远，就被万成千抓住了。之后我遇见了老狗和子游，再后来是四六，还有那辆坦克，大家正好都往北走，鉴于当时我腿上还有枪伤，于是决定跟你们一起走。也是出于安全的考虑，我用了恩师的名字掩护自己。”

路子游不解地问：“老齐，你藏着坦克图纸，为什么要去山东？”

“在山东青岛的崂山地区藏着十几座大大小小的兵工厂，他们能制造步枪，但是面对缴获来的日军废旧坦克，却因为没有一个兵工厂有坦克技术，不会改造也不懂维修，从而错失了用坦克打敌人的机会。为了在战场上能跟日本鬼子掰手腕，我想带着图纸去那里的兵工厂，开一个坦克修理班，教大家制造与修理坦克。”

路子游又问：“你不觉得制造坦克，是天方夜谭吗？”

“是，我们国家目前的重工业不发达，制造坦克的想法会遭到质疑，可在我看来，人没什么，都不能没有希望，不能因为难，就轻言放弃。我相信在不久的将来，我们的国家会有属于自己的坦克，即便不在山东，也会在河北、陕西、东北，只要我们的血是热的，就一定能行！”

齐大昭的话激励着在场所有人，唯独老狗依然一副闷闷不乐的样子。

齐大昭看向老狗："如果你还是不肯相信我，有一个人可以证明我说的话。"

齐大昭站在柴火房门口，向老狗等人打着手势，示意众人安静，从门口往里看去，万成千被反绑着手脚蒙着眼睛，靠着墙角坐着。

老狗看到万成千，有些意外，齐大昭摆摆手，众人轻步离开柴火房。

齐大昭看向老狗："万成千，你还记得他吧？"

"我记得，他一路都在找你的麻烦。"

"事实证明，他不是军统方面的人，他早就成了吉田正一的走狗。"

老狗瞳孔一缩："他是汉奸？"

赵英秀在一旁插话："这一点我可以作证，在白沙城想要抓我的人，就是这个男人。"

"那我当初问你到底是谁的时候，你为什么不说实话？"

齐大昭缓缓低下头："因为愧疚。你们待我如亲人，对我越好，我心里越愧疚，特别是小栓子，如果不是因为我，他或许还活着。我是一个炸弹，只要我在，只要图纸在，你们随时都会有危险。"

"你这话什么意思？以为我们怕了吗？"

老狗瞪一眼齐大昭，转身离开，黄桃追了过去，路子游、王四六、赵英秀站在齐大昭身边，路子游安慰地拍了拍齐大昭。

床上，路子游与王四六都睡了，老狗一个人坐在桌前，看着油灯发呆。他耳边一直回响齐大昭的话。

突然，屋外传来咳嗽声，老狗回过神来，起身走出屋子，看见齐大昭正坐在院内，他一手拿着一根烟，另一只手扇着烟雾。

齐大昭见老狗出来，强忍住咳嗽，老狗一把抢过他手里的烟，丢在地上踩灭。

"不会抽烟，就别瞎抽。"

"是啊，教书的时候我也最烦不懂装懂的学生。"

齐大昭苦笑着，老狗在齐大昭身边坐下，齐大昭一愣，老狗抬头望着空中的月亮。

"两个多月前，我给你取出腿中的子弹，你问过我一句话，你还记得吗？"

齐大昭摇摇头："我问过你太多问题，记不起来了。"

"你问我如果你的上级向你下达错误的指令，你是不是也会毫不犹豫地执行？我当时回答，军人的天职就是服从，哪怕是错的，也要去做。"

"你这么一说，我有点印象。我之后好像说，就因为你这样，才死了那么多好兄弟。你一听就火了，眼睛瞪得老大，恨不得立即挥拳教训我。”

“我到现在也没觉得我那么回答有什么错，军人如果不服从命令，那还叫什么军人！可我真的不想再看到有我认识的人死去，那是一种钻心的疼，能活活把人疼死。”

“我何尝不是这么想呢，所以我才不惜瞒着大家，一心想把图纸送到安全的地方。等我们也有了坦克，鬼子就不敢这么嚣张了。”

此时，路子游与王四六扒着窗户挤着脑袋看向外面，老狗与齐大昭的关系不再紧张，又像以往那样，一块笑着。

“那我们以后叫你什么？周礼？”

“还是叫我齐大昭吧，习惯了，而且每次听到这个名字，都会提醒我，莫忘师恩。”

“刚说你文绉绉，又来了。”

话音未落，路子游一把将窗户推开，喜悦地看着两人：“你们和好了？”

老狗佯装恼怒：“臭小子，王四六，你们不是在睡觉吗？”

路子游反倒埋怨起来：“还说呢，不都是被你们聊家国情怀给吵醒的？”

王四六在一旁提议：“老狗，你们和好了，好歹就握个手，意思意思。”

路子游也跟着起哄：握手！握手！握手！

“好了，别喊了，再把黄桃吵醒了。”

老狗站起身，向齐大昭伸出手，齐大昭也起身，站在老狗对面。

“对不住了，老齐。”

“该道歉的人是我。我觉得我有必要重新介绍一下自己，本人原名周礼，现名齐大昭，我是一名共产党员。”

两人的手紧紧握在一起。

吉田正一走进司令部，白鸟介满面春风主动迎接。

白鸟介哈哈大笑，说：“吉田君，我听说荀彦武等人随同他们的坦克掉进了江里，是真的吗？”

吉田正一一脸得意地说：“是的，这几个中国人再也不会出来捣乱了。”

“吉田君，你立了大功！可是齐大昭呢，他也死了吗？吉田君不是说过，齐大昭手上有着至关重要的坦克图纸，用图纸上的公式研制出来的新型坦克将征服整个东亚。齐大昭要是也死了，那图纸从何而来？”

白鸟介脸上的笑容消失，冷冷看着吉田正一。

“大佐不必担心，我已经拿到图纸了。”

“哦？你拿到了？在哪里？”

“图纸已经销毁，公式我记在脑子里了，这样更安全，不是吗？一直忘了告诉大佐，其实齐大昭并不叫齐大昭，当然这些已经不重要了。”

吉田正一脸上保持着微笑，看起来很从容，白鸟介笑着点了点头，眼神中却充满着不信任。

宴客厅，榻榻米上摆着两排小桌子，桌上摆放着日本酒菜。

白鸟介对面坐着吉田正一，山岛静夫在白鸟介一旁，马三金坐在山岛静夫对面。

白鸟介端起酒杯，甚为庄重。

“让我们祝贺吉田君，此次将苟彦武一伙全部消灭。干杯。”

马三金赔着笑，与白鸟介、山岛静夫、吉田正一一起碰杯。

白鸟介说：“吉田君，你想要什么奖励，随便提。”

“多谢大佐，奖励就不必了。只不过我急需的坦克零件，是否快到了？”

“你放心，我已经打过电话，还是按照上次的方式用火车运来。万队长怎么没有来？马副队长，你每天与万队长在一起，难道他没有接到我的通知吗？”

马三金如实说：“大佐，实不相瞒，别说你，我也好几天没见到他了。”

白鸟介皱起眉：“有这种事？”

吉田正一假装回想起来：“忘了向大佐汇报，我派万队长去处理一些事情，他过两天就会回来。大佐，难得今天这么开心，我敬你。”

吉田正一与白鸟介碰杯，马三金为两人斟酒，随后端起酒杯看向吉田正一。

“我也敬您一杯，如果不是您出手，苟彦武这伙人肯定还不消停呢。我干了，您随意。”

马三金一副阿谀奉承的样子，喝完酒后，倒过来亮着空酒杯。

山岛静夫情绪低落，不顾酒席礼节，自己先喝了一杯，霸着酒壶又给自己倒上一杯。

“你怎么肯定他们死了？”

山岛静夫已经有些醉意，板着脸逼问吉田正一，吉田正一看一眼白鸟介，脸上保持着微笑。

“坦克沉入江中，他们不可能生还。”

山岛静夫沉声问：“你看到苟彦武的尸体了吗？你检查过他没有脉搏了吗？”

“山岛君，苟彦武他不是神，他是人，是人就会死，我确信他已经死了，不光他死了，他身边那些人也都死了。”

山岛静夫又喝了一杯酒，冷笑一声："苟彦武当然不是神，但他也不是人，他是鬼，他是让人做噩梦的鬼。他中了我的子弹都能活过来，你凭什么确信他会那么容易死掉？"

吉田正一摇摇头："我想我没必要跟你纠结这个问题，山岛君不放心的话，可以去江边看看，他们的坦克就沉在江底。"

"不可能，他不可能就这么死了。"

"我看山岛君完全是因为没有亲手杀了苟彦武而在嫉妒。"

山岛静夫站起身，瞪着吉田正一，两人针锋相对。

"我嫉妒你？你只是一个躲在铁皮里的懦夫！你被他们骗了，他们一定还活着！"

白鸟介面无表情，将筷子重重拍在桌上，马三金见势，急忙扶着山岛静夫。

"不好意思，大佐，他喝多了，我带他回去休息。你们继续，继续。"

马三金小声劝着山岛静夫，山岛静夫嘴里嘟囔着什么，马三金扶着他离开宴客厅。

白鸟介说："吉田君，不要让他扫了我们的雅兴，我们继续品尝美酒。"

白鸟介与吉田正一再次碰杯，吉田正一放下酒杯，脸上闪过一丝疑虑。

第十六章　起死回生

坦克团队重归于好之后，摆在他们面前最大的问题就是如何修好那个铁家伙。齐大昭给坦克做了个全身诊断，坦克除了要将车体恢复完整之外，履带断了，车轮需要复位，炮塔的手摇操控也坏了，还有水散热器、机油箱跟油箱都出了问题。最后给出药方：零件加铁匠。铁匠好寻，村子里就有一个专门的老铁匠，村里的乡亲们也都把家里废弃的铁器都拿了过来，熔化了给坦克补洞。

可是零件让大家犯了愁。就在众人愁眉不展的时候，小泥鳅带来了一个好消息。

老狗与齐大昭被赵英秀叫到会议室，两人撩开布帘，进入屋内，赵英秀与泥鳅正站在桌前。

赵英秀抬头看了两人一眼："你们来了，我们了解了一点新情况，可能对你们有用。泥鳅？"

泥鳅点点头，说："最近官厅火车站突然戒严，我打听了一下，之前有过一次类似的情况，上回是鬼子的火车运来坦克跟机械零件，不出意外的话，这一次也是这样。"

赵英秀笑着说："我听老齐提过，你们修坦克还缺零件，泥鳅汇报了这个情报，我立马想到你们。"

齐大昭十分激动："这个情报来得真是太及时了，你说呢，老狗？"

"我们缺什么，鬼子给我们送什么，这份大礼我们不能不要。"

老狗与齐大昭默契地相视一笑，泥鳅一惊，脑袋摇得像个拨浪鼓。

"你们打算劫鬼子的火车？不行不行，太危险了，火车站已经安排了重兵，听说白沙城鬼子的司令部还会派一队人马去接应。"

老狗神秘一笑："我没说要在火车站下手。"

赵英秀反应过来："苟团长的意思是在半路上下手？可是火车在高速运行之中，你们怎么上火车？怎么卸零件？又怎么躲过鬼子的看守呢？"

"具体计划还需要大家深入细致地一起商量。"

老狗再看齐大昭，齐大昭突然面露疑虑。

"怎么了，老齐？你有什么顾虑？"

齐大昭面色有些凝重："我疏忽了一件事，这件事比赵队长刚才所说的那些问题都要严重。"

齐大昭、老狗和赵英秀一起来到柴火房。万成千的手被绑在身后，墙面上有凸起的砖角，万成千在凸起处使劲磨着绳子，绳子已经磨出了毛边。

突然，外面传来脚步声，万成千立刻停下动作，老实地低下脑袋。

门打开，齐大昭与老狗走了进来，赵英秀站在门口，愤恨地瞪着万成千。

齐大昭揭下万成千的蒙眼布，万成千眯着眼适应着，当看到眼前的老狗与赵英秀后，万成千讪讪笑了。

"原来全都是老相识？苟团长，你没死啊？"

老狗冷笑一声："阎王爷不收我，可我听说，他想收你。"

"叫他来，老子不怕！老子饿了，老子要吃东西！"

万成千突然撒起泼来，齐大昭一把将他按在墙上。

"少不了你吃的，我问你，你多长时间向鬼子汇报一次情况？"

万成千恍然："我明白了，你们是害怕日本人发现我失踪了，对不对？我敢打赌，你们又在动歪心思了。"

"我劝你乖乖配合。快说，你多长时间汇报一次情况？"

"老子饿了，老子要吃东西。"

万成千极不配合，赵英秀拔出枪，大步走来，一枪抵住万成千的脑袋。

赵英秀厉声喝道："问你什么就回答什么，再答非所问，我就先给你吃颗子弹！"

赵英秀将手指放在扳机上，齐大昭摆摆手。

"赵队长，不要冲动。"

赵英秀咬着牙抉择着，最终放下枪，转身离开，齐大昭重新给万成千戴上蒙眼布，与老狗追了出去。

万成千奸笑着，一副小人得志的样子。

赵英秀跑到墙边，气得一掌打在墙上，齐大昭与老狗追了出来。

齐大昭说："赵队长，你平时是个很冷静的人，今天这是怎么了？"

赵英秀气得浑身发颤："我怎么了？我要问你们怎么了？这个汉奸杀了老林，

难道不该杀吗？”

“老齐留着他，肯定是有他的用处。”

“当初老齐押着这个汉奸回来，无非是为了证明他的身份，现在大家说开了，知道了老齐的秘密，留着这个汉奸还有什么用？”

“赵队长，我理解你的感受，可现在真的不是报仇的时候。如果因为万成千的失踪，引起鬼子的警惕，在火车上设下埋伏，那我们这次的计划岂不是自投罗网？”

“你没看见他那副死不开口的样子吗？你问他的问题，他是不会说的。”

齐大昭笑了笑：“每个人都有弱点，只要找到他的弱点，他就会开口。”

“那要到什么时候？别忘了，鬼子的火车还有不到三天就到了。”

保荣堂内，马三金穿上长衫，扮成掌柜，装模作样在柜台后打着算盘。此时，有人进入保荣堂，马三金头也不抬地应付着。

“今天药铺休息，改天再来。”

话音未落，脚步声却越来越近，马三金想要发火，抬头一看来者是吉田正一，立马换成笑脸。

“是太君，我还以为臭老百姓来抓药呢，什么风把您吹来了？太君，您坐。”

马三金从柜台后走出来，用袖子掸着一旁椅子的灰尘，吉田正一摆了摆手，站着问话。

“马副队长，你最后一次见到万队长是什么时候？”

“您专程是为这事来的？您叫底下人吱一声，我去找您汇报不就行了。”

吉田正一面无表情，马三金意识到自己话多了，忙歪着脑袋回忆。

“最后一次见万队长，是在醉仙楼，我们俩去吃饭，我那天肚子疼，先去茅厕方便，出来的时候他就不在了，那是我最后一次见他，应该是初十那天，也就是十三号。”

“十三号？怎么这么巧？”

“什么这么巧？”

“十三号也是我消灭苟彦武一伙的日子。万队长那天有什么特别的地方吗？”

“也没什么特别的，跟往常一样，不过那天他心思特别重，说好像看见了齐大昭。”

“齐大昭？”

马三金也觉得有些奇怪：“不过他后来又说眼花了。想想也不可能啊，太君那天不是把齐大昭杀了吗？难不成看见的是齐大昭的鬼魂？太君，我记得您跟大佐说，是您派他执行任务去了，怎么突然问我这些？”

“实话告诉你，万队长失踪了，就从你见他最后一面之后，再没人见过他。”

马三金大惊失色：“万队长失踪了？完了，万队长看见的真是齐大昭的鬼魂。黄桃也死了，她不会变成厉鬼也来找我索命吧？”

吉田正一瞪他一眼，转身走出保荣堂，马三金越想越怕，急忙跟了出去。

吉田正一正在向城门看守问话，马三金跟在身后。

“十三号那天你们有没有看见过万成千万队长？”

日军守卫回答：“十三号？万队长与一个戴眼镜的人一起出城了。”

“戴眼镜的人？”

吉田正一拿出齐大昭的画像，亮给日军守卫。

“是不是这个人？”

日军守卫忙不迭地点头。

“这个人是通缉犯，难道你认不出来吗？滚！”

吉田正一发起火来，日军守卫吓得面如土灰，敬礼，离开。

马三金却拍拍胸脯，长嘘口气，“原来真是齐大昭，不是鬼就好，不是鬼就好。”

吉田正一没好气地回答：“好什么，如果那天齐大昭劫持了万成千，那么说明我与苟彦武交战的时候，齐大昭就不在坦克里面！我说他们怎么没有还手之力！”

吉田正一看着手里的画像，一把撕个粉碎，耳边回响起山岛静夫的话。

“你被他们骗了，他们一定还活着！”

吉田正一站在江边，望着江水，马三金冷得直哆嗦，拿着军大衣往吉田正一身上披。

此时，日本兵又上了岸，吉田正一迫不及待上前，军大衣掉在地上，马三金重新捡起。

吉田正一听到士兵的回报，心渐渐沉下去。坦克不在！石头不在！

没有尸体，没有坦克，只剩下一种可能。

吉田正一不敢相信，却又不得不相信。

他们真的还活着！

东里村外，黄桃挎着篮子来送饭，只见老狗、齐大昭、路子游、王四六并排站在坦克前一动不动。

黄桃打趣道：“你们怎么了？是不是干活儿不利落，被崔老伯罚站呢？”

四个人你看我我看你，笑着不说话，黄桃急得直跺脚。

“到底怎么了？”

老狗四人慢慢闪开，只见坦克车体上的大洞已经补好了，黄桃顿时雀跃起来。

“这么快就补好了？”

老狗哈哈一笑：“就这样四六还嫌慢呢。”

路子游看向齐大昭：“车体补好了，下一步该修哪儿了？”

齐大昭沉吟着说：“下一步至为关键，我要向鬼子借一些坦克零件。”

王四六直愣愣地问：“朝鬼子借？鬼子肯吗？”

黄桃扑哧一下笑出声来：“王四六，你是不是抡大锤把脑子抡坏了？老齐说借，其实就是偷。”

“现在我们需要制订一个详尽的计划，神不知鬼不觉将零件弄到手。”

此时，赵英秀快步走来。

赵英秀一脸肃然：“出事了，今天有乡亲经过江边，发现吉田正一派人打捞尸体，他应该发现了你们没有死。”

老狗与齐大昭对视一眼，都很惊讶。

路子游哀号：“完了，计划还没开始就泡汤了。”

夜晚，老狗、齐大昭、黄桃、王四六、路子游或站或坐，全都愁眉不展，长吁短叹。

王四六还是不明白：“俺琢磨不透，咱又没告诉鬼子要去偷零件，计划咋就泡汤了？”

路子游替王四六做解答：“鬼子在江底没有捞出尸体，说明咱们还活着，鬼子也不会捞出坦克，说明坦克被我们捞上来了，咱们的坦克损失惨重，照常理应该放弃不要，既然捞上来，且没有丢弃在江边，说明咱们哪怕大修，也要留着坦克。”

黄桃脸上闪过一丝隐忧：“吉田正一不是坦克专家吗？修坦克的本事说不定比老齐还强，坦克坏成这样，势必需要更换零件，这么一来，他们就会警惕咱们对运输零件的火车下手，很有可能会加派看护，或者干脆叫停这趟火车。”

王四六垂头丧气：“哦，要这么说，那计划还真就泡汤了。”

“这几天也没白过，跟崔老伯学了铁匠的手艺，以后不打仗了也有个混饭的营生。要说打铁，还真有不少门道，铁夹得把烧红的铁器夹紧，死死摁在砧子上，不然铁器容易卷口……”

齐大昭突然眼前一亮，蓦地一笑：“对啊，摁住不松手，不就不会卷口了吗？”说完高兴地拍着老狗的肩膀，老狗一头雾水。

昏黑的柴火房，只有照射进来的月光，万成千坐在墙角，继续磨绳子，绳子已经磨掉了一半。

突然，门打开，万成千急忙停下，警觉地看了看："谁？"

话音未落，一只手用布条塞住万成千的嘴，随后一把将万成千揪起，往外拽着。万成千被推着进入树林，万成千呜呜地发出沉闷的声音，一只手将布条从他嘴里抽出来，蒙眼布被摘下，借着月光，万成千看清楚对方的面孔，赵英秀脸上透着一股杀气。

"你怎么猜到是我？"

"咱们走了三个时辰的路，很明显你是不想让人发现。"

"他们不让我杀你，我有什么办法，只能悄悄做了你。"

赵英秀拔出枪，对准万成千,万成千连忙往回退，赵英秀一步步跟着。

万成千往后退到一棵树前，连连哀求："求求你，别杀我，我不想死。"

"你不是口口声声说不怕死吗？那会的狂傲哪去了，现在知道怕了？"

万成千不住哀求，手背在身后，却在暗中磨绳子，赵英秀举枪对准万成千的脑门，手放在扳机上。

"告诉你，我不光要杀了你，明天晚上我们会夜袭鬼子司令部，把白沙城的鬼子全部杀光！你在黄泉路上也就不会孤单了！"

赵英秀正准备开枪，突然间，绳子磨开了，万成千上手将赵英秀举枪的手臂打开，顺势将赵英秀踹倒，拔腿就跑。赵英秀倒在地上捂着腹部，挣扎着站起身，万成千已经消失不见。

白沙城大街上，日军汽车行驶在路上，吉田正一坐在后排，马三金坐在他旁边。

"太君，既然老狗他们还活着，咱们是不是要把这件事告诉大佐？"

"万万不可。这件事是你我之间的秘密。"

"能跟太君共享秘密，是马某的荣幸。"

马三金一脸谄媚，帮着吉田正一捡着军大衣上的脏东西。

汽车突然刹停，吉田正一扶着前座，才避免撞到头。

马三金怒骂了一声，赶紧看向吉田正一，只见吉田正一瞪大了眼睛望向前方，马三金跟着望去，万成千正拦在车前。

醉仙楼，万成千狼吞虎咽吃饭。马三金惺惺作态："万队长，你不知道你失踪了，我跟太君有多担心？"

万成千看着马三金，一阵嫌弃："你怎么会在这里？"

吉田正一正声回答："是我叫马副队长来协助我的。到底发生了什么事？这些天你去了哪里？”

万成千囫囵咽下东西，喝了一口水，将事情经过说了一遍。

吉田正一问：“他们老窝在哪里？”

万成千摇摇头：“我被蒙着眼睛，不知道具体是什么地方。”

吉田正一继续问：“你在那里还发现其他人了吗？”

“齐大昭、女共党还有那个苟彦武，他们都在！”

吉田正一喃喃：“他们果然还活着！”

万成千觉得奇怪，太君不是在江边设好埋伏了吗？为什么他们可以死里逃生？

吉田正一脸色变得难看，没有回答。

此时，马三金在一边挤眉弄眼，示意吉田正一过来，两人走到一旁。

马三金压低声音：“太君，苟彦武多厉害不用我提醒您了吧，您亲自出马，都被他逃走了。万队长比您，那可差了多了，连齐大昭都能把他劫持，他怎么可能从苟彦武手里逃出来呢？”

“你的意思是……”

“万队长该不会已经成了他们的人了吧？”

吉田正一看了一眼正在狼吞虎咽的万成千，若有所思。

吉田正一和马三金重新回到座位，吉田正一试探性地发问。

“你再好好想想，你被关押的地方有什么特别之处？”

万成千摇摇头：“就是一个柴火房，没啥特别的。”

吉田正一循循善诱：“如果能找到他们的藏身地点，就能把他们一举歼灭，这可是大功一件。”

“我真的不知道他们藏在什么地方，我要知道，早就告诉您了。”

万成千要喝水，吉田正一一把将杯盖盖上，万成千一愣。

“你做特工这么久，即便被人蒙了眼睛，靠心算和脑子也能知道大致范围，我看你不是不知道，是不肯说，既然如此，就别怪我不念旧情了！”

被带到白沙城司令部刑讯室内的万成千，吊在房梁上，身上都是被拷打的伤痕，日本兵拿着鞭子站在一旁，马三金背着手审着万成千。

马三金狞笑：“你说不说！”

万成千一脸委屈，苦苦哀求着。

“别打了，我真的不知道。那天一出城我就被齐大昭蒙上了眼，我本有意心算时间和距离，谁知道齐大昭故意带着我绕路，后来把我绕迷糊了。”

马三金在一旁挖苦，冷嘲热讽，吉田正一坐在桌子后面，冷眼旁观。

“看来姓苟的他们待你不薄啊，都这样了，你还嘴硬。”

“你不要血口喷人，我对皇军忠心耿耿，怎么可能投靠他们？”

马三金将剪子交给日本兵，自己上手脱去万成千的袜子，看着脚趾，做出选择状。

“小拇指吧！”

万成千惊慌失措：“你干什么！马三金，你个王八蛋！太君，我真的没有背叛你们，我一个字都没跟他们说！”

“真的吗？”

马三金看一眼日本兵，日本兵抓住万成千的小拇指，一刀剪了下去，顿时鲜血四溅。

万成千发出剧烈的惨叫，痛苦不堪。

马三金发出一声怪笑：“现在，是不是想起什么来了？”

“我……我想起来了，那个女共党要杀我的时候，不小心说漏了嘴，他们打算今天晚上夜袭司令部，集中全部人马来攻打白沙城。”

吉田正一猛地站起身，一脸震惊。

吉田正一沉着脸从刑讯室走出来，马三金紧跟其后。

“太君，苟彦武还活着的消息，不能再瞒了，等他们晚上一露面，就全露馅了。”

见吉田正一不说话，马三金继续劝着。

“一旦让大佐知道您知情不报，后果会更加严重。您想想，是让大佐自己发现，还是我们提前说好？”

吉田正一咬牙抉择，最后艰难点头。

“走，跟我去见大佐。”

吉田正一和马三金快步离开。

山岛静夫从院子角落拐出来，远远地望着离去的两人，快步跟了上去。

白鸟介怒火冲天，愤怒地拍桌子，“你说什么？他们居然活着！你不是说，你已经杀死他们了吗？”

“对不起，大佐，都怪我求功心切，没有做细致的检查。”

白鸟介冷冷地说：“那你说的图纸，其实也根本没有拿到手，是吧？”

吉田正一一愣，缓缓低下头：“是。”

“你这是欺骗！吉田君，你好大的胆子！”

白鸟介怒火更盛，吉田正一头垂得更低。

“大佐，这些都是我的错，我愿一人承担，但目前最重要的是应对晚上的夜袭，我们不能没有防备。等这一切结束以后，我愿向大佐请罪。”

白鸟介坐回椅子上，沉默片刻，而后抬头看向山岛静夫。

“山岛君，这次行动由你来负责。”

吉田正一面露急色：“大佐，我愿意戴罪立功，请给我一次机会。”

“不用说了，我已经决定了。山岛君，事不宜迟，即刻布兵，传令下去，一切照常运作，不能让他们发现我们已经知道了他们的计划。”

山岛静夫立正，敬礼，声音干脆而有力。

野外，火车呼啸而来，火车司机突然发现前方铁轨上横着一棵大树，货车司机紧急制动，车轮与铁轨发出尖锐的摩擦声，在碰到大树前停下。

火车司机跳下火车，嘴里骂着脏话，转身叫来日本兵帮忙。

火车上跳下几个日本兵，与火车司机合力抬走躺在铁轨上的大树。

空旷的野外，四周空无一物，铁轨两旁杂草丛生，冷风吹来，草堆摇摆，发出窸窸窣窣的声音。

突然，四个人影一闪而过。

火车司机隐隐察觉，猛地转过身，警惕地四下看着，并没有人。

火车上，在车厢过道，四道身影影影绰绰，正是老狗、齐大昭、王四六、路子游。

老狗兴奋地说：“火车照常运行，看来鬼子上当了。”

齐大昭点点头：“赵队长要居首功，主要是她演技好。”

原来，万成千的出逃本身就是计划的一部分，利用赵英秀放出去的假消息，把日军所有的兵力牵制在司令部，而运输零件的火车自然就防守薄弱。

大树被抬走，火车重新开动。

老狗一打手势，四人一齐往前。

此时，厕所里传来声音，厕所门打开，是一个日本兵，老狗一把将他重新推进厕所，齐大昭闪身进去，路子游与王四六在外面放风。

厕所内，老狗牢牢控制住日本兵，齐大昭在一旁用日语问话。

“这趟火车是不是装有坦克和坦克零件？”

日本兵不开口，老狗拔出马掌刀架在他的脖子上，日本兵这才点点头。

“在什么位置？”

“往后走，五号车厢。”

话音未落，老狗一拳将日本兵打晕。

厕所外传来敲门声。

路子游低声说："好了没有？有情况。"

老狗打开厕所门，左右看了两眼，并没有发现日本兵，不解地问："哪里有情况？"

路子游无奈地笑了笑："不是鬼子有情况，是王四六有情况。"

王四六捂着裆部，一副尿急的样子："俺头一回干这种事，紧张！"

老狗摇摇头，与齐大昭走出厕所，王四六急忙进入厕所，一看倒在地上的日本兵，将他挪开了点，解开裤子方便，脸上露出惬意的憨笑。

老狗四人往车厢后面走去，突然打开一个车厢，老狗怔住了：只见车厢坐满了日本兵，他们每个人都搂着枪，都在睡觉。

王四六小声询问："这可咋办？"

老狗小声回答："我们要的东西在后面，只能穿过去！不要出声！"

老狗打着手势，走在最前，齐大昭跟在身后，路子游排在第三位，王四六落在最后。

老狗慢慢往前，不敢发出一点声音，王四六跟在最后，脑门不住冒汗。

四个人每走一步都那么艰难，一旦有日本兵醒来，他们就会被发现。

老狗正走着，火车一个颠簸，日本兵的一杆枪要倒了，老狗一个箭步将枪稳稳拿住，重新放好。

正当他以为安全了的时候，靠边坐着的日本兵一扭头，正靠在老狗腿上，日本兵睡得舒坦，老狗却不能动了。

四人队伍就这么停在了车厢正中。

老狗深吸口气，轻轻推着日本兵的脑袋往另外一边偏去，路子游与齐大昭看得心惊肉跳，王四六索性闭上了眼睛。日本兵扭过头继续睡觉，老狗向身后示意，继续往前。老狗他们暂时到了安全地带，全都长出一口气。

齐大昭看向老狗："要想到达五号车厢，还有经过三节车厢，这中间不知道还会发生什么状况，我们得另想办法。"

老狗皱着眉头，观察着四周，最终将目光落在车顶上。

黄桃焦急地望着火车来的方向，赵英秀带领着几名八路军战士躲在树林，好几匹马拴在树上。

黄桃着急地转来转去："火车怎么还不来？"

"别着急，应该快了。"说完，赵英秀转身向八路军战士下达指令，"同志们，等会儿火车一来，我们骑上马，尽量保持与火车同样的速度，接应他们卸下零件，一定要保证零件完好无损，记住了吗？"

“记住了！”

老狗、路子游、齐大昭、王四六爬到火车顶上，火车快速顶着强风前行。

老狗定睛一看说：“前面就是五号车厢了。”

车厢内，有日本兵在厕所抽烟，听到车顶上的脚步声，打开窗户探出头观望。

老狗一打手势，四个人全部趴下，屏住呼吸。

日本兵什么也看不到，将烟丢出窗外，离开了厕所。

老狗重新起身，四人继续往前。

两人车厢之间，有着一米多的空隙，老狗一步跳了过去，齐大昭与路子游也跟着跳了过去。

王四六落在最后，老狗三人朝王四六招手，王四六一鼓作气，助跑跳跃，结果猛一使劲，脚下打滑，身体失去平衡，眼看要落入铁道之间。老狗一把拽住王四六的衣领，齐大昭与路子游急忙来帮忙，两人一人一边拽住王四六的胳膊。

一个日本兵从睡梦中迷迷糊糊醒来，发现远处两节车厢之间有两条腿在晃动，急忙揉了揉眼睛，再看去的时候，老狗三人已经将王四六拉了上去。

老狗四人来到五号货厢车顶，老狗做着手势，齐大昭、路子游与王四六根据手势，一人抓着一人，最前头的王四六抓着老狗的脚，老狗倒栽着，准备去开货厢门。

老狗透过车门缝隙往内看，发现里面还是睡觉的日本兵，老狗一怔，停下开门的动作。

老狗急忙打着往上的手势，老狗被拉了回来。

齐大昭忙问：“怎么了？”

“那个日本兵骗了我们，零件不在这节车厢。”

路子游傻眼了：“不在这里，那在哪里？我们不能每一节车厢都找吧？再找不到，会耽误黄桃他们接应的。”

齐大昭突然想到什么，说：“你们有没有发现火车停下的时候，只有一节车厢没有打开过门？”

老狗依稀记得，当火车慢慢停下时，客厢有日本兵探头出来观看，货厢也有日本兵拉开门来查看，只有八号车厢的门是紧紧关闭的。

老狗肯定地说：“八号车厢！”

八号货厢内，摆放着各种坦克零件，由三个日本兵进行看守。

突然，货厢外有人敲砸车门，三个日本兵面面相觑。

一个日本兵好奇地去开门，门一开，老狗趴在车顶一把揪住日本兵甲的脖领，致使日本兵双脚腾空，直接被老狗丢出火车。

老狗纵身跳进货厢内，为了不惊动火车上其他人，老狗选择用马掌刀解决战斗。两个日本兵被老狗毫无悬念地解决掉了。

齐大昭前来查看堆放着的零件，还发现了角落里日军准备的一些汽油，不由面露喜悦地说："太好了，这些全能用得上。"

老狗来到货厢门口，朝着树林吹了一声口哨。

很快，赵英秀等人骑马赶来，黄桃也骑马跟在后面，老狗朝着黄桃竖起大拇指，黄桃也竖着大拇指回应。

白沙城司令部外面静悄悄的，守卫的士兵竭力挺拔着身子，但脸上依旧挂着浓浓的疲惫之色。

司令部内，白鸟介眼圈泛黑，一脸倦色。

"都早上了，怎么连个人影都没出现？吉田君，你来告诉我这是怎么回事？"

"大佐，夜袭司令部的情报是万成千交代出来的，我也想不明白他们为什么没有出现，可能是变了主意，也说不定他们另有计划……"

白鸟介打断吉田正一，语带怒气。

"另有计划？什么计划？难道我堂堂司令部，要整天胆战心惊地提防着他们吗？你真是太令我失望了！"

吉田正一还想辩解，此时，突然电话铃响。

"官厅火车站……你说什么？"白鸟介突然提高音量，一副难以置信的样子。

白鸟介与吉田正一很快来到火车站，两人站在八号货厢前，货厢门打开着，里面空空如也。

白鸟介一脸震惊，几乎气绝，吉田正一也彻底傻眼了。

第十七章　终至枣庄

前面不足百里，就是山东枣庄地区。

一辆崭新的坦克，行进在路上，煞是威风。这自然就是老狗一行人了。

多亏了从日本人那里偷来了零件，用了不到十天的工夫，齐大昭就把这辆坦克由内而外进行了升级，不光更换了履带和水散热器，复位了车轮和炮塔的手摇操控，还调整了炮管仰角和备用油箱，增加了坦克的攻击能力和行驶距离。如今的铁家伙才称得上是名副其实的铁家伙。

坦克修好之后，很快就和赵英秀他们告别，离开了东里村。一开始大家总归有些不舍，但一想只要早些完成护送图纸的任务，说不定战争就会早一天结束，那时候的相聚不是更让人向往吗？

距离家乡越近，王四六越激动。他此刻坐在副驾驶位上，看着外面的路，情不自禁想要大喊起来。

齐大昭笑着问王四六："快到枣庄了，四六，高不高兴？"

"高兴，咋不高兴！俺恨不得长对翅膀，现在就飞回家去。"

黄桃捂嘴笑着："就你这体重，也得是对大翅膀。"

老狗突然想起什么，问："四六，你说你家在哪个村？"

"枣庄南边，庆阳村。"

路子游调侃着："咱们走了这么久，每天风餐露宿，这都到你的地界了，不得好好招待一下我们？"

"放心吧，要说吃的，俺们村那是一绝，短不了你的。回头俺让二丫给你摊个大煎饼，做两个二丫最拿手的菜——糖醋鲤鱼和小酥肉，再配上一碗糁汤，保证舒坦！"

黄桃数落两人："你俩就知道吃，四六，你有没有想过怎么娶二丫过门啊？"

王四六一听，更加兴奋，一边说，一边掰着手指头细数。

“当然想过，每天晚上做梦都要再想上好几遍。第一，张灯结彩，鞭炮锣鼓，八抬大轿，这些一个都不能少。第二，宴席标准也不能低，大鱼大肉，酒水管够。第三，俺还要让二丫穿上新做的花棉袄。”

黄桃说：“老听你说二丫二丫，二丫到底长啥样？”

王四六嘿嘿一笑，说：“反正比你好看。”

黄桃故作夸张：“比我好看？那岂不是天仙？哎，一朵鲜花插在你身上了。”

其他人都听出黄桃在逗王四六，唯独王四六没听出来，这令黄桃笑得更欢。

“你们都别打岔，刚才说怎么娶二丫过门，俺还没说完呢。在遇到你们之前，俺觉得刚才那些足够了，现在俺还需要一个重要的步骤，你们猜是啥？”

黄桃说：“胸口碎大石？”

路子游说：“空手接白刃？”

老狗摇摇头：“不对，男子汉，当然是要表现卓越的枪技，四六，我的枪到时候可以借给你！”

齐大昭笑着说：“我看是私房钱小金库，准备全部交公吧。”

大家捉弄着王四六,七嘴八舌，王四六在一旁越听越急。

“错了错了，你们都猜错了！俺在上海见人家外国人娶媳妇，没有三拜九叩，都在教堂里，有穿着黑衣服的人见证。”

路子游纠正王四六：“那是神父。”

“对，神父见证他们的爱情。俺不光要咱们中国的三拜九叩，俺也要有人见证，就是你们，你们愿不愿意当俺们爱情的见证人？”

众人听后一惊，迟迟不说话。

王四六以为大家不愿意，心里一咯噔：“咋了？不愿意？”

齐大昭郑重地看着王四六：“不，四六，我们会非常荣幸。”

“俺还要说那些浪漫的话，说那些酸得掉牙的话，俺要让二丫觉得她这段日子没白等，她四六哥虽然是个粗人，没啥文化，但会一心一意地对她好，俺要让她成为庆阳村最幸福的新娘子。”

王四六突然顿住，语气变弱，不确定地问：“你们说，俺这样硬装文化人，会不会显得太傻了？”

黄桃目光诚挚地看着王四六，语气认真地回答。

“王四六，我郑重地回答你，如果你这都算傻的话，我敢保证，全天下的女孩子都愿意嫁给你这样的傻人，二丫也不会例外。”

王四六听后，乐得眉开眼笑。

大家看着王四六幸福的样子，也都觉得喜滋滋的。

夜晚，生起篝火，老狗等人都已经睡下了。

王四六一个人守夜，看着腾腾的火焰，王四六不禁出神地憧憬开了婚后的幸福生活。火光映照着王四六的脸，王四六一脸幸福地傻笑着，不自觉地乐出了声。

一片落叶掉在王四六脸上，王四六惊醒，猛地从地上弹起，嘴里大喊了一声。

“二丫！”

王四六迷迷糊糊地揉了揉眼，才意识到自己在做梦，现在已经是白天了。

王四六四处看了看，黄桃蹲在一旁，熬好了粥，香气弥漫。老狗和齐大昭站在不远处，看样子是已经吃过了。

王四六一脸馋相，急忙凑过去，着急忙慌地盛上一碗，吸溜了一大口。

“跟俺家二丫比，手艺差了点。”

黄桃没好气地瞪了王四六一眼。

“那你还吃？”

“等到了俺们村，让二丫教你两手，这碗粥就当是见面礼了。”

王四六三下五除二喝完粥，放下碗，朝老狗和齐大昭走去。

“老狗，咱们什么时候上路？”

“再等等。”

王四六一听，有些着急，一脸不耐烦地催促着老狗。

“还等什么，俺跟你说，顺着这条路往前走上十几里地，什么时候看见一棵大枣树，那就到家了，还在这儿耽误啥工夫。”

老狗说：“我已经让子游去前面探查了，等他回来，我们视情况再做决定。”

王四六来回走着，急不可耐望着路子游回来的方向。

“有啥好探查的，要俺说，现在出发，在前面接上子游，天黑前到家，俺让二丫给你们做大煎饼。”

黄桃这时也走过来了：“驾驶员不在，怎么出发？”

“老齐不是也会开吗？老齐去开。”

齐大昭耐心地劝着：“四六，你不要着急，俗话说行百里者半九十，越到最后关头，越不能松懈。”

“什么九不九十的，眼瞅着就能睡上暖炕，吃上热饭了，你们硬是不走了，俺能不急嘛。”

老狗望见一个身影，是路子游。

“好了，别吵了，子游这不回来了吗？”

路子游急匆匆跑回来，双手叉腰，喘得上气不接下气。

“子游，前面是不是没情况？你看俺就说嘛，没情况，快走吧。”

王四六抢着话，恨不得立刻出发，路子游摆了摆手。

“谁说没情况？再往前五里地有个路口，鬼子在那儿设了关卡，过往的人都必须接受检查，没有良民证别想过去。我还看了，要想往前走，那是唯一的一条路。”

老狗等人面色严峻起来，王四六沉不住气了。

“咱们不是从火车上也偷来炮弹了吗？干脆一炮把关卡炸了，俺们直接闯过去。”

老狗摇摇头，一口否决。

“不行，据我所知，日军的关卡，无论大小，每天都会进行日常汇报，如果咱把这儿的鬼子全打死了，只会适得其反，引来更多的鬼子，到时候咱们插翅难飞，所以咱们必须想个万全之策。”

黄桃眼睛一转：“要不我们装成普通老百姓混过去？”

齐大昭摇摇头：“如果只是我们几个人过关卡，倒可以乔装打扮，可麻烦的是我们现在还有这么一个大家伙，要想让坦克也开过去，难度就太大了。”

几人面面相觑，谁也想不出个好办法，不禁犯起了愁。

小路上，一个老伯赶着马车从远处而来，老狗等人突然从一侧蹿出，老伯急忙拉住马车，麻利地从车上跳下来，吓得脸色苍白，跪地直求饶。

“好汉饶命，好汉饶命……”

老狗几人脸色古怪，对视一眼后，老狗急忙上前拉起老伯。

老狗说：“老乡，你误会了，我们不是打劫的，我们想问你点事情。”

老伯将信将疑：“你们真不是土匪？”

老伯拍着胸脯，长出一口气。

“你们这样突然蹿出来，是会吓死人的。”

老狗歉意地说：“不好意思，老乡，是我们太心急了。我们看见路口有日本人的关卡，你熟悉那边的情况吗？”

“你们是这个？”

老伯看看四周，朝着老狗拿手比了个“八”，老狗刚要摇头，黄桃抢先一步说话。

“老乡好眼力，我们就是这个。”

黄桃也朝老伯比着“八”，老伯急忙上前与老狗握手。

老伯热情地说：“早说是八路军的同志啊，你们是不是来侦察敌情的？你们来了就太好了，这帮鬼子就是一群饿狼，乡亲们每次经过的时候，都会被克扣下好多东西。俺是葛庄村的，这一车酒本来要拉到镇子上去卖，每次路过检查的时候，一车酒都要被他们搬走了一半，你说让俺们老百姓怎么活呀。”

老伯抓着老狗的手不放，老狗有些尴尬，齐大昭上前询问。

“老乡，那路口有多少鬼子？平时都有什么规定？”

“一共十来个兵，有检查的有站岗的，都不闲着。规定过路的乡亲必须带着良民证，天一擦黑就不让过了。规定倒不多，每天轮流站岗，天一黑就不让过了。”

黄桃走近马车，掀开马车上的酒罐，闻了闻，转头看向老伯。

“老乡，你这是啥酒？”

“这是自家酿的酒，小姑娘，俺这酒劲大，闻着都能醉。”

老狗好像突然想到什么，眼前一亮。

“老乡，能不能把这些酒都卖给我们？”

老伯一脸不解，齐大昭领会了老狗的意思，视线转向老狗。

“老狗，你的意思是瞒天过海？”

老狗点点头，再次看向老伯。

“老乡，你这一车酒多少钱？我们买下来，你也少跑一趟不是？”

“这一车你们都要了？那可不老少呢。”

“说个数吧。”

老伯将手张开，亮出十个手指，黄桃笑着上前，摁下五根手指，老伯摇摇头，又伸出两根，两人这样还着价，老伯伸着七根手指，不再让步。

“这可是看在你们是八路军的份上，俺没赚你们钱。”

“老乡，你等会儿。”说完，老狗转身看向其他人，“把身上的钱全都拿出来。”

老狗几人围拢着凑钱，可一路奔波，每个人身上的钱都所剩无几，到最后也没凑出多少钱。

黄桃愁着脸：“这点钱还差得远呢。”

齐大昭也为难：“那怎么办？买不了酒就过不去关卡，过不去关卡就到不了四六家，年三十可没几天了。”

老狗实在想不出辙，最后无奈地说：“大家再看看身上有没有什么值钱的东西，先抵一下。”

黄桃看向路子游，路子游吓得急忙摇头。

“不行，不行，不能打我相机的主意！再说了，老乡也不一定要啊！四六，我可不是成心不帮你，你知道这相机比我的命还重要。”

“俺知道，你们也别凑了。”

话音未落，王四六转过身去，背对着大家，再转过来时，手里多了一个绣花围巾包起来的小包，打开全部都是钱。

大家看着王四六，表情十分惊讶。

路子游没好气地说：“好你个王四六，真让老齐说中了，你真有私房钱！”

黄桃捂嘴笑起来：“等见了二丫，我就告诉她，以后跟你过日子，一定要多查查你的账。”

王四六一听这话，急忙辩解。

“你可别瞎说，俺这都是为了和二丫结婚才藏的钱。俺以前发过誓，不能让二丫跟着俺过苦日子，但是现在为了见二丫，不拿出来也不行了。”

王四六一股脑地把钱全塞给老狗，老狗接过钱，重新看向老伯。

老狗说：“老乡，你这些酒我们都买了，我们另外再多给你点钱，你能不能把马车也借给我们？我们会还给你的。”

老伯听完，有些犯难，迟迟不肯应答，王四六走过来。

“老乡，你刚说你是葛庄村的？”

“是啊，咋了？”

“俺是庆阳村的，咱两个村离得不远。看在都是老乡，你就帮帮忙吧。”

老伯有些怀疑：“你真是庆阳村的？俺咋看你面生？”

王四六急了：“这有假？我叫王四六，俺爹是王大海，俺爷爷是王传九，你认识不？”

“不认识。”

“庆阳村东头有两棵大枣树，村西头是一片高粱地，有条小河穿过俺们村，往下正好流到你们村。俺们村长叫李大贵，生了个儿子叫李三坤，家里住后街，本来还有个大儿子，结果有一年下水，给淹死了……”

说起庆阳村，王四六一下子打开了话匣子，如数家珍，滔滔不绝。

眼看王四六越说越兴奋，老伯不得已只好打断了他。

“行，俺信你！那……马车可得还俺？”

王四六大喜过望，忙不迭地作揖感谢。

“你放心，俺亲自去还，不光还你马车，俺还得和你买酒呢，俺年三十成亲，喜酒就喝你酿的了！”

天黑了，关卡已经落下栏杆，禁止通行。

老狗赶着马车，车上载着酒罐，黄桃坐在车上，腹部塞得满满的，假扮孕妇。

一名日本兵上前："停下！"

老狗停住马车，跑下来，绕到日本兵面前，赔笑求情。

"太君，这是我们的证件。"

老狗将仿造的良民证交给日本兵，趁着天黑，日本兵看不出问题所在。

日本兵冷冷地说："你们难道不知道天黑以后禁止通行吗？回去！"

"太君，我们就晚了一会儿，您抬抬手，让我们过去吧。"

"我说了不可以！回去！"

黄桃捂着肚子，艰难地动了动身子。

"太君，我们夫妇俩在前面镇上做点酒水买卖，平时从这儿过，少不了托太君您的照顾。这天寒地冻的，太君还在这儿当值，肯定很辛苦吧？正好我们马车上还剩下一些酒，太君尝尝？"

黄桃话音刚落，日军小队长走了过来，日本兵急忙立正。

日军小队长问："怎么回事？"

"这两个中国人想要过去，但已经过了宵禁时间。我让他们走，他们不走。"

老狗急忙走到日军小队长跟前："太君，不是我们不走，实在是前不着村后不着店的，我媳妇还怀着孩子，您行个方便。"

日军小队长绕着老狗转了一圈，老狗始终保持着笑容，日军小队长又走到马车前，打开酒罐闻了闻。

"好酒。"

"都是自家酿的，醇。我把酒给太君搬进屋，太君喝点酒，暖暖身子。"

老狗作势搬酒，日军小队长一摆手，日本兵举枪挡住老狗。

日军小队长眯着眼，将目光看向黄桃，上下打量，黄桃笑着回应，将手不自觉护着腹部。

日军小队长突然开口："我看你有点不太对劲。"

"我很好啊，太君。"

黄桃以为露馅了，但依然保持着镇定，老狗暗中将拳头攥紧。

"不，你不好，你脸色很差。"

黄桃强撑着："有吗？"

"是不是还没有吃晚饭？你会做饭吗？"

黄桃蓦地笑了，老狗也长出口气。

"她会做，我媳妇做饭手艺好着呢。"

"很好，让她给我们做一顿可口的饭菜，我就放你们过去。"

关卡营内，老狗将温好的酒罐搬来，迂回在十个日本兵之间，弯身挨个给他们倒酒，动作十分谨慎。

日军小队长坐在众人最中间的位置，不耐烦地催促着。

日本小队长说：你那媳妇好了没有？再等下去，酒都凉了！

老狗说：您别急，我这就去看看。

老狗快步来到关卡厨房。厨房内，黄桃已经取下了腹部的包袱，身姿灵活，在灶台前忙活做饭。

听见有人走来，黄桃赶紧又把包袱塞回衣服里，一看是老狗。

“你吓我一跳。”

“好了没有？”

“马上。”

老狗顺手把手边的盘子递给黄桃，黄桃接过盘子，开始盛菜，同时不误与老狗之间的交流。

“你说他们会上当吗？”

老狗冷笑着：“一群狼，就算披了层人皮，本质还是狼，只要闻着点腥味儿，就会忍不住往上扑，我们只要准备好诱饵，他们就会心甘情愿地上钩，等会儿还要看你劝酒的本事。”

黄桃又重新挺着肚子，与老狗一同端来菜，放在日本兵面前。

黄桃热情地招呼着：“让太君们久等了，尝尝我这下酒菜做得好不好？”

日军小队长招呼日本兵，十来个人喝酒吃饭，好不热闹，可半天过去，酒还是下得很慢。

老狗与黄桃看在眼里，急在心里。

黄桃眼珠一转，笑意盈盈地上前给日本兵倒酒。

“太君，别怪我多嘴，您有所不知，我们这自家酿的酒，就得配上我们这自家的游戏，喝起来才更香、更带劲儿。”

“什么游戏？”

黄桃看日军小队长动了好奇心，立马拿出提前准备好的骰子。

“游戏的名字叫掷骰子，一共六个面，对应着六个点，玩法就是比点数的大小，点数小的人就罚喝酒。”

“掷骰子？这有什么好玩的。”

黄桃自信满满地笑着：“在我们中国有个成语，叫返璞归真，您别看这游戏简单，越是这种简单的游戏才越好玩，不信我跟您来一局？”

日军小队长应下来，和黄桃开始掷骰子。

日军小队长煞有介事地摇起来，但动作中透着生疏，反观黄桃，手法灵活，极其熟练。

黄桃讲解着：“在开盅之前，您可以先看一眼自己的点数，如果对自己有信心，觉得一定比对方的点数大，就可以选择加注，最后开盅，根据实际的点数大小，输的人要把加进去的酒也全部喝光。”

“有点意思。我加一杯。”

“我加两杯。”

“再加一杯。”

“我不跟了，您开盅吧。”

日军小队长开盅，点数是五，日军小队长面露得意。

黄桃不慌不忙地开盅，点数是六，日军小队长目瞪口呆。

“您既然是小队长，您输了，您这帮兄弟也得陪您一起喝吧。”

“来，一起喝！”

日军小队长端起酒杯，所有日本兵也跟着连喝三杯。

日军小队长放下酒杯，不服气，大声嚷嚷着。

“再来，这次我一定赢你！”

二人又比了几局，无一例外，黄桃凭借多年的江湖经验，将日本兵耍得团团转，日本兵只得不停喝酒。

日军小队长不禁面露恼色。

“你是不是作弊！为什么总是你赢！”

黄桃赶紧说：“我哪有那么大的本事在您眼皮子底下作弊，您看，这局不就是您赢了嘛。”

日军小队长定睛一看，新开的一局，果然是自己赢了，这才面色稍霁。

老狗趁机上前：“太君，我婆娘不能喝酒，我替她喝了。”

老狗站在黄桃前面，一口气连喝四杯。

日军小队长迫不及待地催促着。

“来，再来……”

坦克停在黑暗中，远远望去，关卡处一个站岗的日本兵都没有。

齐大昭、路子游站在坦克旁，两人目不转睛地盯着关卡的方向，等待着老狗和黄桃的信号。

路子游一脸焦急。

“都过去这么久了，怎么还没有动静，该不会是出事了吧？”

“他们两个又不是去和鬼子硬碰硬，不会有什么问题的，心急吃不了热豆腐，再等等。”

“要我说，不如直接下药，见效快，咱们还能早点离开。”

“不行，如果下药的话，等药效一过，他们就会发现酒里有问题，到时候肯定会来搜捕我们，这样只会适得其反，倒不如按老狗说的来，把他们全部灌醉，我们再趁机把坦克开过去，神不知鬼不觉。”

“万一日本人不上当怎么办？”

“听那位老乡的描述，这群日本兵在这里驻兵，生活枯燥得很，对于老狗主动送上门的便宜，他们不会拒绝。退一万步讲，就算老狗和黄桃暴露了，凭老狗的身手和黄桃的机灵，也早给咱们报信了，你啊，安心等信号，别瞎操心。”

路子游打趣地说：“我这是皇帝不急太监急，咱们的四六面不改色、淡定从容，我却急得像是热锅上的蚂蚁。不对，我看四六不是不急，而是急得没心情和我们说话了，半天都不吱声，是不是又睡着了？”

齐大昭微微一笑，朝王四六的方向扭头一看，不禁大吃一惊。

“四六呢？”

路子游闻声，急忙转头，发现身后空空如也，王四六不知何时不见了。

齐大昭和路子游对视一眼，不约而同地想到某种可能，两人脸色霎时一白。

营房内的桌子上一片杯盘狼藉，日本兵们喝得晕晕乎乎，十来个日本兵已经倒下了，还有一个人抱着脸盆，不停地呕吐。只剩日本兵小队长一人独自强撑着。

黄桃暗自着急，但表面还是不动声色，笑嘻嘻地给两人继续倒酒，倒到最后却发现酒已经没了。

突然外面传来一声动静，营房门口，地上拉着一条长长的人影，闪闪绰绰，日军小队长登时清醒了，麻利地从腰部掏出枪，对准外面。

笔直的枪身黝黑发亮，枪口黑洞洞的，散发着一阵寒意。

日军小队长厉声喊着：“谁？”

外面的人影身形顿时一僵。

“出来！再不出来，我就开枪了。”

“别，别开枪。”

那道身影举起双手，哆哆嗦嗦地站出来，正是消失的王四六。

老狗与黄桃对视一眼，目光中透露出一丝不安与焦虑。

“你是谁？在外面偷偷摸摸干什么？”

"俺是附近的村民，俺来这儿是，是……"

王四六支吾半天，也说不上个合理的理由，老狗急忙上前，故意提高音量。

"你个憨货，让你在外面盯着，你进来干啥，打扰了太君喝酒的兴致，你担待得起吗？"

说罢，老狗凑近王四六，背对着日军小队长，压低声音，急声询问。

"你怎么来了？"

王四六小声回答："你们半天没个信儿，俺着急啊。"

老狗又故意恢复大声："还不快回去看着，车丢了，我可揍你！"

王四六转身急急地往外走，刚走没两步，日军小队长突然出声。

"站住！"日军小队长看向老狗，"刚才不就你们夫妻两个人吗？我没看见有这个人！"

老狗只好硬着头皮糊弄。

"太君，您喝多了，我们一直都是三个人，这个是负责搬酒的，我让他在外面守着马车。"

日军小队长斜睨着老狗三人："不对，不对，我看清楚了是两个……"

老狗赶紧低头，一副诚惶诚恐的样子："借我十个胆子，也不敢骗太君，我们确实是三个人。"

日军小队长将信将疑地点点头。老狗眼色示意王四六，王四六低头快步往外走。

不料，日军小队长突然举枪对着王四六，大喊。

"不对，我的哨兵也说是两个中国人要过关卡，没有第三个人。喂，醒醒，刚才你有没有见过这个家伙？"

日军小队长转身去叫醉酒的日本兵，老狗见势不妙，快步上前，一下将日军小队长从身后打晕。有个士兵听到响动，刚要睁眼，被黄桃用身体挡住视线。

"太君，你醉了，快点休息吧。"

日本兵醉得难以坚持，又倒下了。此时，门口的王四六吓得呆立不动。

老狗喊着："还愣着干吗！快叫子游，把坦克开过去。"

日本兵醉得东倒西歪，日军小队长依旧昏倒在地，老狗拿着枪对着日本兵。

外面隆隆声响起，路子游开着坦克经过。

王四六跟在坦克后，拿着扫帚将车辙印打扫干净。

黄桃站在营房门口望风，见坦克走远，扭头看向老狗。

黄桃说："坦克开远了。"

老狗说："走！"

老狗将枪丢下，两人迅速离开。

只有满地的狼藉证明着，这一夜不是梦。

第二天早上，坦克缓慢地行驶在一条乡间小路上，路很窄，坦克堪堪开过。

坦克顶盖打开，王四六钻出来，半截身子立在外面，环顾四周。

黄桃的声音从坦克内传来："四六，快到了吗？"

王四六环顾四周，发现不远处一棵巨大的枣树，王四六一脸兴奋，激动地大喊起来。

"到了！到了！这棵枣树俺做梦都忘不了，俺还在这棵树下撒过尿咧。"

路子游的声音传来："怪不得老远都能闻到一股骚味儿。"

坦克里传来一阵调侃的笑声。

王四六无心理会路子游，看着外面熟悉的风景，脸色涨得通红。

离村子越近，路途变得愈加颠簸难走，坦克开得更慢了。

王四六催着："能不能快点！"

"你当这是筋斗云，照这个路况，这个速度已经是极限，快不了了。"

王四六抓耳挠腮，心急难耐，最后索性跳下车，不顾趔趄，拔腿径直就往村子跑去。

北风浸骨，枯叶遍地，一派萧条景象。

村口立着两棵干枯的树，树下有口枯井，几条野狗追逐狂吠。往里延伸，是一条歪歪扭扭的狭窄的小土路，路两边错落不齐地坐落着一排土坯平房。

王四六朝着村口狂奔而来……

乡亲们看见王四六，十分惊喜，立马凑过来，把王四六团团围住。

"四六回来了！四六回来了！"

王四六停下脚步，憨笑，也跟着乡亲们喊起来。

"回来了！二丫！你四六哥回来了！"王四六歉意地对乡亲说，"我先去看二丫，回头再找大家拉呱。"

王四六从人群中挤出来，突然，一个乡亲表情异样地拦住王四六的去路。

"四六，你怎么现在才回来？"

"路上碰着点事耽搁了，不过还好，总算没误了和二丫的大事。"

乡亲吞吞吐吐地说："四六啊，你不在的这段时间，村里变化……有点大。"

王四六心不在焉地点点头，随意应着。

"二叔，有什么事，咱回头再拉，俺先去看看二丫。"

乡亲欲言又止，最后还是什么也没说出来。王四六的心早已经飞到了二丫身边，话音刚落，拔腿就往村子里跑。

乡亲看着王四六远去的背影，神情十分复杂。

村外的一片小树林里，坦克稳稳开了进去，老狗等人纷纷从坦克中出来。

老狗说："村路窄，坦克开不进去，暂时停在这里吧。"

齐大昭点点头："停在这里也好，避免乡亲们看见坦克后，引起不必要的恐慌。"

老狗几人分头找来树枝、枯叶等东西，没一会儿坦克就被遮盖得严严实实。

路子游说："四六这个家伙，跑得比兔子还快，你们说，他现在在哪儿呢？"

黄桃："那还用说，肯定去找二丫了。"

路子游故意酸溜溜地长叹一声。

"这家伙真是见色忘友，同生共死的战友远道而来，不说准备山珍海味，起码也得端两碗热水吧，他倒好，这村子都没领进去，自己就一溜烟跑没影了，人心不古，交友不慎啊。"

"俗话说，小别胜新婚，更何况是在这个战争年代，每一次重逢的机会都来之不易，都值得我们好好珍惜。能有机会和相爱的人重逢，是四六的福气，他这么激动，也是人之常情。"

齐大昭似乎想到什么，脸色有些黯然，语气中带着一丝伤感。

老狗、黄桃、路子游对视，黄桃瞪了路子游一眼，眼神责怪路子游说错话，路子游缩了缩脖子，老狗见状，咳嗽了一声。

"好了，我们直接进村吧，四六是这儿土生土长的人，他家在哪儿，和乡亲们一打听就知道了。"

齐大昭意识到自己的失态，随即收敛情绪，点点头。

老狗四人朝村口走去。

二丫家门猛地被推开，王四六旋风一般地冲进院子内，一边兴奋地大声呼喊着。

"二丫，二丫，你四六哥回来了……"

二丫爹娘闻声从屋内出来，看见王四六，顿时面露惊讶。

二丫娘声音发颤："四六，你还活着？"

王四六笑嘻嘻地："大娘，俺当然活着，俺还胖了呢。"

"外面打仗打得厉害，到处是鬼子，俺们看你这么长时间没回来，以为你……”

“大伯，俺命硬着呢，凭那些小鬼子可收不走。再说了，为了二丫，俺也得好好活着。”王四六左右看了两眼，“二丫呢？怎么没见着她？”

二丫爹娘面面相觑，脸色犯难，谁也没有开口。

此时，屋内传来动静，王四六面露喜色，转身奔去，推开屋门，发现屋内空空如也，他咧嘴笑了：“二丫，四六哥知道你在，咋还和小孩儿一样玩起捉迷藏来了呢？”

半晌后，还是没有一丝动静，王四六有些慌乱。

“二丫，你不会是生四六哥的气了吧？四六哥不是故意回来这么晚的，要不是打仗，四六哥早就回来了。都是四六哥的错，是四六哥不好，二丫你出来啊。”

衣柜后突然传来一声轻微的响声。

“俺就知道，二丫你不会不见俺的。”王四六高兴地跑过去，可面前的二丫却是一个失魂落魄的陌生人。只见她躲在衣柜后，双眼无神，头发蓬乱，浑身散发着恶臭。她见了王四六，毫无反应。

“你是谁？”

“俺是你四六哥啊，二丫，你这是咋了？”

王四六伸手去碰二丫，还没挨着二丫，二丫立即闪开了。

“你是谁？”

二丫痴痴地重复着，王四六怔住了。

“俺是……你四六哥……二丫……你咋连俺都不认识了？”

二丫忽地一笑，怔怔地看着王四六。

“四六哥？”

王四六使劲点点头，二丫突然拉起王四六的手。

“你要是见了四六哥，告诉他，二丫在等他，二丫很想他。”

“二丫，俺就是你四六哥，你咋了？俺走之前你还好好的，这是咋回事！”

王四六像胸口被人重击了一拳，一脸震惊。

二丫眼神空洞，重新盯起王四六，刚才的对话仿佛没有发生过一样。

“你是谁？”

王四六仍旧处于深深的震惊中，久久没有缓过神来。

此时，二丫爹娘进入屋内，二丫爹满面愁容，二丫娘看着二丫，泪水止不住地往下流。

此刻的二丫搂着一个枕头，把枕头当成了王四六，傻呵呵地对着它说话。

“四六哥，你咋还不回来？四六哥，你快回来吧，二丫想你了。”

王四六看着二丫的样子，心痛不已，转头看向二丫爹娘，急急追问。

“大伯，大娘，二丫这是咋了？俺走之前，二丫还活蹦乱跳的，咋现在……”

二丫爹和二丫娘对视一眼，二丫娘擦着眼泪，说：

“四六，你要是早回来一个月，二丫还不至于成了现在这样，你回来得太迟了。一个月前，几个鬼子进村，撞上了在河边洗衣服的二丫，二丫没来得及跑就……”二丫娘声泪俱下，声音无比凄凉，“我可怜的二丫，还没过门就给鬼子糟蹋了。”

王四六握紧拳头，额头青筋暴露，大吼一声。

“畜生！畜生！”

二丫被王四六的怒吼吓到了，有些畏畏缩缩。

王四六急忙收敛怒容，换上一副温和的面孔。“二丫，四六哥在这儿啊，俺就是你天天盼夜夜盼的四六哥。”说着，忍不住上前，想从二丫手里拿过枕头，二丫突然面露惊恐，死死搂着枕头，往后退了几步，重新躲到柜子后面。

“你是谁？你要干啥？”

随即，二丫看向手里的枕头，轻轻地拍着，语气温柔。

“四六哥，不怕，二丫护着你，谁也别想害俺四六哥！”

听到这话，王四六看着曾经的爱人，变成如今这副痴痴傻傻的模样，心如刀绞，痛不欲生，再也忍不住，失声痛哭起来。

老狗几人进了村，顺着乡亲们指的方向，来到王四六家。结果刚出来，就碰上从二丫家走出来的王四六，王四六失魂落魄，脚步轻浮，路子游朝王四六说话，而王四六仿佛没有看见他们一样，一点反应都没有，呆呆地从几人中间穿过，往前走了。

老狗敏锐地看见经过的老乡面带异色，于是上前询问。

“老乡，我看你好像知道点什么，四六这是怎么了？”

老乡长叹一口气，一脸惋惜。

“四六回来得太晚了。”

“老乡，你这话是什么意思？”

“一个月前，几个鬼子进村，撞上了在河边洗衣服的二丫，二丫没来得及跑……这日本鬼子真不是东西。从那之后二丫就傻了，谁也不认，逢人就问，见着俺家四六了吗……你说这么好的孩子，老天咋这么不开眼。”

乡亲唏嘘一叹，老狗几人十分震惊，黄桃双手捂嘴，眼睛泛红。

“快过去看看，别让四六干什么傻事。”

老狗几人朝王四六的背影追去。

王四六站在小溪边，捡起地上的石块，用力扔到小溪里，呐喊发泄，使劲踢着地上的石块，一脚连着一脚，直到失去重心，跪倒在地上。王四六埋头痛哭，嘴里呜咽着发出愤怒的喊声。

就在这时，身后传来颤抖的老人的声音。

“四六？”

王四六转身，一个老太太背着高高的劈柴，站在四六背后。

“娘！”

“俺的娃，你可回来了！”

四六娘放下劈柴，王四六起身飞奔上前，扶住老娘。四六娘上下打量了王四六几眼，而后突然用手不停拍打着王四六。

“你还知道回来？你还记着有个家！”

四六娘边打边哭，王四六也跟着哭，两人久别重逢，相拥哭泣。王四六像受了委屈的孩子，低声抽泣着。

“娘，二丫这是咋了？”

“二丫这孩子命苦啊！”

“娘，二丫还能好不？”

四六娘轻轻摇了摇头，此时，老狗四人赶来，四六娘望着这几个陌生人，将询问的目光转向王四六。在得知这是四六的朋友后，四六娘急忙擦干眼泪，带着几人回家。

一个小小的院子，外带两间北屋，这就是王四六的家。院子里放着柴火、石磨、鸡舍等杂物，北屋的土坯墙上钻出稀稀落落的杂草。屋内，对门一张桌子，往右一张大炕，几乎是全部的摆设。

老狗四人坐在桌前，四六娘做好了饭，端给大家。

“没时间准备，就做了些顶饱的家常菜，你们凑合吃。”

黄桃笑着说：“大娘，您太客气了。”

“你们先吃，俺去喂喂鸡。”

四六娘离开后，大家却没一人动筷子，全把目光放在王四六身上。

王四六一人坐在窗边，望着对门，对门家就是二丫家。二丫站在院子里，抱着一个枕头来回跑，二丫爹娘拿她没办法。几个人面面相觑，互相用眼神使眼色，黄桃率先开口。

“四六，先过来吃点东西吧。”

王四六没有回话，黄桃看了大家一眼，又转过头继续说。

“四六，事情既然已经发生了，我们就要想办法补救，你现在这个样子，只是在折磨自己，对问题的解决没有一点帮助。听我的，先吃点东西，然后我们一块想办法，好不好？”

王四六还是一言不发，大家也不知道如何再劝，只能暗中叹气。

王四六看向窗外，面如死灰，脸上的悲哀似乎更加浓重了。

夜晚，炉子烧得火红，一壶热水坐在炉子上，水烧开了，发出响声，白乎乎的热气冒了起来氤氲着。老狗几人围坐在炉子四周，搓着手取暖。

四六娘给老狗等人倒好水。

“喝水。你们都是俺家四六的朋友？”

几人点点头，四六娘望向窗外，王四六正站在院子里卖力劈柴，背对着大家，看不出任何表情。

劈柴声一声声传来，王四六的背影显得格外孤寂凄凉。

四六娘嘱托着：“你们多劝劝四六，二丫现在成了这样，谁也没想到的事，让他想开点。”

黄桃宽慰着：“大娘，你放心，我们会安慰四六的。”

四六娘点点头，转身离开。

黄桃叹了口气：“咋办？白天劝他，可四六压根听不进去，这回我也没招了。”

齐大昭扶了扶眼镜：“四六现在把心房完全关闭了，我们的劝解只是外力，要想他真正从这件事情的阴影里走出来，还得靠内力，看他自己能否解开这个心结。”

路子游急得团团转：“可我们也不能这么干看着吧，四六是什么性格，咱们最清楚，肚子里憋不住一句话，可现在他一言不发，我反倒觉得害怕。”

“打仗的时候我见过比四六更严重的，我去劝劝他吧。”

老狗朝众人示意，起身，走出屋子，黄桃、路子游、齐大昭透过窗户观察着外面。

老狗走出来，站在王四六一侧，王四六头也不抬，继续机械地劈着柴。

老狗自顾自地说：“打仗的时候就算你计划得再详尽，也赶不上现实的变化，你不想有人受伤有人牺牲，可往往由不得你。我当兵这么多年，见过太多的生离死别，每一次都感觉像是老天爷摁着你的脑袋，叫你屈服。说实话，我真的服，因为我控制不了，但我绝不低头，更不沉沦，我昂着头，挺直了身子，看该死的老天爷还会给我出什么难题。”

老狗感慨诉说着自己的经历，王四六已经满头大汗，但依然高举着斧头，发泄着自己的情绪。

老狗见四六没有反应，一把抓住王四六的手臂，王四六咬着牙，使着劲，体内的愤怒令他不住颤抖。

斧头也在老狗面前晃动，屋内黄桃三人看得一脸紧张。

“四六，你也不能低头，低了头，你就输了，这时候大家都很难过，但最难过的是二丫，你应该更关心她，而不是只关注你自己的感受，你要想着怎么为二丫好，你说对吗？”

体内憋着的一口气猛地吐出，王四六的表情从愤怒变为痛苦，老狗慢慢拿过王四六手中的斧头，拍着王四六的肩膀。

“听我的，先进屋睡一觉，有什么事咱们从长计议，好不好？来，我扶你。”

王四六放下斧头，身体一下子垮了，疲惫得站不住脚，老狗扶着王四六，一步一步往回走。

老狗扶着王四六上了炕，给他盖上被子，王四六像是用光了全身的力气，一闭上眼就睡着了。

四人看着王四六，一阵唏嘘。老狗给王四六掖了掖被子，回身看向齐大昭与路子游。

“四六现在情绪很不稳定，从现在开始，咱们三个轮流看好他，不能出一点差错。我先盯着，你们休息，等我困了，再叫你们。”

半夜，老狗裹着大衣靠着墙，困意袭来，老狗不住打着哈欠。

老狗拍醒睡在身边的路子游，路子游迷迷糊糊睁开眼。

“子游，你替我一会儿。”

路子游睡眼惺忪，附和着点了点头，老狗闭眼休息。

熟睡中的王四六猛地惊醒，伸手一摸，才发现脸上已经布满泪水。睁眼一看，老狗与齐大昭都在熟睡，路子游本应看守，眼皮却实在抬不起来，不住打着盹。

王四六望着窗外，神色阴沉，若有所思。

月光惨淡，一道身影“刷”地出现在关卡营房外，借着月光可以看见，是王四六，他眼神冰冷，面无表情。

王四六踹开营房门，日本兵们还在熟睡。王四六举起手中的枪，打向日本兵。睡梦中的日本兵反应不及，被王四六打死。

站岗的日本兵跑回来，站在王四六身后开枪，子弹打歪，王四六转过身，朝着那人过去，那个日本兵慌张，拉不上栓，王四六率先开枪，打死了日本兵。

营房内一片死寂，王四六上前翻动着日本兵的尸体，进行确认。

此时，在最后排的一具“尸体”动了，是日军小队长，他悄悄睁开眼，看王四六不注意，想要起身，往外逃去。

日军小队长刚有所动作，就被杀得眼红的王四六发现，王四六开枪，不料子弹已经用完。

王四六干脆丢掉枪，迅速冲上前，踩住日本小队长的脚踝，狠狠一跺，折了。

日军小队长发出一声凄厉的惨叫。

王四六眼睛通红，状若疯癫。

“就是你！你还俺二丫！你还俺二丫！”

日军小队长用另一只手拔出枪，朝着王四六开枪，王四六也不躲，子弹擦过他的肩膀，王四六也不喊疼，坐在日本兵身上，一拳拳狠狠砸了下去，拳头染成血红色。

日军小队长奄奄一息，王四六拿起地上日本兵步枪上的刺刀，捅进了日军小队长的胸膛。

在生命的最后一刻，日军小队长似乎认出了王四六，一副难以置信的表情，瞳孔放大，瞪圆眼睛，咽下最后一口气。

第二天早上一醒，老狗就发现，王四六不见了，伴随一起消失的还有老狗的手枪。这让大家慌了神，老狗几人合计一下，分头行动找王四六，几人把村子转遍了也没找到王四六。

远处突然响起了枪声。

路子游脸色一变：“不会是四六吧，老狗你能听出来是从哪传来的吗？”

老狗摇头：“太远，听不出来。”

此时，二丫娘突然从四六家里跑出来，神色十分慌张。

“你们见到四六了吗？”

黄桃说：“一大早就不见了，我们正找呢。”

老狗疑惑地问：“大娘，你是……”

二丫娘说：“忘了说了，俺是二丫娘。坏事了，四六这傻孩子可别冲动。”

老狗问：“发生什么事了？”

“昨个半夜，四六过来敲门，黑着脸问是谁糟蹋了二丫。俺禁不住他磨，就跟他说了，是关卡的日本兵，唯一一个拿手枪的那个，好像还是个头头。俺今儿早上回过味儿来，觉得不对劲，就去家里找他，结果四六娘说他失踪了，俺这心里实在是慌得很啊。”

老狗一怔，突然想起那夜在关卡，拿枪指着王四六的日军小队长。

老狗猛地大叫一声。

“四六在关卡！快走！”

老狗等人跑来关卡，关卡静悄悄的，一点声音也没有，大家顿时警惕起来，几人蹑手蹑脚，走向营房。

门帘一阵卷动，所有人戒备起来，老狗正想上前抢先出手，却看见王四六浑身是血地走出营房，手里还拿着老狗的枪，走路踉踉跄跄，一副魂不守舍的样子。

老狗四人面面相觑，一脸震惊，随后急忙迎上去，扶住王四六。

“四六，你没受伤吧？”

王四六起初双目无神，听到老狗的话，眼神渐渐聚焦，慢慢有了光彩。

王四六呢喃：“二丫，四六哥给你报仇了！”

一声骂声让老狗回过神来。

老狗定睛一看，在营房角落，一个日本兵还没死透，眼睛瞪着，嘴里骂骂咧咧，试图抓起手边的枪。老狗上前，一把扭断了他的脖子。

此时，黄桃与齐大昭进来，看见营房内的场景，惊讶得合不拢嘴。

“这些都是四六杀的？”

老狗点点头，随后下令说：“刚才的枪声，肯定会引起人们的注意。黄桃，你快和子游带着四六回家，别让人看见。老齐，你跟我收拾这里。快！”

路子游从自己衣服上扯下一块布摁住王四六的伤口，庆幸地说：“幸亏只是擦破了皮，四六，疼吗？”

王四六木然地摇摇头。

路子游和黄桃搀扶着王四六往回走。

老狗和齐大昭走出营房，老狗观察着关卡。

“老齐，咱俩分头行动。你在外面把栏杆起了，有百姓经过，也别拦着了，混乱一些，才好混淆视听。我先进屋里收拾，等会跟我会合。”

齐大昭点点头，朝路口走去，老狗转身进屋。

老狗挪动着日军小队长的尸体，突然从日军小队长胸口，滑落出一本手册。

老狗打开，发现是一本例行报告手册，在手册上，每个月的月中十五日都被重点标记出来，其下做着红字批注：送粮，到达。

此时，齐大昭走了进来。

老狗抬头问齐大昭："老齐，今天几号？"

齐大昭想了想："十五号吧。"

"坏了，这是日军的例行报告手册，上面写着在每个月的十五号，都会有日本兵来送粮，也就是说，今天会有鬼子过来。"

齐大昭听完，眉头紧紧皱在一起。

"一旦鬼子来了，发现了这里的情况，就出大麻烦了。"

老狗和齐大昭对视，面露忧色。

两个送货日兵开着一辆卡车开向关卡，远远望去，关卡的栏杆升起，人们可以畅通无阻，并且看不见一个日本兵。

两个送货日兵面面相觑，一阵紧张，坐在副驾驶的日兵紧握住步枪。

卡车开到空地，停下，两个送货日兵跳下卡车。

开车的日兵大大咧咧，看样子是个老兵，另一个面露警惕，看起来是个新兵。

突然，营房门口传来动静，新兵急忙举枪瞄准，老狗与齐大昭穿着日本兵的衣服，戴着口罩从营房里出来。

老狗与齐大昭一见有人举枪，连忙举起手来，老兵过来，按下新兵的枪。

老兵呵斥新兵："这不是人吗？把枪放下。"

新兵放下枪，还有些惊魂未定，齐大昭与老狗忽视一眼，齐大昭用日语打着招呼。

"你们来了。"

"怎么没有人站岗？"

"我们全部人都得了感冒，只有我们两个轻一些。其他人刚服了药，正在休息。"

老兵有些怀疑："都病了？"

齐大昭点着头，故意咳嗽起来，老兵下意识往后躲着。

老兵说："在异国他乡，最难过的有两件事，一是思乡，二就是生病。"

齐大昭说："最难过的事情不应该是战死沙场吗？"

老兵说："看来你也是刚来没多久的新兵，你都死了，还有什么难过的呢。"

新兵好奇地走向营房，老狗眉头一皱，急忙跟过去。他来到营房门口，透过门缝，看见日本兵们一个挨着一个躺在床上，盖着厚厚的被子，看起来真像是在养病。

新兵刚要推开门，被过来的老狗一把扒住，齐大昭回身喊：

"小心被传染了感冒。"

“是啊，你要是在这里染上了感冒，我可不带你回去了。”

新兵急忙转身走开，老狗回头看向营房内，鲜血正从床上往下滴落，老狗急忙将门关严实。

老狗皱着眉头示意齐大昭，齐大昭快步来到卡车后。

“我们快点卸货吧，不然太晚了，夜路不好走。”

老狗与齐大昭从卡车上搬下粮食进入厨房，老狗放下粮食，打量着两个日本兵，老兵正在抽烟，新兵正在检查汽车。

老狗心有余悸：“刚才好险，差点被发现，得快点打发他们走。”

齐大昭点头：“我马上拿册子让他们签字。”

齐大昭拿着报告手册，递给老兵签字，老兵看都不看，慢悠悠抽着烟。

“东西搬完了，签个字吧。”

“不急。”

老兵抽完烟，将烟头踩灭，喊向新兵。

“你过来。”

新兵听到召唤，快步过来，老兵板起面孔。

“你有没有见过这两个人？”

新兵挠着头，打量着齐大昭与老狗，齐大昭与老狗交换眼神，老狗身上挎着日军步枪，他慢慢将步枪卸下。

新兵支支吾吾地说：“我记不得了。”

“怎么这么笨！”

老兵一巴掌扇向新兵的后脑勺，新兵委屈地揉着痛处。

齐大昭上前问：“有什么不对吗？”

“如果你们一直在这里，不可能不知道规矩。”

老兵故意拿出自己的烟盒，烟盒空了，齐大昭立刻会意老兵的意思。

“规矩嘛，怎么会不知道呢？”

齐大昭急忙摸着身上，这身军装上没有装着烟，老狗从自己身上摸出一盒烟，递给齐大昭，齐大昭抽出一根，给老兵点上，随后将一整盒塞给老兵，老兵这才露出笑容。

“这才对嘛。不过以后抽你们烟的机会不多了。”

齐大昭一惊：“怎么了？”

新兵看一眼齐大昭，一摆手，齐大昭凑近老兵，老兵压低声音。

“前阵子我从南京回来，无意间听到司令官打电话，提到一个什么……苍狐计划。”

“苍狐计划？”

“我虽然只听到几句话，但从司令官的神情和语气看得出来，这个苍狐计划一定是个举足轻重的大计划，对整个战局都会有深远影响，到时候我很有可能跟着队伍去打仗，说不定我们很快就会能赢得这场战争。”

“想得美。“

老狗不小心脱口说了声中国话，老兵一怔，盯着老狗。

“他说什么？”

“他说，你要是离开了，谁来给送吃的？”

老兵哈哈笑起来，拍着老狗的肩膀，老狗咬着牙，额头的青筋随着一动，为了不暴露，老狗只好假笑回应。

“我走了，当然还会有其他人来给你们送补给，别担心。”

看着老兵和新兵两人开车离去，等卡车开远，齐大昭与老狗摘下口罩，长出口气。

回去路上，齐大昭问：“老狗，你对鬼子的苍狐计划怎么看？”

“情报来源太不可靠，如果这个计划如此重要，保密工作怎么可能做得如此疏忽？”

“但如果是真的，那又将是一场生灵涂炭的浩劫。”

“我们连计划的具体内容是什么都无从而知，想也是白想。”

正说着话，见前面黄桃与路子游在老乡家门口说着什么，黄桃一副求情的样子，老乡理解地点点头。

黄桃见了他们，问：“都处理好了吗？”

老狗点点头：“都处理妥当了。我不是叫你们看着四六吗，怎么出来乱跑？”

路子游解释说：“四六跟二丫在一块，二丫身边不能留生人，我们就没跟着。”

老狗想起黄桃跟人求情的举动，不禁疑惑：“你们刚才在做什么？”

路子游与黄桃互看一眼，黄桃笑着看向老狗。

“你们还记得吗？四六说过他要张灯结彩，八抬大轿，大鱼大肉，酒水管够，还要让二丫穿上新做的花棉袄，让我们做他们爱情的见证人。我跟子游商量了一下，想帮四六筹划婚事，当成庆阳村的一件大事来办，我们现在正准备挨家挨户通知乡亲们，让大家年三十喝四六与二丫的喜酒。”

白沙城司令部训练馆，山岛静夫与马三金都穿着白色的训练服，各持一把木剑，正在进行剑术训练。山岛静夫剑剑凶狠，马三金毫无招架之力，很快败下阵来。

“不行了，不行了，我投降。”

马三金将木剑支着地，大口喘着气。山岛静夫面无表情，并没有停下的意思，依旧朝马三金袭来，马三金急忙去挡，结果被山岛静夫打倒在地。

山岛静夫语气冰冷：“你最近和吉田正一走得那么近，不要以为我不知道你安的什么心？”

“少佐误会了，我之所以那么做，完全是为了少佐，只有这样，我才能知道吉田正一的计划，这样才能知己知彼啊。”

“那他最近有什么计划？”

马三金支支吾吾：“也没什么特别的。”

山岛静夫一瞪眼，猛地将木剑抽回，马三金狼狈地从地上爬起。

此时，白鸟介穿着训练服进入训练馆，山岛静夫与马三金急忙行礼。

白鸟介微笑着：“好久没有舒展筋骨了。山岛君，我们比试一下？”

“大佐不光爱下棋，也爱剑术？”

“不瞒你说，其实我从小的梦想是成为一名剑圣，宫本武藏可是我的偶像。”

马三金退到一边，山岛静夫与白鸟介拉开架势，各举木剑。两人眼神交锋，突然间，两人冲向彼此，比试起来。白鸟介虽然满头华发，脚步却很稳，攻击性也很强，两人边打边交流。

“大佐剑术凶狠，不知为什么治军却格外手软？”

白鸟介两眼一眯：“山岛君，此话何意？”

“吉田正一不光欺骗大佐，还因为他的疏忽，令大佐蒙受巨大损失，更重要的是大日本帝国的尊严受到了挑战，大佐却对吉田正一不加惩罚，属下不服！”

山岛静夫猛地一攻，白鸟介险些中剑，白鸟介面露愠怒。

山岛静夫继续说着：“可大佐长此以往，只会让弟兄们失去信心。我希望大佐能派给我一支精英小队，我必将铲除异己，重长我大日本帝国的威风。”

山岛静夫不依不饶，马三金在一旁暗暗着急。

白鸟介假意露出破绽，山岛静夫趁机攻来，却被白鸟介欺骗，一个闪身，白鸟介将木剑抵住山岛静夫的喉咙。

“如果不是因为我，你只是一名阶下囚。该怎么治军，还轮不到你来教我！”

白鸟介一把将木剑丢在地上，转身离开，山岛静夫使劲一扯，只能拿衣服撒气。

山岛静夫回到自己房间，坐在桌前，重重在桌上捶了一拳，马三金正在倒水，水都洒了出来。

马三金递给山岛静夫一杯水：“少佐，我看你还是快点去给大佐道歉去吧。”

山岛静夫将水一饮而尽：“道歉？我说错了吗？为什么要道歉？”

“这不是对与错的问题，这是态度的问题。就算少佐说的全对，也不该那样和大佐说话。”

山岛静夫冷笑一声：“其实我早看穿了，白鸟介之前许诺的种种，都是镜中花水中月，无论你、我，还是吉田正一，都只是他的棋子。”

“少佐也说了，咱们是棋子，棋子就好好当棋子，可别操下棋人的心。”

“我做不到！我必须要证明自己，不杀了苟彦武，我心中不忿！”

山岛静夫一把揪住马三金的脖领：“现在是考验你忠心的时候了。”

马三金猜不透山岛静夫的心思，不免有些慌乱：“少佐，你想干什么？”

白沙城日军司令部日兵营房，屋内床铺上，日本兵正在睡觉，突然间，灯亮了。

日本兵迷迷糊糊醒来，只见山岛静夫穿好了军装站在门口，马三金跟在身后。

所有日本兵急忙下床，立正，稍息。

山岛静夫说：“大佐有令，城外有一伙匪徒，快穿上衣服，五分钟之后与我出城剿匪！”

“是！”

日本兵迅速穿衣，马三金悄悄在墙缝里塞了一张字条。

白沙城日军司令部，白鸟介正在看文件，此时一名日本军官急匆匆跑了进来。

“大佐，属下有急事。”

白鸟介头没抬：“说。”

“大佐昨夜是否下令出城剿匪？”

白鸟介一怔，将文件合上。

“没有。”

“那就奇怪了。”

“发生了什么事？”

日本军官说：“昨夜山岛少佐携大佐的军令，带着一支五十人的精英小队出城剿匪，大佐不知道吗？”

白鸟介说：“有这回事？”

白鸟介跟着日本军官快速来到日兵营房，营房空无一人。

日本军官实在是难以置信：“山岛少佐也太大胆了，这样假传军令，是要上军事法庭的。”

“违背命令的事情，他做得还少吗？”

白鸟介火冒三丈，突然发现马三金塞在墙缝里的纸条，白鸟介抽出纸条。

字条上写：山岛少佐擅自带队去追拿苟彦武，我会在沿路留下记号，大佐可按记号追上。马三金。

白鸟介说："真是混蛋！你快带队把山岛静夫给我追回来！"

"是！"

日本军官转身离开，白鸟介气得将字条狠狠攥在手中。

送货的老兵横在路上，送货的新兵正在换轮胎。

送货老兵靠在一旁抽烟，见送货新兵手法生疏，鼓捣半天还没卸下轮胎，急得踹他的屁股。

"快一点！"

"马上就好。"

突然，一侧传来动静，老兵扭头一看，一辆日军卡车开来，老兵急忙将烟熄灭，又踹了一脚新兵。

送货卡车挡住了山岛静夫的卡车，山岛静夫跳下汽车，老兵一见山岛静夫，连续踹了新兵两脚。

新兵忍无可忍，"我说了，马上就好！"说完腾地起身，这才发现山岛静夫，吓得扳手掉在地上，两人急忙行礼。

山岛静夫问话："你们的车挡了我们的路。出了什么情况？"

"报告长官，车胎扎了。"

"你们一路有没有发现一辆坦克经过？"

"报告长官，没有看到坦克经过。"

"一路上有没有什么异常？"

"没有。"

新兵突然补充了一句："不对，在之前的关卡有些地方不对。"

"怎么了？"

老兵狠狠剜了他一眼，新兵支支吾吾不知道怎么回答。

山岛静夫看出新兵怕老兵，一把将新兵扳过身子，对向自己。

"你尽管说。"

"我们去送补给，结果那里的士兵全都病倒了，最奇怪的是有两个士兵，看起来很陌生，其中一个好像还会说中国话。"

"会说中国话？"

"我记得很清楚，好像是……'想得美'。"

"那两人长得什么样？"

“一个高高大大，肤色很黑，另外一个戴着眼镜，说话轻声细语。”

山岛静夫一惊，心想，难道是他们？于是急急追问：“那个关卡在什么地方？”

“在刚进山东的地界。”

“你们两个，带我去！”

老兵为难地说：“可是我们还需要回去报告。”

山岛静夫瞪着老兵，老兵急忙变了口气。

“迟一些也没关系。”

山岛静夫冲身后的人大喊：“来人，帮他们换胎，把这辆碍事的汽车挪开！”

很快，车上跳下几个日本兵，过来帮新兵的忙。

山岛静夫扭头发现，马三金正在路边树前撒尿，车胎换好，卡车挪开，山岛静夫招呼马三金。

“马先生，我们出发了！”

“来了，来了！”

马三金抖了抖，穿好裤子，跑回卡车上，卡车重新启动。

老兵与新兵垂头丧气站在精英小队中间。

马三金望向撒尿的那棵树，那棵树上刻着一个“十”字。

第十八章　四六大婚

终于到了王四六和二丫早早定好的结婚的日子。

王四六家内，窗户上贴着大红色的囍字，屋檐下挂着的红灯笼随风摆动，煞是喜庆。

院子里人头攒动，很多乡亲都在忙碌，有的在摆桌椅板凳，有的在放瓜子糖。

人群里挤出一个人，是黄桃，一副着急忙慌的样子，快步朝院子一侧走去，只见院子那侧正在搭着戏台子。

黄桃人还没到，清脆的声音就响了起来。

“歪了，台布搭歪了，往左一点。中间的台屏再往前一点，画都挂齐了。”

黄桃左指右点，俨然一副主事人的架势，戏台子没一会儿就搭得七七八八了。

路子游见缝插空，从人群里挤了出来，气喘吁吁地跑到黄桃身后。

“就这么大个院子，你少说得绕了七八圈了，你走慢点。”

“你们男人啊，光知道娶媳妇儿，哪知道这成亲背后的讲究多了去了，要都像你们这么不慌不忙的，别说娶媳妇儿，连口热乎饭都吃不上。再说了，这可是四六和二丫一辈子的大事，不操持得漂漂亮亮的，我怎么当得起你们的一声嫂子。”说完，黄桃好像突然想到什么，脸色一变，一拍脑袋，就急急往外走。

路子游问道：“你去哪儿？”

“婚房！差点忘了，还剩婚房没看呢！”

路子游跟在黄桃后面，左一脚右一脚地踩着空地，往婚房走去。

几个人刚挂好灯笼，贴好窗花。

黄桃点着头，不住地啧啧称叹。

“你看这灯笼，看这窗花，是不是恰到好处！我真是太有才了，能在这么短的时间内布置成这样，也只有我黄桃能做到。”

众人呼应几声，继续各忙各的。

接下来，黄桃又来到二丫院里，指点了老狗和齐大昭的杀猪工作，又去给二丫连哄带骗地换上新娘子的衣服，又派路子游去村口迎一迎送酒的老伯。整个流程全部跑下来，黄桃比自己结一次婚还要累。

就在庆阳村被一片喜庆气氛笼罩之时，一朵乌云悄然飘来。

山岛静夫带人来到了关卡。山岛静夫站在营房外，老兵从营房里跑出来，新兵从营房后方跑来，两人立正汇报，周围均没有发现任何踪迹。

山岛静夫皱起眉头，沉吟着："事情越来越可疑了。"

马三金站在一旁，心不在焉，神情慌张，不时地往回看。突然道路上传来一阵声响，马山金面露惊喜，随即勉强按捺下去。

山岛静夫斜着看了马三金一眼："马先生，不用再等了，他们不会来的。"

马三金讪笑："少佐，您说什么？我怎么听不明白。"

"你是个聪明人，可惜把小聪明用错了地方。你以为你沿路留下记号，我毫无察觉吗？我早就将记号涂改，现在他们应该朝西追去了。"

"这个，少佐，你听我给您解释……"

马三金还想辩解，却被山岛静夫径直打断。

"我跟你说过，我要亲手抓到荀彦武，谁也不能阻拦我，否则的话，我不介意在解决荀彦武之前，先把碍眼的小虫子杀掉。"

马三金语塞，更加惴惴不安，山岛静夫冷笑。

声音越来越近，老伯的马车拉着酒罐子，来到关卡前。山岛静夫一使眼色，老兵立即上前，把马车拦下。

老伯害怕，瑟瑟发抖地从马车上下来。

"太君饶命，太君饶命。"

山岛静夫走到车前，打开酒罐闻了闻。

"你是什么人？"

"回太君的话，俺在镇上做点酒水生意，俺可是良民。"

"你说你在镇上卖酒，为什么要拉着一车酒往相反的方向走？良民会像你这样撒谎吗？"

老乡一听，眼珠一转，突然转身想跑，日本兵要去追，山岛静夫一摆手，掏枪，开枪，子弹打在老乡身边，老乡一惊，脚崴了，倒在地上。

两个日本兵去将老伯拖了回来。

"现在你还敢说你是良民吗？说，你要把酒送到哪里去？"

老伯说："回太君，俺应了一户人家，去送喜酒。"

"那人叫什么？"

老伯额头沁汗，神色紧张。

山岛静夫弯下身子，将枪口抵住老伯的脖子，枪口发烫，老伯忍着疼痛，不敢闪躲。

"那人是不是叫王四六？那你一定见过一个高大的黑汉，还有一个戴着眼镜斯斯文文的男人了？"

老伯一怔，不说话，脸色煞白，低着头不敢看山岛静夫。

"我看你不光不是一个良民，还不是一个好丈夫，好父亲。你要是不能如实交代，别怪我派人去你家里，跟你家里人好好说说了。"

山岛静夫言语威胁着老伯，老伯绝望地瘫坐在地上。

黄桃突然出现在门口，一脸喜气地冲着外面大喊一声。

"吉时已到。"

话音刚落，胡同里就响起了噼里啪啦的鞭炮声，与此同时唢呐声也跟着响起，四个大汉抬着一顶大红花轿来到二丫家门前。

王四六出现在家门口，四六娘紧随在身后，拍着王四六身上的灰。

王四六笑得合不拢嘴："娘，干净着呢。"

四六娘难掩激动之情，黄桃在王四六耳边轻声嘱咐。

"记得回来的时候在村里转一圈，沾沾喜，放放响。"

王四六点点头，深吸一口气，换上一副笑颜，大步走向二丫家。

屋内炕上，几床大红花被子叠得整整齐齐，二丫坐在炕沿，头上盖着红盖头，怀里依然抱着枕头。

二丫娘和一群女人围在炕前。

王四六来到门口，敲了敲门，屋里女人们顿时热闹起来。

女人们问："来的是哪个？"

"王四六啊。"

王四六不懂规矩，被女人一刁难，傻愣愣地直接回答。

女人们又说："今天我们不认识王四六，就等着新郎官上门娶亲呢。"

"俺就是新郎官，俺就是。"

女人扒着门缝，往外看："空着手不叫新郎。"

"俺开开门，俺比谁穿得都红艳，俺不是新郎谁是新郎。"

身后有老乡凑在王四六耳朵旁说："这是隔门要红儿呢，咱都准备好了。"

说着，老乡将提前准备好的袋子递给王四六，里面装满了花生和大枣。

王四六冲屋里大喊：“没空着手，没空着手，开开门就看见了。”

此时，门打开，女人们收起礼，这才笑着让开一条路，王四六与身后的迎亲队伍拥进屋内。

“少进点人，别吓着新娘子。”

王四六来到炕前，傻笑地看着二丫。

女人们又喊：“福成对，喜成双，来年生个麒麟郎。”

女人们捂嘴偷笑，催促王四六：“愣着干吗，还想留下来吃饭啊？快抱走你的美娇娘吧，新郎官。”

王四六回过神，忙不迭地点头，再次看向二丫，眼神无比温柔。

王四六背着二丫一路走出来，上了花轿。

二丫爹娘紧跟在身后，二丫娘依依不舍，忍不住落泪，二丫爹也眼角湿润。

王四六回过头，看着二丫爹娘，一脸郑重。

“爹，娘，你们放心，俺一定会照看好二丫的。”

二丫娘点头，哭得稀里哗啦、泣不成声，二丫爹一手扶住二丫娘，一边挥挥手。

“去吧，孩子。”

王四六点头，走在花轿前面，壮汉大喊一声。

“起轿！”

花轿抬着出了胡同，开始在村子里绕。

娶亲队伍浩浩荡荡，路分两道，前有鞭炮、大锣开道，后有唢呐伴奏，吹吹打打，好不热闹。

王四六走在花轿前面，一脸激动。老狗和齐大昭跟在花轿后面。

一群小孩子凑热闹，在花轿前面跑来跑去，一路欢声笑语。王四六每碰见一个小孩儿，就送出去一把糖。

四个大汉以独特的频率晃动着花轿，摇摇摆摆，场面极其喜庆。

王四六每走一步路，就想起一次这一路上的艰难险阻。

王四六看着花轿，眼含热泪。

老狗和齐大昭也由衷地感到高兴。老狗忽然想到什么，四下看了看。

“子游怎么还没回来？该拍照的时候，这个家伙偏偏不在。老齐，我去找下子游。”

齐大昭点头，老狗脱离队伍。

敲锣打鼓的声音越来越近，娶亲的队伍又绕了回来。花轿从外面抬进王四六家的院子。

王四六掀开帘子，拉着二丫走了出来。

门口放着一个火盆，黄桃指挥着。

黄桃大喊一声：“过火避邪！”

王四六扶着二丫从火盆上走过，火苗子沾上二丫的裤脚，王四六急忙拍灭。

路两边站满了乡亲，有人将麦麸伴着铜钱撒向两人。

四六娘站在台子上，看着两人，眼中含泪，感动不已。

庆阳村外，路子游搓着手，冻得直哆嗦。突然有人从身后拍了一下他的肩膀，路子游吓了一跳，回头一看，是老狗。

“你怎么来了？”

“婚礼已经开始了，本来想找你拍照，结果你到现在还没回去，我就来看看。怎么？送酒的老乡还没来？”

“别提了，还没有，等了一上午了，手都快冻掉了。”

老狗担忧地说：“不会出什么事了吧？”

话音刚落，老伯从远处拉着马车来了。

路子游嘲笑老狗：“你这疑心病又犯了不是，这不是来了吗？”

老狗和路子游两人快步迎上去。

路子游小小埋怨一番：“老伯，你可真不着急，说好了早起到，晚了足足三个钟头。”

老伯支支吾吾，脸上勉强挤出个笑脸：“这天冷路滑的，实在不好走，俺这老胳膊老腿也不争气，把脚给崴了，不好意思，让你们久等了。”

老伯言语闪烁，神色有些不自然，老狗看见老伯脖子上被枪口烫伤的印记，眉头微微皱起。

老狗问：“老伯，你脖子怎么了？”

老伯急忙掩了掩，直说没事，没事。

“快进村送酒吧。”

路子游急得来帮老伯推车，三人往村里走。

老狗隐约察觉哪里不对劲，驻足回头望了一眼，小树林里一片幽深。

“别看了，再晚就赶不上四六的婚礼了。”

老狗回过头，他们三人的身影很快就进入村子，消失了。

小树林里，山岛静夫等人躲在后面观察，将这一切看在眼里。

马三金着急地说：“少佐，姓苟的都露面了，为什么不直接拿下？”

山岛静夫没有理会马三金，转而向其他士兵下令。

“都给我听好了，等他们喝醉了以后我们再进村，谁也不能打草惊蛇。”说完，又看向一名日本兵，“你带着一支小队去搜寻他们的坦克，务必切断他们用坦克反击。”

马三金赔着笑：“少佐，那我呢？”

山岛静夫根本不理睬马三金，马三金吃瘪，眼神闪烁，脸上阴晴不定。

此时，送货老兵与送货新兵凑上来。

“少佐，我们帮你们找到人了，那我们先回去了。”

“关键时刻有力出力，怎么能走呢？你说是不是，少佐？”

马三金替山岛静夫下了命令，山岛静夫瞥一眼这三人。

“你们三个，也加入搜找坦克的队伍吧。”

马三金一见山岛静夫松了口，急忙摆出一副忠贞的模样。

“是！绝不辜负少佐期望！”

四六娘端正坐在四六屋内正对门的椅子上，笑得合不拢嘴。在她一旁摆放着一个斗，里面放满了小麦玉米等粮食。

王四六与二丫并排站在四六娘身旁，黄桃站在一侧，她是司仪。

“一拜天地，二拜高堂，夫妻对拜，礼成！”

王四六与二丫三拜结束，二丫突然扯掉了自己的红盖头，好奇地四下打量着。

有人哗然，想要上前制止，被王四六拦住。

二丫见到这么多人有些惊恐，直往王四六身后躲，王四六轻声安抚二丫。

“二丫不怕，今天是咱俩大喜的日子，这些人都是来祝福咱们的，他们都是咱们爱情的见证人。二丫，从今往后咱俩就是夫妻了。你四六哥之前没有照顾好你，俺发誓以后再也不会了，俺要对你好，好一辈子。你的苦，就是俺的苦，你的乐，就是俺的乐。二丫，天底下谁都不可能再拆开咱们了。”

就在王四六说话时，老狗、路子游走了进来，来到黄桃和齐大昭身边，几人听得感动不已。

王四六说完，扯着嗓子冲着院子里大喊。

“老少爷们儿们，俺王四六终于娶上媳妇了！大家辛苦了，四六给你们鞠躬了，今天大家放开了吃，敞开了喝！不醉不归！”

“不醉不归！”

院子里轰然叫好，王四六打心眼里高兴，整个庆阳村沉浸在欢声笑语之中。

晚上的宴席还没结束，路子游已经撑不住了，他偷偷摸摸走出院子，一手扶墙，一手拍胸口，看起来酒喝了不少，脸色红润。

齐大昭跟着走来，路子游不好意思朝他摆摆手。

路子游惊奇地说：“他们怎么这么能喝？一碗接着一碗，还碗碗都有个说头。”

“武松喝了十五碗酒，还能打老虎，你想山东人这是什么酒量？山东人酒场上的风俗礼节多，喝法也多，他们能放你出来，已经手下留情了。”

“照这么个喝法，三十坛酒还不够他们暖胃的呢。”

路子游酒劲上涌，做呕吐状，齐大昭来帮他拍背。

此时送酒的老伯走出院子，溜着墙根往村后走，路子游见了，忙打招呼。

“老伯，怎么这就走了？”

老伯顿住，回过头来，却不敢直视路子游，含糊地扬了扬手。

一个胖男孩点着小鞭炮玩，随手点了两个鞭炮，啪的一响，老伯吓得缩着脑袋蹲在地上。

“别，别……”

老伯行为反常，路子游看着纳闷。

“老伯这是怎么了，还没吃完饭就走？马车也不要了？”

齐大昭眉毛一挑：“事有反常即为妖，老伯不光不要马车，还绕道从村后走，肯定有古怪。”

老伯继续往村后走，齐大昭眼神示意，与路子游去追老伯。

老伯闷头快走，已经走到了庆阳村后，身后路子游一个劲大喊。

“老伯，你等等，等等。”

老伯停下来，回过身，齐大昭与路子游牵着马车追来。

路子游关切地问：“老伯，你是不是不舒服？”

老伯突然捂住自己的胃：“对，俺胃里有点难受。”

“那你还走那么急？风窜进肚子里，不更难受了吗？”

老伯强挤着笑容，不住地点头，齐大昭在一旁看着，面生疑虑。

路子游将缰绳递给老伯，老伯伸手要接，被齐大昭中途拦下。

老伯一怔，与齐大昭眼神交会，却吓得又移开视线。

齐大昭沉声说着：“老伯，酒钱付给你了，喜酒你也吃了，可不能做亏了良心的事。”

路子游眉头一皱：“老齐，你这话什么意思？”

“什么意思他明白！为人不做亏心事，半夜不怕鬼敲门，大白天鬼鬼祟祟，老伯，你敢说你心里没鬼？”

老伯一甩手，哀叹了一声。

“求求你们，别再问了，俺给你们跪下还不行吗？”

老伯作势要下跪，被路子游一把揪住。

“还真让老齐说着了，你要是心里没鬼，干吗要下跪！我们可待你不薄，到底出了什么事？”

“俺不能说，说了他们就找上俺家去了。”

老伯有苦难言，齐大昭从他的言语中已经判断出了大概。

齐大昭沉思着：“能把他吓成这样，一定是鬼子！”

路子游一怔，再看向老伯，老伯不置可否，一个劲叹气。

齐大昭看向老伯：“我就问你一句，他们有多少人？”

“人不少，估摸着得有四五十人。”

路子游气得一把松开老伯，将缰绳丢给他。

路子游没好气地说：“赶着你的马车快逃命去吧。”

老伯接过缰绳，愧疚地鞠了一躬，老伯坐上马车，扬鞭而去。

路子游一脸焦急：“老齐，鬼子怎么找到这里来了？”

“鬼子要想找来并不难，只是没想到他们会这么快，我们现在必须把这件事告诉老狗。”

“对，赶紧走。”

路子游想要转身往回走，被齐大昭拉住。

“回去怕是来不及了，看老伯刚才急匆匆的样子，鬼子应该已经进了村子，至少已经在村口了。”

“那怎么办？”

“这里距离树林近，我们去开坦克，到时候开上一炮，既分散鬼子的注意力，又能提醒老狗有危险！”

王四六家的宴席喝到最后，不少男人喝多了，被自家女人搀着走，还有几个抱团的，有说有笑，踉踉跄跄离开了四六家。

四六娘送白发长辈到了院门口，长辈站定，拍着四六娘的手，一番感慨。然后，长辈摆摆手，转身走出院子。

王四六与老娘站在门口望了两眼，长辈走远，两人回到院内，黄桃与老狗正在收拾桌上的碗筷，四六娘刚要挽袖子搭把手，被黄桃喊住。

“大娘，你从一早忙活到现在，怪累的，快去歇着，这有我们呢。”

四六娘笑着点点头，往自己屋走去。黄桃瞥一眼王四六，一脸嗔怪。

“你还在这傻站着干啥？”

王四六哦了一声，忙上前帮忙，黄桃拿着筷子敲王四六的手。

“谁叫你干活儿了？你忘了屋里还有人等着你呢？就没见过像你这么心大的人，大喜之日，不急着洞房花烛，还等着大胖小子从天上掉下来啊？”

老狗在一旁偷笑，王四六这才反应过来，不好意思挠了挠头。

“那俺走了？”

王四六按捺着内心的澎湃，慢腾腾往婚房走，走了两步，忍不住了，往婚房跑去，黄桃与老狗相视大笑。

王四六关上屋门，来到床前，挨着二丫坐下。

王四六有些紧张，鼓起勇气去掀二丫的红盖头，刚掀一半，二丫调皮地将红盖头拉下来，王四六再掀，二丫再拉。

“二丫，你不让俺掀盖头，怎么能知道俺是谁？你不想知道俺是谁吗？”

二丫得意地说：“俺知道你是谁。”

“你知道？那你说说，俺是谁？”

王四六凑近二丫，二丫突然噎住，支支吾吾起来。

“俺……俺又不知道了。”

二丫气得一把将红盖头扯下来，嘟着嘴看着王四六。

“你快说，你是谁？”

王四六被二丫逗笑了，伸手将二丫揽住，二丫不明所以，头靠在王四六肩膀上。

王四六深情地说：“二丫，你不用知道俺是谁，你只管记着俺是你男人，你啥时候渴了饿了，冷了热了，害怕了难受了，你就喊俺，打今天起，俺名正言顺照顾你，听明白了吗？”

二丫一脸迷糊：“俺喊你？咋喊？”

“你要饿了，就喊：爷们，俺饿了，给我做饭去。”

二丫一脸惊喜：“真的吗？”

“爷们说出来的话，掉地上砸个坑，不然不等于放屁了？”

二丫重重地点点头：“俺知道你是谁了，你是爷们。”

“对，俺是爷们，俺是你二丫一个人的爷们。”

二丫咯咯笑着，玩起红盖头，王四六看着二丫，满眼爱怜。

老狗与黄桃分别收拾着两个桌子，黄桃突然停下手里的动作，抹起眼泪。

老狗忙问："你咋了？"

黄桃哽咽着："没啥，想起以前，我坐过那么多次花轿，从没觉得坐花轿有多好，可今天看见二丫从花轿上下来，我心里那个羡慕，真想再坐一次，坐最后一次。"

老狗笑着走来，伸手擦去黄桃的眼泪："那我可要把你扶好了，别让火星子烫着你。"

黄桃破涕为笑，推了老狗一把。

"不过我可提前跟你说，跟着我，可没金衣银碗。"

"我不要那些。我只要跟着你，再苦也是甜。大不了吃野菜喝凉水。"

黄桃说话的时候，老狗蓦地眉头一皱，走到院门口，朝外面张望。院外的巷子一个人都没有，老狗久久站着，凝眉苦思。

黄桃丢下手里的抹布，过来站到老狗身边。

"喂，刚说了两句甜蜜的话，怎么现在脑子又不在家了？我问你话呢。"

老狗竖起食指，示意别说话，黄桃不依不饶，面露不悦。

"黄桃，你不觉得有点太安静了吗？"

老狗站在门口继续左右望着，巷子内没有一个人，也没什么动静。

"闹腾一天了，安静会儿不好吗？你要想偷懒，也用个说得过去的理由。"

老狗瞥见不远处巷子口有人影，老狗假装没事发生，应付着黄桃。

"这都被你发现了，我承认我是想偷会儿懒。"老狗笑着，与黄桃退回院内，老狗关上院门。

不远处的巷子口，山岛静夫眼中射出狩猎时兴奋的光芒。

老狗合紧了院门，将门闩慢慢插上，静候在门口偷听。

黄桃一转身，跟老狗差了好几步，黄桃气得又反身回来，刚要开口，被老狗用手一把捂住。

"别出声，有情况！"

院外，山岛静夫一挥手，与日军小队走出巷子，轻声朝王四六家走去。

黄桃一把拽开老狗的手。

"你捂着我没法喘气，有啥情况？"

老狗摇摇头："不清楚，但肯定不是好事。"

"我看你神神道道，喝多了吧？"

"瞧着！"

老狗猛地拉开门闩，将门敞开。

山岛静夫听到开门的动静，急忙打着后退的手势，日军小队迅速退回到拐角处。

因为事发突然，传来一阵杂乱的脚步声。

老狗一把又将门关上，重新插上门闩：“听见了吗？”

黄桃点了点头，脸色变得严峻起来：“是鬼子！快去喊四六！快去！”

婚房里，王四六扭过二丫的肩膀，脸慢慢朝二丫靠近，二丫不知道王四六在做什么，傻傻地愣在原处。

眼看王四六快要亲上二丫了，突然间黄桃在门外疯狂拍门。

“四六，开门！王四六，快开门！”

王四六见黄桃坏了自己的好事，气得一拍大腿。

“早不敲门，晚不敲门，偏偏这时候咣咣咣！二丫，别怕，我去看看。”

王四六起身，往门口走去，黄桃还在不住拍门。

“来了来了，别拍了，门都叫你拍坏了。”王四六来到门口，将门打开，黄桃急不可耐。

“你撞见鬼了，急成这样？不知道春宵一刻值千金？”

“就是撞见鬼了！”

“啥？”

“鬼子！鬼子来了！”

山岛静夫再次率领队伍朝王四六家而来，来到正门口。

突然，对门的二丫家院门突然打开，二丫爹酒足饭饱，揉着肚子站在门口。

二丫爹看着眼前一队日本兵，笑容消失，瞪大了眼睛，与队尾的日本兵对上了眼，日本兵举起刺刀，捅进二丫爹的腹部。

“二丫爹，这么冷的天，你站院里干啥呢？”

二丫娘瞧见二丫爹一动不动，快步走来，见了满巷子的日本兵，刚要大喊，另外一个日本兵举枪射击，将二丫娘一枪打死，二丫爹也很快倒地身亡。

山岛静夫气得扒开重兵，来到日本兵前，一巴掌打向日本兵。

“谁叫你开枪的！”

日本兵吓得低头认错，山岛静夫转身看向王四六家院门，面露阴狠。

王四六拉着二丫站在四六娘门口，四六娘还处在发蒙的状态。

王四六有些慌乱：“开枪了！鬼子要动手了！”

老狗站在最前面说：“你们快走，我顶着！”

黄桃说："走？这没后院后门的，从哪儿走啊？"

"我不管，你们想办法，再不走，都得死在这儿！"

四六娘紧紧抓着王四六的手，王四六眼神示意娘不怕，黄桃将一杆步枪丢给老狗，老狗一手抓在手里。

老狗搬着桌椅堆积在院门口，将门堵好，突然，老狗定定地看向墙角。

院外，山岛静夫一摆手，两个日本兵去推门，两人推不开，更多人去推。

此时，院内传来啪啪的响声，日本兵当即散开。

山岛静夫脸色阴沉："已经暴露了，还等着挨枪子吗？"

日本兵举枪还击，一时间子弹打穿了院门，院内院外一阵响动。

山岛静夫眉头一皱，一摆手，日本兵停下射击，山岛静夫一脚将院门踹开，只见院门口满地的鞭炮碎屑，他走进院内，一把扯下窗户上的囍字。

这时，一个日本兵跑来在山岛静夫耳边说着什么。

山岛静夫大步走到四六娘屋门口，窗户开着，窗外一串脚印，冷风呼呼灌进屋内。

王四六家后面的另外一条巷子，老狗冒出头来，悄悄观察着四六家，院外没有鬼子，老狗一打手势，黄桃、四六娘、王四六、二丫从他身后跑出，到了对面的巷子。

二丫被王四六领着，扭头发现了倒在家门口的爹娘，吱吱呀呀想要说什么，被王四六拦住。

老狗不住地无声催促，尽管王四六也看见了二丫爹娘的尸体，但不得不强忍着心中悲怆，拉着二丫跟上老狗。

送货老兵与送货新兵在树林里搜找坦克，不远处，马三金带着其他几个日本兵也在搜找。

新兵向后退着，脚跟碰着什么，一怔，转身掀开一片树枝，露出坦克车体，新兵大喊起来："找到了，我找到了！"

老兵正靠着树抽烟，看见坦克，急忙将烟掐灭，却看见新兵的笑容突然消失，还没等他反应过来，只听"砰"的一声，他就倒地了，露出路子游的身影，手里的石头还滴着血。

新兵急忙举枪瞄准，只听身旁有人说着日语。

"把枪放下！"

齐大昭拿着瓦片抵住新兵的脖子，新兵撂下枪，路子游将两个日本兵的步枪收缴。

不远处，马三金往坦克这边瞧着，齐大昭与路子游躲在坦克后，马三金只看见新兵一动不动站在原地。

马三金喊道："你愣着干吗呢？是不是找到坦克了？"

这边，齐大昭与路子游拿枪指着吓得脸色铁青的新兵。齐大昭示意："跟他说，没找到。"

新兵扯着脖子，脸扭向一侧："没找到。"

马三金不耐烦地说："没找到还不赶紧找！"

马三金转身去别的地方寻找，身后，路子游一枪杆把新兵打晕。

路子游与齐大昭轻声钻进坦克内，路子游坐到驾驶位上。

齐大昭目光坚定地说："村里头已经打起来了，咱们必须马上赶去支援老狗。"

"可前面那些鬼子怎么办？"

"你忘了上次从鬼子火车上劫了三发炮弹！咱们打出一条路来！"

路子游郑重地点点头，发动坦克，齐大昭将炮弹上膛，移动炮管。

马三金耳朵尖，听到了响动。

"都别动，都别动。"

所有日本兵停下脚步，马三金眉毛拧着嘴巴咧着，侧耳倾听。

"这声怎么听着这么耳熟？"

"轰"的一声，炮弹袭来，在日本兵中间炸开，马三金被炸得弹到树上，又重重摔在地上。

马三金扭头一看，路子游看着坦克轰隆而来。

马三金失声尖叫起来："打！打！快打！"

幸存的几个日本兵朝着坦克开枪，子弹打在坦克上啪啪作响，却不起作用。

马三金指挥着："上去！上去！"

两个日本兵趁乱来到坦克一侧，扒着跳了上去，一个日本兵掀开车盖，正看见齐大昭举枪对着外面，齐大昭迅速开枪，日本兵中枪掉下坦克。

另外一个日本兵见势不妙，想要逃，此时齐大昭钻出坦克，举枪射击，另一个日本兵也中了枪。

路子游操控着坦克横冲直闯，齐大昭露着半截身子，居高往下开枪，日本兵被悉数打中。

马三金见颓势难免，钻进树林跑了。

老狗等人已经来到村口，听见炮声，老狗回头看向王四六。

“这一炮一准是老齐和子游，他们开上坦克了。”

黄桃扶着四六娘跑在前面，突然，两人站住脚，面露惊愕。

老狗与王四六走来，也都怔住了，只见村口横着几具乡亲的尸体，只有二丫不明所以。

“他们怎么躺在这儿了？不冷吗？”

“二丫，他们睡着了，别吵醒了他们。”

王四六劝慰着二丫，四六娘的眼泪簌簌落下。

老狗义愤填膺，抄起枪来，掉头往回走，黄桃见了，上前挡住老狗。

“我知道你想干啥，我不许！他们人太多，你去了等于送死！”

老狗额头青筋暴露、咬牙切齿：“这么多乡亲都是替我死的，我不能袖手旁观！曲家村的事，你忘了，我没忘！”

“我跟你一起去！”

王四六松开二丫的手，跟老狗站在一起。

黄桃着急地说：“大娘，你快劝劝他们俩！”

四六娘过来牵住二丫的手，目光决绝。

“四六，多打几个鬼子，替死去的乡亲们报仇！”

黄桃惊讶地看向四六娘。

“大娘老了，但没老糊涂。”四六娘看向王四六，“孩子，二丫交给俺，去做你该做的事吧！”

王四六点点头，与老狗跑进村里，二丫见王四六走了，嘴里嘟嘟囔囔说着什么。

“二丫，他一会就回来了。”

四六娘劝住二丫，再看黄桃，只见她一副心神不定的样子。

“黄桃，咱们走吧，让他们去干男人该干的事，女人不添乱。”

山岛静夫气势汹汹，将军刀拔出，在土墙上划着。

“就是把这里翻个底朝天，也要把苟彦武给我找出来。”

老狗与王四六在巷尾悄悄观察，有日本兵往这边看，两人急忙躲到墙后。

王四六看向老狗：“咋办？”

“再毒的蛇，也有七寸。他们的七寸就是对这里不熟悉，四六，这回要看你的脚力了。”

王四六突然出现在十字路口，朝着日本兵蹦跳着挥手。

“小鬼子，你四六爷爷在这儿呢！”

日本兵发现王四六，举枪射击，山岛静夫大喊一声：“别让他跑了，追！”

日本兵一窝蜂去追王四六，一个矮个日兵落在最后，藏在暗处的老狗猛然将他拉进角落，利落地用马掌刀抹了他的脖子。日本兵追到一片空地，看不见王四六的身影，四处观察。王四六突然出现在房顶，挑衅地朝日本兵招手，日本兵再去追。而王四六逃跑的路线是设计好的，老狗能够藏在暗处，将落在最后的日本兵掳走，一刀毙命。

如此三番，王四六与老狗默契配合，生生杀死了四个日本兵。

日本兵被王四六绕得呼哧带喘，王四六再次出现在角落，朝着日本兵丢石头，日本兵正要再去追，山岛静夫面生疑色，突然站定，转身看向身后，正发现老狗将队尾的日本兵架走。

“上当了！追身后那个！”

山岛静夫一声令下，日本兵又掉头去追老狗，追至小溪旁，老狗不见踪影，日本兵两头落空，谁都没抓着。

山岛静夫看着日本兵一副狼狈的样子，气不打一处来。

“我们不能再被他们牵着鼻子走了，去，把这里的村民全都抓来，我就不信他苟彦武能是铁石心肠！”

第十九章　山岛伏诛

庆阳村的村民被带到小溪旁，列队站好，日本兵举着枪对准了他们。

山岛静夫一脸傲慢，来回看着村民，村民们的脸上透着恐惧，妇女不禁将孩子挡在身后。

山岛静夫的目光停留在一个中年男人和扶着的年迈的老父亲身上。

“你们两个，站到前面来。”

中年男人没有反应，日本兵举枪顶着中年男人，中年男人扶着老父亲站到前面，他回头看看村民们，村民们全都一副茫然且紧张的样子。

山岛静夫拍着中年男人的肩膀，看似热情，可每拍一下，中年男人脸上的恐惧都多一分。

“你们参加完王四六的婚礼，吃饱了，也喝足了，现在该活动活动，玩玩游戏了！”

中年男人结结巴巴：“可是……俺不会玩游戏。”

“没关系，游戏的规则很简单，两个人一组进行搏斗，只要把对方打死，另一个就能活！听清楚了吗？”山岛静夫故意放缓声音，像是一条毒蛇。

山岛静夫往后退了几步，给中年男人与他的老父亲腾出空地。

中年男人茫然无措，看着山岛静夫期待他更改主意，山岛静夫却往地上丢了一把刺刀。

“你是怕拖延太君的时间对吗？你想得可真周到，用这把刀，游戏很快会进入下一轮。”

中年男人看着地上的刺刀，再看向村民们，村民们也有心无力，身后的日本兵拉栓上膛，中年男人迫不得已捡起刺刀，看向对面年迈的父亲。

老父亲眼神灰暗，点了点头，中年男人大口喘着气，举刀刺去，中途突然掉头冲向山岛静夫。

山岛静夫似乎早有准备，一把抓住中年男人的手腕，老父亲趔趄着来帮儿子，山岛静夫硬生生将刺刀掰向老父亲，一刀刺向老父亲的腹部。

中年男人嘶喊着："爹！"

山岛静夫松开手，中年男人一把扶住老父亲，用手摁住伤口，可血却止不住往外涌。

老父亲喉咙里发出嘶嘶声，已经说不出话来，想抬起手来，却蓦地垂下。

"爹……"

山岛静夫大声鼓着掌："恭喜你，你赢了。"

中年男人流着热泪，抱着老父亲，他将父亲放平在地上，憎恨地瞪向山岛静夫。

"小鬼子，俺跟你拼了！"

中年男人抓起那把刺刀，再次袭击山岛静夫，山岛静夫轻松夺下中年男人的刺刀，直接用刺刀抹了中年男人的脖子，中年男人瞬间倒地身亡。

山岛静夫啧啧说："你说你傻不傻，既然已经活下来了，为什么还要找死！"

村民们一阵骚动，日本兵举枪威胁，山岛静夫拍拍身上的灰尘。

"苟彦武，你真会拿这些人的性命做赌注吗？"山岛静夫看向村民们，"好了，下面一局游戏，有谁想玩？"

远处一处民宅，老狗与王四六趴在房顶上，王四六气得牙根痒痒，老狗盯着残忍的山岛静夫，更是两眼冒火。

黄桃、四六娘、二丫仓皇走在土路上，四六娘突然难受地捂着胸口，黄桃见状，上前扶住四六娘。

"大娘，你怎么了？"

"喘，喘不过气。"

"咱们去前面歇歇。二丫，你抓紧我，别乱走。"

前面是土地庙，黄桃扶着四六娘往前，二丫怯怯地点点头，紧紧抓着黄桃的衣角。

黄桃扶着四六娘在土地庙里的一片空地坐下，四六娘倚靠在墙上，闭上了眼睛。

突然，佛像后传来动静，二丫一怔，痴痴地望过去，只见佛像后露出一只脚，脚猛地缩回。

二丫拉着黄桃，激动地比划着什么，但黄桃正在给四六娘顺胸口，顾不上二丫。二丫自己往佛像后走，突然一支枪顶住二丫，二丫吓得尖叫，黄桃转身一看，竟然是马三金。

马三金一脸坏笑："师妹，你说咱俩得是多大的缘分，又见面了。"

马三金拿枪指着二丫，四六娘急得想要起身，却使不上劲，黄桃一步上前，马三金晃了晃枪，示意黄桃站住。

"马三金，你放开她！"

"师妹，你能不能别跟我这么外道？"

"我们不是一路人，你再也不会听我喊你一声师哥！除非……除非你把二丫放了。"

"快拉倒吧，我还不知道你，少跟你师哥我耍心眼。"

黄桃一副豁出去的架势："马三金，你不就是想要人质吗？这么着，我跟她换！"

"你就像个泥鳅，抓着你，也得让你跑了。我今天就指着这傻姑娘活命了！跟我进村，你们跑不掉的，我倒是可以在太君面前替你们美言几句。"

马三金挟持着二丫往前，黄桃无计可施。

二丫突然猛地咬住马三金的手，马三金疼得松开手，手枪掉在地上，黄桃一个箭步上前，将手枪捡起。

马三金见势不妙，将二丫一把推开，夺门而出，黄桃持枪去追。

马三金落荒而逃，不时回头望着，黄桃紧紧追赶，举枪射击，两枪打过去，都没打中。

黄桃一时心急，脚下被绊倒，起身再看，马三金已经跑得没影了。

此时，身后一个日本兵鬼鬼祟祟靠近黄桃，日本兵挥舞着刺刀朝黄桃后背而去。

突然，一声枪响，黄桃打了个激灵，日本兵中枪倒地，不远处，是举着枪的齐大昭与路子游。

路子游上前，将日本兵的枪缴了，齐大昭走到黄桃身旁。

"没事吧？"

黄桃拍拍土："没事，就是让马三金给跑了。"

"先不管他。老狗和四六呢？"

"狗哥和四六本来和我们一起逃出来了，但是他们又回去了。"

路子游一声大叫："啊？又回去了？"

齐大昭神色沉重："老狗一定是顾及乡亲们的安全，这才冒险回去的。"

黄桃心有余悸："我现在每听见一声枪响，这心里都哆嗦一下，你说他们不会有什么危险吧？”

黄桃一脸担心，齐大昭神情严峻，没有作答，此时，四六娘突然小跑着赶来，上气不接下气。

“不，不好了。”

“大娘，你怎么跑过来了？”

“二，二丫……二丫她不见了。”

山岛静夫环视四周，信心笃笃，他来到村民的队伍中，站到两个村妇中间，看看左边，再看看右边，把两个村妇吓得不轻，低着头不敢言语。

突然，二丫慌里慌张跑了过来，日本兵举起枪，山岛静夫一摆手，日本兵又将枪放下。

二丫大声喊着：“爷们？爷们？你在哪儿，爷们？爷们？二丫害怕，二丫害怕了！”

远处房顶上，王四六瞧见二丫的身影，急得想要爬起，被老狗一把拉住。

王四六低声吼着：“二丫，那是二丫！她咋回来了！”

“四六，你先冷静！”

王四六十分暴躁：“二丫就在鬼子身边，你叫俺咋冷静！”

小溪旁，山岛静夫面露惊喜走到二丫跟前，打量着二丫的新娘子棉袄，二丫眼神闪躲，怯生生又问。

“你们见着俺家爷们了吗？”

“你家……爷们？你是说王四六吧？”

“不是，是俺家爷们，俺四六哥还没回来呢。”

山岛静夫突然露出一个温和的笑容：“你玩一个游戏，我就告诉你你家爷们在哪儿，好不好？”

二丫一脸兴奋：“玩游戏？太好了，二丫喜欢玩游戏。”

山岛静夫指了指刚才左边的村妇，一个日本兵将那个村妇揪了出来，村妇站在二丫对面。

王四六远远望着二丫，急成了热锅上的蚂蚁，老狗在一旁安慰王四六。

“这是鬼子的圈套，他就是要故意引我们出去！”

“俺管他是不是圈套，现在二丫有危险，俺不去救她，就不是她男人！”

老狗死死拽住王四六：“你不能去！你去了，就是送死！”

王四六气急败坏：“俺还不知道你老狗这么㞞！这么怕死！你松开俺！”

“四六，这里不光有二丫，还有那么多乡亲，你把鬼子惹急了，乡亲们都会遭殃的。咱们必须想个万全之策。”

“啥万全之策！等你想出来了，二丫早没命了！不行，俺要去救她！”

王四六跳下房顶，要冲出去，老狗跟着跳下，挡在王四六身前。

“你给俺让开！再不让开，俺可连你也不认了！”

“怎么着？你还想跟我动手？”

“谁挡俺救二丫，俺就跟谁翻脸！”王四六火冒三丈，怒视着老狗。

小溪旁，村妇不敢动手，二丫不明状况，山岛静夫直接将刺刀塞进二丫手里。

山岛静夫温柔而残忍地说：“把刺刀扎进她的肚子，我就告诉你，你家爷们在哪里！”

二丫懵懵懂懂，拿着刺刀慢慢朝村妇走去，村妇摆着手，连声唤着二丫。

“二丫，俺是你婶子，二丫，你别听他的，他是坏人。”

二丫站在村妇与山岛静夫中间，一副不知所措的样子。

“游戏规则我说得很清楚了，有人死，才有人活，僵持下去只是在浪费时间，天这么冷，难道你不想活着回家吗？”

村妇听出山岛静夫的话是说给自己听的，她搓着手犹豫着，突然眼神一定，往前走到二丫面前，一把夺下二丫的刺刀。

一侧的村民们看见了，顿时乌泱泱嚷起来：

“她婶子，二丫是个傻孩子，你可不能啊！”

“是啊，她婶儿，咱不能上了鬼子的当。”

村妇攥着刺刀，眼中噙泪：“乡亲们，你们也看见了，日本人是动真格的。二丫，婶子对不住你了。”

话说着，村妇意欲持刀刺向二丫，二丫站在原地，并不知道自己即将遭遇危险。

突然，一侧传来王四六一声厉喝：“住手！”

所有人循声望去，山岛静夫更是又惊又喜，只见王四六拿刀架在老狗的脖子上，王四六挟持着老狗走来。

王四六怒声呵斥：“婶子，二丫可是你侄女，你也下得了手？”

“大侄子，这可不赖俺，婶子可不想像他俩那样伸了腿啊。”

村妇看向死在地上的两个村民，禁不住抽泣起来。

二丫看见王四六，两眼一亮：“爷们，你上哪儿了？”

“二丫，别怕，快过来。”

二丫朝前走去，被山岛静夫一把抓住，王四六急得将刀使劲顶了顶老狗。

“你别动她！要不然我坏了你的事。”

“我有点看不明白，你们不是一伙的吗？”

王四六说：“谁说俺跟他一伙的？俺不认识这个黑心贼。你今天不就是冲着他来的吗？俺现在把他交给你，但俺有一个条件。”

“条件？什么条件？”

“你把乡亲们跟二丫都放了，俺就把他交给你！”

老狗登时怒火冲天：“好你个王四六，从上海到山东，这一路上我救了你多少次，你倒好，卸磨杀驴忘恩负义！”

“俺跟你说了，谁挡俺救二丫，俺就跟谁翻脸！”

“没想到我苟彦武最后会栽在你手上！”

老狗使劲挣扎，但王四六硬是不松手，两人不住争吵，山岛静夫双手一拍，打断两人。

“不要吵了！我答应你，用这么多人的性命换他一个人。”

“说话算数，你先放人。”

山岛静夫眼中闪过一道光：“我把人放走，结果发现这一切是你们俩串通好的，那不就糟糕了。”

“你担心，俺还担心呢。你们手里有枪，俺们没有，你们要是反悔了咋办？”

“我们这样僵持下去也不是办法。游戏结束了，你们可以走了！”

山岛静夫看向一侧村民，日本兵点头领命，驱赶村民。村民们看向王四六，眼中充满了感激，大家快步离开。

很快，小溪旁只剩山岛静夫挟持着二丫，在他身后站着一队日本兵，对面是王四六与老狗。

山岛静夫脸上依然挂着淡淡的微笑：“现在满意了吗？我们可以交换彼此想要的人了。”

“你先。”

山岛静夫松开二丫，王四六眼中希冀着，朝二丫点着头。

“二丫，快来。”

二丫抠着衣角慢慢走来，王四六放下刀，与老狗眼神对视，老狗慢慢朝山岛静夫走去。

老狗与二丫擦肩而过，两个日本兵上前，将老狗押住，带回山岛静夫身旁。

二丫来到王四六跟前，王四六急得抓着二丫的胳膊上下打量。

“让俺看看，没受伤吧？”

二丫摇摇头，王四六一把将二丫抱在怀里。

山岛静夫看一眼老狗，轻蔑一笑。

“苟彦武，你真以为我看不出来你们在演戏？”

老狗一怔，只见山岛静夫一挥手，身旁的日本兵举起枪，对准对面的王四六与二丫。

“四六！”

这一刻，一切都变得缓慢，老狗的动作与声音变得缓慢，日本兵的开枪动作变得缓慢，子弹射出也变慢，唯独眼尖手快的是二丫。

二丫发现了日本兵开枪，猛地一扭身子，将自己挡住王四六，子弹袭来，打在二丫后背上。

二丫一口血吐在王四六脸上，王四六瞬间愣住了。

老狗怒吼着，挣脱开身旁的日本兵，冲向开枪的日本兵，将他们的枪顶开。

“快走！”

老狗朝王四六大喊，王四六一把抱住瘫在他怀里的二丫，几个日本兵想要制服老狗，老狗像发了疯的野兽，揪住一个日本兵当自己的掩护，与其他日本兵纠缠。

子弹不住袭来，王四六抱着二丫在枪林弹雨中跑走。

山岛静夫冲开日本兵，上前与老狗交手，两人缠斗在一起，日本兵无从下手。

山岛静夫猛地撤回一步，向日本兵下达指令：“这里交给我，你们去把刚才逃走的中国人，通通杀死！”

众日本兵答：“是！”

王四六抱着二丫进入刚才的民宅，将大门插上。

王四六将二丫放靠在墙角，王四六检查着二丫的伤势。

二丫努力抬起手来，抚摸着四六的脸颊，眼睛一亮，脸上泛起微笑，仿佛一切都回到了半年前的日子。

“四六哥，你可回来了，俺一直等你呢。四六哥，你跟俺说的话，二丫都记着呢。你说咱们再也不分开了，你要一直照顾俺。”

二丫的病好了，就在临死之前，二丫终于变回了那个以前的二丫，王四六却宁愿她还是之前的样子。

王四六泪如泉涌：“二丫，对不起，四六哥没保护好你。”

“四六哥，你别哭，其实二丫还能再见到四六哥，已经心满意足了。四六哥，咱们这辈子没法做夫妻，下辈子再续缘吧。”

"二丫，你可不能丢下俺自己！"

"你从来都不是一个人，俺一直在你身边呢，四六哥，答应二丫，你可要好好活着……"

二丫越来越虚弱，猛然间咳了一口鲜血，手蓦地垂下了。

王四六瞪大双眼，紧紧抱住二丫，眼泪如断了线的珠子，滴在二丫的红棉袄上。

"二丫！"

原本整洁的婚房变得乱七八糟，墙上的"喜"字掉了一半，飘在空中，显得格外刺眼。

王四六抱着二丫一步一步来到床边，将二丫的尸体平放在床上。王四六为二丫盖好被子，木然地站在床边，眼神空洞，屋内一片死寂。

"二丫，四六哥答应你，好好活着，再不当孬种，再不给你丢人。"

这一天对于庆阳村人来说，是永远不想再记起的一天，所有关于今天的记忆都是鲜血和枪声。庆阳村内，日本士兵举着枪大开杀戒，惨叫声与痛哭声不绝于耳，之前的欢笑声一扫而光，此时的庆阳村笼罩着一团死亡与凄惨的阴云，仿佛人间地狱。

一个日本兵正在追杀村民，王四六踹开院门，上前一把抓住日本兵的枪杆，一拳接着一拳打向日本兵，直到日本兵咽了气，王四六还没有停手。又有日本兵跑来，朝着王四六射击，王四六不躲，捡起步枪，开枪还击，杀红了眼的他不顾危险，跟日本兵正面对抗，子弹打光，陷入被动，日本兵打着手势，试图将王四六包围。

此时，轰隆声传来，路子游开着坦克闯来，齐大昭与黄桃分别躲在坦克后向日本兵开枪。

齐大昭大喊："四六，过来！"

坦克朝着日本兵冲去，王四六借机躲到坦克后面。

"狗哥呢？"

王四六不作答，抢过黄桃的步枪，朝着日本兵射击。

黄桃与齐大昭互视一眼，黄桃以为老狗出事了，一把扯住王四六。

"我问你，我狗哥呢？"

雪越下越大，地面上满是杂乱的脚印。

小溪旁只剩下山岛静夫与老狗，两人拉开架势，山岛静夫一副胜券在握的样子。

山岛静夫狠戾一笑:“苟彦武，你三番五次找我的麻烦，这一次让我们把麻烦一次解决掉。”

“求之不得。”

山岛静夫重拳袭来，老狗一个闪身，撤步抵挡。山岛静夫凶狠的面庞愈发变得狰狞，双方你拳我脚，展开对决。

山岛静夫拳拳打在老狗身上，老狗往后趔趄着，强撑着站住脚，毫无还手之力。

老狗有些意外，山岛静夫面露冷笑。

“这段时间我加强了训练，为的就是赢你，今天你输定了！”

山岛静夫猛地冲来，却因脚下一滑，蹲在地上，老狗见状，转身跑到冰面上。

山岛静夫与老狗在冰面上再次展开缠斗，山岛静夫的优势因为打滑荡然无存，拳挥得越重，重心越不稳，老狗逮住机会，攻山岛静夫下盘，两人一时难分伯仲。

小溪中间冰水交融，山岛静夫贴近老狗，勒住老狗的脖子，将他压在身下，试图将老狗的头摁进刺骨的冰水里。

老狗的脸憋得通红，一只手挥舞着攻击山岛静夫，却无济于事，山岛静夫一把将老狗的头生生摁进水中。

水面上冒着泡泡，老狗的头没在水下，山岛静夫摁着不放，时间一分一秒过去。

老狗的手在冰面扒拉着，摸到一个冰棱子攥在手里，刺进山岛静夫的大腿，山岛静夫疼得松开手，老狗趁机将头抬出水面，大口喘着气，整个人冻得瑟瑟发抖。

山岛静夫捂着腿，忍着痛将冰凌子拔出来，山岛静夫瞪向老狗，眼神中多了一分愤怒。

山岛静夫一瘸一拐，与老狗继续较量。

冰面脚滑，再加上腿伤，山岛静夫一时占不着半点便宜，老狗也不下狠手，躲着山岛静夫，这反倒令山岛静夫更加恼火。

老狗冷静地说:“你打不赢我的，认输吧！”

“我要是会认输的话，就不会一路从松江追到山东，也不会想尽办法找到你。苟彦武，你让一个大日本帝国的战士蒙受屈辱，死亡是你唯一的下场。”

“作为中国人，有句话我也送给你，你们敢骑在我们脖子上耍威风，死亡更是你们唯一的下场。”

村内传来村民的哀号，人们惊慌逃窜，日本兵一路追杀。

坦克开来，吸引了日本兵的火力，齐大昭与王四六朝日本兵开枪，黄桃冲村民喊："乡亲们，躲到坦克后面来！"

村民们躲到坦克后面，暂时保证了安全。日本兵朝着坦克开火，子弹不住打在车体上。

路子游咬着牙，操控着坦克掩护村民。一些村民们躲着子弹，往村外跑。急得黄桃大喊："乡亲们，不要慌，不要挤，只要躲在坦克后面就不会有事。"

王四六这时已经被愤怒点燃，不管不顾，大杀四方，齐大昭不得不时刻掩护着他。

黄桃眼尖，一眼发现马三金鬼鬼祟祟混在人群中。她朝齐大昭使个眼色，齐大昭上前一把将马三金拎了出来："好你个马三金，看你往哪跑！"

黄桃将枪口对准马三金，马三金苦苦求饶："别杀我，别杀我！师妹，看在你我同门师兄妹的情分上，你就饶了师哥这一回吧！"

"当初害我的时候，你怎么想不起来咱们还有情分？晚了！"

王四六转身回来，瞪着眼，像要吃了马三金："少跟这混玩意废话，一枪崩了算了！"

"别别别，我能救你们的命！我能救你们所有人的命！"

齐大昭拦下王四六，看着马三金："你什么意思？"

马三金不敢有所隐藏，抓住机会，说得飞快："如果我没猜错的话，再有一会儿，你们的子弹就打光了，到时候你们还怎么跟日本人打？再看看日本人不走，你们能逃到哪儿去！这些人非把你们拖死不可！"

马三金一语中的，齐大昭沉思着。

"你能有什么办法？"

马三金说："我说有办法，就是有办法，你们要肯放了我，我就能保你们的命。"

黄桃急急地说："老齐，他的话可不能信！"

"师妹，事到如今，你不信也得信，齐大昭，行不行，给个话？"

坦克内，路子游不知道外面的状况，扯着嗓子大喊大叫。

"你们干什么呢？鬼子压上来了！"

坦克外，日本兵一窝蜂袭来，马三金斜眼观察着齐大昭，齐大昭做着抉择。

马三金猛地从坦克后闪出身，双手举起，大喊着："别开枪！别开枪！是我！"

日本兵见是马三金，面面相觑，马三金瞧一眼身后，齐大昭与王四六正拿枪指着他。

"大家听我说，你们都被山岛静夫给骗了，他瞒着大佐下达指令，这次行动完全就是公报私仇！”

日本兵疑惑：“你在说什么？”

“我知道这些话你们难以接受，但我发誓，我说的全是真的。你们就算把这里夷为平地，等回到白沙城，大佐还是会惩罚大家的！听我一句，收手吧，我们一起回去向大佐领罪。我会向大佐如实禀报，这次行动与你们无关，都是山岛静夫一个人惹出来的事端。”

日本兵们面面相觑，似乎有所动摇。

老狗的反击令山岛静夫招架不住，他抽出武士刀，试图夺回胜势。

老狗躲闪着锋刃，一把抓住山岛静夫的刀柄，另外一只手互斗着。

老狗攻击山岛静夫的腿伤，山岛静夫疼得手一松，武士刀掉在冰面上。老狗抓住机会发起一连串攻击，每一拳每一脚都发泄着愤怒，山岛静夫被打得鼻青脸肿跪在地上，他想要再站起身，却发现自己根本站不起来了。

此时，路子游、王四六、齐大昭、黄桃、马三金回到小溪旁，马三金一脸放松的样子，令山岛静夫一怔。

山岛静夫吼道：“马三金，我的士兵呢？”

马三金得意洋洋地看着山岛静夫：“山岛静夫，我已经把你擅自行动的事全部告诉他们了，他们不想受罚，现在在村外候命。”

“不可能，他们是大日本帝国的士兵，服从命令是他们的天职。”

“他们服从的是大佐的命令，你算哪根葱哪瓣蒜，不就是一个被通缉没人要的日本军官吗？”

山岛静夫蒙受羞辱，怒视着马三金，嘶吼着要起身，却疼得动弹不得，马三金一脸嘲弄。

马三金讥笑着说：“山岛小鬼子，照现在的架势，你恐怕是走不掉喽！”

“不，不……”

山岛静夫趴在冰面上，一步步挪着身体去够武士刀。

老狗一脸平静地看着山岛静夫：“你不是最爱玩生死游戏吗？我告诉你，只要事关生死，就不是游戏，更没有输赢一说。”

“如果没有输赢，你为什么还要跟我打？”

“因为这事关尊严，一个中国人的尊严！”

山岛静夫摸到刀柄，强撑着身子，跪在冰面上，山岛静夫眼神一闪。对，尊严！山岛静夫望着四周，狠狠地看着这些人，好像要把他们全部记在心里。齐大昭几人举枪对准山岛静夫，山岛静夫万念俱灰，猛地举起武士刀，剖腹自杀，以他认为最正确的方式“战死沙场”。

山岛静夫口吐鲜血，众人一惊。

“苟彦武，我自己放弃了，所以你还是没有赢我。”

山岛静夫用尽最后一丝力气，将武士刀捅得更深。山岛静夫咽气身亡，他的身体跪在冰面上，刀柄撑在冰面上，血流在冰面上，雪白血红。

老狗松了一口气，回头看向黄桃，黄桃眼中满是担忧。

王四六朝着地上啐了一口，将枪放下。路子游摇了摇头，嘴中念叨着：“咎由自取。”

马三金转着眼珠，瞄向黄桃手里的手枪，齐大昭发现了马三金的异样，但为时已晚，马三金一把抢过黄桃手中的手枪，拿枪指着齐大昭的脑袋。

其他人顿时重新举枪，马三金将齐大昭一把箍住。

“都别动！”

路子游气愤之际：“马三金，说好了我们留你一命，你嘴上又抹石灰白说了是不是？你还要不要脸？”

马三金丝毫不以为意：“我马三金要的是金子，要脸有屁用！这么说吧，你们几个人的命加起来都不如齐大昭一个人值钱，我要把他带回去交差，这脸丢得值！”

黄桃破口大骂：“我说啥来着？就是信猫信狗，也不能信他马三金！马三金，你个孬货，败类，畜生！”

齐大昭猛地挣扎，马三金用力来挡，齐大昭的眼镜掉在地上，老狗等人看向眼镜，齐大昭朝着大家使眼色。

齐大昭面色平静：“已经死了这么多人，不能再为我冒险了，事已至此，你们谁都不能再来救我，听见了吗？”

每个人脸上都透着不忿，齐大昭特别看向老狗。

“老狗，答应我，去做更该做的事。”

“少废话，跟我走！”

马三金挟持着齐大昭一步步往村外退，王四六想要冲上去，被老狗一把拉住。

看着齐大昭远去，王四六气得甩头离开，老狗将眼镜捡起来，眉头紧锁。

白沙城司令部，齐大昭背着手站在屋内，面无表情，白鸟介兴奋得在屋内来回踱步。

马三金站在一旁，装腔作势，故意大声呵斥齐大昭。

“见了太君还不赶快行礼！”

齐大昭没戴眼镜，眯着眼睛，没有回话，白鸟介毫不介意地一摆手。

“不许对齐先生无礼，齐先生是我们的贵客。”白鸟介和善地看向齐大昭，“齐先生，坐下说话？”

齐大昭依旧不为所动，气氛有些尴尬，马三金见状，急忙露出谄媚的笑容，得意洋洋地向白鸟介邀功。

“大佐，让山岛少佐屡次失利的齐大昭，被我抓回来了，可见我马三金的能力还是说得过去的，以后再有什么任务，大佐您尽管放心大胆地交给我……”

马三金拍着胸脯侃侃而谈，白鸟介显然没有听进去，还没等马三金说完，径直打断。

“山岛少佐呢？他为什么没有跟你们一起回来？”

马三金迟疑了一下，故作悲伤的样子。

“山岛少佐他……他被苟彦武打死了！”

马三金假装掩面哭泣，暗中眯眼观察着白鸟介，齐大昭不屑地白了马三金一眼。

白鸟介一点反应也没有：“这个山岛静夫，一生莽撞，最终也因此吃亏，他有这样的结局我一点也不奇怪。”

“大佐，山岛少佐虽然有错在先，但现在他死在苟彦武之手，大佐可要替山岛少佐报仇啊！”

“等我完成了大事，自然饶不了这几个中国人。”

此时，吉田正一打报告进来，见到齐大昭，愣住了。

吉田正一咬着牙：“他怎么会在这里？”

“你和山岛君没有完成的任务，叫马副队长完成了，我现在宣布马三金正式成为保安队队长。”

“感谢大佐的栽培，我马三金一定为皇军鞠躬尽瘁，死而后已。”说完，马三金挺直腰板，左顾右盼，十分神气。

吉田正一死死地盯着齐大昭，眼神中充满了强烈的恨意。白鸟介看在眼里，心中一动。

“吉田君，贵客登门，你替我好好招待，务必要做到让齐先生和你无话不谈，记住，无话不谈！”

吉田正一意会，立正领命。

“大佐放心，我一定让齐先生张开金口。”说完，吉田正一朝齐大昭阴森一笑。

此时，电话响起，白鸟介接听电话，面色突然肃然起来，一手捂住话筒，一手挥了挥，示意在场的人都下去。

等人都下去了，白鸟介再次贴近电话，态度恭敬谦卑。

“司令，您放心，一切都已经布置妥当，这次计划我们时刻待命。”

幸存的乡亲们聚集在一起，蹲在小溪旁放着河灯，灯上写着形形色色纪念的话，河灯顺着溪水向远方漂去。

有的女人头戴白巾，面容悲怆；有的小孩儿木然地杵在原地，一脸茫然；有的老人瘫在地上，号啕大哭，气氛十分压抑。

老狗、路子游和黄桃站在乡亲们身后，表情沉重。

老狗问：“四六还没回来？”

路子游叹了一口气：“自从把二丫安葬好了以后，四六就一直在那儿守着，他不会想不开吧？”

黄桃说：“不会，我去找过四六，看着情绪挺稳定的，他说就是想多陪二丫说说话，说够了就回来了，让我们不用担心他。”

老狗等人将目光投在一盏盏漂流的河灯上，不禁唏嘘。

庆阳村村口枣树下多了二丫的坟墓，王四六坐在坟边。

“二丫，俺寻思往后挣了钱，把两家都翻盖翻盖，养三头牛，圈一窝鸡，再置两垧地，你跟爹娘在地下保佑俺，保佑乡亲们，保佑所有人都把日子过红火，保佑大家伙不再被鬼子欺负。”

风吹动树枝，发出响声，吹落一捧白雪。

“二丫，你听见了。”

王四六望着枣树，一脸祥和，眼神中充满着希冀。

老狗等人与村民们走在村内，看着庆阳村残败的样子，深深叹了口气，沉痛地说：“是我们害了大家，如果不是我们，鬼子就不会打过来。”

有村民听到老狗的感慨，回头劝慰。

“不赖你们，这群畜生平日里就没少来村里祸祸。”

黄桃厉声：“真要怪，就怪那个山岛静夫！”

听到山岛静夫这几个字，村民们横眉倒立，十分愤慨。

“俺早就把那鬼子的尸体扔进山沟了，估摸着这会儿已经被狼吃个精光了。”

“活该，扒皮挖心俺都嫌不痛快！”

老狗、路子游、黄桃走在后面。

路子游说：“要我说，咱们越早离开，村民们就越安全，不如明天咱们就出发，救出老齐以后再往北走。”

老狗坚决地摇摇头：“不行，老齐交代了，谁都不许去救他，他的意思是让我们把图纸安全护送到崂山。”

黄桃不可思议地看着老狗：“你个榆木疙瘩，你是不是真傻，他说不救就真不救了？”

不管两人说什么，老狗始终坚持一句“这是老齐的心愿，我们必须替他完成”。

路子游突然说：“那你想过没有，也许我们根本不是完成这项任务的最佳人选，鬼子盯我们比盯苍蝇还紧，尤其是现在死了个山岛静夫，日本人肯定不会善罢甘休。再说了，你就忍心眼睁睁看老齐落在鬼子手里？”

“总之，我说不行就是不行。”

老狗黑着脸，斩钉截铁地否决，不留一丝余地，路子游和黄桃对视一眼，没有再说话。

深夜，屋内，路子游四仰八叉，呼呼大睡。

一旁的老狗突然睁开眼睛，偷偷观察着，然后迅速起身，悄悄离开。

老狗轻声关好门，蹑手蹑脚地往外走。

一转身，冷不丁打了个激灵，黄桃正站在院里的石磨后看着他。

“大半夜的，你去哪儿？”

老狗紧张地咽了口唾沫，顿了顿，挤出一个笑容：“我去茅房。”

黄桃气极反笑，“你还学会撒谎了？”

话音未落，黄桃就贴近老狗身，老狗还没反应过来，黄桃就从老狗腰间掏出一把马掌刀和一把枪。

“去茅房你带着刀跟枪？茅房里有鬼子？”

老狗语塞，脸憋得通红。黄桃语气和缓下来。

“狗哥，我知道你想要做什么，你想去救老齐，对不对？”

老狗嘴硬：“谁说我要救老齐？”

“得了吧，你就跟张白纸似的，心里想啥，全摆在脸上，你骗不过我。你白天越是反对我们救老齐，我就越是知道你自己动了这个心思。”

老狗无话可说，干脆紧闭牙关，死不承认。黄桃刚压下去的气又翻腾上来。

“你就是茅坑里的石头，你这是忽视集体，你这是……”话没说完，就听见路子游的声音传来：“他这是在搞个人英雄主义！”

老狗和黄桃回过头，不知何时，屋门开了，路子游走了出来。

“黄桃能看出来你的小九九，我当然也能。虽说你是车长，但你不能搞一言堂，不征求我们意见就做出这样的决定，我路子游第一个不服。还有，黄桃我可照顾不了，撇下人家自己跑了，枉费了人家对你一往情深。”

老狗迫不得已，只好硬着头皮点头承认。

“不错，我确实是想一个人去救老齐，但我这么做，是为了不让你们再遭受任何风险，我们再经不起任何地打击了。”

路子游感到十分好笑：“没想到，你这种革命老战士，还有这么幼稚的想法！你走了，我们面临的风险就会降低吗？难道因为你走了，鬼子就会轻易地放过我们？”

黄桃看着老狗，眼睛里泛起一层水雾：“狗哥，你说过你是树，我是藤，我缠着你绕着你，可我还没缠绕够呢，你就嫌我了，是不是？”

“当然不是，护送图纸是更重要的任务，我去救老齐，一为救人，二为吸引鬼子注意，是在给你们扫清障碍。”

路子游摇摇头：“明修栈道暗度陈仓确实是好办法，可我白天就说了，我们并不是护送图纸的最佳人选，开着坦克目标太大，你的盘算不一定能灵。”

老狗看着路子游信誓旦旦的样子，倒不由有点好奇：“你这么笃定，是不是心里已经有了护送图纸的人选？”

路子游神秘一笑，看向王四六的婚房。

第二天中午，老狗几个人坐在桌前吃饭，桌子上大盘小盘摆满了好吃的，四六娘又端着菜从厨房里过来。

黄桃诧异地问：“大娘，你今天咋做了这么多？都吃不下了。”

四六娘露出和蔼的笑容：“大娘知道你们要走了，就多做了些吃的，给你们送行。”

老狗三人面露惊讶。

老狗问：“大娘，你怎么知道的？”

还没等四六娘说话，王四六接过话茬：“你们要走？俺跟你们一起走。”

老狗直接否定。

“为啥？”

“你留下来，照顾大娘。”

四六娘急忙搭腔：“俺身子骨结实着呢，一个人也过习惯了，不用人照顾。老天饿不死瞎家雀，这个主俺替四六做了，他跟你们走。”

黄桃苦口婆心劝着四六娘：“大娘，让四六大哥留下来，是对他另有安排。”

王四六茫然地看着黄桃：“另有安排？啥安排？”

“你是山东人，在山东的地界你比我们灵，你也见着了，老齐临走之前交代过，要我们护送图纸，可我们又不能不救他，所以我和黄桃，还有子游做了一个决定，我们三个去救老齐，你把图纸送到崂山。”

王四六琢磨了一会儿，然后摇摇头："俺不干！你换人送吧，俺不跟你们分开！"

王四六犯起犟劲，老狗、黄桃、路子游面面相觑，拿王四六没办法。

四六娘沉吟了一会儿："这事俺听清楚了，你们想两条腿走道，对不？"

路子游点头："大娘是明白人，四六，你可不能犯糊涂啊，就你去最合适。"

"俺合适？俺咋合适了？就因为俺是山东人会说山东话？你们又不是头一天认识俺，俺没那脑子，俺真干不了！"

黄桃一拍桌子："那干脆就让子游陪你去，你们俩路上有个照应。"

路子游立刻反对："说好了咱们三个救老齐，你怎么临时变卦？"

"那咋办？他不去，你不去，老齐的心愿就这么瞎了吗？"

老狗板着脸，一拍桌子："好了，先不说这事了，办法总是有的。四六，成亲的喜酒还有余下的吗？"

"还有一坛。"

"去拿来。日子越是难熬，咱们越要抻脖子亮嗓，喝点酒，兴许主意就有了。"

王四六应声去拿酒，老狗抄起筷子吃着菜，黄桃与路子游看着老狗，也不做声了。

齐大昭与吉田正一在白沙城日军刑讯室面对面坐着，桌上摆放着饭菜。

吉田正一看着齐大昭说："你知道我想要的是什么，我也知道你不会那么轻易给我，不如我来讲一讲你现在的处境。"

"你就不用费口舌了，我还能有什么处境？无非是严刑拷打，顶多丢条命。"

"不不不，你想简单了，你死了是便宜你了，我要让你睁眼看着你连想都不敢想的事。"

吉田正一一拍手，两个日本兵拽着一对父子出现在门口。

"这第一件事，就是给你出一道选择题。如果你肯交出坦克图纸，我立马放了他们，如果你不交，你应该猜到他们会有什么样的下场。我给你一分钟时间考虑。"

吉田正一冷笑着，齐大昭怒视着吉田正一，吉田正一冷笑着，捋开袖口看着手表。

"别光看我，看看他们。你还剩五十秒。"

父子俩已经被打得皮开肉绽，此时年轻男人不住哭啼，中年男人昂着头，一脸的不服气。

中年男人狠狠地瞪着吉田正一，话却是对自己儿子说的："是爷们就给老子擦干眼泪，要死，也得站着死。”

吉田正一鼓着掌，啧啧赞叹：“多么有骨气的一个人，齐大昭，你真的愿意看着他因为你而丢了性命吗？”

齐大昭怒吼着：“有本事冲着我来，嫁祸他人算什么！小人！你就是个小人！”

吉田正一说：“我不知道什么叫小人大人，我只知道我想要的东西，一定要拿到手。你还剩下二十秒。”

齐大昭紧紧攥着拳头，眼中噙着泪望向中年男人。

“十,九,八,七……”

中年男人看着齐大昭，竟是一脸从容淡然：“爷们，不管小鬼子想要你啥东西，都别给他们，俺们爷俩死了不冤，咱是中国人，就跟他们干！”

齐大昭点了点头，吉田正一手表的指针走完一圈，吉田正一无奈地摆摆手，日本兵将父子俩拖走。

吉田正一打量着齐大昭，似乎要重新认识他的这位老朋友：“没想到，你的心也真够狠的。”

“都是让你们逼出来的。”

吉田正一脸色一沉：“看来给你好的招待，你也不会感恩，来人，把桌子和床全部抬出去。”

两个日本兵走了进来，搬床搬桌子，吉田正一站起身，掸了掸身子的灰尘。

“今天就到这里，明天我再来看你。”

日本兵将床与桌子搬走，吉田正一大步离开，刑房内瞬间变得很空，齐大昭摘下新眼镜，摸着眼镜腿，出着神。

吉田正一离开司令部后，直接回到美惠子家，客厅里美惠子正在准备饭菜。她整个人面色蜡黄，脸上充满了被摧残的伤痕，看起来极度憔悴，看向吉田正一的眼神中，充满了隐隐的畏惧。

吉田正一坐下来，伸出手，美惠子默默递上碗筷。

“水。”

美惠子照做，倒了一杯水端来，放在桌上。

突然，吉田正一紧紧攥住美惠子的手。美惠子眉头皱起，显然是被捏疼了。

吉田正一看着美惠子，皮笑肉不笑，虚情假意的样子。

“自从你哥哥死了以后，你就没对我说过一句话，不过我有耐心，我可以等。”

听到“哥哥”两个字，美惠子脸上闪过一丝痛苦的表情，随即又恢复了麻木。

吉田正一见美惠子没有反应，松开手，他拿着筷子一翻菜，发现菜是糊的。

吉田正一怒道：“你又把菜烧煳了，这已经是第五次了！我虽然有耐心，但也是有限的。”

美惠子低着头，还是一言不发，吉田正一不禁怒气上蹿，大发雷霆。

“你不说话，那个齐大昭也不肯开口，你们倒是真有默契。我就不信，我撬不开你们的嘴！”

美惠子一怔，看了一眼吉田正一。

“没错，齐大昭现在落在我的手里，你要还是这副不人不鬼的样子，我就让他齐大昭过得连鬼都不如，我吉田正一说到做到。”

吉田正一气得起身离开，美惠子倒退几步，靠在墙上，身体不断下滑，最后瘫坐在地上，无助地看着前方。

路子游、王四六、黄桃全都趴在桌上睡着了，倚靠着炕头的四六娘慢慢睁开眼睛，下炕摇了摇王四六，王四六哼了一声，扭头接着睡，四六娘紧接着去摇晃黄桃与路子游。

“闺女，醒醒？孩子，你也睁睁眼？”

黄桃醒来，揉着太阳穴，还睁不开眼睛。

黄桃自言自语：“今天酒量怎么这么差劲？几碗就醉了。”

路子游醒来，环视四周，发现桌上放着齐大昭那副眼镜，下面压着一张字条，路子游拿起纸条一怔，然后怒骂一声：“这头倔驴！”

路子游边喊话边使劲推着王四六，王四六嘟囔着醒来，打着哈欠。

“吵吵啥？火上房啦？”

“黄桃，你看。”

路子游将字条递给黄桃，黄桃看罢，顿时也没了精神，看黄桃与路子游谁都不说话，王四六急得直挠头：“你们这是咋了？这上面写了啥？”

黄桃读了出来：“黄桃、子游、四六，对不起，我在酒里下了药，等你们醒过来的时候，我已经返回白沙城，等我救出老齐，再与你们在崂山会合，藏好图纸，一路小心。”

去白沙城的路上，一匹马快速奔驰在路上，卷起一缕尘土。

老狗目光笃定，策马扬鞭。

“老齐！我一定会把你救出来的！”

第二十章　山穷水尽

鱼市里人声鼎沸，十分热闹。鱼市两侧摆满了鱼摊，水缸里活鱼乱蹦乱跳，小贩卖力叫喊着，空气里弥漫着一股鱼腥味。

昨天，在吉田正一走后，美惠子回到卧室，推开门，一个人竟然站在屋内。待到那人转过头，美惠子看着那副熟悉的面孔，松了一口气。老狗脸上也挂着震惊之色，他指了指墙角的棺材。美惠子脸色一暗，告诉老狗，因为上次丢失零件的事，吉田正一被狠狠责罚，万成千也被处死。吉田正一回家后，想对自己图谋不轨，星野太郎阻拦着，最后被暴怒的吉田正一打死，这棺材里躺着的就是星野太郎。老狗听完美惠子的话，神色十分复杂，对于星野太郎，他没有半分同情，可看到美惠子脸上的伤痕，就知道没有了哥哥的周旋，美惠子的日子一定很苦。

老狗深吸一口气，压住心里异样的情绪，跟美惠子说了齐大昭被抓的事情。美惠子脸色骤然一白，原来吉田正一并没有骗自己。老狗坦言自己就是来救老齐的，希望能得到美惠子的帮忙。两人约定第二天在鱼市见面。

鱼市上，美惠子随意地走着，她眼神不经意间往后瞥了一眼，随后假装若无其事，开始挨个摊转着，不时还和鱼贩搭两句话，看样子在专心地挑鱼。

老狗走后，美惠子对吉田正一热情起来，不仅恢复了往日亮丽的打扮，还要主动为吉田正一做鱼吃。吉田正一表面感动，同时感到诧异，背地里却派马三金偷偷跟上美惠子。

在鱼摊一侧的老狗正想要上前，却被美惠子用眼神制止。老狗顺着美惠子的眼神，发现了马三金，赶紧背过身去，不由得暗自着急，左右张望，突然发现不远处有个推车运货的小贩，推车上面全是鱼。老狗凑到跟前，趁小贩不注意，故意在车轱辘上做了手脚，然后又隐匿在人群里。

小贩推车经过马三金身边，老狗丢过去一个小石子，车轱辘轧到石子，颠簸之下，失去平衡，推车翻了，水和鱼全都洒马三金身上。

马三金一身湿，嘴里骂骂咧咧。

小贩看见马三金的着装，急忙上前，拍着马三金的衣服，躬着身，不停道歉。马三金不耐烦地挥挥手，再抬头时，美惠子不见了。

距离鱼市不远的一条小巷里，老狗领着美惠子跑到这里，见四周没人，停了下来。

美惠子说："我只知道他被关在司令部刑讯室，别的就一概不知了。"

老狗沉思片刻说："司令部戒备森严，光凭我自己，根本不可能把老齐救出来，除非……"

"除非什么？"

"除非能让老齐从司令部走出来。"

美惠子大惊："这怎么可能？"

"未必没有希望，你听我安排，你今晚就向吉田正一提出要去看望老齐。"

美惠子想也没想，径直摇了摇头。

"你不知道，吉田正一这个人嫉妒心很强，他一定不会让我去的。"

老狗反而神秘一笑："我要的就是他的嫉妒心，只有当他丧失理智的时候，我们才有空子可钻。想要办成这件事，还需要另外一个人的帮忙。"

看着老狗一副智珠在握的样子，美惠子更加疑惑了。

马三金甩着衣服跑出来，四处寻找美惠子的身影。正在懊恼，一个转身，正好与美惠子撞到一起，美惠子的篮子掉了，里面买的鱼全都撒在地上。

马三金庆幸地松了口气："吓死我了，原来你还在。"

美惠子蹲下身来捡鱼，马三金也急忙帮美惠子拾起鱼来。

美惠子假装不经意地说："什么叫原来你还在？难道马队长一直在跟着我吗？"

"没有的事，怎么可能呢？"

马三金堆着笑推诿着，美惠子不再逼问，看着沾着泥土的鱼。一脸惋惜。

"鱼这样就不新鲜了，吉田君会怪我的。"

马三金一边捡鱼，一边赔礼道歉："都是我的错，忙里忙慌地撞翻美惠子小姐的篮子。这鱼离了水沾了土，肯定影响口感，我再去买两条，赔给美惠子小姐。"

"听马先生的意思，你也爱吃鱼？"

马三金忙不迭地点头："对，特别好这口。"

鱼全都捡好了，两人重新站起身来，美惠子看着马三金说：“既然这样，马先生不如一起来家里用餐吧。”

马三金连忙摆手：“不敢麻烦美惠子小姐，我就不去了。”

“马先生是对我的厨艺不放心？”

“绝对没有。”

“那就是觉得吉田君爱吃的东西，配不上你马先生？”

“哟哟哟，美惠子小姐，话可不能乱说。”

“既然都不是，马先生怎么就不肯赏脸呢？”

美惠子不断用话激着马三金，马三金无可奈何，只好点头答应。美惠子眼里闪过一道光。

吉田正一进入刑讯室，刑讯室里有两个日本兵，一个摁住齐大昭，一个正强行给齐大昭喂饭。

“怎么回事？”

一个日本兵转过身向吉田正一敬礼报告。

“少佐，他要绝食不吃东西，我们只能用这个办法。”

吉田正一挥挥手，日本兵离开，吉田正一来到齐大昭身边，掏出手帕，强行擦掉大昭嘴边的食物渣。

“齐先生，我知道你是一个爱体面的人，如果你能早点把图纸交出来，怎么会落得现在这样的下场？”

齐大昭平静地看着吉田正一，不为所动。

“比起外表的体面，精神的体面更加重要。”

吉田正一不屑地笑了笑：“精神？我看你就是不识时务。你的老师，还有那个地下党，现在再加上你，一个个都是老顽固，争着抢着去死，难道活着不好吗？”

“人固有一死，或重于泰山，或轻于鸿毛。我们中国人追求的是前者，你是不会懂的。”

“齐先生，你可要想清楚，人死了，可就什么都没了，你费尽心思保守的秘密，也就没有了价值。相反，如果你能把图纸交出来，以你的才识，肯定会大有作为。”

齐大昭冷笑：“你不用白费工夫了，图纸早已经被我烧毁，内容都记在我的脑子里，你如果这么想得到，大可以把我的脑子取出来，看里面有没有你想要的东西。”

吉田正一气结：“不识抬举！我好言相劝，而你却在自毁前程。”

齐大昭冷冷地看着吉田正一。

“我所学到的知识，是用来造福我的同胞的，你们日本人施舍的前程，我不要。你也不必再费口舌了，你从我这里得到的只能是来自一个中国人的唾骂。至于图纸，我死也不会交出来的。”

“幼稚！你真的以为没有你的图纸，我们的力量就会削弱吗？看来，不在专业领域击败你，你是不会服气的。”

说完，吉田正一招来两个日本兵，押着齐大昭，几人来到司令部一角，一辆崭新的坦克赫然摆在那里。

吉田正一摸了摸坦克，转过身得意地向齐大昭炫耀着。

“你们中国有可能大规模生产这种规格的坦克吗？我看这种可能性几乎为零吧。”

齐大昭沉默不语。

吉田正一声音中充满着引诱：“对于一个知识分子来说，将知识传播下去是最幸福的事情，不管你为中国，还是为日本，都是制造坦克，又有什么区别呢？”

齐大昭不为所动：“知识没有国界，但知识分子有！你们制造武器是为了杀人，而我制造武器是为了救人，两者绝不可同日而语！”

“齐先生，你是聪明人，你比谁都清楚这样一台武器在战场上的作用，所以你们的失败只是早晚的事情，你又何必画地为牢呢？”

齐大昭直视着吉田正一，目光冷静而坚定。

“我坚信，正义可能会迟到，但不会缺席，你所谓的胜利只会是幻想。”

两人争执不下，此时白鸟介走来，把吉田正一叫到一边。

白鸟介警惕地看了齐大昭一眼，齐大昭察觉，假装在专心研究坦克。

白鸟介收回视线，两人低声交谈。

“吉田君，任务完成得怎么样了？什么时候才能拿到坦克图纸，更新坦克设备？”

“大佐，齐大昭是块硬骨头，不好啃。不过我还有办法，只要再给我一些时间，我一定会让他开口的。”

“我最多只能给你七天时间，七天之内，务必有个结果。七天之后，大日本帝国会有一次机密行动，需要我们所有部队配合，届时绝对不能再让齐大昭分散我们的精力。”

吉田正一一副恍然的表情。

“难怪大佐最近如此繁忙，大佐，您所说的行动是什么内容？”

白鸟介颇有深意地看了吉田正一一眼，郑重地说：“不必多问，到时候你自然会知道的，总之，这次行动事关重大，容不得一丝闪失，所以在这之前，你要做好一切准备，明白吗？”

“是！”

白鸟介拍拍吉田正一肩膀，以示激励。

不远处的齐大昭，暗自偷听着，将听到的只言片语记在心里。

吉田正一见齐大昭一副不识趣的样子，一时兴趣索然，吩咐日本兵把齐大昭押回刑讯室，然后径直回家。吉田正一进入客厅，美惠子起身迎接，与她一起的还有马三金，吉田正一见到马三金一怔。

“你怎么也在？”

马三金还没说话，美惠子就抢先替他回答。

“是我邀请马先生来的。”

吉田正一眉头一皱，但没有说什么，三人落座吃饭，桌上摆满了日式料理，有生鱼片、芥末酱油、寿司。

吉田正一夹起一片生鱼片，放在嘴里，脸上露出心满意足的神情，忍不住称赞。

“美惠子的厨艺一如从前，很久没有吃到这么正宗的刺身了。”

美惠子温柔地说着：“其实，做刺身最好的原料是三文鱼，不过白沙城没有卖三文鱼的，我就用了鲈鱼替代。因为是生鱼片，所以鱼的新鲜度是关键，吃刺身的时候也一定要配上山葵和酱油，这样才能吃到最纯正的鲜味。马先生，你为什么不尝一口？”

吉田正一将视线投在马三金身上，目光平静，但马三金却感受到了压力。

马三金讪笑：“你看我，光顾着听美惠子小姐说话，忘了品尝了。”

马三金一脸奉承，但其实内心叫苦不迭，硬着头皮夹了一片生鱼片放在嘴里，囫囵地吞了下去，随后装出一副享受的样子。

“好吃，太好吃了，美惠子小姐厨艺精湛，这鱼真是绝了！怪不得吉田少佐能屡建奇功，我看就是因为吃了美惠子小姐的刺身。”

吉田正一不禁露出一丝笑意：“马队长这张嘴天生抹了蜜，说出来的话，谁都爱听。”

“三金说的是实话，实话。”

马三金不小心吃多了芥末，呛得直咳嗽，眼泪直流，吉田正一哈哈大笑，马三金也跟着笑话自己，气氛一片大好，这时美惠子突然说话了。

“既然我也算为少佐做过一点贡献，不知道少佐能不能答应我一个请求？”

吉田正一爽快地一摆手："说。"

"我想见齐大昭。"

马三金送到嘴边的筷子猛地顿住，眼睛一转，忙放下手来，再瞄向旁边，吉田正一已经板起脸来。

吉田正一一动不动地看着美惠子，眼神中泛着寒意。

"你知道你在说什么吗？"

"我很清楚我在说什么，但我想和齐大昭见面，并不是因为我心里还想着他，恰恰相反，我是想和过去告别，只有这样，我才能开始新的生活。"

吉田正一想也没想，一口否决。

"不行！你想和过去告别，我支持，但一定要通过这种方式吗？"

美惠子神色黯然，声音低沉。

"这是我的一桩心事，好像一根鱼刺扎在喉咙里，我想把这根鱼刺拔出来，希望吉田君成全。"

吉田正一神色微动，但依然没有松口。马三金见机缓和气氛，故意转移话题。

"大家吃鱼，再放就不新鲜了。美惠子小姐，你刚才说这鱼要怎么吃来着？"

美惠子没有回答，反而直直地看着马三金问出一个问题："马先生可曾有过喜欢的人？"

"有……"马三金看着吉田正一的脸色回答，刚说了有字，见吉田正一眉头一皱，急忙改口，"没有，没有。"

"不管有没有，人都是感情的动物，马先生觉得想要忘记一个人，应该怎么去做？"

马三金眼珠一转："这……我也不清楚。"

"马先生是不是怕说错话？今天是我宴请马先生，不管你说什么，吉田君都不会责怪的，对吗？"

美惠子看向吉田正一，吉田正一轻轻点头，算是允许马三金自由表达。

马三金骑虎难下，吭吭哧哧胡说起来。

"你现在用我们中国话讲，这叫迷瞪了。"

美惠子疑惑。

"你叫那个齐大昭给迷瞪了。他有什么好的，论身材论长相，都比不上吉田少佐，现在还是个阶下囚，能不能活到明天还两说，他和吉田少佐站一起，明眼人一看就知道谁是英雄谁是狗熊，你为了一个狗熊，不值。"

"难道评价一个人是英雄还是狗熊，只是看外表吗？也要看一个人的学识、胸襟与品格吧？"

马三金急忙说："要说这些，吉田少佐也不在话下。"

"怎么证明呢？我听说是马队长押齐大昭回来的，临回来之前，齐大昭特别交代过他的朋友，让他们不要救自己，让他们好好生活。舍己为人，是多么伟大的胸怀。我还听说，齐大昭在刑房里，也是一副大丈夫威武不能屈的样子……"

话音未落，吉田正一一拍桌子，美惠子停下不说，马三金苦着脸，两人一块站起来候命。

"齐大昭的所作所为，谈不上胸怀，更不是大丈夫所为，他只是一个自以为是的死脑筋。我是不可能让你去刑讯室的。"

吉田正一瞪着美惠子，美惠子低着头，马三金偷偷瞄着两人，吉田正一深吸口气，语气有所缓和。

"但是我可以把齐大昭带回来，我要让你看看，谁才是真正优秀的男人！"

美惠子露出一副吃惊的样子，吉田正一带着怒气转身离开，马三金晾在原地，朝美惠子苦笑点头，随即也借口离开。

两人走后，美惠子长出一口气，喝了口水压下激动的心情，吉田正一还是上钩了。美惠子随后开始收拾桌子，时不时地抬头看看挂在墙上的钟表，似乎在等待什么。时间一点点过去，美惠子的神色变得有些焦急，她开始在屋里走来走去。

突然外面街上传来吆喝声。

"冬枣，冬枣，新鲜的冬枣，走过路过不能错过，冬枣……"

美惠子听到吆喝声，一怔，急忙跑出去。美惠子打开门，门口有一名站岗的日本兵。

街上，老狗戴着棉帽挑着扁担，还在吆喝。

"冬枣冬枣，新鲜的冬枣，走过路过不能错过，冬枣……"

日本兵正要上前驱赶老狗，美惠子急忙拦住。

"等一等，那个人，我买冬枣！"

老狗挑着扁担走来，将扁担放下，美惠子转头喊向日本兵。

"你去屋里拿个篮子过来。"

日本兵点头，进入院内去拿篮子，老狗与美惠子低声紧急交流着。

老狗问："怎么样了？"

"很顺利，吉田正一今晚会带齐大昭来家里。"

"那咱们今晚动手，一切按计划进行。"

美惠子下意识点点头，不知道想到什么，突然有些愣神。

"你怎么了？不会有什么问题吧？"

美惠子回过神来，摇摇头。

“你放心，没问题。”

日本兵拿来篮子，美惠子接过篮子，假模假样地挑了些冬枣，付钱给老狗。

“希望你的冬枣，吉田少佐能够喜欢。”

司令部，刑讯室有半扇窗，透过阳光，齐大昭站在窗前，回忆着，思考着。

齐大昭眉头紧皱，耳边依然回响着白鸟介的话。

“七天之后……机密行动……”

良久，齐大昭好像想到什么，又重新恢复了平静的表情。齐大昭走到门口，朝着外面的两个看守，用日语喊话。

“我要出去走走。”

门外传来日兵讥笑的声音：“想得美，你以为这是你家后花园吗？吉田少佐不在，你就老老实实在里面待着。”

“那我要见大佐！”

“大佐公事繁忙，是你想见就能见的吗？”

“我要把图纸的秘密说出来，难道大佐也抽不出时间来吗？”

“你说的是真的？”

“看来你们毫无诚意，既然这样，那我索性让这图纸烂在肚子里，到时候大佐问起来，看你们两个谁担待得起。”

两个日军看守脸色一变，一名日本兵前去汇报。

片刻后，两名日本兵押着齐大昭出现在司令部院内，经过大院，齐大昭故意放慢脚步。

“快点走，大佐正等着呢。”

日本兵催促，齐大昭勉强加快速度，眼神却东西乱瞄，一路上悄悄观察着院内的情况。

齐大昭拿着笔坐在桌前，他的面前放着一支笔，摊着一张白纸。

白鸟介坐在一旁，为自己与齐大昭倒茶。

“齐先生为什么突然想通了？”

齐大昭暗地观察着司令部的陈设，试图找到蛛丝马迹，嘴上随意应付着。

“我想开了，这张图纸即便我不交出来，凭大佐的实力，也有办法弄到，只不过是时间早晚的问题，既然这样，还不如提前献给大佐，还能换回自己一条命。”

白鸟介将信将疑：“可我听吉田少佐说，齐先生可是大义凛然得很，宁死都不肯交出图纸。”

齐大昭淡淡一笑：“大佐相信这话吗？如果有活着的机会，有谁会想死呢？我只不过是想着，如果我投靠了大佐，吉田正一势必会成为我未来的竞争对手，所谓‘一山不容二虎’，与其我把图纸交给他，让他多一次立功的机会，还不如我亲手把图纸献给大佐，来换取更大的功劳。”

白鸟介哈哈一笑。

“齐先生多虑了，你和吉田君都是不可多得的人才，只要是对大日帝国效忠的人，都会得到重用。现在就是证明你能力的时候了。”

齐大昭点点头，眼神却暗中四处打量，手上推推诿诿，一支笔提起又放下，迟迟没有下笔，白鸟介不耐烦，脸色不由一沉。

“齐先生，你不会是在骗我吧？”

此时，齐大昭猛地发现墙上地图上有标记，齐大昭急忙应声开始动笔。

“我怎么敢骗您呢？只是图纸十分复杂，我自己需要好好想一想，万一哪儿画错了可就坏了。”

白鸟介见齐大昭终于开始动笔，这才满意地点点头，端起茶杯啜饮起来。

齐大昭胡乱画着，同时偷瞄着墙上的地图，将地图标记默默记在心里。

吉田正一离开美惠子家后，来到了司令部。他打了个报告进到办公室，看见齐大昭在一旁，不禁疑惑。

白鸟介兴奋地站起身：“吉田君，你来得正好，齐先生画好了坦克图纸，你来看看。”

吉田正一难以置信地看了齐大昭一眼，疾步上前接过图纸，上上下下看了几遍，最后直接将图纸撕毁。

“吉田君，你这是……”

吉田正一神色古怪：“大佐，您上当了，这根本不是坦克图纸。”

白鸟介一瞪眼，勃然大怒，冲着齐大昭大发雷霆。

“好你个齐大昭！枉我一口一句齐先生尊重你，原来你真的在耍我！”

齐大昭面不改色，十分镇定。

“狼永远是狼，就算满口仁义道德，也还是一匹披着羊皮的狼！”

白鸟介脸色更加阴沉，恶狠狠地瞪着齐大昭。

“既然你软的不吃，就给你点硬的尝尝。吉田君，把他给我带下去，大刑伺候！”

吉田正一面露难色，白鸟介眉毛一挑。

“怎么？你还舍不得了？”

吉田正一连忙摆手。

“绝对没有，大佐请放心，我一定按照您的意思去办。”

吉田正一押着齐大昭出来，走在院子里。

吉田正一不解地看向齐大昭：“我不明白，你这样戏耍大佐，有什么好处？”

“我一介草民，在临死之前，能戏耍日军大佐，传出去也是一桩美谈不是？”

吉田正一冷哼一声。

“不可理喻！其实，就算你不说，我也已经猜到了。”

齐大昭面不改色，但身子不易察觉地一僵。

“你向来是个有的放矢的人，不会冲动到去戏耍大佐，做这样费力不讨好的事情，所以，你做这件事其实是另有目的，我说的没错吧，齐先生？”

齐大昭瞳孔一缩，以为吉田正一发现了什么，脑子里迅速寻找措辞，吉田正一接着说。

“你无非是想激怒大佐，一心求死，这样图纸的秘密就会永远保留下来对不对？”

齐大昭听完，暗中松了一口气，微微一笑，没有解释，这更让吉田正一确信了自己的猜测。

“在你死之前，我绝对会把你的嘴撬开。”

此时，吉田正一押着齐大昭走到司令部门口，吉田正一打发随从的日本兵离开。

“你们两个下去吧，我一会儿亲自把他押回去。”

日本兵敬礼离开。

齐大昭左右看着，十分纳闷。

“不是要给我用刑吗？这是去哪里？”

“你放心，该用的刑一样也不会缺，但在这之前，我要先带你去见一个老朋友。”

齐大昭脸上惑色更浓，不明所以。

白沙城大街上，马三金带着几个跟班在街上横着走，挨个收着摊贩的保护费，横行霸道，十分嚣张。

一个小跟班谄媚地看着马三金：“队长，你立了那么大的功，奖赏咋还没下来？”

马三金本来就有些郁闷，听见这话，更是心烦意乱的样子，挥着手，把跟班打发到一边。

几人正往前走着，突然间，一个女人疯癫癫跑来，直直地撞在马三金怀里。

“你这疯女人，知道你面前的是谁吗？滚滚滚！”

小跟班作势要赶跑女人，马三金摆手，让跟班退到一边。

马三金端详着怀里的女人，女人畏畏缩缩地低着头，露出的半边脸上抹了几道黑泥，不过依稀可以看出清秀的模样。

马三金挤出一个和善的笑容，柔声说：“什么事这么慌慌张张的？”

女人回答，声音尖细，带着哭腔。

“有坏人追我，抢我们家祖传的古玩，求这位大爷救小女子一命。”

马三金一听古玩，立马来了兴趣。

“你家有古玩？”

“唐宋元明，都有。”

马三金窃喜，随即摆出一副派头。

“岂有此理，光天化日之下竟然有人行凶，简直是不把我这个保安队长放在眼里。你们几个挡住路，看看是谁这么大胆。你不要怕，我送你回家好不好？”

女人点点头。

马三金朝跟班使了个眼色，跟班几人意会，脸上露出猥琐的笑容。

马三金紧紧搂着女人的肩膀，两人路过一条胡同，胡同四下没人。

女人低着身子，头发遮着大半边脸，从侧面看去，女人眼睛一亮，不就是乔装打扮过后的黄桃？

黄桃偷看一眼身后，见没人跟着，突然间直起身子，放开嗓子喊了一声。

“出来吧。”

马三金一怔。

“这声音怎么听着这么耳熟？”

路子游与王四六从背后抄过来，没等马三金反应过来，就拿着麻袋一下子将他套住，马三金挣扎无果，被塞进麻袋。

日光被夜色一点点吞噬，很快就到晚上了。

老狗躲在胡同拐角的地方，打量着美惠子家的方向，一束车灯打亮半条街，汽车停在美惠子家门外，吉田正一与齐大昭走下汽车。

老狗看见齐大昭后，脸上的激动一闪而过，随后又躲回角落，隐匿在夜色里。

客厅里原来的桌子被一个日式的茶几桌代替，桌上已经摆满了饭菜，桌边摆着三个坐垫，美惠子端正地跪坐在一边。

门打开，吉田正一与齐大昭进入客厅，美惠子起身迎接。看着略显消瘦的齐大昭，美惠子不由愣住，但随即低下头，不敢多看。

“饭菜已经备好了，请坐吧。”

美惠子招待两人坐下，吉田正一坐在主位，齐大昭坐在客位。

落座后，齐大昭目不转睛地盯着美惠子，神情复杂。

吉田正一脸色难看，但不便发作，只好咳嗽两声提醒齐大昭，见齐大昭回过神来，又装出一副气度非凡的样子。

“齐先生，这就是我所说的那位老朋友。你和美惠子也算相识一场，美惠子说想和你见一面，我答应了。”

齐大昭颇为感慨地叹了口气：“我没有想到，竟然还能再次与美惠子小姐见面。”

美惠子朝齐大昭躬了躬身子，没有说话。

吉田正一看向齐大昭：“齐先生，我不是一个小肚鸡肠的人，既然你来到家里，那就是客人。今天我们不分敌我，不谈政治，不谈战事，只品尝美惠子的美食，不知道齐先生意下如何？”

齐大昭点点头。

“想必齐先生还没有吃过美惠子做的饭吧？美惠子厨艺精湛，每日不辞辛苦为我下厨，我怎么也吃不厌，齐先生一定要好好尝尝。”

吉田正一着重地强调后半句，语气中透露着得意。

“美惠子，还不给齐先生倒酒？”

吉田正一随意使唤着美惠子，美惠子言听计从，吉田正一挑衅似的看着齐大昭，齐大昭面色如常。吉田正一急于炫耀的算盘落空，看齐大昭完全不予理会，不禁有些郁闷。

美惠子起身为两人倒酒，桌子上摆满了日本菜，但一个盘子里却放着一些冬枣。

齐大昭不解地问：“这些冬枣是怎么回事？我怎么不记得日本菜里还有这么一道。”

“这些枣是我今天买的，我尝着很甜，于是摆上来，让你们也尝尝。”

说着，美惠子将盘子往齐大昭面前推了推，暗中使了个眼色。

齐大昭敏锐地发现朝着自己的一颗冬枣裂开了口子，里面似乎夹着东西。

齐大昭心中一动，伸手把那颗冬枣拿在手里，趁着美惠子在给吉田正一倒酒的工夫，掰开冬枣，里面夹着一张纸条，上面写着字。

“十分钟后去厕所。”

这时，美惠子倒好酒，吉田正一正过脸来，齐大昭急忙连字条带枣塞进嘴里，三两口吃了下去。

吉田正一举起酒杯。

吉田正一大度地笑了笑：“齐先生，要不是美惠子，你可能这辈子都出不来司令部，也不会有机会吃到美惠子的美味佳肴，你应该敬美惠子一杯。”

“那我就要谢谢美惠子小姐了。”

齐大昭举起酒杯，美惠子也举起酒，两人一饮而尽。

美惠子放下酒杯，为吉田正一夹菜。

“少佐，这是你最爱吃的刺身。”

吉田正一满意地点点头，得意洋洋。

谁知，美惠子一转身，又为齐大昭夹菜。吉田正一脸顿时拉了下来。

“齐先生，这是你第一次吃我做的菜，也是最后一次，我们以后应该不会再见了，希望齐先生能多吃一些。”

“谢谢。”

齐大昭默默吃了菜，神色莫名。吉田正一听了美惠子的话，想起齐大昭以后的命运，脸色稍霁。

“齐先生是不是吃不惯日本菜？不是一方水土，人的口味也不同。美惠子也是见识过了中国人，才知道日本人的好，和你齐先生打过交道，才明白我吉田正一对她才是真心。”

齐大昭微微一笑，桌上摆放着钟表，时针走着，齐大昭不时看一眼。

钟表走了十分钟，齐大昭微微欠身。

“少佐，我想去下厕所。”

吉田正一观察着美惠子与齐大昭的表情，美惠子低头不语，而齐大昭面色如常，十分坦荡，吉田正一点点头。

“我跟你一起去。”

吉田正一与齐大昭来到厕所外，齐大昭留步。

“少佐也要方便吗？”

“不，但我必须跟着你。”

“怕我跑了？你那么爱干净的人，总不会进去看着我吧？这里可就这么一个门口，少佐是不是有点过分担忧了？”

说完，齐大昭进入厕所。

吉田正一左右看了看，确认无误后站在外面守候。

齐大昭拉亮了厕所的灯，假装上厕所，环顾四周，发现老狗蹲在墙根，朝着齐大昭打手势。

齐大昭的身影影影绰绰，在门外可以清晰看见，吉田正一在外守候，没有发现任何异常。

齐大昭保持着站立的状态，老狗蹲着来到齐大昭身边，两人小声交流。

齐大昭着急地说："不是说了不要来救我吗？"

老狗傻傻笑了一下："就我一个人来的，我让他们三个去送图纸。"

"老狗啊老狗，你让我说你什么好。"

"什么也别说了。那边窗户开着，等会一关灯，你先出去，我殿后。"

谁知齐大昭摇了摇头："我不能走。"

"你放心，不会有问题，我都安排好了。"

齐大昭摇摇头："不，我不能走是我发现小鬼子七天之后又要有什么大动作。"

"七天之后？"

"你还记得那天在关卡，鬼子提到的苍狐计划吗？现在看来有可能是真的，我发现他们的地图有特别的标记，应该就在山东与江苏一带。"

"就算鬼子有计划，跟你走不走又有什么关系？"

"我想把事情弄清楚，看看小鬼子到底要搞什么鬼。"

"你现在是他们的犯人，你怎么弄清楚？跟我走！"

"对不起，老狗，我不能走。"

"你又犯书生脾气不是？跟我走！"

老狗被齐大昭气得不轻，不顾齐大昭反对，绕过他伸手去够拉灯绳。

门外，吉田正一等得着急，敲了敲门，冲着厕所大喊一声。

"怎么这么长时间？"

此时，美惠子拿着军大衣来，轻声呼唤了一声，吉田正一转过身，背对着厕所，看美惠子这么体贴自己，不禁笑了笑。

这时，厕所的灯突然关上了。

美惠子见状，故意拖延吉田正一。

"吉田君，天气冷，你把大衣裹紧些。"

说着，又给吉田正一紧了紧衣服，见吉田正一想要转身，又急忙问。

"不知道吉田君对今天的饭菜可否满意？如果有什么问题，我下次一定改进。"

吉田正一皱着眉头。

"在这种地方就不要讨论这个问题了吧？"

说完，美惠子来不及阻拦，吉田正一就转过身去。

吉田正一发现灯灭了，急忙上前，正要开门，此时门却自己开了，齐大昭走了出来。

齐大昭玩味地看着吉田正一："就不劳烦少佐亲自为我开门了。"

说完，齐大昭一马当先，向客厅走去，吉田正一也跟了上去。

美惠子看着齐大昭出现，有些惊讶，朝厕所看了看，愣了一会儿，又急忙拔腿追上二人。

黄桃、路子游、王四六三人押着马三金，来到司令部外，远远地侦察着。

马三金双手被反绑，却一点也不老实，来回乱动，嘴里不断发着牢骚。

"师妹，我的好师妹，咱们是一家人，你可不能这么对你师兄。"

黄桃冷笑，不为所动。

"你了解我的，装可怜这招不管用，要么换招新的，要么闭嘴！"

"师兄这是关心你，不是我说，那苟彦武要是不来，光凭着你们三个人，还想闯皇军老窝？你们真是老寿星吃砒霜——活得不耐烦了。"

黄桃三人一惊，小声嘀咕。

黄桃暗暗着急："狗哥比我们先来，怎么还没到？"

路子游眉头一皱："这么说，老齐还在鬼子大牢里？"

"别跟他废话。"说着，王四六推搡着马三金，"带我们进去救人。"

马三金苦着脸："师妹，你快劝劝这大傻个！师兄可不能眼睁睁看着你去送死。"

黄桃双眉一竖："当时卖了我配冥婚，你怎么没心软过？"

"我这不是意识到我错了，现在才将功赎罪吗？再说了，我一个小小的保安队长，怎么可能把你们带进去？"

黄桃看着司令部门口，微微一笑："这不用你操心，我们早就想好了，你老老实实照办就是。"

夜色中露出四个人影隐隐约约的轮廓，朝着司令部方向走来。

马三金大摇大摆地走在前面，黄桃三人低着头跟在他身后。

马三金回头恶狠狠地看了黄桃一眼："师妹，你就不怕我跟日本人举报你们？"

"我们当然怕，但你别忘了，你要敢吱声，先死的那个人是你！"

马三金吓得咽了口唾沫，很快，四个人来到司令部门口，被日军看守上前将几人拦下。

"马队长，这三个人是谁？有通行证吗？"

马三金找着措辞，周旋着。

“这三个刁民，哪配得上用通行证，他们是我奉吉田少佐的命令抓来的，要关在刑讯室里审问。”

黄桃三个人适时装出一副惧怕的样子，日军看守看了两眼，不疑有他，直接让开。

“马队长辛苦了，你们可以进去了。”

马三金见日军看守如此轻易放人进去，不禁着急，眼睛一转，想要透露点信息，还没来得及张口，背后就顶来一支枪，马三金吓得冷汗直冒。

日军看守疑惑地问：“马队长还有事？”

“没事，没事。”

马三金带着黄桃三人进去，刚走没两步，身后突然传来日军看守的声音。

“等等。”

黄桃三人身子一僵，马三金狂喜，急忙转过身来。

“我就是提醒马队长一句，下次记得给他们手上绑好绳子，免得他们耍心眼跑了。”

马三金一阵失落，突然感觉身后的枪抵得更紧了些，急忙换上一副笑脸。

“这都到司令部了，还怕他们跑了吗？你们继续忙，等下次请弟兄们抽烟。”

马三金转过身，带着黄桃三人急步离开，一路上尽量避开巡逻的日军，来到了刑讯室，在走廊尽头找到关押齐大昭的房间。在黄桃不善的眼神注视下，马三金不敢犹豫，急忙打开门，门大开，里面却空空如也，齐大昭并不在。

黄桃大怒，拿枪指向马三金。

“你敢骗我们！”

马三金苦苦求饶：“明明就关在这儿，我也不知道人去哪儿了。”

黄桃三人看马三金的表情不似有假，不由有点慌。

路子游挠着耳朵：“现在怎么办？”

黄桃三人面面相觑，谁也拿不定主意。

一旁的马三金见状，一个箭步，趁机进入齐大昭的刑讯室，一把关上门，死死顶住。

黄桃三人反应过来，王四六急得拍了一下门，发出巨大的回响。

“姓马的，开门！开门！”

黄桃气得举起枪，威胁马三金。

“马三金，你给我出来，再不出来，我就开枪了！”

马三金有恃无恐，冷笑着。

“你当我傻啊？你们不敢开枪，开了枪就暴露了，你们一个也跑不了。”说完，马三金放声大喊，“来人啊，救命啊，有人闯大牢了！”

黄桃三人又气又急。

王四六慌了：“这可咋整？”

黄桃说：“还能咋整，赶紧跑啊！”

黄桃三个人赶忙掉头跑了。

等了一会儿，马三金打开门，跑到外面，见黄桃三人不见了踪影，扯着嗓子大声呼喊。

“来人啊！来人啊！有人闯进司令部了！”

很快，警报声响起，没一会儿，白鸟介带着日兵巡逻队赶来。

白鸟介看见马三金，面色一沉：“发生了什么事？”

马三金跑上去，打了个敬礼。

“齐大昭的同党闯进司令部，试图劫走齐大昭，幸亏我机智聪明，及早识破，他们没见着齐大昭的人影就跑了，应该还没有跑远。”

白鸟介眼中一道冷芒闪过。

“齐大昭，又是齐大昭！把司令部围住，给我搜，我要让他们插翅难飞！”

一队日本兵应声搜捕，白鸟介突然回过味来。

“你刚才说什么？他们没见到齐大昭？齐大昭不在刑房里关着吗？”

美惠子家的客厅，吉田正一起身，齐大昭也跟着起身。

吉田正一看向美惠子：“美惠子，齐大昭你也见到了，希望你能对我所做的感到满意。”

美惠子朝吉田正一行了个礼：“美惠子谢谢少佐。少佐，我想再和齐先生说最后几句话。”

吉田正一有些不耐烦：“有什么说的，就在这儿赶紧说吧。要是回去晚了，被大佐发现，我们都得吃不了兜着走。”

美惠子走到齐大昭跟前，从怀里掏出那块怀表，递还给齐大昭。

齐大昭接过手表，摩挲着，心情十分触动。

齐大昭感伤地说：“你还留着它？”

美惠子点点头。

“为什么要还给我？”

“我曾经以为我会成为你的王蔓，尤其是看到这块表的时候，我越会有这种感觉。可现在看来，这一切不过是错觉。不管我和王蔓外表如何相似，我都变不成她，因为她就像这块静止了的表，是独一无二的。其实，你把这块表送给我，恰恰是你逃避过去的表现，所以，这块表的归宿在你，而不在我。”

齐大昭想说什么，美惠子咬紧嘴唇，猛地转过身，看向吉田正一。

“少佐，我说完了。”

吉田正一点点头，径直离开，齐大昭深情地看了美惠子的背影一眼，也转身离开。

两人离开后，美惠子默默转过身，怔怔地站在原地，望着齐大昭离去的背影，一行泪顺着眼角流了下来。

突然，老狗出现在阴影里，美惠子回过神，擦了擦眼睛，急急追问。

“按照计划，齐大昭不是应该逃走吗？怎么又回来了？”

“他牛脾气上来，我说什么，他都不肯走。”老狗沮丧地摇了摇头。

司令部院内，白鸟介板着面孔，马三金紧跟在身后。

“是吉田少佐带齐大昭出了司令部？这个吉田君，真是太大胆了。”

日本兵全部出动，一阵搜索，把司令部翻了个底朝天，结果什么都没找到，日本兵回来向白鸟介汇报。

白鸟介目光不善，斥责马三金：“怎么回事？是不是你弄错了？”

马三金拍着胸脯保证：“绝不会有错，门口的兄弟可以作证。奇怪了，司令部四周墙上都布有铁丝网，他们能藏哪儿呢？”突然他不经意间看见在远处停着的坦克，灵光一现，激动地往坦克那儿指了指。

黄桃三人躲在坦克内，贴着耳朵听外面的动静。

王四六懊悔地说：“真是顾头不顾腚，光想着进来救人了，咋没想个主意从这逃出去！”

“咋没想？还不是马三金不牢靠！再说了，谁能想到老齐没在牢里！”说到马三金，黄桃就气得直咬牙。

路子游看着两人：“计划赶不上变化，还是想考虑眼前吧，咱们就三个人，外面小鬼子三百人都不止，怎么办？”

“俺要是知道咋办，俺还发啥牢骚。”

黄桃说：“行了，别说了，兴许鬼子发现不了咱们。”

“万一呢？万一发现了，隔着这铁板，都没办法往地下打洞。”

王四六话音刚落，外面突然猛敲车体，路子游一开窗，只见外面已经被日本兵团团包围了。随着白鸟介一声令下，日本兵冲上坦克，想要开车顶盖。

车内，王四六咬紧牙关，车顶盖被王四六用身体死死坠着，谁也开不开。

黄桃突然灵机一动，惊喜地看向路子游：“咱们这不是守着水井喊口渴吗？子游，你看这坦克能不能开？”

路子游额头冒汗，观察着日军坦克的仪表台，紧急操作着，坦克轰隆间发动起来，路子游踩紧油门，坦克冲出去。

白鸟介大喊：“不能损坏坦克，不许开枪！活捉这三个人！”

路子游驾驶坦克在院子里横冲直撞，把坦克上的日本兵甩了下来。接着轰隆一声，坦克闯出司令部大门口，日本兵追了出来。

马三金急得额头冒汗：“大佐，咱们爱惜坦克，架不住他们糟蹋啊！”

白鸟介瞪了马三金一眼：“那还不快想办法拦住他们！”

马三金顿时哑然：“我……我也没招。”

“要你这个保安队长有什么用！全都上去，用身体挡住坦克！”

日本兵挡在路前方，路子游操作着，狠下心加大油门往前冲，最后一刻，日本兵纷纷躲开。

王四六握紧拳头，激动地瞪大了眼睛。

“好样的，子游！让你们小鬼子再蹦跶！”

路子游正得意着，黄桃突然大喊起来。

“小心！”

话音未落，一辆汽车快速朝他们冲来，路子游急忙调转方向，结果坦克一头撞在墙上，

路子游努力操作着，坦克卡在洞里，无法动弹。

路子游傻眼了：“坏了，动不了了！”

黄桃急忙看向王四六：“四六，快拽住车盖！”

王四六正准备伸手，结果为时已晚，日本兵已经打开车顶盖，用枪指着坦克内：“出来！”

灰尘散去，黄桃三人举着手从坦克中出来。

汽车停下，吉田正一走了出来，走到白鸟介身前。

“大佐，属下来迟，让您受惊了。”

不远处，老狗躲在墙壁后，看着黄桃、路子游、王四六三人，又看着齐大昭被日本兵从汽车上揪下来，气得一拳重重地捶在墙壁上。

第二十一章　生死离别

第二天一大早，齐大昭、黄桃、路子游、王四六就被带到了白鸟介眼前。几人一字排开，吉田正一与马三金站在白鸟介身后。

白鸟介来回走着，一脸嘲弄地看着他们。白鸟介在黄桃面前站定，抬起黄桃的下巴，黄桃一甩头，闪开了，白鸟介眼神中透出兴奋。

“难怪马队长说黄桃脾气刚烈，果然名不虚传。”

黄桃张嘴不饶人，噼里啪啦地骂过去：“他嘴里能喷什么好粪，也就是你们，王八看绿豆，一丘之貉，狼狈为奸，天下乌鸦一般黑。”

白鸟介啧啧：“这张嘴真是厉害，苟彦武能受得了你吗？”

“受得了受不了，都是我们自家的事，我说你们小鬼子是不是就爱管别人家的事？”

马三金瞪了黄桃一眼：“黄桃，好好说话！”

“没关系，我很喜欢黄桃小姐的脾气。”

白鸟介不在意地挥了挥手，然后看向旁边，走到路子游身前。

“你就是路子游吧？”

路子游越过白鸟介，看向更前方，白鸟介并不意外，白鸟介看向路子游的手。

“听说这双手不光可以拍照，还会开坦克？年轻人，我很欣赏你。”

路子游连忙打住：“你这话什么意思？拉拢我？要我当汉奸走狗？”

王四六转过头：“子游，你要敢当汉奸走狗，俺头一个不答应。”

“我爸是让那个山岛静夫给害死的，我们家祖宅也被小鬼子给占了，我要是昧着良心卖国求荣，我就对不起我爸，对不起你们，也对不起我手里的相机。”

王四六大叫一声：“这才是俺认识的好兄弟！”

路子游与王四六一唱一和，白鸟介将目光放在王四六身上。

“你是王四六？”

“大丈夫行不更名坐不改姓，俺就是王四六！你就是小鬼子的头儿？老鬼子？”

王四六一句话把白鸟介噎住，黄桃、路子游、齐大昭都偷笑着。

白鸟介又重新走回到齐大昭身边。

“齐先生，你有这些好朋友，我真替你感到高兴，不过我为他们感到惋惜，他们自愿当了你的陪葬品。”

白鸟介终于卸下伪装的笑容，脸上露出惯常的冷酷，手一挥，吉田正一走上前来。

“带回去，看好了。”

“请大佐放心。”

白鸟介凑近吉田正一，低声交代。

“不许再背着我搞事情。”

“是。”

吉田正一示意日本兵押送齐大昭四人，马三金也跟着离开，被白鸟介从身后喊住：“马队长留步，我有话跟你说。”

白鸟介一脸平静，自己坐下的同时指向旁边的椅子，马三金点头哈腰跟着坐下。

“马队长，有些话为什么当面不跟我讲？”

马三金有些摸不着头脑：“大佐什么意思，属下没听明白。”

“听说你去找过吉田少佐，提过论功行赏的事情。”

白鸟介看起来轻描淡写，马三金一怔，吓得站了起来，脸色煞白。

“大佐，属下知错，属下不该打扰吉田少佐，更不应该有非分之想。”

白鸟介没有回答，片刻之后又问：“马队长，我还听到一些传闻，山岛少佐临死之前，你在现场吧？”

“属下在。”

“可你为什么没有救他？”

马三金急忙解释：“大佐，您不能轻信妄言，我不是没有救山岛少佐，而是苟彦武他们人多势众，我还是好不容易才把齐大昭给大佐带回来的。”

白鸟介板着面孔，突然皮笑肉不笑看着马三金。

“马队长不要紧张，我只是核实一下，坐。”

马三金点点头，战战兢兢坐下。

“马队长，我一直没有问过你，你为什么要跟随皇军？有人说你本名不叫马三金，因为喜欢金子才有了这个名字。”

马三金支支吾吾，刚要回答，白鸟介却一摆手，拦住马三金。

“如果跟随皇军，只是为了金钱，马队长的眼光未免太过短浅。皇军代表着未来，代表着更高贵的生活，以马先生的智慧，应该明白我的意思了吧？”

马三金忙不迭地点头，满脸堆笑：“明白，明白。”

马三金踏出司令部的大门，脸上僵硬的笑容顿时消失，一脸不悦地朝着醉仙楼的方向走去。一路上骂骂咧咧，有人不小心挡了马三金的路，马三金发泄怒火，一脚将路人踹开。

老狗从小巷里闪出身，保持着距离，紧跟着马三金。

马三金进入醉仙楼，来到靠窗的位置，这一桌有人吃饭，马三金站在旁边叉着腰不走，腰间露出手枪。

那桌客人一见是马三金，猫着腰走了，马三金大摇大摆坐下，敲着桌子喊向店小二。

“小二！老样子，上酒！”

店小二高声应着，正准备给马三金送酒，突然被闪身出来的老狗拦住，他半道拿过酒壶。

“我给马队长送过去。”

在诧异中，店小二看着老狗朝马三金走去。马三金跷着脚，颤悠着，发着牢骚。

“什么皇军代表着未来，代表着更高贵的生活……呸，未来不需要钱？高贵的生活不需要钱？说得轻巧，没钱就没有未来，没钱哪来的高贵，日本人真是脑子有毛病。”

老狗拿过酒杯，为马三金斟上一杯酒，马三金仰头就喝，瞥见倒酒的人是老狗，一下子全都呛了出来。

马三金下意识地伸手摸枪，老狗反应迅速，先一步抓住他的手腕。马三金又想大喊，老狗手上用劲。

老狗死死地盯着马三金，威胁说：“马队长不会是想喊人吧？我这次可是带着小黄鱼来的，有求于马队长，马队长不会错过一次发大财的好机会吧？”

马三金眼珠一转，琢磨着老狗的意思。

老狗冲上面指了指：“马队长，咱们楼上说话。”

雅间内，马三金拿着枪，距离老狗三米开外，老狗淡定地看着马三金。

马三金语气肯定地说：“你是来救人的吧？”

“被马队长说中了。”

马三金心里有了底，有恃无恐地笑了：“你苟彦武这不会服软嘛，干什么老是抻着脖子装梁山好汉？实话告诉你，齐大昭、黄桃、路子游、王四六,四条人命，可不是几根小黄鱼就能救得了的。你带了多少根？”

“管够。”

“管够是多少？拿出来瞧瞧。”

“管够就是足够多，那么多的小黄鱼，我怎么可能带在身上，马队长到窗边来，我指给你看。”

“在楼下？”

马三金将信将疑，他警惕地来到窗户前，老狗打开窗户，两人并肩挨着往楼下望去。

“哪儿呢？哪儿呢？”

老狗搭着马三金的肩膀，脸上露出笑意。此时美惠子从楼下经过，不经意间抬起头，正巧看到这一幕。

美惠子随即站定脚步，抬眼看着，眉头微微皱起。

马三金一怔，然后反应过来，急忙将窗户关上，拿枪指着老狗。

马三金怒气冲冲：“苟彦武，你骗老子！根本就没有小黄鱼，对不对？”

老狗淡定一笑：“马队长果然不是一般人。我确实没有小黄鱼。即使真有，我也不会给你。现在美惠子看见你跟我在一起，你觉得她会怎么想？”

“她会以为我马三金跟你苟彦武勾肩搭背私下勾结，然后好去向日本人揭发我？白鸟大佐要是信了，他会弄死我的。”

马三金越说，声音越弱，脸色也愈加苍白。他了解白鸟介，表面看起来求贤若渴，实际上冷酷无情。一旦他知道此事，就算他相信自己，也始终会觉得不快，而他的不快之后往往藏着更加恐怖、残忍的事情。

老狗赞叹地点点头：“要不说马队长是明白人，什么都瞒不过你。有了美惠子作证，就算你长了十张嘴，也说不清了。”

马三金仍是不肯死心，问道：“美惠子为什么肯听你的话？”

“美惠子喜欢齐大昭这件事，你应该知道吧？为了爱的人，会做出什么举动，也不用我多费口舌了吧？”

老狗步步紧逼，彻底打破了马三金的最后一丝幻想，马三金一脸认栽的样子。

“你……你到底想干啥？”

老狗神秘一笑：“我想要你尝尝做好人是什么感觉。”

黄桃、齐大昭、路子游、王四六被押回了刑讯室。齐大昭透过门上的窗口向外看了看，见没有日本兵在附近，急忙转过头，数落三人。

齐大昭有些生气："跟你们说了别来救我，怎么没一个听话的！"

路子游嘿嘿一笑："咱们是一家人，难不成看着你送命？"

"那你们总得有个计划！一个单干，一群蛮干，怎么能行嘛！"

"一个单干，一群蛮干？"黄桃咂摸着，突然惊喜地看向齐大昭，"老齐，这么说，你见过狗哥了？"

齐大昭朝黄桃示意，黄桃立即闭上了嘴，脸上忍不住露出笑意。

齐大昭一拍脑袋，突然想起来："差点忘了，坦克呢？"

黄桃回答说："放城外了。"

"稳妥吗？"

"放心吧，很隐蔽，不会有人发现。"

齐大昭又问："还有我让你们护送的图纸呢？"

路子游笑着说："老齐，我们来之前都安排好了，你就别瞎操心了。"

齐大昭还是一脸不放心的样子："老鼠找猫论理，旁边都得事先备好一个洞，你们倒好，只顾往前冲，不顾怎么退，我能不操心吗？图纸一旦落入鬼子手里，我这么久的心血都白费了。"

路子游反驳道："亏你还是知识分子，谁是老鼠谁是猫？你怎么好赖人不分了？要跟你一样，前怕虎后怕狼，什么时候能救你的命！"

王四六也附和着："瞧你们臊眉耷眼的，咱们不是还有一口气吗？俺娘说过，只要人活着，处处是机会。"

路子游深以为然地点点头："四六说得对。"

齐大昭没好气地白了两人一眼："对什么对！这是什么地方？鬼子大牢！在这里机会就是奢望，人会被逼疯的！"

黄桃见机急忙转移话题："老齐，你消消气，反正咱们被关着，哪也去不了，先说说狗哥是怎么救你的吧？"

话音未落，刑房外传来杂乱的脚步声，四个人立刻警惕起来。

很快，刑房大门打开，吉田正一走进刑房。吉田正一手一挥，四个日本兵也走了进来。

吉田正一眼色中透着一股狠戾："齐大昭，陌生人对你不起作用，但他们三个都是你的好朋友，我不信你还会无动于衷。"

吉田正一看向黄桃三人，最终目光落在王四六身上，两个日本兵上前，将王四六从四人中拉了出来，一把摁在地上。

"你们干什么？"

黄桃三人情绪激动，一个日本兵举枪对准了他们。有两个日本兵将王四六摁得死死的，又一个日本兵提来一桶水，一手捂住王四六的嘴，一手拿着瓢往王四六鼻孔里灌水。

王四六被呛得喘不上来气，整个人死命挣扎，但无济于事。

黄桃急得大叫："你们再这么灌，他会没命的！"

"可是怎么办呢？你们的朋友齐大昭不肯将坦克图纸交出来，在他的眼中，你们的友谊根本不值一提。"

"老齐！"路子游不忍看下去，希望齐大昭能够改变主意，齐大昭咬着牙，迟迟不开口。

"住手！图纸在我这！"

路子游忍无可忍，从兜里掏出齐大昭之前的眼镜，齐大昭一怔，想要上前，日本兵拉栓上膛。

齐大昭喊着："子游，不能啊！"

"不就是一张破图纸吗？他们要就给他们，你真想看着四六死在你面前吗？"

吉田正一一摆手，日本兵停下行刑，王四六不住咳嗽着。

吉田正一冷冷地看着路子游："你以为我认不出这是一副眼镜吗？我要的是图纸！"

路子游将眼镜腿卸下，从里面小心翼翼地抽出纸卷，交给吉田正一。吉田正一将图纸拿在手里，看着图纸上的公式，喜出望外，顾不上别人，兴冲冲地出去了。

刑讯室内又剩下了这四人，王四六咳嗽的声音响起，前赴后继地拍打在墙壁上，发出阵阵回音。

齐大昭气得来回踱步，不时指指路子游："子游啊子游，你让我说你什么好，如果小鬼子一用刑，我们就把裤兜掏干净，革命工作还怎么做？你平日里从不低头，今天这是怎么了？"

路子游、黄桃、王四六相视一眼，都憋着笑，最后实在忍不住，不约而同笑了起来，齐大昭一脸纳闷，站住脚，"你们笑什么？"

黄桃含笑说："你误会子游了。"

王四六面色古怪地笑起来："子游给小鬼子的图纸是假的。"

黄桃解释说："这是子游的主意。子游，跟老齐好好说说，免得他来回溜达腿抽筋。"

路子游晃了晃手里的眼镜，清了清嗓子，娓娓道来。

"你不是想叫我们护送图纸去崂山吗？我一直觉得我们不是最合适的人选。

老狗扔下我们一个人来救你，我们三个气不过，商量来商量去，决定也来帮把手，可如果这样，就没人护送图纸了，于是我们想到一个人，她是护送图纸的最佳人选。”

齐大昭问：“谁？”

王四六作怪地笑着，冲路子游的方向努努嘴：“还能有谁？那个让子游跟丢了魂一样成天睡不着觉的人呗。”

齐大昭反应过来：“赵队长？”

路子游点点头：“赵队长已经上路了，以她的速度，最晚这个月月底就能找到崂山的同志。另外，你近视戴眼镜，把图纸藏在眼镜腿里合情合理，换了我们别人，身上带个眼镜免不了让人起疑，于是我把图纸掉了包，真图纸让赵队长拿走了，在眼镜腿里塞了张伪造的，专门糊弄小鬼子使。”

齐大昭彻底放下心来，笑骂道：“好小子，还是你脑子好使！”

吉田正一冲进白鸟介的办公室，向白鸟介说明情况后，两人兴奋地开始研究起图纸来。

吉田正一把图纸铺在桌子上，拿着放大镜看起来，图纸上有一些公式，但因为沾有污渍，很多细节看不清楚。

白鸟介皱着眉头：“图纸为什么看不清楚？”

“他们把图纸藏在眼镜腿里了，这么长时间有污损是正常的，大佐放心，我会慢慢将公式还原。”

吉田正一放下放大镜，将图纸小心收起。

“大佐，既然图纸已经拿到了，他们四个人应该怎么处置？”

“他们对我们已经没有用了。”

“我现在就去安排秘密处决。”

白鸟介却制止了吉田正一：“这是我们胜利的成果，为什么要秘密处决？你派人去报社一趟。”

吉田正一一怔：“报社？”

“三天之后，将他们进行公开处决。一来解决了这四个麻烦，二来震慑了白沙城的中国百姓，三来也许会把苟彦武引来。这叫一石三鸟！”

马三金站在门口，正好听到屋内白鸟介与吉田正一的对话，一脸震惊。马三金没有进门，急匆匆掉头离开。

白沙城一处酒楼前，戏台子正咿咿呀呀唱着戏，台下围满了看戏的百姓。

老狗站在队伍最后，马三金也假装看戏，走到老狗身边。

老狗眼睛盯着戏台，问道："有什么发现？"

"没什么发现。"

马三金脑袋摇得像拨浪鼓，他看着台上的戏不住咂吧着嘴。

"唱得差点意思。"

"我听着挺好。"

"这出戏叫《梁山伯与祝英台》，梁山伯与祝英台一见如故感情日深，却遭到家庭的强烈阻止，最后梁祝化蝶双舞。多么凄美的爱情故事，可你看台上这两位，眼神里没有爱不说，戏词都唱不清楚，最后还怎么感动台下的观众？"

老狗看向马三金，听出马三金话里有话。

"我现在回过味来了，你这一番话是说给我听的，你觉得我应该接受事实，好好演完这出悲剧，对吗？"

"可你不想接受，你非要舍了魂拼了命反抗。"

"马队长，看来这出戏你理解错了，梁山伯死了以后，祝英台并没有接受现实，而是选择用死去抗争。这么看的话，化蝶双舞只是世人理解的悲剧，对梁祝来说，却是一个圆满的结局。我知道你向我隐瞒了什么，说吧，不可能比现在更糟糕了。"

"你错了，三天之后，白鸟大佐要公开处决你的四个朋友，这才是最糟糕的时候。"

老狗怔在原地，马三金朝着台上起哄。

"别唱了，难听死了！下去吧！"

透着小小的窗口，夜色爬进来，笼罩在小小的刑讯室内，外面走廊的灯一明一暗地闪着。齐大昭几人站的站，坐的坐，大家没有说话，不知道在想什么。

刑房门突然打开，外面的光挤进来，屋内顿时亮了几分。吉田正一站在门口，日本兵送饭进来，托盘上有烧鸡有牛肉，十分丰盛。

王四六埋怨地看着齐大昭："老齐，你在这里头顿顿大鱼大肉，你咋不早说？"

"怎么着？早说了，你还早进来不成？"

王四六嘿嘿一笑，上去掰下来一只鸡腿就吃。

路子游打趣地看着王四六："四六，你也不怕肉里有毒？"

王四六顿住，半只鸡腿已经咬在嘴里。

吉田正一接过话："请不用担心，饭菜很干净。"

"小鬼子，俺要是被毒死了，变成厉鬼，天天缠着你！"

王四六瞪着吉田正一，将剩下半只鸡腿吃了进去。

吉田正一脸上透着嘲讽，没有说话。黄桃看在眼里，眉头一皱。

刑房门关上，吉田正一离开，路子游抓起一个馒头丢给齐大昭，黄桃在一旁撇着嘴。

“你们还真有心情吃饭？”

齐大昭转过头：“黄桃，你看出什么来了？”

“老齐，我问你，你真的顿顿都吃这么好？”

齐大昭摇摇头：“也不是，今天格外丰盛。”

黄桃冷笑：“这还瞧不出来嘛，这是断头饭！”

话音未落，王四六噎住了，他不住拍着胸口，挤出一个字。

“水！”

路子游给王四六递过去一碗水，王四六一口喝净。

路子游有些慌乱：“我们才把图纸给了他们，他们就着急送佛上西天了？我伪造假图纸的目的是为了拖延他们，他们真把假的当成真的了？”

黄桃定定地说：“我看小鬼子是兴奋过头，哪儿还顾得上真假？狗哥一个人在外面什么情况咱们也不清楚，事到如今，只能靠咱们自己了。”

齐大昭眼睛一亮，说：“黄桃，你是不是有主意了？”

黄桃没回答，反而看向王四六：“四六，把你吃剩下的鸡骨头给我。”

“要鸡骨头干啥？”

说着，王四六将鸡骨头递给黄桃，黄桃举着鸡骨头，看向刑房门的锁，脸上透着一抹神秘的微笑。

刑讯室门口，两个日本兵百无聊赖，一个日本兵正在为另外一个日本兵点烟。

在他们身后最远处，刑讯室的屋门悄悄打开，黄桃露出半张脸，观察着外面，见没有惊动日本兵，黄桃朝身后招手。

黄桃、路子游、齐大昭、王四六蹑手蹑脚走出刑讯室，一步一步朝门口靠近。

两个日本兵吐着烟圈，打着哈欠。

一个日本兵听到了什么声音，拍着另外一个日本兵转身望向身后，黄桃四人已经站在他们面前，两个日本兵瞪大了眼睛，两个硕大的拳头在眼前迅速变大。

司令部院内，路子游与王四六穿着日本兵的衣服，押着黄桃与齐大昭往外走。

王四六声音弱弱地说：“俺这心里咋没底呢？”

路子游此刻却还有心情开玩笑：“没底就对了，有底那是在自己家。”

齐大昭说：“要不，还是让我穿鬼子衣服吧，我会日本话，出大门的时候能糊弄过去。”

黄桃听得直摇头：“老齐，你这张脸都刻在鬼子脑袋里了，没等你开口说话，鬼子就能把你认出来。等会儿咱们见机行事。”

四个人假扮押运，朝司令部大门口走去，齐大昭扭头看向白鸟介办公室，若有所思。

齐大昭突然开口：“我们走之前得去个地方！”

黄桃几人愣住了。

王四六站在办公室门口，假装站岗。

王四六紧张地四处观察，不时透着门缝朝里面喊话。

“快点！”

屋内，齐大昭来到地图前，寻找着蛛丝马迹。黄桃与路子游跟在身后，面面相觑。

路子游被齐大昭弄得没脾气：“老齐，放着这么好的机会不赶紧走，非钻进司令部办公室，你这是找什么呢？”

齐大昭自言自语：“那天明明有标记的，怎么没了？”

齐大昭继续寻找着线索，外面不时有鬼子探照灯扫过，黄桃与路子游忙躲着。

齐大昭翻看着桌上的文件，不住地摇头。

“不是，都不是……”

黄桃催促着：“不是啥呀？你到底找着了没？”

突然，王四六侧着身子进入屋内。

黄桃一看是王四六，不由着急：“你怎么进来了？不是让你在外面守着吗？”

王四六打着手势，将门关紧。

“有两个鬼子朝这边来了。”

路子游一怔，看向齐大昭与黄桃，他们两人也听见了王四六的话，大家神情严峻。

美惠子的房间内，美惠子守着星野太郎的棺材，怔怔出神。窗户打开，老狗跳了进来。美惠子起身，迎过去。

美惠子急急地说：“我找了你一天，你听说了齐大昭他们要被处决的事了吗？”

老狗一愣：“你也知道了？”

美惠子说：“现在全城的报纸、告示上都在说这件事，所有人都知道了。”

老狗示意美惠子不要着急：“我今天来就是为了这件事。”说完，老狗来到房门口，观察着外面的动静。

“吉田正一在吗？”

“在，吃过晚饭他就回房间了。”

“他住在哪间屋？”

美惠子指了指：“斜对面那间。你想干什么？”

老狗突然问：“你守着这混蛋这么久，就没想过杀了他？”

美惠子沉默，片刻之后回答说：“我是医生，我的天职是救人，不是杀人。”

“你不光是医生，你更是躺着的那个人的妹妹，你天天守着你哥哥，难道把他的死抛在脑后了？”

美惠子看向棺材，一脸难过。

“我今天不是要逼你杀人，你帮我把吉田正一引出来，我要用他跟白鸟介做一笔交易。”

美惠子犹豫着，最后还是点了点头。

美惠子很快准备好一碗汤面，端着来到吉田正一门口外，老狗举着马掌刀躲在一侧。

屋里的灯亮着，美惠子敲了敲门。

“吉田君，这么晚了还不睡？我给你送宵夜来了。吉田君？”

屋内没有回应，美惠子看向老狗，老狗将马掌刀用嘴咬住。

美惠子闪开，老狗走到门口，一脚将门踹开。

老狗快步冲进去，却发现吉田正一并不在屋内，老狗回头望向美惠子，美惠子一副纳闷的样子。

“这么晚，他去哪里了？”

吉田正一推开办公室的门，让白鸟介先走进屋内，吉田正一随后跟进来，将灯打开。

屋里顿时亮堂起来，齐大昭、黄桃、路子游、王四六屏住呼吸，分别躲在各个角落。

白鸟介坐在办公桌后面，吉田正一恭敬站着。

“吉田君，这么晚叫你过来，是想与你紧急商议一件事。”

吉田正一反应过来：“大佐，是不是关于几天后的行动？”

“是的，现在我可以告诉你了，这次行动的代号叫做苍狐计划。”

“苍狐计划？”

躲在暗处的齐大昭听到这个词，瞳孔突然一缩，精神高度集中起来。

白鸟介解释说：“大日本帝国占领南京之后，想要打通南北战场，以吉田君的才智，你觉得应该怎么办？”

吉田正一想也没想就回答："连同南北，铁路为重中之重。"

白鸟介点点头："没错，想打通南北战场，津浦铁路要重点拿下，而华东战略要地徐州成为大日本帝国与中国军队的必争之地，而此次的苍狐计划更是关乎这场战役的胜败。"

"那苍狐计划的具体内容是什么？"

"华北方面军司令官下令，让我们尽快启程，支援大本营，我们从背后偷袭驻扎在徐州东北部的中国军队，来一个出其不意，与大本营正面联手，让中国军队腹背受敌，一击致命。"

"我们什么时候出发？"

"公开行刑后，我们次日就走。"

藏在茶桌后的齐大昭一怔，眉头紧紧皱起，黄桃三人也听到了这段谈话，王四六蹲在墙角，腿一阵发麻，一抻腿，碰到墙壁，发出了不小的声响。

白鸟介眉头一皱，低头发现桌上的文件有些凌乱。

白鸟介眼神示意吉田正一，吉田正一也听到了声响，两人同时将手放在枪套上。

啪啪两声枪响，在司令部上空响起，马三金急忙裹着衣服走出房间。马三金看一队日本兵正往大佐办公室跑去，就知道肯定出事了，边跑边扣着扣子。

很快，马三金跑进办公室，只见日本兵举枪指着齐大昭、黄桃、路子游、王四六。

白鸟介与吉田正一将手枪放回枪套，白鸟介朝吉田正一发火。

"让你把人看好了，这就是尽心尽力的结果吗？"

吉田正一低下头："属下失误，请大佐责罚。"

"你我刚才的谈话一定让他们听到了，不过幸好他们都是将死之人，那些他们不该知道的事情也会跟着埋进土里。"白鸟介突然看见马三金，冲他招招手，"马队长？"

马三金快步走来："大佐。"

"马队长，教教他们，怎么样才配得上是一个合格的中国人？"

白鸟介眯缝着眼看着马三金，马三金看看黄桃四人，突然振臂高呼。

马三金脸上带着狂热："大日本帝国万岁！大日本皇军万岁！大日本帝国万岁！大日本皇军万岁！"

白鸟介满意地拍着马三金的脸蛋，像是驯一只听话的狗，白鸟介手上加力，耳光声越来越大，马三金始终保持着谄媚与笑脸。

白鸟介转头看向齐大昭四人："看见了吗？你们四个只要能做到马队长这样，打不还手骂不还口，我或许可以让你们活下来。"

黄桃一脸憎恨，狠狠地瞪着马三金，其他三人也梗着脖子，没有人选择屈服。

白鸟介阴恻恻地笑了笑："别怪我没有给过你们机会，押下去，行刑之前铐在院子里，让他们吹吹风，好好清醒清醒！"

黄桃、齐大昭、王四六、路子游戴着手铐，脚下连着脚镣，四个人穿着单衣，晾在院内。

黄桃不住打哆嗦，眼皮也抬不起来。

齐大昭连声喊着："黄桃？黄桃？"

黄桃强打精神，看过去。

"你是不是冷得慌？实在扛不住，就动弹动弹，能暖和点。"

"我浑身没劲。"

路子游歪着身子，用头碰了碰黄桃。

路子游着急地说："黄桃，你怎么这么烫？不会是发烧了吧？"

黄桃咳嗽着回答："没事……我没事。"

此时，马三金拎着一壶热水走来。

"师妹，我给你们带了热水，喝一口暖暖吧？"

黄桃瞪着马三金，声音很虚弱。

"听着，谁都不许喝这个狗汉奸的水，谁要是喝了，我跟他急眼！"

齐大昭轻声劝着："黄桃，你已经病了，就喝一口吧。"

马三金一惊："师妹，你病了？"

路子游说："她发烧了。"

"师妹，别逞强了，师哥喂你。"

马三金拿着水壶强行喂给黄桃，黄桃躲不过，喝了一口，等马三金微笑着放下水壶，黄桃一口将水吐在马三金脸上。

"马三金，你现在喝的是中国人的血，吃的是中国人的肉，我黄桃是生是死，都跟你这个狗汉奸没关系！"

黄桃骂完马三金，不住咳嗽着，马三金任凭脸上的水往下流，他转过身，木然地走开了。

第二天，醉仙楼刚刚开门，马三金就走了进去。等到中午时，他桌子上已经堆满了酒瓶。马三金依旧攥着酒壶不松手，一杯一杯喝着酒。老狗推门进来，眉头一皱，一把抢过马三金的酒壶。

“把酒给我！把酒给我！”

马三金已经醉了，老狗直接将酒壶翻过来，将酒洒向地面。

“我叫你喝！喝！”

马三金从凳子上滚下来，趴在地上用手捞着酒，捞了半天捞不起来。马三金哭丧着脸，趴在地上。

“我他妈就是一条狗！小鬼子让我咬人，我上去咬住就不松口，结果功劳是放狗绳那人的。小鬼子让我叫唤，我汪汪大叫，嗓子都冒烟了，也换不回来一根骨头。以前跟师妹在一起，日子再苦，我也有个男人样，我马三金是从什么时候变成一条狗的呢？”

老狗看不下去，一把将马三金拎起来。

“你要真想做回男人，就跟我一起去劫法场！”

马三金浑身一激灵，酒意去了大半：“劫法场？”

老狗点点头：“原来想抓吉田正一做人质，现在行不通了，明天就是公开处决的日子，唯一能救他们的办法，只有劫法场！”

马三金用袖子擦了一把脸，老狗将酒壶里剩下的酒倒进两个杯子。

老狗将一个杯子递给马三金，马三金犹豫着要不要接在手里。

美惠子家，吉田正一躲在自己卧室，自从昨晚从司令部回来，他就没再出过门，他拿着放大镜研究着坦克图纸，一边看一边将公式记录下来。

美惠子站在门口，敲了敲门。

美惠子说：“你叫我？”

吉田正一放下放大镜，让美惠子进来。

美惠子却止步不前：“有什么事就在这里说。”

吉田正一也不在意，径直说：“你哥哥的遗体摆放有一段时间了，找时间下葬吧。”

美惠子脸色微变：“你是说葬在中国？你答应过我，要把他的遗体带回日本，带回家乡。”

“你觉得可能吗？”

“为什么不可能？他是日本人，就应该葬在日本。”

吉田正一冷笑：“战场上很多人，不是也都客死他乡？为什么你的哥哥就是一个例外？不要说了，就这么定了。”吉田正一态度不容置疑，他转过身重新拿起放大镜。

“我想去一趟诊所，那里还有我哥哥的遗物。”

吉田正一点着头应了一声，继续忙着检查图纸。美惠子看着吉田正一，眼神中透着绝望。

美惠子推开诊所的门，走了进来，桌面上已经落满了灰尘。

美惠子环视四周，忍不住长叹一声，她慢慢走到橱柜前，打开柜门，里面放着一个药盒，药盒里还残存着一瓶药。

美惠子将药瓶拿在手里，翻看着药名，一阵愣神。

白沙城城门口，老狗观察着处决高台，以及四周的环境。

城门口一个看守日军，见老狗形迹可疑，往这边走来。老狗背过身去，消失在街头。

铁匠铺内，铁匠正在打铁，铁匠用水浇烧红的铁器，铁器滋啦啦冒着烟。

老狗由此经过，站住了脚，想了想，他走上前。

“师傅，能借磨刀石用下不？”

铁匠放下手里的活，抬起头。

“做啥子？”

老狗拿出马掌刀，在铁匠面前晃了晃。

“杀猪的，刀钝了，来磨磨。”

铁匠也没啰唆，随手递给老狗一块磨石。

铁匠看着老狗手里的刀，感到一阵稀罕：“这么短的刀能宰猪？”

“我不喜欢一刀毙命，就喜欢听猪崽子疼得嗷嗷叫。”

老狗拿过磨石，磨起马掌刀。

每磨一下，老狗用尽了力气，不时用手指试着刀刃的锋利。

老狗眼睛望向炉子上的水壶，壶里水开了，氤氲着热气，老狗若有所思。

马三金双手撑在桌子上，听到老狗的话后，一脸震惊，简直怀疑自己的耳朵听错了。

“你让我偷汽车？”

老狗点头：“有了汽车，我们就能跑在鬼子前头，躲避他们的追捕。”

马三金犹豫着：“我要是这么干了，我在日军司令部是没法待了。车上有没有我的位置？”

“你要能偷到汽车，你就是驾驶员，你说有没有你的位置？”

马三金使劲点着头，自己打着气，突然想起来，又看向老狗。

“说了半天，苟彦武，你打算怎么劫法场？”

黄桃、路子游、齐大昭、路子游四个人在寒风中站立，探照灯不时扫过。

夜晚慢慢过渡到黎明，太阳升起，阳光洒在四个人身上。

“醒醒！”

马三金一声大喊，将睡着的四人惊醒。

在他们面前站着马三金与白鸟介，在他们身后是一队日本兵。

马三金托着饭盘，冲四人说：“大佐给你们备了好吃的，吃完了好上路。”

马三金端着饭凑近齐大昭，齐大昭别过脸去。凑近黄桃，黄桃虚弱地闭上了眼睛。凑近路子游，路子游突然一笑，又收起笑容。

马三金端着饭来到王四六面前，王四六看着香喷喷的饭菜，咂吧着嘴。

马三金蛊惑地说：“四六兄弟，他们不吃，你吃。”

王四六使劲点了点头，马三金一喜，只见王四六朝饭菜里吐了口唾沫。

“你真当爷爷是馋嘴猫！”

白鸟介冷哼一声：“回来吧。想当饿死鬼，我成全他们！”

马三金知趣地退回去，白鸟介环视四周，不见吉田正一的身影。

白鸟介一皱眉头：“吉田少佐呢？”

马三金回答：“吉田少佐还没到。”

“不等了，出发。”

白鸟介走向汽车，马三金低着头去开门，马三金回头望一眼黄桃四人，日本兵赶着他们往外走。

日本兵押着黄桃四人，四个人戴着脚镣，慢吞吞走在街上，不少百姓围观，对着他们指指点点。

队伍后面，日军汽车缓缓跟随。马三金坐在副驾驶，白鸟介坐在后排，闭目养神。

沉默了一会儿，白鸟介突然开口：“马队长，行刑现场布置得怎么样？”

“全都按照大佐吩咐布置好了。”

汽车外，黄桃虚弱得挪不动脚步，被日本兵用枪杆子戳着，路子游朝日本兵瞪眼。

“拿开你的脏手！别碰她！”

话音未落，路子游遭到日本兵敲脑袋，路子游强忍着火气。

街边有小男孩看游街，天真地问身后的母亲。

“娘，他们这是咋啦？”

小孩的母亲一把将孩子拉到身后，示意孩子不要说话。

“黄桃，你还能行吗？要不我搀着你走？”

说完，齐大昭要来搀黄桃，黄桃望了一眼小男孩，摆摆手拒绝。

“让乡亲们看着，我们不怕死，就算这是黄泉路，我们也挺直了腰杆抬着头走。”

齐大昭、路子游、王四六面面相觑，然后重重地点了点头。他们都挺了挺身子，与黄桃一起，并肩前行。

美惠子家，吉田正一急匆匆往外走，美惠子小步跑来，挡在吉田正一身前。

“吉田君，我有话跟你说。”

吉田正一不耐烦地说：“我有急事，等处理完回来再说吧。”

“你这么急着要走，不就是要去杀人吗？”

吉田正一一怔，觉得美惠子隐隐有了些变化，似乎不再像往常那般柔弱。

美惠子眼睛直直地盯着吉田正一：“我希望你收回之前的话，继续履行你的承诺，将我哥哥的遗体带回日本，不然的话……”

“你这是在威胁我吗？不然怎么样？”

吉田正一一脸不屑，美惠子猛地伸手将吉田正一兜里的坦克图纸拿出来，在吉田正一眼前晃着。

“不然我烧了它！”

话音未落，美惠子拿着图纸转身就跑，吉田正一急忙去追。

吉田正一怒吼：“美惠子，这可不是闹着玩的，把图纸还给我！”

美惠子跑进房间，在星野太郎的棺材前站定，吉田正一追进来，只见美惠子点燃了一根火柴，凑近图纸。

“美惠子，你不要冲动，凡事好商量。我答应你，将星野太郎的遗体运回日本。”

美惠子嘲讽地笑着：“你又想骗我？”

“不，我说的是真的。”

美惠子手中的火柴燃尽，吉田正一拔腿往上冲，美惠子急忙又点了一根，吓得吉田正一急忙站住，摆手示意美惠子冷静。

“露出本来面目了吧？你只是想拿回这张破纸！”

“美惠子，不要闹了，那张图纸对我很重要！只要你肯把图纸还给我，我愿意做任何事！”

“任何事吗？你杀了我哥哥，我要你下跪，为他赔罪！”

吉田正一一怔，美惠子将火苗靠近图纸。

“我跪！我跪！”

吉田正一双手举起，咬着牙，屈膝跪下。吉田正一强压着火气，从下往上瞪向美惠子。

“现在可以把图纸还给我了吧？”

“能让你下跪，看来这张图纸真的很重要。我现在也要让你尝一尝失去的痛苦！”

美惠子一声冷笑，一把火将图纸点燃，随后丢在地上。

“不！”

吉田正一跪着往前，用手去扑火，图纸已经燃尽，只剩下一角，吉田正一火冒三丈。

“你这个疯女人！我要杀了你！”

吉田正一站起身，发了疯地去掐美惠子的脖子，美惠子也不反抗，悄悄从兜里掏出一个针管，一把戳进吉田正一脖子里，将针管里的一半药液打了进去。

吉田正一猛地放开美惠子，紧紧捂着脖子，面露痛苦。

“你给我打了什么？”

“氰化钾！一管打进去，保证能让你猝死，但是我不会让你死得那么快，你马上感到头痛乏力，口腔发麻，紧接着会出现呼吸困难，血压升高，一分钟之后你会抽搐昏迷，呼吸衰竭而死！”

吉田正一气急败坏地喊着：“你是医生，怎么可以杀人！”

美惠子眼中有泪花闪烁：“自从我来到中国，我就不配再当一名合格的医生。我既不是他们，也不是你们，我不人不鬼，只是一个游魂。我恨你，我恨你们发动了战争，我更恨我自己没有能力反抗！”

“你终于说了实话！你恨我！”

半天过去了，吉田正一却并没有出现美惠子的病症，而是冷笑着看着美惠子。

美惠子难以置信地看着吉田正一：“你怎么一点事情都没有？”

吉田正一从兜里掏出一根针管，说：“我早就发现你不太对劲，于是暗中调换了你准备好的针管。我对你这么好，你居然想要害我！”

“你早已经发现了？那张烧掉的图纸也是假的？”

“图纸是真的，但我早已做好了备份。我只不过陪你演了一出戏，你真的以为凭你能杀得了我？”

美惠子愤怒地颤抖着，她猛然上前，来抢夺吉田正一手里的针管，两人争执间，美惠子突然怔住了，吉田正一往后退两步，针管已经扎进美惠子的胸口，药液也已经打了进去。

“你自作自受！你明明可以活下来的！”

“我活着，和死去，又有什么分别？”

美惠子的身体开始出现状况，呼吸变得急促，她慢慢转身，摸着棺材，她的眼神逐渐涣散，脸上却绽放出笑容。

“哥哥，妹妹陪你回家了。”

话音未落，美惠子扑通一声倒在地上，嘴巴半张着，断了气。

白沙城外，齐大昭、黄桃、路子游、王四六四个人已经站在了处决台上，一字排开，在他们身后站着四个日本兵。

白鸟介站在高台最前面，台子下围拢着很多百姓。

白鸟介扫视一圈：“这四个人公然违抗大日本皇军，数次挑衅皇军的尊严，将他们抓捕之后，我曾经劝他们改邪归正，但他们非不听，今天将他们处以极刑，我也感到很痛心，希望你们所有人都能从中吸取教训，万不能妨碍日中友好。”

王四六听不下去，忍不住骂道：“俺去你姥姥的，老少爷们儿们，俺是庄户人，庄户人从不扯谎，这老鬼子满口喷粪，乡亲们可不能信。”

路子游也跟着大喊：“什么叫改邪归正？乡亲们，我们才是正，他们才是邪，日本人就爱打着亲善的口号侵略我们，他们这是不分黑白颠倒是非！”

王四六与路子游朝着百姓喊话，白鸟介回头瞪着两人，日本兵用枪杆敲打着他们。

白鸟介面无表情地看向台下：“任何人不把皇军说的话装在心里记在脑子里，他的下场只会像这四个人一样！”

白鸟介一挥手，日本兵朝齐大昭四人举起枪。

“跪下！”

日本兵动用武力，齐大昭四人不得不跪下。

白鸟介望着齐大昭四个人，脸上露出嘲弄的表情。

“看来你们的好朋友苟彦武是不会来了，他丢下你们，一个人苟且偷生去了。准备！”

白鸟介一声令下，日本兵拉栓上膛。

齐大昭、黄桃、路子游、王四六四个人互相看着彼此，他们用眼神互相鼓励着彼此。

台下马三金的眼神扫过人群，神情略显慌张，他慢慢退后，朝停在不远处的汽车走去。

日本兵将手指放在扳机上，白鸟介狞笑着。

“行刑！”

就在这两个字刚蹦出口时，突然从一侧飘来一阵浓烟，烟雾弥漫，很快影响了人们的视线。

高台上更是一米之内看不见人影，白鸟介被浓烟呛到，不住咳嗽。

“啪”的一声枪响，黄桃身后的日本兵中枪倒地，台下的老百姓顿时陷入混乱，争先恐后散开。

白鸟介眯着眼睛捂着嘴巴，紧张地压低着身子。

“马上行刑！打死他们！”

话音未落，又是两声枪响，路子游、齐大昭身后的日本兵应声倒地。

王四六身后的日本兵顿时慌了，举着枪四处瞄着，却不见开枪的人在哪里，王四六瞅准了机会，猛地站起身，一头冲向日本兵，将他顶下高台。

白鸟介吓得连忙跑下台去，指挥着远处待命的日本兵。

“上！都给我上！只要看见中国人，立刻开枪！”

白鸟介离开行刑台，弯着身子朝汽车跑去。

高台上，黄桃趴在地上，从死去的日本兵兜里掏出钥匙，打开手铐脚镣，又急忙将他们三人的手铐脚镣打开。

此时，日本兵正在包围高台，但浓烟还在弥漫，能见度很低。

一个日本兵悄悄靠近黄桃，黄桃正在开锁，没有发现，眼见就要遭遇危险，突然间，马掌刀穿过烟雾飞来，直接扎进日本兵的心脏。

黄桃看见老狗的身影，顿时面露惊喜。

“狗哥？”

老狗顾不上回应，借着迷雾的掩护，与日本兵缠斗。黄桃打开其他人的手铐脚镣，他们四人捡起死去日本兵的枪，加入战斗。

老狗与他们四人会合，五个人背靠着背，成为了彼此的眼睛，举枪对准前方。

老狗关切地问：“都没事吧？”

路子游回答说：“我们都没事，就是黄桃发烧了。”

黄桃却笑得十分开心：“我也没事，一见着狗哥，我这病全好了。”

齐大昭称赞老狗：“老狗，你用烟雾先迷了鬼子的眼，能瓦解他们人多的优势，真有你的。”

王四六抱怨着：“能不能先别唠了，俺还饿着肚子呢！”

“听我指挥，我带你们闯出去！等出去了，我让你吃个够！打！”

老狗五人各个面露决绝，烟雾中一出现日本兵的身影，纷纷举枪射击。

白鸟介打开车门，钻进后座，马三金正坐在驾驶位上，见了白鸟介，不由一愣。

车外枪声不断，白鸟介扒着车窗，观察着外面的局势。

“苟彦武是从哪里冒出来的？”

马三金偷偷看着白鸟介，随口应付着他。

“我刚才看见附近各个角落点着了木头，他应该是早计划好了在行刑的时候动手。”

“我就不信这个苟彦武是打不死的天兵天将，有这么多士兵，他们还能跑得掉！开车！”

“是！”

马三金眼珠一转，去扭车钥匙，马三金故意不拧着火，转身朝白鸟介摊手。

马三金故作焦急：“怎么打不着火？大佐，这车坏了！”

“我来试试。”

白鸟介往前够着车钥匙，马三金开始挡着身体，白鸟介瞥他一眼，马三金赶紧让开，白鸟介扭动钥匙，汽车瞬间打着了火。

“你这个笨蛋，关键时刻连车都打不着，连一只狗都不如！快开车！”

白鸟介训着马三金，马三金强忍着怒火，将汽车启动。

外面烟雾正盛，白鸟介眯着眼睛努力辨别着老狗等人身处何处。

白鸟介突然发现汽车正加速朝城墙开去，惊讶地看向开车的马三金。

“你方向开错了！应该往身后开！”

“我没开错！这才是你该走的路！黄泉路！”

白鸟介一怔，见马三金脸上泛起冷笑，心里升起一阵寒意。

“马三金，你要造反？”

“白鸟老鬼子，爷爷我早就想这么干了！”

马三金踩油门，汽车快速朝城墙撞去，白鸟介拔出枪来，顶住马三金的后脑勺。

“停车！停车！”

“有本事你打死我，就算我咽了气，脚底下也不松油门！”

白鸟介眼见威逼不行，改为利诱：“马三金，只要你停下来，我马上准备十根金条，你现在的错误我也既往不咎。怎么样？你不就是想要金条吗？”

“老子现在除了金条，还想要更多！”

白鸟介上手拽着马三金，两人在车内拉扯着。

老狗五人与日本兵展开了近距离作战。老狗拔出马掌刀，钻进烟雾中，手刃着敌人。齐大昭护着黄桃，两人联手将一侧来袭的日本兵打退。王四六身上扛着五杆枪，一杆子弹打光了，就换另外一杆。王四六不管不顾，与路子游的配合没有章法，两人被日本兵打得抬不起头来。

老狗望见汽车直奔城墙而去，一脸焦急。黄桃低着身子，凑过来。

“狗哥，那是谁？”

“马三金。”

黄桃瞪大了眼睛，惊讶地望了过去。

汽车距离城墙越来越近，眼见就要撞上了，突然，另外一辆汽车从侧面开来，撞在马三金的汽车上，两辆车发生猛烈撞击，停了下来。

白鸟介晕晕沉沉推门滚下汽车，马三金趴在方向盘上，强撑着眼皮，醒了过来。

马三金推开车门，从座位上掉下来，晃晃悠悠走向白鸟介。

白鸟介额头沾着血，回头看见马三金，再摸枪，发现枪不在枪套里。

马三金趔趄着扑过去，一把抱住白鸟介的腿。

白鸟介用尽力气试图甩开马三金，马三金就是不松手。

此时，那辆汽车的车门打开，吉田正一从车上下来，他晃着脑袋，恢复清醒。

白鸟介看见吉田正一，不禁大声咆哮。

“给我杀了他！”

吉田正一拔枪打向马三金的后背与腰间，子弹一颗颗打进马三金的身体里。马三金口吐鲜血，咽气身亡。

烟雾慢慢消散，视线慢慢变得清晰。

黄桃目睹了马三金毙命的这一幕，眼中噙着泪。

“师哥！”

白鸟介想要拔出腿来，谁知马三金的手依然死死抱着。

白鸟介一把抢过吉田正一的手枪，朝着马三金的身体一通射击，马三金的尸体被打得稀烂，手这才松开了。

吉田正一催促说：“大佐，这里太危险了！我保护您先去安全的地方！”

白鸟介怒气正盛，歇斯底里怒视着远处的老狗五个人。

“那五个人，我要他们死！”

四周的日本兵越围越多，他们朝着老狗五人发起猛攻，老狗只能边打边退。

一个日本兵追上来，老狗开枪，子弹却打光了，一旁车上堆着一袋面粉，老狗抄起面粉，撒向日本兵，日本兵瞬间变成大白脸，老狗趁机将日本兵击倒，抢过他的枪，继续战斗。

老狗五人退回到高台下，边反击边商议着对策。

王四六彻底丧气了，声音里透着绝望："四面都是鬼子，咱这不成了进了锅的蛤蟆，蹦跶不了两下了。"

黄桃两眼瞪大，给王四六鼓气："四六，咱们遇过多少危险，这就把你吓住了？别忘了，二丫还在天上保佑着咱们呢！"

路子游看向老狗："老狗，你来劫法场，难道没留后手？"

"撤退的关键就是那辆汽车，原本计划马三金抢了鬼子的汽车，等我救了你们，咱们坐汽车逃走，可现在城门关了，咱们逃不出去了。你们听好，等会我冲出去吸引鬼子，你们能跑多远跑多远！"

黄桃第一个反对："狗哥，那样太危险了！"

齐大昭也点头："黄桃说得对，那样太危险！老狗，你是这支队伍的魂，只有你在，这支队伍才能像一根钢钉，狠狠地楔进鬼子的心脏！苍狐计划的内容他们三个都听到了，现在知道这个情报的只有你们，你们必须活着！"

路子游突然反应过来："老齐，怎么一口一个你们，你要干什么？"

"我去给大家闯出一条生路！"说着，齐大昭扶了扶眼镜，朝着老狗四人露出笑容。猛地，齐大昭转身跑进枪林弹雨中。

老狗大喊："掩护！"

老狗四人朝日本兵猛烈射击，吸引了敌人火力，有日本兵举枪瞄准齐大昭，被老狗先一步开枪撂倒。

就这样，竟被齐大昭顺利地跑到城墙下，他钻进驾驶位，用力将车门关上。齐大昭试图点火，车却启动不了，齐大昭干脆将车里的电线拔出，用两根线头点火。

"快！快啊！"

吉田正一保护着白鸟介来到安全地带，白鸟介关切地望着高台的方向，看着老狗四人狼狈还击，白鸟介眼中放光。

"这一次他们死定了！"

吉田正一扭头发现齐大昭正在远处车里，不由眉头一皱。

车内，齐大昭的汗水不住往下流，啪嗒啪嗒滴在眼镜上。

一瞬间，线头碰触，发出火光，汽车打着了。

齐大昭正激动地拍着方向盘，突然，吉田正一从主驾驶外一把抓住齐大昭。

吉田正一恶狠狠地说：“齐大昭，我不会让你逃出我的手心！”

吉田正一试图将齐大昭抓下车来，齐大昭反抗着，同时开动了汽车。

吉田正一一手抓住车体，一手揪着齐大昭，两条腿在地上倒着，尽力跟上汽车的速度。

“你的老师死了，你的同党死了，就连爱你的美惠子，也死了！你放弃吧，只有放弃，才不会再有人为你而死！”

“你妄想！中国人永远不会放弃！”

齐大昭怒视着吉田正一，他猛然间一手抓住吉田正一,一手掌着方向盘。

吉田正一着慌：“你要干什么？”

“我要让你陪葬！”

吉田正一一听，努力挣扎，试图跳车，齐大昭死死抓住他不放。

齐大昭瞥向吉田正一，心里突然浮现出一个想法，他淡淡地笑了笑，用轻松的语气调侃着：“忘了告诉你，你好不容易得到的坦克图纸，是假的！”

在高台处的老狗等人望向疾驰的汽车，每个人都被齐大昭的行为牵动着。

白鸟介也望向挂在汽车外的吉田正一，面露紧张。

汽车朝着城门快速驶去，吉田正一嘶吼着挥拳去打齐大昭，齐大昭挨着他的拳头，嘴里淌着血，手上却始终不松劲。

齐大昭目光咄咄，车风挡前的城门景象慢慢变为一束光，照亮了齐大昭整个人。

汽车撞向城门，先是一声剧烈的撞击声，一阵尘土扬了起来，紧接着一道火光闪现，车体发生剧烈的爆炸，城门“轰”地被炸开了。

齐大昭用自己的生命，为他的伙伴、战友换来了一条生的通道。

第二十二章　苍狐计划

老狗、黄桃、路子游、王四六跑在大路上，老狗回头望着身后，远处一队日本兵正在加速追赶。老狗发现前面有一座小桥，老狗率先跳下去，黄桃三人紧跟着滑下来。老狗四个人躲在桥下，屏住呼吸，静静等待着日军追来。很快，杂乱的脚步声经过桥面，继续朝前面追去，老狗这才长出口气。

老狗看向一旁，只见路子游的肩膀不住颤抖，啜泣着，黄桃拍着路子游，自己的眼泪也流了下来，王四六跟着唉声叹气，气氛瞬间沉重起来。

老狗的眼前也因泪水变得模糊，他擦干眼泪，咬紧牙关："我们回去，把老齐带回来！"

等到天黑时，老狗四人又悄悄返回白沙城。四人贴着城墙，观察着城门口的动静。城门口挂着油灯，汽车的残骸尚在原地。

老狗一打手势，四人悄悄朝城门口走去。

日本兵在城门内休整，王四六、路子游、黄桃三人掩护着老狗，老狗弯着身子，走到车旁，看了一眼主驾驶位，老狗怔住了。

主驾驶上一团黑，齐大昭被烧成了灰，老狗嘴角抽搐，不忍直视。远处，有日本兵拿着手电筒照向城门口，黄桃三人急忙蹲下身子。黄桃小声地喊着老狗，老狗一动不动，似乎没有听见，黄桃三人凑过来，看到眼前的场景，也都傻了眼。黄桃忍不住再次落泪，王四六气得提起枪，想要冲出去杀鬼子，被路子游一把抱住。

座椅下有东西亮着光，老狗伸手捡起来，是齐大昭那块怀表。

太阳高照，村口，泥鳅趴在房顶上，拿着望远镜侦察，望远镜中出现了老狗、黄桃、路子游、王四六的身影，只见他们拖着疲惫的身子，一步一步朝东里村走来。

泥鳅放下望远镜，慢慢站起身，脸上布满了惊讶。

很快，在小栓子的墓地旁边，又多了一块墓碑，是属于齐大昭的。

老狗、黄桃、路子游、王四六站在墓碑前，每个人都不说话，一脸悲怆，怀念着齐大昭。

黄桃清了清嗓子，学起齐大昭说话的样子。

“老狗，你总能化险为夷，你是一员福将，是咱们这支队伍的魂。”

老狗回答说：“幸亏有你这么一个好军师，我的脑子可想不出那么多好计策。”

“子游，你要听老狗的话，咱们是一个集体，前进号交给你照看了。”

路子游回答说：“老齐，你安心走吧，就是死，我也不会离开前进号。不过我可不敢保证不去顶撞老狗，你也知道他有多爱逞英雄。”

黄桃含着泪，与路子游对视着，两人都笑着，却又笑得那么酸楚。

“四六，等战争结束了，你跟子游多学点知识，对你将来有好处。”

“想让俺看书识字，也行，你来教俺，你要不教，俺就不学！”

王四六语气透着责怪，却忍不住抹了一把泪。

寒风萧瑟，老狗四人站着不动，他们再次陷入沉默。路子游从兜里掏出齐大昭之前的眼镜，给自己戴上。

“原来我也近视了，戴上眼镜以后看得好清楚。”

老狗感慨地说：“不光是你，老齐让我们所有人都看清楚了这个世界。”

老狗拿出那块怀表，打开表盖，上面王蔓的照片已经模糊，再看表盘，老狗眉头一皱。

黄桃三人见老狗神情异样，凑过头来，也都一脸惊讶。

“这块表不是坏了吗？怎么又开始走字了？”

四个人的眉头慢慢舒展开来，脸上浮现出笑容。

老狗将怀表打开着，放在齐大昭的墓碑前，指针一秒一秒规律地转动，像是生命得到了延续。

会议室里，泥鳅将地图铺在桌上，黄桃用油灯压住地图一角，王四六与路子游站在一旁，老狗眉头紧皱，沉思着。

老狗说：“照你们所说，苍狐计划是鬼子的一次偷袭行动，白鸟介会率领部队前往徐州，与日军大本营前后夹击中国军队。”

黄桃点头：“我们当时在鬼子司令部听到的就是这些。”

老狗用手指比着路线，在地图上点了点。

“如果情报属实，那白鸟介应该会走这条路线。这条路距离徐州最近，并且路况良好，快的话几天时间就能赶到。”

路子游看向泥鳅：“泥鳅，你还不赶紧给你的上级打电话，让他们早做防备。”

泥鳅无奈：“我不知道上级的电话，我们这里也没有电话。”

路子游脸一拉：“这个情报可关系到多少条战士的生命，你不知道也得知道！”

泥鳅一脸犯难：“平时都是队长处理这些事情，我是真不知道。”

老狗皱着眉：“泥鳅，你们队长临走之前，难道没有向你交代假如出现突发状况，你该怎么办吗？”

“你们让我们队长去送图纸，她走得急，没来得及交代。”

王四六气呼呼地说：“这可咋办？鬼子要背后捅刀子，咱只能眼睁睁看着？”

屋内陷入沉默，每个人都很着急。

突然，泥鳅一拍脑袋：“我想起来了，以前队长跟我们提起过在大梁庄有一支我们的队伍，他们有发报机，应该可以联络到上级。”

黄桃催着：“那你还等什么？赶紧去送信！”

泥鳅又犯起了难：“大梁庄距离咱们这里有段距离，而且沿路都有鬼子关卡，等我赶到大梁庄，白沙城的鬼子说不准已经开始偷袭行动了。”

路子游急得来回打转：“说来说去，难道就没有一点办法阻止白鸟老鬼子了吗？”

“狗哥，你说怎么办？我们听你的。”

黄桃、路子游、王四六、泥鳅看向老狗，老狗深吸口气，目光笃定。

“泥鳅，你现在就去大梁庄送信，越早赶到越好。白鸟介交给我们！”

白沙城树林外，老狗等人顺利找到被藏起来的坦克。王四六和路子游合力扯下帆布，坦克露了出来。

老狗拍了拍车体，发现车体上写有“前进”两个字。

老狗问：“这是谁写的？”

黄桃看向路子游，老狗朝路子游笑了笑，随即收起笑容。

“大家听我说，我们必须赶在鬼子前面，阻击白鸟介的苍狐计划，我们在半路拖住鬼子，拖的时间越久，给泥鳅送信的时间就越多，徐州方面的中国军队做出反应的时间就越充裕。”

黄桃、路子游、王四六站在老狗对面，老狗望过去，仿佛回到松江一战。

松江一战前，老狗发表战前动员，他冲手下的士兵大声喊着：“你们是我苟彦武手底下最好的兵，最好意味着什么？意味着不管什么时候，你们都要冲在炮火的最前头。现在鬼子两百多号人正往城西赶过来，我问你们，怕吗？”“不怕！”“落地为兄弟，何必骨肉亲！今天就让我们众弟兄一起奔赴战场，打他个狗娘养的！”群情激奋，众战士举枪高呼：“打他个狗娘养的！”

“打他个狗娘养的”的声音渐行渐远，慢慢归入平静，士兵的身影变回黄桃、路子游与王四六，老狗一脸凝重。

“松江保卫战，我们用二十人拖住了鬼子两百人，可现在我们四个人要拖住鬼子多少人！以往做战前动员，我总会问弟兄们怕不怕，今天我不问了，因为不论怕与不怕，我们都要上！这是一场不对等的较量，一次生死悬殊的考验，一项死亡任务。我多么希望以我一个人的力量就能完成这项任务！”

王四六笑嘻嘻的，还是一副没心没肺的样子：“老狗，你一个人咋做得了四个人的事？没个伴，打起仗来都不好玩。”

黄桃死死地看着老狗：“我们一路在一起，现在更不能分开了，狗哥，你今天就是赶我们走，我们也不会走的，对不对？”

王四六高声喊着：“没错！谁现在走了，谁他娘就是孬种！”

路子游面露激动，他眼神坚定地注视着前方：“老齐说过，真的勇士，一旦踏上战场，便不该忌惮死亡，唯有前进，才会赐予自己无穷的力量。让我们前进！”

“让我们前进！”

“让俺们前进！”

黄桃、路子游、王四六个个情绪激昂，老狗深深地点点头，身后坦克车体上的“前进”字样赫然在目。

“让我们前进！”

白沙城司令部，军医为白鸟介治疗额头的撞伤，此时一名日本军官打报告走进来。

白鸟介抬了抬眼皮子，有气无力地说：“人抓到没有？”

来的日本军官站着，犹豫着说不出口。白鸟介一拍椅子，军医托盘里的器具掉在地上叮当响。

白鸟介大怒：“到底是让他们跑了，还搭上了我一名得力干将！我很纳闷，大日本帝国可以征服半个中国，我们为什么会被这几个中国人耍得团团转！”

日本军官欲言又止，被白鸟介看见。

“还有什么事？”

日本军官如实禀报：“吉田少佐的尸体处理好了，另外……美惠子小姐也死了。”

“什么？美惠子也死了？”

白鸟介一摆手，军医停下治疗，白鸟介起身，走到桌前，双拳捶在桌上。

“是我的错，一开始我就不应该让吉田君与美惠子见面。”

“大佐，今日一战，城门被炸毁，是否加派人手进行整修？”

“不，没时间了！”

白鸟介抬头望向墙上的地图，眼神中重燃杀气。

“我们集结全部力量去征服剩下的半个中国！”

路子游开着坦克，来到一个三岔口，老狗露出半截身子，手里边看地图边对比着。

老狗拍拍车体，喊停，路子游紧急操作，坦克停下。

老狗转着身子，观察着四周，这是一个三岔口，视野开阔，一棵大树孤零零立在空地上。

“就是这儿。”

远处，坦克停在三岔口。近处，黄桃蹲在一个四米深的大坑边沿，老狗、王四六、路子游站在坑底，还在不停挖坑，大坑边上顺着一根绳子，方便三人爬出来。

黄桃问：“要不要我添把手？”

老狗说：“不用，你在上面放风。”

路子游问：“老狗，够深了吧？”

“差得远，继续挖。”

路子游脸突然一红：“我憋着一泡尿呢。”

王四六淡淡地说了一句：“真是懒牛上磨屎尿多。”

路子游瞪了王四六一眼：“你说谁呢？我真的尿急。”

老狗将铁锹插进土里，抬头看向黄桃。

“黄桃，你背过身去。”

“干吗？”

“让你背过去就背过去！”

黄桃一脸疑惑转过身，老狗跟路子游与王四六使着眼色。

老狗坏笑着：“咱们给鬼子加点作料。”边说边解裤腰带，路子游与王四六意会，三人并排站着，朝坑里撒尿。

半天之后，三人终于爬出坑。

稍作休息后，让王四六望风，他脖子上挂着望远镜吃劲爬上大树，将两腿卡在树枝上，拿着望远镜朝来路观望着。

老狗站在树下，抬头问王四六：“四六，怎么样？”

“来个秃子，他头上有没有虱子俺都看得见。”

王四六见老狗胳膊下架着一面小鼓，好奇地问：“你拿着面鼓干啥？等开火了，还敲鼓助威呀？”

老狗解释说：“古代打仗，睡觉的时候都枕个牛皮鼓，声音传得快，能提早发现来袭的敌人。四六，这里作为我们的瞭望哨，你负责观察鬼子的动静，等鬼子来了，我们进行高低交叉射击。”

王四六咧着嘴：“俺早想给小鬼子下饺子了！”

王四六顺着树下来，和老狗、黄桃靠着坦克，看路子游煞有介事站在他们面前，手里拿着手电筒。

路子游神秘兮兮地晃了晃：“你们看这是什么？”

王四六一脸不屑的样子：“这不是手电筒吗？手电筒有啥稀罕的？”

“可别小瞧了这手电筒，老齐教过我，把手电筒玻璃外壳敲掉，利用里面的钨丝，可以通电发热做引爆装置。泥鳅不是给了我们几发山炮炮弹吗？山炮原本不是打坦克的好武器，要是砸在正面装甲上估计会滑飞，重点来了，要是从肚皮底下打上来，这山炮就像武术当中的撩阴腿，能把鬼子坦克的裤裆炸个大窟窿！”

黄桃震惊：“这么厉害？”

“咱们用手电筒里的钨丝做触发引信，然后把山炮炮弹埋在鬼子的必经之路上，到时候炸他们个措手不及，你们说怎么样？”

王四六哈哈一笑：“臭小子，戴上老齐的眼镜，还真有点像老齐了！”

“老齐不是还说过，要想摧毁坦克要用燃烧瓶吗？我也准备了一些，到时候一旦坦克碾压过来，咱们用燃烧瓶投掷在坦克尾部，就能让坦克油箱爆炸……”

路子游手舞足蹈比画着，王四六与黄桃听得入神，面露笑容。

老狗望着路子游，仿佛他真的变成了齐大昭，活生生站在老狗的面前，激动地说着计划，老狗一脸动容。

前进号停在三岔口，炮口对着日军来的方向。把一切准备妥当后，王四六躺在坦克上休息，路子游坐在树下擦着相机。黄桃朝老狗使着眼色，两人走到一旁，黄桃从怀里拿出一双崭新的布鞋，老狗惊喜地拿在手里，摸着上面的针线。

“快试试合不合脚。”

老狗将旧鞋脱下，穿上黄桃新做的布鞋，脚丫子在布鞋里扭来扭去。

老狗傻笑着：“真得劲。”

黄桃也高兴：“那我工夫就没白费。”

“谢谢你，黄桃。”

黄桃嗔怪：“说啥呢？跟我还用得着这么客气。”

老狗一把抓起黄桃的手，将黄桃拉到自己身前。

“越是对喜欢的人，越要客气，不是跟你生分，是因为珍惜。”

黄桃眼中含泪，灿烂地笑着，老狗低头，深情地望着黄桃，眼中充满了柔蜜。

路子游仔细地擦拭着相机，似乎是因为紧张，他面色铁青，呼吸急促，突然扭过头去，呕吐起来。吐完，路子游没事人似的用袖子擦擦嘴，正过头来继续擦相机。

老狗慢慢走来，在路子游旁边坐下，看着前方，歉意地说着：“不挑担子不知重，不走长路不知远。你父亲把你托付给我，让我务必保证你的安全，我辜负了他老人家。”

路子游摇摇头：“这条路是我自己选的，我爸不会怪你。”

“话虽这么说，但心里还是不落忍，不光对你，对黄桃、四六、老齐、小栓子，我心里都有一份愧疚。”

路子游突然掉过头，看着老狗：“老狗，你最大的问题就是感觉你欠所有人的，其实你谁的都不欠，恰恰相反，我们欠你的。”

“你真这么觉得？”

路子游点点头，将相机收好。

“你总说不能让这个世界去适应你，而是要你去适应这个世界，这是你我的不同。我不愿意适应这样一个世界，我就是要头破血流改变这个世界，这个暗无天日乱了宗法丢了正义的世界，我做不了看天吃饭的农民，干不来见人下菜碟的商人，我只想做一名战士，一名用照相机记录瞬息万变的记者战士，我要亲眼目睹改变的发生。”

“说到底，你还是我刚认识时候的路子游，直接、刺头、满腔正义。”

老狗掏出一支烟点上，递给路子游，路子游摇摇头，老狗伸着手不动，路子游接过烟，吸了一口，呛得直咳嗽。路子游将烟还给老狗，老狗拿过来，深深地吸了一口。

老狗幽幽地说：“呛点好，能压过战场上的血腥味。”

老狗缓缓吐着烟圈。

黄桃晃了晃王四六的裤腿，王四六睁开眼，坐起来。

黄桃有些无语："天快塌下来了，你还能睡得着？"

王四六迷迷糊糊地揉了揉眼："这不还没塌下来吗？该睡睡，该吃吃，该打打，该杀杀。"

"你倒想得开。"

黄桃将包袱放在坦克上，解开带子，里面露出几个馒头，王四六伸手要拿，被黄桃一巴掌拍回去。

"等等他们俩。"

"先吃后吃不一样嘛。"

"不一样。"

王四六不满地嘟囔着："有啥不一样的？你是不是怕俺吃得多？"

"我不怕你多吃，我是怕……"黄桃突然顿住了，深吸一口气后，又若无其事地说，"这是咱们最后一顿饭，还不得凑在一起吃个团圆饭？"

王四六一怔，伸出去的手又缩回来，黄桃转身喊向老狗与路子游："开饭啦！"

黄桃拿着馒头，一人分了一个。大家吃着馒头，看着彼此，吃得格外香。

老狗拿出水壶，递给黄桃，黄桃喝完，递给王四六，王四六喝完，递给路子游。

路子游喝着水，咂吧着嘴："没味。"

王四六白了路子游一眼："大白馒头还嫌没味？你这公子哥臭毛病是不是又犯了？"

路子游一笑："我不是这个意思。咱们光吃饭，没个节目看？"

路子游看向黄桃，黄桃也送了路子游一个白眼。

"你还想看节目？美得你。"

"黄桃，俺也想看。"

王四六也开始求情，黄桃想了想，看向老狗。

"狗哥，你呢？"

老狗点点头，黄桃将最后一口馒头塞进嘴里，拍了拍手。

"好，既然你们这么欢迎我，我给你们唱一出，想听什么？"

路子游立马说："《霸王别姬》。"

"又唱《霸王别姬》，你们听不烦？"

"听了一路，听上瘾了。"

"四六大哥，打个点。"

王四六晃着脑袋喊着戏点，黄桃扭着身段，咿呀呀唱了起来。

"我一人在此间自思自忖，又听得敌营内有楚国歌声。哎呀！且住！怎么敌营寨内尽是些楚国歌声？这是什么缘故哇……”

曲调在空中飘扬，三个男人听得津津有味。

不远处，树枝一阵晃动，老狗眯缝着眼，抬头望向远方，清冷的空中不见一丝云彩。

起风了。

就在不远处，日军坦克的发动机咆哮而来，巨大的钢铁履带碾过泥浆和矮草，它们滚滚而过，涡轮冷却器吱嘎作响，大地上的一切为之战栗。

老狗又做梦了，就在这火烧眉毛的时候，他的梦却格外安逸，也很奇怪，但他真的梦到了很多人。

他梦见在松江城门楼上，小栓子抓着路子游，老狗站在一旁，城外战事胶着。这次老狗没有下令抓他，反而让小栓子放了他。小栓子松开手，路子游朝老狗笑了笑，老狗转身继续作战，路子游为老狗拍下一张照片。

他又梦到了那一天，在山岛静夫的汽车上，老狗躲在杂货后，齐大昭坐在日本兵中间，两人谁都没有看见谁。齐大昭猛然跳车，钻进树林，日本兵跳下车去追齐大昭，车上只剩老狗与山岛静夫，老狗手持马掌刀，一刀将山岛静夫劈死。

还梦见了四六。老狗经过树林，一辆坦克停在黑暗中，王四六从坦克里跳出来，与老狗打了个照面，两人观察彼此，谁都没说话，一东一西各自离开。

以及黄桃。冷冷的月光下，老狗将黄桃从墓地里救起，黄桃晕了过去，老狗抱着黄桃来到教堂前，将她放在教堂门口，转身离去。此时，教堂顶上有人敲钟，发出咚咚的声响。

咚咚的声音越来越响，老狗猛地醒来，大口喘着气。

老狗枕着牛皮鼓，他在贴着鼓面仔细聆听，咚咚声来自于这面鼓，老狗一怔。

黄桃、路子游靠着坦克正在休息，王四六坐在树杈上打着盹。

“醒醒！都醒醒！现在不是做梦的时候。”

几人按照之前的计划，路子游坐在驾驶位，黄桃把着步枪，老狗用手顶开车顶盖，露出很小的缝隙，朝着树上的王四六打手势。

老狗看着大家，做着最后的叮嘱：“没我口令，谁都不许开枪。”

日军行军至距离三岔口千米的地方，地面松软，颜色也与旁处稍有不同，突然间产生爆炸，排头的不少日本兵被炸飞。坦克轰隆停下，日军迅速进入战斗状态。汽车紧急刹车，白鸟介差点从座椅上掉下来，怒喝：“怎么回事？”

白鸟介开门下车，日本军官紧急汇报：

“大佐，前面三岔口停着一辆来历不明的坦克。”

“坦克？”

白鸟介一把抢过日本军官手里的望远镜，望远镜中前进号停在三岔口。

“难道是苟彦武？他们这是找死！坦克兵准备，发射炮弹，将其击毁！”

日本军官向坦克兵下令，炮管移动，对准前进号，嘭的一声，炮弹发射。

白鸟介目光咄咄，一副成竹在胸的样子。

炮弹像是一颗从天空坠落的流星，匆匆袭来，将地面炸开了花。

前进号随之晃动，坦克内老狗三人紧紧撑着车体。

老狗宽声安慰着：“别怕，我们不在他们的射程之内，鬼子拿我们没办法。”

白鸟介拿着望远镜，惊讶地发现前进号毫无损伤。

“大佐，距离太远，炮弹打不到。”

“还用我教你怎么办吗？坦克往前开，不就进入射程了吗？”

日本军官领命传达，坦克重新开动，往前开着。

老狗望着日军坦克朝自己开来，脸上竟透着一份期待。

日军坦克慢慢往前行进，突然间前方地面塌陷，坦克失去平衡，一头栽进老狗提前挖好的大坑之中。

坦克卡在坑内，无法动弹，白鸟介瞪大了眼睛，气得浑身颤抖。

“两翼包抄，上迫击炮！”

两队日本兵分左右两路，每一队日本兵都拿着迫击炮，小心翼翼朝三岔口行进。

老狗紧张地观察着两队日本兵的一举一动，两路日本兵进入射程，迅速架起迫击炮，将炮弹上膛，操作着炮管。老狗将炮口对准左边袭来的日本兵猛然拉炮，炮弹打向左侧的日本兵，没等他们开火，已经悉数毙命。

右侧的日本兵急忙反击，正准备发射迫击炮，突然间子弹袭来，将放置炮弹的日本兵一枪打死，迫击炮被这个日本兵一碰，炮管倾斜，炮弹直上直下，炮弹落地开花，日本兵来不及逃走，死的死，伤的伤。老狗露出头来，朝着树上的王四六竖起大拇指，王四六点头示意，再次举枪瞄准日军来的方向。

白鸟介大发雷霆，来回踱步。

“废物！一群废物！你们没发现树上还藏着一个人吗？把他给我轰下来！”

日军的另外一辆坦克开动，绕过陷阱，瞄准树上的王四六。

路子游透过观望窗，发现了日军坦克的动向。

“坏了，鬼子发现四六了！”

路子游紧张地看向老狗，老狗推开车顶盖，露出半截身子，刚要喊话，之前偷袭而来的日本兵举枪对准老狗。黄桃眼尖，率先开枪，将日本兵打死。老狗躲闪着，朝着王四六大喊："四六，危险！"

话音未落，炮弹嗖地射来，击中大树，大树拦腰炸断，树干着火倒在地上。老狗瞪大眼睛看着，一阵黑烟腾起，看不见王四六的身影。

突然间，王四六提着枪冲出烟雾，他的脸上沾满黑灰，边往地上吐着泥，边持枪朝鬼子开枪。"小鬼子，想杀死你爷爷，没那么容易！"

此时，日本兵散布开来，朝三岔口快速靠近。

老狗看着外面的情形，果然下令："子游，发动坦克，掩护四六！黄桃，看见鬼子就招呼，往死里打！"

路子游开着坦克，朝王四六的方向开去，老狗塞进炮弹，发射，将拥来的日本兵炸散。王四六跑到坦克后，继续作战。

面对日军一轮又一轮的疯狂炮火，老狗等人硬是死死顶住。

横飞的弹片带着死亡的气息呼啸而下，被弹片削掉的头颅，轰上半空的残肢，很多日本兵身首异处。每个人都嘶吼着，呐喊着，扣动扳机，声音被枪炮声所淹没。

就在这边战火纷飞的时候，他们并不知道他们的坚持已经有了意义。他们并不知道泥鳅这会儿已经到了大梁庄八路军指挥室，已经说出了日军那个骇人听闻的阴谋。他们现在脑子里只有一个字，"杀"！

硝烟弥散，战场上一阵死寂。

白鸟介抬手看表，愤怒的脸变得扭曲。

"已经过去几个小时，我们居然还没有将他们消灭！我们在这里耽误的时间越久，苍狐计划成功的几率就变得越小！传我命令，所有士兵一起冲锋，谁要敢回头，我就先枪毙了他！"

日本军官面有异色，但只能服从。

老狗四人躲在坦克内，路子游观察着对面，日本兵再次围上来。路子游回头说："鬼子又要发起进攻了。"

王四六灰头土脸的，但眼睛却异常有神："来吧，反正爷爷有的是力气，再陪这帮孙子耍一会！"

"狗哥，我们的弹药不多了，怕是撑不了多久。"

"大家听着，能多撑一分钟，或许就能挽救一个同胞的生命。"

老狗望着黄桃、路子游、王四六，每个人的眼中都绽放着光芒，脸上透着坚毅与决绝。

坦克外，子弹噼里啪啦袭来，打在坦克上当当作响。日军坦克也趁机开来，朝着前进号开炮。路子游努力操控着坦克，但炮弹还是打中了前进号一角，前进号发出履带的声响，停了下来。日军坦克再次瞄准前进号，危急时刻，王四六大喊着跳出坦克，手持燃烧弹，朝着日军坦克跑去。老狗站在坦克上掩护王四六，黄桃在坦克内朝日本兵开枪，但无奈日军人数众多，王四六腿上中枪，倒在地上，但他毫不放弃，在地上爬着，一步步靠近日军坦克。

老狗青筋暴起，跳下坦克，要去救王四六，一阵子弹打在他的身前，令他难以靠近，黄桃与路子游看着王四六身上再次中弹，可他依旧努着劲往前。王四六奋力站起身，用尽最后一丝力气将燃烧瓶掷向日军坦克尾部，坦克瞬间爆炸，里面的日本兵活活烧死。

一发发子弹打穿了王四六的身体，王四六望着眼前血流成河的战场，咧嘴笑着倒了下去。

老狗紧紧攥着拳头，眼泪止不住流淌。路子游愤怒地捶着仪表盘，黄桃哭着拉住他。

车顶盖打开，老狗重新钻回坦克内。

“坦克开不动了，弃车吧！”

老狗拉着黄桃要走，路子游坐着不动，老狗回头再看，发现路子游的腿死死卡在机器中，鲜血直流。子弹一直在车顶上呼啸而过，车顶盖无法打开。

路子游急急地说：“老齐修理前进号的时候，在车底改装了逃生门，上面走不掉了，你们从下面逃出去。”

“子游，我来扶你！”

路子游摆摆手，气息变得虚弱。

“我喜欢坐在这儿，这里就是我的家，我不走了。”

日本兵一个个从正面爬上坦克，路子游咬牙催促着。

“快走！”

老狗强忍着内心的悲怆，打开车底的逃生门，黄桃先跳了下去，老狗紧接着跳下去。

路子游一咳嗽，鲜血从嘴里流出，他擦擦嘴角，努力坐好。他的姿势像极了那夜的路老爷子。路子游望着仪表盘上夹着的赵英秀的照片，也安然地闭上了眼睛。

老狗与黄桃逃出坦克，跳进一块洼地，老狗趴在坡上，望着前进号，一个日本兵打开车顶盖，朝着坦克内连开三枪。

黄桃捂着嘴，眼泪不住往下流。

老狗咬着牙说："现在不是流泪的时候，战斗还没有结束！"

日军将战场占领，白鸟介来到前进号，一阵冷笑。

"大佐，我们是否需要原地休整？"

"我们哪里有时间休整？继续前行！"

"可是大佐，士兵经过此战，战斗力有所下降，更不要提我们损失了两辆坦克……"

白鸟介径直打断："你是在质疑我的决定吗？"

"属下不敢！"

白鸟介环视四周，眉头紧皱。

"尸体你们检查过了吗？"

"尸体？"

"活要见人，死要见尸！目前只有两具中国尸体，还应该有两个人的才对。"

话音未落，白鸟介发现不远处洼地有异样，一把将日本军官抓住，挡在自己身前，老狗的子弹射来，打中日本军官后背。

"他们在那里！"

老狗与黄桃举枪射击，日军慢慢向他们逼近。老狗与黄桃很快打光了最后的子弹，老狗将枪扔掉，拔出马掌刀，黄桃拦住老狗，轻轻摇了摇头。

日军彻底将洼地包围，日本兵举枪对准老狗与黄桃。面对日军诸多枪口，老狗临危不惧，只是看着黄桃，眼中充满爱意。他们手握着手，互相看着彼此，老狗给黄桃擦去沾在脸上的泥土。

"这样好看多了。"

黄桃眼中只有老狗，她眨着大眼睛，眼神中透着一股希冀："我们做到了吗？"

老狗摸着黄桃的头说："或许不会有人记得我们，甚至不会知道在这里发生过战斗，但我们做到了。"

白鸟介推开日本士兵，站到洼地边，白鸟介脸上还溅着日本军官的血，此时的他像一只发疯的野狗。

"苟彦武，你们太自不量力了！凭你们四个人能挡住大日本帝国的车轮吗？告诉你们，苍狐计划一定会成功！我一定会成功！"

老狗与黄桃一脸平静，充耳不闻，他们的眼中只有彼此。

"黄桃，你愿意嫁给我吗？"

黄桃用力点着头，眼中泪光闪烁。老狗慢慢为黄桃戴上一枚戒指，两人深情相拥。

白鸟介突然脸色一变，他这才看清，那枚戒指并非真正的戒指，而是手雷拉环！

“砰”一声巨响，天地为之震动。等到硝烟散去，战场散发出一股衰败的气息，四处都是股股尸臭。放眼望去，一片狼藉，树根冒着黑烟，地上燃着火苗，老狗的马掌刀、水壶，路子游的相机包、眼镜腿都零落四散。

不远处，前进号瘫在原地，车体上的“前进”两个字依然清晰，这次它再也动不起来了。

后 记

因为泥鳅及时赶到，发报及时，电报的内容层层上传，当上级阅读完电报后，立刻指挥疏散。

日军偷袭，扑了个空，反被提早设防的八路军战士围剿。中日部队短兵相接，枪林弹雨，惨烈厮杀，徐州会战就这样打响了。

而老狗等人誓死捍卫的坦克图纸，也有了最可靠的归宿。从 1956 年，617 军工厂生产出了第一批 T–54 型坦克开始，到 1999 年第三代坦克参加国庆阅兵，被定型为 99 坦克为止，很少有人知道，这几十年的坦克发展路程，都得益于当初这一张小小的图纸。

时间就这么流逝着，慢慢地，“坦克奇兵”这些人的名字被一点点消磨着，逐渐化作茫茫历史长河中的一粒尘埃，直至今日再没有一个人记得。或许，人们只是在某一个小小的博物馆参观时，在那满墙的照片前走马观花匆匆掠过。可没有人注意，在墙角的一张黑白照片里，五张神色各异的面庞，似乎在诉说着一段被尘封已久的历史故事。

图书在版编目（CIP）数据

铁家伙 / 韩辰辰著. -- 北京：作家出版社，2017. 8（2017.11重印）
ISBN 978-7-5063-9638-7

Ⅰ. ①铁… Ⅱ. ①韩… Ⅲ. ①长篇小说 - 中国 - 当代 Ⅳ. ①I247.5

中国版本图书馆CIP数据核字（2017）第209772号

铁家伙

作　　者：韩辰辰
责任编辑：史佳丽
装帧设计：百丰设计
出版发行：作家出版社
社　　址：北京农展馆南里10号　　　**邮　　编：**100125
电话传真：86-10-65930756（出版发行部）
86-10-65004079（总编室）
86-10-65015116（邮购部）
E-mail:zuojia@zuojia.net.cn
http://www.haozuojia.com（作家在线）
印　　刷：北京明月印务有限责任公司
成品尺寸：170×240
字　　数：380千
印　　张：21
版　　次：2017年9月第1版
印　　次：2017年11月第3次印刷
ISBN 978-7-5063-9638-7
定　　价：45.00元
